Spanish FIC Lawho
Lawhon, A.
El viaje de los sueños.
Caledon Public Library
AUG 2017   3582

PRICE: $41.09 (3582/01   )

EL VIAJE DE LOS SUEÑOS

ARIEL LAWHON

EL VIAJE DE LOS SUEÑOS

Traducción de
Matuca Fernández de Villavicencio

PLAZA JANÉS

El papel utilizado para la impresión de este libro ha sido fabricado a partir de madera procedente de bosques y plantaciones gestionadas con los más altos estándares ambientales, garantizando una explotación de los recursos sostenible con el medio ambiente y beneficiosa para las personas. Por este motivo, Greenpeace acredita que este libro cumple los requisitos ambientales y sociales necesarios para ser considerado un libro «amigo de los bosques». El proyecto «Libros amigos de los bosques» promueve la conservación y el uso sostenible de los bosques, en especial de los Bosques Primarios, los últimos bosques vírgenes del planeta.

Papel certificado por el Forest Stewardship Council®

Título original: *Flight of dreams*
Primera edición: febrero, 2016

© 2016, Ariel Lawhon
© 2017, Penguin Random House Grupo Editorial, S. A. U.
Travessera de Gràcia, 47-49. 08021 Barcelona
© 2017, Matuca Fernández de Villavicencio, por la traducción

Penguin Random House Grupo Editorial apoya la protección del *copyright*.
El *copyright* estimula la creatividad, defiende la diversidad en el ámbito de las ideas y el conocimiento, promueve la libre expresión y favorece una cultura viva. Gracias por comprar una edición autorizada de este libro y por respetar las leyes del *copyright* al no reproducir, escanear ni distribuir ninguna parte de esta obra por ningún medio sin permiso. Al hacerlo está respaldando a los autores y permitiendo que PRHGE continúe publicando libros para todos los lectores. Diríjase a CEDRO (Centro Español de Derechos Reprográficos, http://www.cedro.org) si necesita fotocopiar o escanear algún fragmento de esta obra.

Printed in Spain – Impreso en España

ISBN: 978-84-01-01820-6
Depósito legal: B-308-2017

Compuesto en Anglofort, S. A.

Impreso en Liberdúplex
Sant Llorenç d'Hortons (Barcelona)

L 018206

Penguin
Random House
Grupo Editorial

*Para Ashley, mi marido, que me ha enseñado
el significado del amor desinteresado.*

También para Marybeth. Ahora estamos en paz.

*Y a la memoria de mi querida abuela, Mary Ellen Storrs.
Nunca se me ocurrió preguntarle si recordaba
el* Hindenburg *hasta que fue demasiado tarde.*

Amar es ser vulnerable. Ama, no importa qué, y además de retorcerte el corazón, posiblemente te lo romperán.

C. S. Lewis, *Los cuatro amores*

COMISIÓN INVESTIGADORA DEL DEPARTAMENTO
DE COMERCIO DE ESTADOS UNIDOS
COMPARECENCIAS POR EL ACCIDENTE
DEL HINDENBURG

10 de mayo de 1937

Base Aérea de la Marina, Hangar Central,
Lakehurst, New Jersey

Ruego comuniquen a la compañía Zeppelin de Frankfurt que debería abrir y examinar toda la correspondencia previamente a su embarque antes de cada vuelo del zepelín *Hindenburg*. El dirigible será destruido por una bomba de relojería durante uno de sus vuelos internacionales.

Carta de Kathie Rusch, de Milwaukee,
a la embajada alemana en Washington D.C.,
fechada el 8 de abril de 1937

—No era la primera amenaza de bomba, ¿no es cierto? —El hombre de las gafas de montura negra levanta la carta y la agita ante la multitud—. ¿Se molestó alguien en contar cuántas había? ¿O, por el amor de Dios, en darles alguna credibilidad?

Max cree recordar que el apellido del hombre es Schroeder, pero no está seguro, y en realidad tampoco le importa. Es un idiota si hace caso a esa chiflada de Milwaukee y da credibilidad a su carta. Claro que a ninguno de los presentes en la sala le interesa el discreto escarnio de Max. La gente murmura y asiente con la cabeza, como si fueran estúpidas marionetas, ante la idea de un sabotaje. Examinen la correspondencia, decía la mujer. Hay una bomba a bordo. Esa es una teoría popular, sobre todo ahora, con los restos del dirigible todavía esparcidos ahí fuera, sobre la pista. Pero a nadie le importa la verdad. Prefieren el teatro y las teorías conspirativas. Y Schroeder está dispuesto a proporcionárselas. Él es el director de este circo y se asegurará de mantener entretenido al populacho.

Wilhelm Balla se abre paso hasta él renqueando por el abarrotado hangar. Escapó del accidente con un esguince de tobillo y poco más, pero Max sospecha que hasta en eso exagera. En cada paso se tuerce visiblemente hacia la izquierda para alardear. Para que el mundo sepa que está herido.

Balla escudriña el rostro de Max en busca de alguna pista sobre su estado emocional.

—¿Emilie? —le pregunta.

—¿Qué pasa con Emilie?

—¿Está preparada para volver a Alemania?

Max dirige su atención hacia el espectáculo que tiene lugar en la parte delantera de la sala.

—No he preguntado.

—Avísame cuando lo esté. Me gustaría despedirme. —Carraspea—. Me han reservado un pasaje en el *Europe* con Werner para el día 15. ¿Cómo volverá ella a casa?

—En el *Hamburg*, con los demás. Zarpa dentro de tres días.

Wilhelm Balla es un hombre poco dado a mostrar sus emociones. Hay quien incluso se pregunta si tiene pulso. Pero esto lo sorprende.

—¿No viajas con ella?

Max apoya la cabeza en la ventana. El frío cristal mitiga ligeramente el martilleo que siente en la sien. No ha conseguido quitarse de encima esta jaqueca palpitante desde el accidente. Aunque bien mirado, es comprensible.

—Hay muchas cosas que están fuera de mi control, entre ellas cuándo viajo. —Golpetea con la yema del dedo el sobre que tiene en el bolsillo—. No me toca declarar hasta el día 19. Cogeré el *Bremen* al día siguiente.

Balla le clava esa mirada lenta, escrutadora, que tanto le molesta.

—¿Cuántas veces has leído la carta de Emilie?

—Con una tuve suficiente.

Es mentira, pero no le apetece confiarse a él. No después de los problemas que causó.

Desde su lugar junto a la ventana, Max puede ver la pista y el esqueleto carbonizado que yace retorcido al lado del mástil de anclaje. Cierra los ojos e intenta apartar esa visión de su cabeza, pero es inútil. Las imágenes están ahí, y sabe que seguirán ahí el resto de su vida: una lengua de fuego azul lamiendo el espinazo del *Hindenburg*, un estremecimiento de piel plateada seguido de un temblor de huesos metálicos, un destello apenas visible para quienes estaban en tierra. Confusión. Está convencido de que los pasajeros que estaban lo bastante cerca para ver la explosión no llegaron a oírla. Simplemente fueron devorados por el fuego mientras la columna de la gran bestia flotante se partía en dos. Treinta y cuatro segundos de llamas devastadoras y a continuación la destrucción completa, profunda. En medio minuto el dirigible pasó de ser un hotel de lujo flotante a un amasijo de hierros humeante, un esqueleto que yace desplomado sobre este campo de New Jersey, ennegrecido por el humo y las llamas. No, hay cosas que nunca podrá olvidar.

Las comparecencias ya han comenzado. Habrá testimonios. Periodistas y *flashes*. Una clase diferente de caos y un intento desesperado de entender por qué. Habrá disputas políticas.

Titulares vociferando sus teorías en negrita y acompañadas de signos de exclamación para darles énfasis. ¡ACCIDENTE! ¡SABOTAJE! Dedos señalando en todas direcciones y, por supuesto, los rumores sutiles, insinuantes. Las vagas atribuciones de culpa. Max se pregunta si sus nombres y sus caras se olvidarán cuando esos titulares sean reemplazados por una nueva tragedia. ¿Se acordará alguien de los detalles de las personas que cayeron del cielo hace solo cuatro días? El acróbata de vodevil. El grumete. Los periodistas. Una heredera americana. El comerciante de algodón alemán y el distribuidor de alimentación judío. Una joven familia de expatriados alemanes que vivía en Ciudad de México. Cocineros y mecánicos. Fotógrafos y oficiales. El comandante y su tripulación. Un pequeño ejército de camareros y Emilie, la única camarera. Ancianos y niños. Mujeres maduras y una muchacha de catorce años que quería a su padre por encima de todas las cosas. ¿Se acordará alguien de ellos?

Los burócratas miden las pérdidas con símbolos de dólar y contención de daños. Ya han empezado. En el hangar no cabe un alfiler. Pero Max sabe que él siempre medirá el coste por la pérdida de vidas humanas. También sabe que dentro de nueve días, cuando le llegue la hora de sentarse en esa silla y declarar, no contará la verdad. Clavará la mirada en algún punto de la pared del fondo, justo por encima del hombro de Schroeder, y contará la mentira que ya ha elegido. Es la única manera de proteger a Emilie. Y a los demás. Max Zabel jurará ante Dios y ante este comité que fue un vuelo sin incidentes.

PRIMER DÍA

LUNES, 3 DE MAYO DE 1937 – 18.16 H,
HORA DE CENTRO EUROPA

FRANKFURT, ALEMANIA

TRES DÍAS, SEIS HORAS Y OCHO MINUTOS
PARA LA EXPLOSIÓN

Este es el sueño del hombre desde hace muchas, muchas generaciones. No el avión, ni el hidroscopio. El hombre sueña con una aeronave inmensa y elegante que se eleve con delicadeza del suelo y surque sosegadamente los cielos. Ha llegado, es un éxito completo y su belleza es sobrecogedora.

Akron Beacon Journal

LA CAMARERA

—¿No te parece una mala idea encender una cerilla aquí? —pregunta Emilie mientras sostiene la puerta de la cocina con el pie—. Podríamos salir todos volando.

Xaver Maier, de solo veinticinco años, es joven para ser el jefe de cocina, pero lleva su planchado uniforme —chaqueta cruzada de color blanco y pantalón de cuadritos— con aire de autoridad. Tiene el delantal almidonado elegantemente atado a la cintura y el gorro bien ceñido a la cabeza. Mira a Emilie con esa sonrisita arrogante a la que ella ha acabado por tomar cariño a regañadientes y se lleva el cigarrillo a los labios. Da una calada, tan profunda que se le hincha el pecho, y lanza el humo al aire cálido de mayo a través de la ventana abierta de la cocina.

—Ventilación, cielo. Es todo cuestión de ventilación.

La manera en que pronuncia esa palabra, la forma en que la mantiene en la boca, sugiere claramente otras cosas, y Emilie lo rechaza con una carcajada. Xaver Maier es mucho más joven que ella y demasiado engreído.

—En estos momentos, cielo —responde ella—, es cuestión de aspirinas. Necesito dos. Y un vaso de agua, si puede ser.

La cocina es pequeña, pero está bien organizada, y los ayudantes de Xaver están ocupados troceando, hirviendo y cociendo en su jugo los alimentos que se servirán en la cena. Como un coronel dirigiendo a sus soldados, el jefe de cocina está plantado en medio de la refriega, pendiente de cada uno de sus movimientos.

—¿Fingiendo una jaqueca? —pregunta—. Pobre Max. Pensaba que por fin te habías dejado camelar. Hemos hecho nuestras apuestas, ¿sabes?

—Para el carro. —Abre un cajón y hurga en su contenido. Ha dejado perfectamente claro que toda conversación referente a Max es terreno prohibido. Tomará una decisión cuando esté preparada—. Ayer fui al dentista y siento como si se me fuera a caer el lado izquierdo de la mandíbula.

Deja el cajón abierto y pasa al siguiente.

—Por lo general, cuando una mujer me dice que le duele la mandíbula, le pido disculpas.

Emilie abre un tercer cajón. Y un cuarto. Cierra este último con vehemencia.

—Me puso un empaste. —Comienza a impacientarse. Y a enfadarse—. ¿Y las aspirinas? Sé que las guardas por aquí.

Él la sigue cerrando cajones.

—Ya basta. Eres peor que la *verdammt** Gestapo.

—¿Qué? —Emilie levanta la vista.

Xaver alarga el brazo por detrás de su cabeza y abre la puerta de un armario poco profundo atornillado al techo. Saca un bote de aspirinas, pero no se lo ofrece.

—Me alegra comprobar que no estás al tanto de todo lo que ocurre en este dirigible. —Se da golpecitos con el bote en la palma de la mano y los comprimidos se agitan dentro con un repiqueteo metálico—. Aún es posible guardar secretos.

—Tú no puedes ocultarme nada. —Alarga la mano—. Dos aspirinas y un vaso de agua. ¿Qué Gestapo?

---

* Se incluye un glosario de términos alemanes al final de la novela.

Él cuenta las pastillas como si estuviera pagando una deuda.
—Se presentaron aquí por lo de las amenazas de bomba. Quince de ellos con sus *verdammte* uniformes grises.
—¿Cuándo?
Ella coge un vaso del escurridor que hay sobre el fregadero y lo llena de agua tibia. Se toma las aspirinas de un solo trago.
—Ayer. Registraron el dirigible entero. Tardaron casi tres horas. Tuve que bajar con los oficiales a la pasarela de la quilla y llevarlos a la despensa. Los muy cabrones abrieron hasta la última lata de caviar, hasta la última rueda de Camembert curado, y no creas que no probaron todo lo que pudieron encontrar. Dijeron que buscaban explosivos. Me he pasado la noche intentando encontrar repuestos. —El jefe de cocina se interrumpe para dar una calada larga y calmante a su pitillo—. Y te aseguro que a ese proveedor con cara de sapo de Bockenheim no le hizo ninguna gracia que lo despertara en mitad de la noche para servir un pedido de paté de oca.

Por supuesto que Emilie ha oído hablar de las amenazas de bomba; todos han oído hablar de ellas. Las medidas de seguridad se han reforzado. Esta tarde le registraron el equipaje antes de dejarla entrar en el aeródromo. En su opinión la idea es absurda, imposible. Pero dicen que así es la vida en la nueva Alemania. Un gobierno de gatillo fácil, receloso de todos, independientemente de la ciudadanía. No, de la ciudadanía, no, se corrige, de la raza.

Contempla la pista desierta desde las ventanas de la cocina.
—¿Sabías que no dejarán que la gente venga a despedirse? Los pasajeros están esperando en un hotel de la ciudad a ser trasladados en autobús. Nada de bombo y platillo esta vez.
—Será un vuelo divertido.
—Para eso —responde ella con una sonrisa— tendremos que esperar al viaje de vuelta. Iremos completos, con todos esos americanos locos por la realeza que vendrán para la coronación del rey Jorge.

—No me importaría conocer a una de esas americanas locas. Preferiblemente de California. Rubia platino.

Emilie pone los ojos en blanco cuando Xaver silba y dibuja con las manos un cuerpo de guitarra.

—*Schwein* —dice, pero se inclina y le da un beso en la mejilla de todos modos—. Gracias por las aspirinas.

La cocina huele a levadura, a ajo y al aroma penetrante y fresco del melón. Está hambrienta, pero falta mucho para que pueda comer. Una voz grave y jovial que habla desde la puerta interrumpe su lamento por el escaso almuerzo.

—¿De modo que eso es todo lo que se precisa para obtener un beso de fräulein Imhof?

Es Max.

Emilie no necesita darse la vuelta para poner nombre a la voz. Le avergüenza que la haya encontrado así, coqueteando —aunque inocentemente— con el donjuán por excelencia del dirigible.

—Me lo he ganado a pulso —se defiende Xaver—. Tú también deberías intentarlo.

—Cuando me den la oportunidad.

Su manera directa de decir las cosas la irrita. Max está muy elegante con su uniforme azul marino. Tiene el pelo tan negro y brillante como los zapatos. No aparta sus ojos grises de ella. Aguarda paciente, como siempre, su respuesta. Emilie se pregunta cómo lo consigue. Max repara en su cara de desconcierto y una sonrisa tira de la comisura de su boca, dejando entrever un hoyuelo, pero logra someterla y se vuelve hacia Xaver.

—El comandante Pruss quiere conocer el menú de esta noche. Cenará con varios de los pasajeros estadounidenses y confía en que la comida proporcione la suficiente distracción.

El jefe de cocina se enoja.

—El comandante Pruss dejará de reparar en sus compañeros de mesa en cuanto lleguen mis platos. Cenaremos salmón poché con salsa cremosa de especias, patatas *château*, judías verdes *à la princesse*, melón de California helado, panecillos recién horneados y surtido de tartas, todo ello regado con café turco y un espumoso Feist Brut de 1928. —Lo dice con el mentón levantado y el tono serio y solemne, como si estuviera citando la procedencia de un cuadro. Luego mira receloso a Max—. ¿Te lo anoto? No quiero que le digan que estoy preparando pescado y verdura.

Max repite el menú palabra por palabra y Xaver asiente de mala gana.

—Ahora, largo de mi cocina. Los dos. Tengo trabajo que hacer. La cena se servirá a las diez en punto.

Los arrastra hasta el pasillo de la quilla y cierra la puerta. Puede que Xaver sea un oportunista —aceptaría gustoso un beso como es debido si Emilie se lo ofreciera— pero sabe hacia dónde apuntan los afectos de la camarera y está dispuesto a hacerse a un lado para dejar que prosperen.

Max se apoya en la pared. Su sonrisa es indefinida, desafiante.

—Hola, Emilie. Te he echado de menos.

Ella tiene la certeza de que el jefe de cocina está escuchando al otro lado de la puerta. Puede oler el humo de cigarrillo que se cuela por la rendija. Nada le gustaría tanto a Xaver como servir una porción de chismorreo con la cena. Le encantaría decirle a Max que ella también le ha echado de menos estos meses, desde su último vuelo juntos. Le gustaría decirle que estaba deseando que llegara este día, pero no quiere darle a Xaver esta satisfacción. El momento pasa y se produce un silencio incómodo.

—Oye... —Max alarga el brazo para acariciarle la mejilla, y justo en ese momento la sirena emite un bramido atronador desde la cabina de mando situada bajo sus pies. La tensión se rompe y los dos reculan. Él se mete las manos en los bolsillos y mira el techo—. Qué sonido tan odioso.

Emilie se estira el puño de la blusa hasta la base del pulgar. No lo mira.

—Pronto empezará el embarque de pasajeros.

—Tengo que conseguir que hagan algo al respecto. ¿Un silbato, quizá?

—Debería salir a recibirlos.

—Emilie...

Pero ella, cobarde como es, ya está alejándose por el pasillo rumbo a la escalerilla.

LA PERIODISTA

Gertrud Adelt no soporta a los idiotas. En su opinión, los americanos encajan en esa descripción casi a la perfección. El que ahora tiene sentado a medio metro de ella está como una cuba, peligrosamente inclinado hacia el pasillo y cantando desafinado. Berrea la letra de una canción obscena como si en lugar de viajar en un autobús repleto de pasajeros estuviera bailando sobre la barra de un bar. Su voz es pomposa, fuerte y áspera. «*Mein Gott*, haz que se calle», piensa. Vuelve su bonita boca hacia la oreja de su marido y pregunta en voz baja:

—¿No podrías hacer algo?

Leonhard mira su reloj y, acto seguido, al americano escorado.

—Lleva bebiendo desde las tres. Yo diría que se las apaña bien.

—Es repulsivo.

—Se alegra de abandonar Deutschland. No es ningún crimen.

Su marido le dirige una mirada cargada de comprensión. ¿Quién no querría largarse de este país? Todo el mundo excepto ellos dos, probablemente. A la periodista se le encoge el estómago. Su hijo, de apenas un año, está al cuidado de la madre de Gertrud por insistencia de un superior de las SS. Chantaje por medio de la separación. Regresen como prometieron o ya saben. En los últimos meses Alemania se ha vuelto una experta en asegurar que sus ciudadanos valiosos no deserten.

Los Adelt han pasado buena parte del día esperando en el

vestíbulo del hotel Hof de Frankfurt. Esperando el almuerzo. Esperando un telegrama del editor de Leonhard. Esperando que el gobierno cambiara de parecer y revocara la autorización para volar. A las cuatro llegaron los autobuses para trasladarlos al Rhein-Main Flughafen, pero tuvieron que esperar a que les registraran el equipaje y verificaran la documentación una, dos, tres veces. El primer indicio de que Gertrud estaba a punto de perder los estribos llegó cuando le pesaron la maleta.

—Lo siento, frau Adelt —le informó el oficial de aduana—, su maleta supera en quince kilos el límite establecido de veinte. Tendrá que pagar un suplemento de cinco marcos por cada kilo de más.

Gertrud levantó la vista hacia el bar del hotel y miró a cada uno de los hombres que aguardaban para subir al autobús. Apretó los labios y se irguió cuan alta era.

—Entonces es una suerte que yo pese veinte kilos menos que el pasajero medio.

Al oficial no le hizo gracia el comentario, y Leonhard le tendió los setenta y cinco marcos antes de que su esposa pudiera complicar aún más el trámite. Para cuando se les permitió subir al autobús y tomar asiento, Gertrud estaba exhausta y su paciencia para lidiar con sus compañeros de viaje se había agotado.

Además, siente como si los músculos que recorren su columna fueran a partirse. Están tensos y doloridos, tirantes por la postura rígida que ha mantenido las últimas horas. La voz del americano le martillea el cráneo como una mano de mortero. Le duelen los ojos. Lucha contra el deseo irracional de alargar el brazo y abofetearlo. Se guarda las manos entre las rodillas.

Algo al otro lado de la ventanilla atrae la atención del borracho y los bramidos cesan. Gertrud suspira, cierra los ojos y apoya la cabeza en el hombro de Leonhard. El autobús traquetea y las vibraciones atraviesan el suelo y penetran en sus pies. De tanto en tanto, los zarandea un bache; las amplias calles de Frankfurt están cada vez más deterioradas, pero no parece que repararlas sea una prioridad para nadie. Poco después pasan junto a un letrero con una flecha blanca que indica la dirección del aeródromo. El conductor vira hacia la izquierda y un murmullo entusiasta recorre el autobús. En un asiento situado a sus espaldas un niño da gritos de alegría. Gertrud experimenta una punzada de rabia por el hecho de que a otro niño se le permita hacer el viaje y al suyo no. La inminente llegada, sin embargo, reanima al americano, que ataca a grito pelado la segunda estrofa de su canción obscena. Se inclina hacia ella con los ojos cerrados, riendo, y ella recula para huir de su aliento alcohólico.

Leonhard le agarra la muñeca justo cuando se dispone a agredirlo.

—No —dice—. Pórtate bien.

Su marido le lleva veintidós años, pero el tiempo no ha mermado un ápice su fuerza. Leonhard le planta sus dos enormes manos en la cintura, la levanta del asiento y la pasa por encima de sus piernas. La deposita suavemente junto a la ventanilla, formando con su cuerpo un muro entre ella y el americano.

Gertrud esboza una sonrisa burlona.

—¿Que me porte bien? Sabes que ser buena no está entre mis cualidades.

—Ahora no es el mejor momento para hablar de tus numerosos atributos, *Liebchen*. Dame el gusto por una vez, ¿quieres?

Todavía puede oír al americano, pero ya no puede verlo, y eso es un gran alivio. Estrecha agradecida la mano de Leonhard y apoya la frente en el cristal frío de la ventanilla. Trata de no pensar en Egon y en los hoyuelos de sus puños regordetes. En sus ojos de color azul claro. En el suave pelo castaño que se le empieza a rizar encima de las orejas. En lugar de eso se concentra en la carrera que tanto se ha esforzado por construir y que ahora deja atrás, en ruinas. El Ministerio de Propaganda de Hitler le ha retirado el pase de prensa. Agitadora, esa es la etiqueta que le han puesto. En realidad, solo ha estado haciendo preguntas. Es una buena periodista, pero nunca se le ha dado bien cumplir las normas. Ni portarse bien, tampoco, pese a las advertencias de Leonhard. No obstante, ni siquiera ahora es capaz de lamentar las decisiones que ha tomado durante este año.

Unos minutos más tarde, el autobús reduce la velocidad y entra en el aeródromo. Un hangar gigantesco aparece ante ellos, más alto, más ancho y más largo que cualquier otra estructura que Gertrud haya visto antes. Y amarrado delante está el D-LZ129 *Hindenburg*, con una altura de casi dieciséis plantas y doscientos cuarenta y cinco metros de largo. Desde su asiento alcanza a vislumbrar el nombre del dirigible escrito cerca de la proa con letras góticas de color rojo y, detrás, los inmensos alerones engalanados con sus esvásticas de quince metros. La ironía no se le escapa. Harán este viaje, pero solo bajo la vigilante mirada nazi.

—*Mein Gott* —susurra Leonhard, posándole una mano grande y callosa en la rodilla.

El zepelín flota a varios metros del suelo, sujeto en ambos lados por gruesos cabos de amarre. Las únicas partes de la estructura que tocan el suelo son los trenes de aterrizaje y un juego de escalerillas retráctiles que conducen a las cubiertas de los pasajeros. Subirán por ahí, directamente a la panza plateada de la bestia. Gertrud se abstiene de bromear sobre Jonás y su tristemente célebre ballena, pero realmente tiene la sensación de que está a punto de ser engullida.

El personal de tierra corre de un lado a otro preparándose para el despegue mientras la tripulación de vuelo forma una hilera larga y recta junto a la escalerilla para recibirlos. El americano elige este momento para terminar su canción obscena con un último y estridente berrido.

Gertrud se levanta de un salto, pasa por encima de Leonhard, le clava un rodillazo al americano en el hombro y cruza rauda el pasillo sin tener en cuenta a los demás pasajeros.

—Lo siento —se disculpa con el conductor—. Estoy mareada y necesito aire fresco.

El autobús aún está frenando, pero el hombre abre la puerta y Gertrud baja los escalones de dos en dos, sin detenerse a respirar hasta que tiene los pies firmemente plantados en el suelo. Se hace a un lado para esperar a Leonhard mientras el resto de los pasajeros bajan y se encaminan al dirigible para formar una cola delante de la tripulación. Aprieta los puños e inspira profundamente por la nariz. Es la primera vez en toda la tarde que no ve ni oye al americano. Aspira otra bocanada trémula y permanece en medio de la pista con los ojos cerrados, empapándose del aire fresco y limpio del anochecer. Nota que la tensión del cuello empieza a ceder.

Un enjambre de asistentes de tierra se acerca para recoger el equipaje almacenado en los compartimentos inferiores del autobús, pero Gertrud le corta el paso a uno de ellos y agarra una cartera de cuero marrón.

—Yo la llevaré —afirma—. Es mía.

—Vamos. —Leonhard tiene los pasajes en la mano y la conduce al final de la cola.

Delante de ellos hay una familia de cinco miembros. Dos niños no paran de dar brincos, incapaces de contener su entusiasmo, mientras su hermana adolescente se aferra a la mano de su padre y sonríe con descarado placer.

—No puedo hacerlo —susurra Gertrud—. Egon...

—Estará bien —le promete su marido terminando la frase por ella—. Tres meses. Podemos aguantar tres meses.

—Pensará que lo hemos abandonado.

—Ni siquiera será consciente de nuestra ausencia. —Leonhard la agarra por los hombros, la mira con calma y esboza una sonrisa que no le llega a los ojos. Parece despreocupado, contento incluso. El tono de su voz, sin embargo, es grave y comedido—. Haremos lo que tenemos que hacer, *Liebchen*, y volveremos a casa, junto a nuestro hijo. Ahora vuélvete y enseña tu documentación al mozo. Y a ser posible, con una sonrisa.

El jefe de camareros los recibe al pie de la escalerilla. En su placa identificativa puede leerse HEINRICH KUBIS con letras tan rectas y pulcras como el propio hombre, que coge la documentación, la examina y desliza por la tablilla la punta rechoncha de su dedo índice.

—Ah, están en una de las cabinas de primera de la cubierta B —dice—. La número nueve, una vez pasada la sala de fumadores. El personal les subirá el equipaje. Ya pueden embarcar. Si siguen esas escaleras hasta la cubierta A, disfrutarán de una magnífica vista del despegue desde el comedor de babor.

—¿Me permite la cartera, frau Adelt?

Gertrud oye la voz, la reconoce como femenina, pero hace caso omiso. Clava la mirada en el rectángulo de luz donde desemboca la escalerilla.

—¿Frau Adelt?

Otra vez esa voz. La ignora.

Leonhard le arrebata la cartera de las manos.

—Sí, gracias. Mi esposa se lo agradece.

—La pondré con el resto de su equipaje.

Leonhard sube los escalones con Gertrud, pero ella camina como si fuera un autómata, tiesa y pesada.

—Has estado muy antipática con esa mujer.

Ella reacciona al fin.

—¿Qué?

—La camarera que te ha cogido la cartera. Ni te has dignado mirarla. Debes ir con más cuidado, *Liebchen*.

Gertrud vuelve la vista atrás y ve la espalda de una mujer alta y delgada con uniforme. El pelo moreno y ondulado le cae cuidadosamente sobre los hombros. Uno de los oficiales del dirigible se le acerca con las manos en los bolsillos y con timidez le dice algo que la hace reír. La camarera posee esa risa melodiosa y cautivadora que Gertrud siempre ha envidiado en otras mujeres. Resopla, irritada.

La mirada que dirige a su marido roza el pánico.

—Ahora mismo tengo otras cosas en la cabeza. Tú también deberías tenerlas.

EL TERCER OFICIAL

—La estás mirando otra vez.

Max se vuelve y tropieza con una sonrisa lenta, divertida, que trastoca las facciones angulosas del rostro por lo general impasible de Wilhelm Balla. Al camarero le sienta mal esa sonrisa, es como si se hubiera puesto una máscara o tomado prestado el abrigo de otro hombre. Esa mueca no parece suya.

—¿No lo harías tú?

—Yo iría y hablaría con ella en lugar de quedarme aquí como un colegial secretamente enamorado.

—No es un secreto.

—Entonces ve a por ella.

—Emilie está recibiendo a los pasajeros. Y ya nos hemos saludado.

Wilhelm Balla posee una perspicacia sorprendente para alguien con una personalidad tan tosca.

—¿A eso lo llamas un saludo? No la besaste.

—¿Cómo...?

El camarero lo interrumpe sosteniendo la lista de embarque que está revisando entre su cara y la de Max.

—Parece ser que frau Imhof está dando la bienvenida a sus últimos pasajeros. Unos periodistas de Frankfurt. Es probable que le sobren unos minutos antes de embarcar.

Max no puede oír lo que Emilie le dice a la displicente mujer, pero tiene que repetírselo. La periodista sigue ignorándola y su marido le arrebata finalmente la cartera y se la entrega a Emilie con un encogimiento de hombros a modo de disculpa. Parece un tanto apurada, y Max experimenta de inmediato una fuerte antipatía hacia la pareja de periodistas.

—¿Te dijo que no la besé? —Se aclara la garganta—. ¿Quería que la...?

—Ve.

El camarero le propina un fuerte empujón que le hace dar un traspiés, y hunde las manos en los bolsillos porque no sabe qué otra cosa hacer con ellas. Emilie está junto a la escalerilla de babor, sujetando la cartera y observando ceñuda a la pareja mientras esta sube hablando en susurros.

—No les hagas caso —murmura Max por encima del hombro de Emilie, haciéndole cosquillas en la oreja con su aliento—. La gente enloquece cuando vuela. He visto a soldados condecorados perder la *Kopf*.

Ella se ríe con ganas y sus hombros tiemblan ligeramente. Dios, cómo le gusta esa risa.

—¿Piensas controlar todas las conversaciones que tenga los próximos tres días?

—¿Piensas besar a todo el mundo menos a mí?

—No he besado a nadie.

—Besaste al cocinero.

—Jefe de cocina. Y no te pongas tonto. Yo beso a quien me da la gana.

Le encanta eso de Emilie. Lo descarada y directa que es. Hacen buena pareja en cuanto a sentido del humor, aunque no tanto en cuanto a estatura. Max solo le pasa tres o cuatro centímetros, y con frecuencia se descubre mirándola sin necesidad de bajar los ojos, según el calzado que lleve. Él es alto, pero ella también lo es para ser mujer.

—Besa a quien quieras siempre y cuando me prefieras a mí —le dice en voz baja—. Me prometiste una respuesta durante este vuelo. ¿Lo has olvidado?

Emilie abre la boca para responder, pero un chirrido de neumáticos la interrumpe.

Max la agarra del brazo y tira de ella hacia atrás cuando un taxi derrapa y se detiene dando bandazos junto al dirigible. Del asiento trasero se apea un hombre bajo y enjuto, seguido de un perro tan asombrosamente blanco que a Emilie se le escapa una exclamación. El recién llegado contempla a los mirones como si saliera a un escenario para un bis. Max casi espera una reverencia. En lugar de eso, el perro empieza a ladrar y estalla la confusión. Tres guardias de seguridad, dos oficiales de aduana y el jefe de camareros se abalanzan sobre el extraño hombrecillo como si llevara un detonador en las manos, pero él agita su pasaje y su documentación con total despreocupación.

—¡Joseph Späh! —anuncia a nadie en particular, y esta vez sí que hace una reverencia mientras señala al perro—. Y esta es Ulla. Los dos estamos encantados de acompañarles en este viaje.

La tripulación de tierra registra sus maletas y Späh se aparta para observarlos, riéndose con disimulo de su curiosidad. Un soldado encuentra un paquete con un envoltorio llamativo y desgarra el papel. Saca de entre los jirones una muñeca y parece decepcionado con su hallazgo.

—Es chica, *Dummkopf* —aclara cuando el oficial la gira para mirar debajo de la falda de volantes.

Les lleva un tiempo verificar que Joseph Späh es, en efecto, un pasajero del *Hindenburg* y que la presencia y el transporte de Ulla han sido aprobados y pagados por adelantado. Les cuesta también localizar su camarote, que casualmente se encuentra en la cubierta A, cerca del comedor, para satisfacción del recién llegado, que parece encantado ante la perspectiva de mantener su papel de animador.

Max y Emilie contemplan perplejos el espectáculo. Él está encantado de que ella no retire el brazo de su mano. Puede sentir el calor de su piel a través de la fina manga del vestido. Se empapa de él. Nunca había pasado de alguna que otra caricia fugaz. Esto es todo un avance.

Un carraspeo gutural lo arranca de su ensimismamiento. Se vuelve y descubre a Heinrich Kubis observando su mano en el brazo de Emilie. El jefe de camareros deja caer a los pies de Max dos abultados sacos de correos.

—Creo que le pertenecen.

Suelta a Emilie y levanta los sacos. Son increíblemente pesados, pero está decidido a que no se le note.

—Supongo que serán los últimos. El comandante Pruss dijo que el autobús traía otros dos.

Emilie los señala con el mentón.

—¿De qué va todo esto?

—Max es nuestro nuevo jefe de correos —explica Kubis. Los mira como si acabara de tener una idea—. Ejercerá el cargo en sus horas libres.

—¿En sus horas libres? ¿O sea que no tendrá horas libres?

—Tampoco usted dispondrá de muchas, fräulein Imhof. Y le aconsejo que no las gaste confraternizando con un oficial delante de los pasajeros. —Señala con la cabeza la cabina de mando—. O del comandante.

A pesar de todo, Max se alegra de que Emilie parezca decepcionada con la noticia. Tal vez tenía pensadas unas cuantas maneras de llenar el tiempo con él. Retrocede un paso, da un taconazo y se despide con una inclinación de cabeza.

—Si me disculpan, debo llevar los sacos a la sala del correo antes del despegue.

A Emilie le molesta que sea Max quien ponga fin a la conversación, pero él disfruta viendo las líneas de frustración que aparecen en su entrecejo.

—¿No querías una respuesta? —le pregunta.

—¡Envíamela por correo!

Puede que ella tenga algo más que decir, pero no se queda a escucharlo. Se vuelve con un saco bien sujeto en cada mano y asciende por la escalerilla. Una vez arriba, en lugar de girar a la derecha, sube otro tramo hasta la cubierta A, dobla a la izquierda en el pasillo de la quilla y se dirige a la proa del dirigible.

Sortea hábilmente a Wilhelm Balla. El camarero sujeta por el codo a un americano que se tambalea y masculla la letra de una canción subida de tono, pero arrastra tanto las palabras que Max apenas entiende lo que dice.

—No, su camarote es por aquí —insiste Balla—. Ahí no hay nada que ver.

El oficial esboza una sonrisa de ánimo.

—Buena suerte.

Balla sujeta con destreza al americano con un brazo mientras repasa la lista de pasajeros con el otro.

—Por suerte, la habitación de este *Arschloch* no está en la cubierta A. Probablemente no podría subirlo por las escaleras. Y lo mejor de todo es que su cabina linda con la de Kubis.

El jefe de camareros es abstemio y por lo general detesta todo lo que provenga de Estados Unidos, ya sea personas o productos. Sería una experiencia interesante ver interactuar a esos dos durante los próximos días. A Balla, por lo menos, la idea le hace gracia. Se aleja con el americano exhibiendo la sonrisa pícara de un colegial que prevé un pequeño desastre.

El cuarto del correo está al fondo del pasillo a la izquierda, justo antes de las dependencias de los oficiales, y Max tiene que dejar los sacos en el suelo para poder abrir la puerta. Las diecisiete mil cartas han sido inspeccionadas una a una esta misma mañana en Frankfurt. Las tres de la tarde era el plazo máximo para añadir correspondencia, y a juzgar por el peso de los dos últimos sacos, hubo una avalancha en el último minuto. Este es el primer vuelo de Max como jefe de correos, puesto que ha heredado de Kurt Schönherr para los trayectos de este año, y examina detenidamente el cuarto para asegurarse de que todo está en orden.

La estancia huele a papel, a tinta y a lona enmohecida, y, bajo la tenue luz, los sacos de correspondencia guardan un desagradable parecido con las bolsas para cadáveres. Junto a la puerta, colgado de un gancho, un saco marcado con la palabra KÖLN aguarda a ser lanzado con un paracaídas esta noche. En un rincón hay una caja achaparrada y hermética de color negro. De metal. Cerrada con llave. Incombustible. Y a la que nadie puede acceder salvo él. Dentro hay correo certificado y artículos que exigen un cuidado o una discreción especiales. La llave de esta caja de seguridad está en la anilla que Max lleva colgada del cinturón. Hace tres horas le entregaron un paquete pequeño junto con cien marcos nuevos y la promesa de que recibiría otros cien si el paquete llegaba a New Jersey sano y salvo.

El paquete está dentro de la caja metálica, la cual, afortunadamente, sigue cerrada a cal y canto. Echa un último vistazo al cuarto para asegurarse de que todo está en orden, da unas palmaditas al saco con destino a Colonia y cierra la puerta tras de sí.

EL AMERICANO

No está borracho. Ni siquiera un poco. Harían falta más de tres gin-tonics aguados para hacerlo tambalearse. Pero se apoya en el brazo del camarero como si lo estuviera. Algún que otro traspiés en el momento adecuado, alguna que otra palabra incoherente, y es imposible que alguien sospeche alguna cosa. La manera más fácil de que te ignoren es aparecer exageradamente beodo en público.

Antes de que el camarero se lo lleve a rastras, el americano toma nota del llavero sujeto al cinturón del oficial y de la puerta correspondiente al cuarto del correo. Su proximidad a la cabina de mando representa un problema, siempre habrá oficiales merodeando por aquí, pero ya se ocupará de eso más tarde. El pasillo de la quilla es largo y estrecho, con paredes inclinadas hacia fuera, y él y el camarero tienen que hacerse a un lado para dejar pasar a otras personas en cuatro ocasiones antes de llegar a su camarote de lujo. Como no estaría bien depositar a un yanqui ebrio en la habitación de otro pasajero, el adusto mozo comprueba la tablilla dos veces antes de abrir la puerta de un empellón y llevarlo hasta la cama. En su placa identificativa pone WILHELM BALLA. Lleva la chaqueta blanca perfectamente planchada y tiene los labios apretados. El americano experimenta un orgullo morboso al sentir su desaprobación.

—Tiene la habitación para usted solo, así que no hay temor de que moleste a alguien mientras duerme la mona. —Sacude el hombro para liberarse de su pesado brazo. El americano cae de espaldas sobre la cama murmurando palabras incoherentes—. La cena es a las diez. Si no me equivoco, compartirá mesa con el comandante Pruss. —Aguarda un instante y prosigue sin tomarse la molestia de ocultar su desdén—. Si no se ha despertado para entonces, vendré a buscarlo.

El americano no contesta. Espera a que la puerta se cierre y cuenta hasta cinco. Después, se incorpora y se alisa la chaqueta. La habitación es más espaciosa de lo habitual en un dirigible. Dos metros y medio por tres, y una cama doble en lugar de una litera. Pero es la ventana lo que hace que el precio del billete merezca la pena. Al igual que las demás ventanas de la aeronave, esta es baja y alargada, y está empotrada en la pared inclinada. Pero, a diferencia de los ventanales del mirador, esta no se abre. El lavamanos y el escritorio son más grandes aquí que en la cubierta A, lo que deja algo de espacio para desparramar las cosas. El armario es pequeño y angosto, el espacio justo para colgar un puñado de camisas y unos cuantos pantalones, de modo que tendrá que guardar el resto de la ropa debajo de la cama. No importa. Solo ha facturado dos maletas y el artículo que más ganas tiene de encontrar no se halla en ninguna de ellas. Se coloca en medio de la habitación y realiza cuatro giros de noventa grados sobre sus talones, atento a todos los detalles. El techo y las paredes están construidos con tableros de espuma forrados de tela. El sonido debe de viajar fácilmente a través de ellos. Un detalle muy útil para quien desee escuchar las conversaciones de otros pasajeros.

¿Dónde estará? Ladea pensativo la cabeza. En el armario, no. Una búsqueda rápida no desvela paneles ni paquetes ocultos. Tampoco está en el interior del colchón, ni de las fundas de almohada, ni de las sábanas. Los armarios que hay debajo y encima del lavamanos están vacíos, al igual que la lámpara del techo. El americano se pregunta si su petición habrá sido rechazada. Descarta la idea al instante. Sus peticiones nunca son rechazadas. Solo hay un lugar en la habitación donde todavía no ha mirado y enseguida lo embarga la decepción. Esperaba que el oficial tuviera más imaginación, pero está visto que no. Encuentra lo que está buscando debajo de la cama, en el rincón más alejado y oscuro: un petate de lona verde oliva del ejército. El contenido le complace.

Una nota, doblada en dos, con tres palabras escritas en tinta negra por una mano apresurada: «Que sea limpio».

Encuentra una cadena de bolitas herrumbrosa con una placa identificativa que en otros tiempos perteneció al hombre al que ha venido a matar y una pistola, una Luger con el cargador lleno. Pero no hay un nombre. Le prometieron un nombre. Coge la placa y examina la información grabada en la superficie. Esperan que descifre esta pista él solo. Ha mordido el anzuelo.

El americano guarda el petate bajo la almohada y se tumba en la cama con las manos cruzadas debajo de la cabeza. Sigue ahí tumbado diez minutos más tarde, cuando el camarero regresa con sus maletas. Las mete debajo de la cama y vuelve a quedarse solo. Pero no duerme. Está pensando en lo que debe hacer a continuación. Piensa en el cuarto del correo y en cómo entrará sin ser visto antes de que lleguen a Colonia esta noche. Piensa en la carta que hay que entregar. Crea mentalmente un inventario de los pasos que debe seguir a lo largo de los próximos tres días, consciente de que todo, absolutamente todo, debe salir según lo planeado.

EL GRUMETE

Werner Franz no permitirá que lo vean llorar. Se ha golpeado la rodilla con el canto de un baúl grande y el dolor que siente en el hueso es tan punzante y profundo que nota que un aullido le crece en el pecho y aprieta los dientes para que no salga. Si estuviera en casa o en el colegio, o en cualquier otro lugar salvo aquí con esos hombres, se permitiría el lujo de llorar. Pero no tiene intención de comportarse como un crío delante de los otros miembros de la tripulación. Bastante se meten ya con él. Así que da un paso atrás y cierra los ojos. Por su lado pasan hombres cargados con baúles y maletas. Oye pies que se arrastran, el ladrido de un perro y una maldición entre dientes, y cuenta en silencio hasta diez para intentar calmarse. Sometido el grito, deja ir un suspiro hondo, pero no puede evitar fulminar el baúl con la mirada. No se ha hecho gran cosa, pero el moretón le durará semanas.

Una mano grande lo agarra por el hombro y Werner se da la vuelta. Sus ojos tropiezan con un tórax corpulento y se elevan hasta el rostro de Ludwig Knorr. El hombre es una leyenda en este dirigible y siente por él un respeto reverencial. Pero es la clase de respeto que lo impulsa a huir de una estancia cuando Knorr entra en ella o pegarse a la pared cuando se cruza con él en el pasillo. Una especie de veneración transformada en pánico absoluto a pesar de que el hombre nunca le ha hablado siquiera. Hasta hoy.

—Si tantas ganas tienes de dar patadas a algo —dice con su voz grave e imponente— asegúrate de que sea la puerta y no ese baúl. —Señala las letras LV estampadas en el cuero con filigrana de oro—. Cuesta más de lo que tú ganas en un año. ¿Queda claro?

Werner asiente con la cabeza y baja la mirada.

—Sí, herr Knorr.

Ludwig le alborota el pelo.

—Y mantente alejado de Kubis. Hoy está de mal humor. Por los perros. Odia los perros.

Heinrich Kubis verifica la chapa del baúl y ordena a uno de los aparejadores que lo lleve a la bodega en lugar de a las dependencias de los pasajeros. Marca una casilla en su tablilla y pasa al siguiente bulto. A su lado hay una escotilla de abastecimiento que conecta con la pista, donde una pila de equipaje espera a ser embarcada. La parte más difícil es determinar si los artículos deben ir a los camarotes o a la bodega. Pero Kubis está tranquilo e imparte órdenes sin el menor titubeo.

Se oye un fuerte barullo cuando la plataforma de carga sube a los perros, que dan vueltas, ladran y gimotean haciendo temblar las jaulas de mimbre. Werner sabe que las pobres bestias están asustadas, pero Kubis se muestra inmisericorde.

—A la bodega —ordena, y las jaulas, transportadas cada una de ellas por dos aparejadores, desaparecen en el interior cavernoso del dirigible.

—Nunca entenderé —farfulla Kubis— por qué esos idiotas se empeñan en viajar con sus mascotas.

Después de otros diez minutos despotricando contra el transporte de animales, todo el equipaje está distribuido a excepción de una cartera de piel. Kubis se la entrega a Werner.

—Camarote nueve de la cubierta B. Déjala sobre la cama para que frau Adelt la vea nada más entrar. Por lo visto es un poco maniática con sus cosas.

El grumete coge la cartera y se dirige a la zona de pasajeros. Se conoce la distribución del dirigible tan bien como la de la casa de sus padres en Frankfurt. Dobla la esquina próxima a la escalerilla tan deprisa que casi derriba a una señorita. Pero la joven posee buenos reflejos y aún mejor sentido del humor, y lo esquiva con una sonrisa.

—Lo siento mucho, fräulein.

Werner se sonroja y ella ignora la disculpa.

—¿Ha visto a mi hermano?

Por lo general, Werner es rápido en contestar y bastante afable. Pero esta chica es muy bonita. Y parece más o menos de su edad. La joven lo está mirando, esperando una respuesta. Él no parece recordar la pregunta, de modo que se queda donde está, apretando estúpidamente la cartera contra su pecho.

—¿Mi hermano? —pregunta de nuevo la muchacha—. ¿Lo ha visto? Es rubio y tiene ocho años, y en cuanto lo encuentre, lo estrangulo. Mi madre lo está buscando como una loca.

—No. —Se aclara la garganta para evitar que se le quiebre la voz—. No lo he visto.

—Si se cruza con ese diablillo, ¿puede enviarlo a la cubierta del mirador?

—Por supuesto. ¿Cómo se llama su hermano?
—Werner.
—Yo también me llamo Werner. —Está a punto de no preguntarlo. Teóricamente no es apropiado. Pero las palabras salen de sus labios antes de que pueda detenerlas—. ¿Y usted?

Ella abre los ojos, pero parece sorprendida, no molesta.
—Irene.

El mozo de cabina inclina servilmente la cabeza.
—Es un placer conocerla.

La joven se dispone a responder algo —tiene los labios ligeramente separados—, pero cambia de opinión. Se detiene un instante y luego se aleja sin decir nada, pero cuando se gira para subir a la cubierta A, él se percata de que una sonrisa tira de sus labios, y ella se delata al volver la cara para mirarlo antes de desaparecer. La ve partir mientras se pregunta por qué le gustaría que volviera e hiciera otra observación impertinente sobre su hermano.

Hace casi dos años que Werner terminó el colegio, los mismos que lleva sin pasar apenas tiempo con chicas. De ahí que le sorprenda el calor que nota en las mejillas y la sonrisa de su cara. No sabe qué pensar del hormigueo en el estómago. No puede identificar la sutil transformación que tiene lugar en su interior mientras entra en la cabina abierta de los Adelt con la cartera en la mano. La deja con cuidado junto a la almohada. Es como si todos los cables de su cerebro hubiesen cobrado vida al mismo tiempo por una repentina descarga eléctrica. Nota un zumbido en la cabeza. Sabe lo que es estar asustado, cansado o hambriento, y aunque esto parece una combinación de las tres sensaciones, es consciente de que se trata de otra cosa. De algo único. Werner Franz se dirige a la cubierta del mirador para reunirse con el resto de los camareros mientras experimenta algo del todo nuevo para él.

LA CAMARERA

El mirador de la cubierta A está lleno de pasajeros que se agolpan frente a los ventanales inclinados cuando Emilie entra llevando de la mano a un niño con la cara bañada en lágrimas que ha perdido a su madre. Se acuclilla a su lado, la manita recogida en su palma, y señala a una mujer de baja estatura y aspecto eficiente que mira de puntillas por encima del hombro del caballero que tiene delante.

—Ahí la tienes. Te dije que no nos iríamos sin ella.

Matilde Doehner. Emilie pronuncia el nombre de la mujer en silencio tres veces —una en alemán, una en inglés y una en italiano— para grabar el rostro en su mente. El pobre Werner tardó dos minutos de agitados sollozos en tartamudear el nombre de su madre. Después consiguió decir el suyo con un berrido agudo y una nueva tanda de lagrimones.

El niño tiene ocho años y se aferra a los últimos vestigios de la infancia. Suelta la mano de Emilie, se limpia la nariz con la manga y hace una inspiración profunda que guarda un parecido asombroso con un hipo.

—Por favor, no le diga a mi hermano que he llorado. Pensará que soy un bebé.

Tiene la carita tan seria y asustada que Emilie ha de hacer un esfuerzo para no reír.

—No diré nada, te lo prometo.

El hermano de Werner —Walter, anota Emilie, de nuevo mentalmente, repitiendo el nombre en todos los idiomas que conoce— está de espaldas junto a su madre. Lleva una pernera del pantalón metida en el calcetín y los cordones de los zapatos desatados. Emilie está segura de que cuando las cosas se pongan feas —que lo harán, después de todo son chicos— Werner sabrá defenderse.

—Ve —le dice antes de empujarlo suavemente hacia su madre.

El pequeño endereza los hombros y va al encuentro de su familia cuando esta se abre paso hasta los ventanales. Anuncia su llegada propinando un codazo a Walter en las costillas. «Estoy aquí —dice ese golpe—, y no te tengo miedo.» Emilie combate el dolor que le produce el inocente forcejeo.

—Buen trabajo, fräulein Imhof.

La camarera tarda unos segundos en reconocer al coronel Fritz Erdmann. Viste ropa de paisano en lugar del uniforme de la Luftwaffe. No se ha afeitado y no tiene buena cara.

—Coronel Erdmann. —Inclina levemente la cabeza en señal de respeto—. ¿Qué puedo hacer por usted?

Erdmann se aleja de la gente y le hace señas para que lo siga. Baja la cabeza y la voz.

—Necesito que llame a mi esposa por megafonía.

—Estamos a punto de despegar...

—Tráigamela. Necesito despedirme de ella.

Erdmann posee una frente germánica y unos ojos inteligentes y curiosos. Emilie tiene la sensación de que la está atravesando con la mirada. Le gustaría preguntar si no puede encargarse otra persona —ella está en mitad de su trabajo, después de todo— pero la cara del coronel no admite discusión.

—Desde luego —responde—. ¿Adónde quiere que la lleve?

El coronel levanta la vista hacia el mirador como si la pregunta lo hubiera dejado impotente. Da la impresión de que hasta el último pasajero está apiñado frente a esos ventanales señalando y riendo impaciente.

—Aquí mismo, supongo.

Baja los escalones de dos en dos hasta la cubierta B. No está segura de que estén a tiempo de satisfacer la petición del coronel Erdmann, aunque repara en que la tripulación de tierra no ha subido aún la escalerilla.

Willy Speck y Herbert Dowe se sobresaltan cuando Emilie abre la puerta e irrumpe en la sala de radio. La miran como si se hubiera materializado en cueros delante de ellos, como ni nunca hubiesen visto a una mujer. Los dos hombres están en sus puestos con los auriculares encasquetados y los dedos flotando sobre un tablero lleno de botones y palancas mientras esperan la orden de despegar.

—No puedes estar aquí.

Esa débil protesta parece ser lo único que Willy es capaz de transmitir, porque no dice nada más después.

—Sí que puedo.

Emilie nunca ha llevado bien que alguien le diga lo que puede o no puede hacer, y menos aún un radioperador desdentado con problemas de higiene.

—Pero eres... eres una mujer —añade sin demasiada convicción.

—Soy un miembro de la tripulación. Como tú. Con acceso sin restricciones dentro del dirigible. Como tú. Y resulta que estoy haciendo mi trabajo, que consiste en pedir por megafonía a un familiar de uno de nuestros pasajeros más importantes que suba a bordo. Y, ahora, si me disculpas.

Emilie pasa junto al todavía mudo, y por tanto más inteligente, Herbert Dowe, y baja por la escalerilla que conecta con la cabina de mando. El uniforme hace incómodo el descenso, pero está demasiado irritada para que le importe. Si hay alguien mirando por debajo de su falda, adelante, que le vea el liguero, y también su acritud. Pero los oficiales de abajo son unos caballeros y mantienen la mirada gacha hasta que Emilie tiene los pies firmemente plantados en el suelo enmoquetado de la cabina de mando.

Se enfrenta con aplomo a la mirada inquisitiva del comandante Pruss y su tripulación.

—Lamento interrumpir los preparativos del despegue, comandante, pero el coronel Erdmann me ha pedido que llame a su esposa por megafonía.

—¿Por qué?

Emilie no pretende mentir; las palabras simplemente se forman en su boca antes de que pueda evaluarlas.

—No me lo dijo. Pero ha insistido mucho.

El coronel dijo que quería despedirse de su mujer. Piensa en eso mientras Pruss considera la petición. Fue la voz entrecortada de Erdmann al pronunciar la palabra «despedirme» lo que hace que le resulte tan fácil mentir ahora. Su marido no tuvo la oportunidad de despedirse de ella antes de dejarla para siempre. Sus dedos reprimen el deseo de acariciar la llave que pende entre sus senos, la llave que su marido le regaló en su noche de bodas.

Una de las cosas que más le desconciertan de Max Zabel es su capacidad para aparecer en el peor momento. Siempre hace acto de presencia cuando ella se encuentra en una situación vulnerable. Emilie no quiere ser rescatada, y, sin embargo, ahí está él. Max baja por la escalerilla de la cabina de mando y se coloca entre ella y el comandante Pruss en un gesto más autoritario que protector, como si estuviera seguro de que, sea cual sea el problema, él puede resolverlo.

—¿Ocurre algo? —pregunta.

Emilie se descubre siendo el objeto de la mirada curiosa de Max. Es alarmante la manera en que esos ojos consiguen paralizarla, vaciarle la mente de todo pensamiento, de toda objeción, y hacer que se olvide de su difunto marido. Por eso se resiste a Max, por eso lo odia a veces. Ella no quiere olvidar.

Los dos se vuelven hacia Pruss.

—No —responde el comandante, pero no se explica. En lugar de eso, mira a Emilie como si la viera por primera vez.

Los muchos años de servicio a bordo de transatlánticos y el tiempo que lleva en este dirigible le han enseñado que los hombres importantes detestan que los presionen cuando tienen que dar una respuesta o tomar una decisión. La benevolencia, aunque a menudo necesaria, es algo que otorgan según les parece. A su manera. De modo que aguarda con las manos cruzadas delante, una expresión de afable expectación en el rostro y la insinuación de una sonrisa paciente en los labios. «Dese prisa —piensa—. Soy yo la que tendrá que servir al coronel Erdmann los próximos tres días, no usted.» Si Pruss rechaza la petición del coronel, ella no podrá hacer nada al respecto. Al fin y al cabo, él está al mando, pero será a ella a quien le toque dar la noticia.

—Max —ordena finalmente Pruss—, coja el megáfono y pida a la tripulación de tierra que vaya a buscar a Dorothea Erdmann al hangar. —Se vuelve hacia Emilie—. Usted la recibirá, supongo

—Sí, comandante.

Max saluda a Pruss con una firme inclinación de cabeza, rodea la pared de cristal y entra en la sala de navegación. Ella nunca lo ha visto antes en este entorno; solo ha estado en la cabina de mando una vez, durante su primera visita al dirigible. Ver a Max rodeado de sus instrumentos y cartas de navegación adquiere ahora sentido. Otra pieza del rompecabezas que encaja. Max es un misterio que se va resolviendo poco a poco.

—¿Algo más, fräulein Imhof?

Hay un atisbo de sorna en el tono del comandante Pruss.

Emilie está mirando a Max. «Maldita sea —piensa—. Todos se han dado cuenta. Ahora no lo dejarán tranquilo.»

—No —contesta.

—En ese caso, puede volver a su puesto.

Escucha una versión distorsionada de la voz grave de Max por el megáfono mientras sube por la escalerilla. Le lanza al radioperador una mirada con un claro mensaje: «Te lo dije». Tras cerrar la puerta, se detiene en el pasillo para serenarse.

La única joya que luce es una cadena de plata en el cuello de la que cuelga una llave antigua. La cadena es larga y la lleva escondida debajo del vestido. No se la ha quitado desde que Hans murió y la cara que está en contacto con su piel ha ido perdiendo lustre con el tiempo. Ahora la nota caliente y pesada, como un lastre sobre su corazón, de modo que la saca y la sostiene en la palma. Es lo único que le queda de su antigua vida.

Pero es una vida que merece ser recordada, y Emilie se esfuerza por impedir que Max Zabel la invada. Se guarda de nuevo la llave debajo del uniforme, endereza la espalda y pone rumbo a la escalerilla para recibir a Dorothea Erdmann.

LA PERIODISTA

—¿Quién crees que es esa mujer?

Gertrud posa un delgado dedo en el ventanal y señala un jeep militar que se acerca raudo por la pista. En el asiento de delante viaja una mujer agarrada a la portezuela, con los cabellos ondeando al viento.

—Estaba en el autobús —responde Leonhard.

—¿Es una pasajera?

—No lo parece.

El vehículo se detiene justo debajo de ellos, fuera de su vista, y poco después la mujer irrumpe en el paseo del mirador, seguida de cerca por la camarera, y se arroja a los brazos de un hombre que se mantiene apartado de los demás pasajeros. Algunos se vuelven para contemplar el espectáculo, pero la mayoría sigue las operaciones de tierra previas al despegue.

La camarera da un paso atrás cuando la pareja se abraza, y finalmente abandona la sala. Está pálida y parece agitada. Gertrud la observa extrañada mientras el hombre y la mujer se estrechan entre sus brazos todo lo fuerte que pueden abrazarse dos seres humanos, durante más de un minuto.

—¿Sabes? —susurra Leonhard—. Es la primera vez que veo subir a un invitado cuando falta tan poco para el despegue. Se toman la seguridad muy en serio. Probablemente es su rango lo que lo ha hecho posible.

La indumentaria del hombre no se diferencia de la de los demás pasajeros y Gertrud mira a su marido con curiosidad.

—¿Quién es?

—Fritz Erdmann.

—¿Lo conoces?

—Es un coronel de la Luftwaffe. Kommandant de la Escuela de Comunicaciones Militares. Fue nombrado observador militar del *Hindenburg* a principios de año. No le hizo mucha gracia.

—¿Y sabes eso porque...?

—Él mismo me lo contó. En marzo, durante el primer vuelo comercial a Río de Janeiro.

Cómo no iba a saberlo. Leonhard lo sabe todo sobre el programa de dirigibles de Alemania. Es justamente por esos conocimientos, y por su talento periodístico, por lo que se encuentran en este estúpido aparato. Recientemente ha colaborado en la autobiografía del capitán Ernst Lehmann, director de las operaciones aéreas de la Deutsche Zeppelin-Reederei. Ha sido invitado a este vuelo con todos los gastos pagados para que pudiera reunirse con los editores estadounidenses antes del lanzamiento del libro, previsto para el mes que viene. También fue solicitada, en contra de sus deseos, la presencia de Gertrud.

El coronel Erdmann y su esposa se separan al fin y se miran fijamente. Él le acaricia la mejilla con el pulgar, quizá para enjugarle una lágrima —Gertrud no está segura—, y ella se da la vuelta y abandona el dirigible en silencio. Mientras la periodista observa el jeep devolver a frau Erdmann al hangar, cae en la cuenta de que ni él ni ella han pronunciado una sola palabra.

El coronel parece abatido mientras ve partir a su esposa y Gertrud sospecha que detrás se oculta una historia jugosa.

—Cariño —dice, con la mano posada sobre el brazo de su marido—, creo que ese hombre necesita una copa.

Leonhard le clava esa mirada que dice que reconoce el ronroneo en su voz, que sabe que está tramando algo, pero ella es demasiado lista para que él pueda adelantarse a la travesura que ha planeado. Y no intentará detenerla. Nunca lo hace.

—¿Prometes comportarte? —Leonhard da un paso hacia la puerta.

—¿Adónde vas?

—Al bar.

—¿Por qué? Los camareros están repartiendo champán.

Chasquea la lengua.

—*Liebchen*, el champán no te proporcionará lo que estás buscando.

—¿Quién dice que estoy buscando algo?

—Me llevaría una gran decepción si no fuera así.

He ahí por qué Gertrud se casó con un viudo veintidós años mayor que ella. Leonhard es el único hombre que conoce que no solo admira su iniciativa, sino que la alienta.

—En ese caso, pide un Maybach 12 para el bueno del coronel y otro para mí.

—Cuidado, *Liebchen. Alte Füchse gehen schwer in die Falle.*

Ella ríe y le da una palmadita en la mejilla.

—No es tan viejo el zorro. Yo diría que es más joven que tú. Y sé cómo tender mis trampas.

Leonhard le coge la mano, la gira y le besa suavemente la palma.

—Eso no te lo discuto. —Acerca la boca a su oído—. Tienes trampas muy tentadoras, *Liebchen*. Aunque espero que no las utilices con él como hiciste conmigo.

—Dudo que te ausentes el tiempo suficiente.

—Si esta noche le das al Maybach 12, no pasará mucho tiempo antes de que tenga que llevarte a la cama.

—No tendrás esa oportunidad si no vas a por las bebidas.

—Por lo menos empieza despacio. El Maybach 12 es muy fuerte para ti.

Leonhard se marcha en busca del bar de la cubierta B y el famoso cóctel cuya receta solo conoce el barman, un secreto mejor protegido que el propio *Hindenburg*.

Gertrud resopla. En más de una ocasión han comprobado su poco aguante con el alcohol. Está bien. Irá poco a poco. Aguarda unos instantes antes de acercarse al coronel Erdmann. Quiere asegurarse de que ningún otro pasajero buscará su compañía. El hombre se mantiene alejado de la gente, con la mirada fija en el hangar del otro lado de la pista en el que su mujer ha desaparecido.

Gertrud se coloca discretamente a su lado.

—Su esposa es adorable —dice tras un instante.

Él no la mira cuando contesta.

—No imagina cuánto.

—Quizá se lleve una sorpresa. Tengo buen ojo para las personas.

—No lo dudo, teniendo en cuenta quién es su marido.

El hombre es observador. Gertrud deberá tener cuidado.

—¿Conoce a Leonhard?

—Todo lo que un hombre puede conocer a otro de unas pocas conversaciones agradables.

—Él tiene muy buena opinión de usted.

—No lo creo.

La respuesta la deja de piedra.

—¿Cómo dice?

El coronel Erdmann sonríe por primera vez desde que entró en el mirador.

—Se necesitará más de un Maybach 12 para hacerme hablar, frau Adelt —responde volviéndose hacia ella—. Esperaba que Leonhard tuviera mejor opinión de mí.

—¿Ha escuchado nuestra conversación?

El coronel se encoge de hombros.

—Presto atención.

Observador y astuto. Gertrud reevalúa mentalmente su plan de ataque.

—A decir verdad, soy responsable de ese pobre juicio. Debe disculparme, tiendo a dar por sentado que la Luftwaffe solo recluta a un tipo de hombre.

Él esboza una sonrisa torcida. Espera el remate final.

—Libertinos.

—Me declaro culpable.

Gertrud se toma la carcajada del coronel como una pequeña victoria y le tiende la mano con una sonrisa.

—Gertrud Adelt.

—Fritz Erdmann. —El coronel le estrecha la mano—. Veo que Leonhard y usted hacen una excelente pareja.

Ella abre la boca para responder, pero el regreso de su marido la interrumpe.

—Que me aspen si no iba a salirme bien la segunda vez. —Leonhard se reúne con ellos en la ventana portando tres vasos helados que contienen esquirlas de hielo y un líquido de color amarillento. La mirada que clava en Gertrud es una mezcla de asombro y respeto. Le tiende uno de los vasos al coronel—. ¿Cena con nosotros? A menos que mi esposa haya desvelado demasiado de su naturaleza impetuosa.

La aludida bebe un sorbito de Maybach 12 y un escalofrío le recorre el cuerpo. Está delicioso, y enseguida comprende el motivo de su fama. Notar el sabor del kirsch y del Benedictine a partes iguales, junto con una buena ginebra y algo más que no consigue identificar.

—Lo que mi marido quiere decir es que me fue pillando el gusto poco a poco.

—Al contrario, *Liebchen* —replica Leonhard—. No necesité mucho para decidirme. Un beso, si no recuerdo mal.

Es evidente que el coronel disfruta con el rifirrafe.

—Puede que esto le sorprenda, frau Adelt, pero yo prefiero las mujeres que hablan y beben con libertad.

—¿Por qué debería sorprenderme?

—No es algo que la gente de la buena sociedad reconozca abiertamente.

—Oh, yo no pertenezco a la buena sociedad.

—Tampoco mi mujer.

Gertrud no puede evitar mirar hacia el hangar rectangular. Está buscando algo que decir cuando el coronel habla de nuevo.

—Le habría caído muy bien a Dorothea.

—Sería un honor para mí conocerla. ¿Quizá cuando regresemos a Frankfurt?

Gertrud levanta la copa para brindar, pero el coronel golpea el vaso sin demasiado entusiasmo.

—Quizá.

EL TERCER OFICIAL

—Está ahí abajo —comenta Willy Speck en el momento en que Max entra en la sala de radio.

Señala con el mentón hacia la escalerilla que conduce a la cabina de mando.

—¿Quién?

—Tu chica.

Su relación parece ser un hecho consumado para todos menos para Emilie. Max la oye ahora pedir al comandante Pruss que avise a alguien por el megáfono. Pasa junto a los radioperadores y baja raudo por la escalerilla. Encontrar a Emilie en la cabina de mando es un poco como encontrársela en su cama. No es una experiencia desagradable, solo sorprendente, como si ella estuviese familiarizándose con sus cosas. Como haría una amante. Y, como seguramente se sentiría en esa situación, Max no sabe qué hacer. Emilie no ha llegado a entrar en la sala de navegación, sino que espera paciente la decisión del comandante Pruss en la cabina de mando.

Es buena en eso, advierte Max. No presiona. No exige una respuesta. Y al final Pruss le pide a él que llame a Dorothea Erdmann por megafonía. Pero Emilie no huye de la cabina de mando sin mostrar antes su fascinación por el feudo de Max. Lo observa durante un momento de descuido, hasta que el comandante Pruss la despacha. Max no la sigue con la mirada. Si lo hace, le harán la vida imposible.

—*Ruhe, bitte!* —gruñe apartándose de la ventana, megáfono en mano.

Pruss está junto a la puerta de la sala de navegación con la gorra tan hundida que Max no sabe si su expresión es seria o divertida.

—¿Dónde estaba?

—Con el correo —responde.

—¿Con el correo o engatusando otra vez a la camarera?

Max resopla. Efectivamente, aquí no existen los secretos. Como respuesta, lanza una mirada sardónica a la escalerilla. «¿Cómo podía estar engatusándola —dice esa mirada—, si ella estaba aquí con usted?»

Pruss se limita a volverse y da la orden de empezar los preparativos para el despegue. Max ocupa su puesto en la sala de navegación, entre sus mapas y diarios de vuelo, sus cartas y sus instrumentos de radiogoniometría, que le permiten conocer la dirección desde la que se emiten las señales de radio.

El comandante Pruss está al mando del dirigible en este viaje, pero es el capitán Ernst Lehmann quien normalmente pilota la nave, un privilegio que considera sagrado. Estar al timón es casi un ritual religioso para el director de operaciones de vuelo. Lehmann se encuentra en la cabina de mando para el despegue pese a ser técnicamente un observador en este vuelo: un papel simbólico en su viaje a Estados Unidos para preparar la gira de promoción de *Zeppelin*, su biografía. El coautor —un periodista de cierto renombre— también está a bordo, aunque Max todavía no lo ha conocido.

Mientras Pruss se prepara para el despegue, Lehmann permanece con las manos cruzadas detrás de la espalda, reprimiendo el deseo de dar órdenes. Observa a los oficiales repasar metódicamente la lista de verificación, comprobar indicadores y lastres, ruedas, timones y elevadores. Cuando todo parece estar en orden, Pruss coge el megáfono de la mesa de Max y saca la cabeza por la ventana.

—*Zeppelin marsch!*

La voz del comandante es fuerte y autoritaria. Potente. Max oye el traqueteo metálico de las escalerillas al replegarse, y debajo de ellos se produce un cambio inmediato, sutil. Probablemente los pasajeros de las cubiertas A y B no lo perciben, pero la cabina de mando, a solo un par de metros del suelo, vibra con el movimiento.

El tren de aterrizaje de proa del *Hindenburg* se halla justo debajo de la sala de navegación. Se accede a él por una trampilla que Max tiene bajo los pies y es uno de los tres puntos sobre los que descansa el dirigible cuando está en tierra; los otros dos son las escalerillas y el tren de aterrizaje de popa. Como las cuchillas en una pista de hielo, cada tren es un mero punto de contacto sobre el que el aparato se mantiene en equilibrio cuando está amarrado a tierra. Manejar esa maquinaria pequeña pero fundamental durante cada despegue y cada aterrizaje es tarea de Max, independientemente de la hora, del día o del turno.

Y aunque el mecanismo es sencillo —el tren de aterrizaje sube y baja empleando una válvula para dirigir la corriente de aire comprimido y un panel de control extraíble para mantener el tren y su armazón de cara al viento—, se trata en realidad de un proceso delicado que requiere un pulso firme y una buena dosis de concentración.

Max abre la trampilla para poder subir el tren. Este entra en el dirigible con suavidad, sin el menor temblor o ruido. Recoge del suelo el engranaje de control retráctil para que no pueda caer de nuevo. Comprueba el mecanismo de bloqueo para asegurarse de que está bien fijado dentro de su armazón, y después ya solo queda esperar.

—Buen trabajo —lo felicita Pruss.

El oficial asiente satisfecho y observa a la tripulación de tierra tomar el control. Desde la ventana de babor de la cabina de mando los ve sujetar fuertemente los cabos con las manos. Poco a poco se estiran hasta su longitud máxima. Max puede notar que los cabos de babor se tensan con un ligero cambio del viento y como respuesta el *Hindenburg* es empujado hacia estribor. El dirigible se mantiene sujeto a tierra únicamente por medio de esas cuerdas y la determinación de un puñado de hombres sobre la pista.

El *Hindenburg* entra en acción. Los cuatro motores —separados del cuerpo principal del aparato por vigas de acero y una escalerilla estrecha— sueltan un rugido que poco a poco desciende hasta un ronroneo uniforme. Algunos tripulantes de tierra agarran los cabos y se inclinan en dirección contraria al dirigible hasta casi rozar el suelo. Desamarran los cabos de las pesadas anclas clavadas a la pista, pero los mantienen tirantes frente al viento. Otros operarios se colocan debajo de las góndolas de los motores, agarrando las barras. Caminan todos juntos para alejar el *Hindenburg* del hangar. El dirigible se desliza como una bestia ingrávida, como si su enorme masa no fuera más que un soplo de aire.

La sirena, mucho más potente ahora que Max se encuentra en la cabina de mando, emite un aullido largo y estridente. Los músculos del cuello y la mandíbula se le encogen como respuesta, y decide que cuando vuelvan a Alemania investigará otros dispositivos de aviso. Todos los tripulantes de tierra se detienen al mismo tiempo y tensan los músculos de los antebrazos para mantener el dirigible bajo control. Pruss sigue asomado a la ventana y cuenta hasta tres.

—*Schiff hoch!* —grita por el megáfono.

Max anota en su diario de vuelo la hora de salida: las 20.18.

Pruss ordena recoger la gran telaraña de cabos y los tripulantes que están debajo de las góndolas impulsan el dirigible hacia arriba. Este sube y queda suspendido a seis metros del suelo mientras la tripulación prorrumpe en vítores. El comandante da entonces la orden de soltar dos toneladas de agua de los lastres de ambos lados de la aeronave, y como un globo que se suelta de la mano de un niño impaciente, el gran zepelín plateado se eleva hacia el cielo rosáceo de Frankfurt.

EL AMERICANO

El americano ha adecentado su aspecto y está sentado solo al final del estrecho comedor. Ha elegido ese asiento para poder ver toda la sala y vigilar las idas y venidas de todo el mundo. Le gusta esa sensación de control. Ha llegado pronto. Los demás invitados han regresado a sus habitaciones a fin de cambiarse para la cena. Los únicos pasajeros que hay en el comedor aparte de él son una adolescente y sus dos hermanos pequeños, a quienes vigila pacientemente. Los tres están inclinados sobre las ventanas, con las narices pegadas al cristal, mientras el dirigible sobrevuela la oscura campiña. Observa a los niños con una creciente sensación de desasosiego. Son revoltosos y gritones, y uno de ellos golpea el cristal con el puño. Teme que el mocoso descubra que las ventanas pueden abrirse y caiga al vacío.

Cierra los puños sobre los muslos. Aprieta los labios para contener el impulso de reprender al muchacho. Lo que le suceda no es problema suyo. Debería darle igual. Pero no le da igual. El americano tenía un hermano, y se acuerda de cuando jugaban despreocupadamente, sin trabas y sin miedo a las consecuencias. Pero eso fue hace mucho tiempo, mucho antes de que la Primera Guerra Mundial les arrebatara los últimos vestigios de su inocencia infantil. Ahora sabe cómo funciona el mundo. Y ese niño no tiene ninguna posibilidad.

El chico se vuelve imprudente, quiere lucirse delante de sus hermanos subiéndose a las ventanas. Su hermana, alta, rubia y flaca como un fideo, se levanta con calma y le da un cachete. El gesto es tan rápido, tan sutil, que el niño no lo ve venir.

—*Nein* —le dice.

—No eres mi madre —aúlla él—. ¡No puedes pegarme!

—Ve a contárselo a mamá, entonces. Veremos si ella no te da otro cachete. Y esta vez por insolente.

Los dos muchachos se marchan corriendo, decididos a ser los primeros en contar su versión de los hechos, y la chica los sigue despacio, con la cabeza erguida y la espalda recta, segura de su posición de hermana mayor. Los chicos pueden decir lo que quieran; sus padres la creerán a ella. Lo sabe, y sale del comedor sin dar muestras de la menor inquietud. El americano tiene la certeza de que no adornará lo que el niño hizo. Simplemente explicará lo sucedido, puede que incluso con indulgencia, y dejará la decisión a sus padres.

La cubierta A se compone casi por entero de camarotes de pasajeros. Las cabinas de lujo de la cubierta B son nuevas, añadidas a principios de año para satisfacer la creciente demanda de pasajes, pero las dependencias principales están aquí arriba. Veinticinco camarotes con una litera cada uno, un comedor con un paseo mirador en la parte de babor y la cafetería, la sala de lectura y otro mirador en la de estribor. La única zona de la cubierta A a la que no pueden acceder los pasajeros es la pequeña antecocina situada junto al comedor. No más grande que un camarote, dispone de dos encimeras largas con armarios en lo alto llenos de cubiertos, copas y manteles. En una de las paredes hay un montaplatos que se emplea para subir la comida desde la cocina. Es demasiado pequeño para que quepa un adulto —un niño quizá, pero de nada le sirve eso al americano— y ya lo ha descartado como posible método de huida en el caso de que necesite desaparecer con rapidez.

Todo eso lo averiguó cuando entró en el comedor hace diez minutos. Echó un rápido vistazo a la antecocina y murmuró una disculpa. Wilhelm Balla estaba dentro, doblando servilletas, y fue fácil convencerlo de que se había perdido. Si acaso, parecía aliviado de no tener que ir a buscar al borracho a su camarote. Decidió dejar que la opinión que el camarero de rostro avinagrado tenía de él siguiera como estaba. Quiere que lo rehúya. Que lo subestime. Al menos por el momento.

Poco a poco se va orientando dentro del dirigible. No hay mucho terreno que cubrir en las zonas comunes —se ocupará de las secciones de acceso restringido más tarde— pero hay cierto número de jugadores dentro de esas zonas y todavía tiene que colocarlos en las casillas correctas. Aliado. Amenaza. Obstáculo. Innecesario. Son muchas las opciones. La cena de esta noche debería ayudarlo con eso. O al menos le ayudará a clasificar a los pasajeros. Nada desvela tanto el verdadero carácter de un hombre como su comportamiento cuando le sirven la comida. La posición estratégica que ha elegido le facilitará la tarea. Su asiento, situado en el recodo del fondo, mira hacia la sala y le permite ver no solo las demás mesas, sino también el cielo al otro lado de las ventanas. Por el momento solo se vislumbra la oscuridad impenetrable de una noche de primavera. Alguna que otra estrella, alguna que otra nubecilla. La luna ha salido, pero se oculta por la parte de estribor. Debajo de ellos, el reflector del *Hindenburg* se desliza sobre ciudades, pueblos, prados y la superficie vítrea de algún lago, alumbrando brevemente el microcosmos de la vida rural.

El americano ha de reconocer que la decoración del comedor es imponente. Hace unos años voló en el *Graf Zeppelin*, pero ese dirigible no puede competir con la opulencia que ahora lo rodea. Frescos pintados por Otto Arpke cubren las tres paredes con escenas de los paisajes fotografiados durante uno de los vuelos del *Graf Zeppelin* entre Friedrichshafen y Río de Janeiro. Aves de alas fulgurantes en pleno vuelo. Montañas de verdes cumbres. La curva elegante de una playa de arena blanca. Una cascada caudalosa.

Las mesas están cubiertas por manteles blancos perfectamente planchados y dispuestas con la cubertería de plata de la Deutsche Zeppelin-Reederei y la vajilla fabricada en exclusiva en China para el *Hindenburg*. En el centro de cada mesa hay un tubo estrecho de cristal austríaco con una flor. Hoy toca azucenas rosas, alegres y aromáticas. Mañana será otra variedad. El americano pasa un dedo romo por el pétalo grueso y sedoso y no puede evitar preguntarse dónde se almacenan las flores. Contempla su plato y el absurdo despliegue de cubiertos y levanta el tenedor de la ensalada. Es de plata auténtica, el metal suave. Dobla un diente hacia atrás con la yema del dedo y se guarda el tenedor en el bolsillo.

Ojea por tercera vez la carta de vinos —las petulantes letras en negrita rezan WEINKARTE y alardean de una amplia selección de delicados borgoñas franceses y caras variedades alemanas— cuando llega el primero de sus compañeros de mesa. Es un hombre menudo de poco más de metro y medio de estatura, con el andar ligero de alguien que está acostumbrado a que lo miren. No, se corrige el americano, de alguien al que le gusta que lo miren. Que lo espera, de hecho. Sí, un artista, concluye antes de que el hombre haya alcanzado siquiera la mesa.

—Joseph Späh. —Le planta la mano justo delante de la cara

y no tiene más remedio que estrechársela—. Acróbata. Director de cine. Humorista. Personalidad internacional. ¿Y usted?

—Americano. Beligerante. Resacoso.

Späh ríe y toma asiento. Le arrebata la carta de vinos.

—Entonces será mejor que me esmere por darle alcance.

—¿Competitivo?

—Sediento.

El hombrecillo está murmurando si empezar con tinto o con blanco cuando una voz cantarina los interrumpe.

—Oh, llego pronto. Qué torpeza la mía.

Una sola mirada a la adinerada dama deja claro que está acostumbrada a llamar la atención cuando entra en una estancia. Posee la apariencia de una mujer cuya fortuna lleva tiempo realzando su belleza y no parece que vaya a deteriorarse en un futuro próximo. Entre cincuenta y cincuenta y cinco, calcula el americano. Joseph Späh y él se levantan para saludarla. Späh le retira la silla y la ayuda a instalarse. Hecho esto, se presenta de la misma manera absurda y contundente que ha utilizado con el americano.

—Margaret Mather. Heredera. Solterona. Indecorosa —responde ella.

—Creo que nos llevaremos bien, señorita Mather —dice Späh.

—¿Y usted?

La mujer está mirando al americano, pero el director de cine se interpone.

—Es un hombre misterioso. No sabemos nada de él salvo que bebe más de la cuenta. —Arquea una ceja—. ¿O será que no aguanta bien el alcohol?

Margaret aplaude.

—¡Oh, me encanta! ¿Qué le parece si jugamos a intentar adivinar quién es?

Por la familiaridad con que esos dos se tratan se diría que se conocen de toda la vida. Charlan. Bromean. Späh le recomienda un vino, pero un leve pestañeo lo delata: se está aventurando. Será un artista acostumbrado a complacer a los ricos, pero no frecuenta sus círculos. No del todo. Si Margaret Mather se percata de ello, no lo demuestra. Pese a su excesiva fortuna, es amable. El americano repara en todos esos detalles y los archiva mientras coloca a sus compañeros de mesa en las casillas adecuadas.

Margaret posee una elegancia natural. Está a gusto en su piel. El americano advierte, no obstante, que de tanto en tanto se pasa los dedos por la clavícula desnuda, buscando algo que no está ahí.

—¿Ha perdido algo, señorita Mather? —pregunta.

—Oh. No. Lo siento mucho. La fuerza de la costumbre, me temo. Digamos que esta mañana me atendió una doncella un tanto inepta. —Se sonroja ante la confesión, como si tener doncella fuera algo de lo que avergonzarse—. Guardó todas mis joyas en el baúl y me siento desnuda sin una baratija o dos.

Le asegura que está preciosa de todos modos, pero archiva ese dato para utilizarlo en el futuro.

El comedor está lleno, con casi todas las sillas ocupadas, cuando el comandante Pruss entra. Saluda a unos pocos pasajeros y estrecha algunas manos a modo de bienvenida antes de poner rumbo a la mesa del fondo. Es demasiado educado para permitir que se le note, pero no desea estar aquí. El americano puede ver que los apretones de manos son la parte de su trabajo que menos le gusta.

En cuanto el comandante toma asiento, comienza el ajetreo en la antecocina. La cena está lista. Salmón frío en honor a la cálida noche de primavera. O puede que al retraso en el despegue. Sea como fuere, el pescado está sabroso y los cuatro se abalanzan sobre él como si llevaran varios días sin comer. Pero mientras el americano, Margaret y Späh disfrutan de las mejores ofertas de la *Weinkarte*, el comandante Pruss bebe únicamente agua con gas; asegura que matará el gusanillo en el bar después de la cena. Los demás hacen planes para unirse a él.

La comida es ligera y está deliciosa. El salmón se halla en su punto. Los panecillos están tiernos, recién hechos y todavía calientes. El ágape tiene el nivel que cabría esperar de un dirigible de primera categoría. Cuando el americano se dispone a catar el melón, hace señas a Wilhelm Balla, que permanece de pie junto a la pared.

—Me falta el tenedor de ensalada. —Señala el espacio vacío en la mesa.

Balla entorna los ojos.

—Le pido disculpas. Yo mismo puse la mesa.

El camarero gira sobre sus talones, pero no antes de que el americano repare en su mirada recelosa. Experimenta un placer mezquino y decide que incordiar a Balla será una de sus distracciones favoritas en los próximos días. El camarero le trae de inmediato otro tenedor.

Es fácil para el americano observar a los demás pasajeros durante la cena. Han sentado juntos a dos judíos. Son los últimos en recibir sus bebidas. Los últimos a los que les sirven la comida. Aun así, ambos mantienen una actitud digna y comedida, incluso cuando se ven obligados a repetir una petición. No reprenden al camarero —un joven arrogante que parece disfrutar jugando con ellos— ni se quejan al resto del personal. Contando a la camarera, que merodea cerca de la familia con hijos, hay ocho mujeres a bordo. Solo tres tienen menos de cincuenta años: la camarera, la adolescente y la periodista del hotel Hof. Ella y su marido forman una pareja curiosa y desconcertante. Él es claramente mucho mayor que ella. Alto. Ancho. Completamente calvo —el americano supone que se afeita el poco pelo que le queda— y guarnecido con unas gafas pequeñas y redondas de intelectual. La mujer es otra cosa. Rezuma esa descarada sensualidad que ha sido la perdición de muchos hombres tranquilos y establecidos. Tiene el pelo rizado, rubio como la miel. Y unos ojos increíblemente azules. Cuando sonríe puede verle todos los dientes de arriba, incluidas las muelas, y ni uno solo de los de abajo. Su risa posee un timbre afilado, malvado, inteligente. Pero lo que más inquieta al americano con respecto a esos dos es la certeza de que los ha visto antes. No solo en el autobús y en el hotel, sino tiempo atrás. Hay algo importante que debe recordar sobre ellos.

Sigue devanándose los sesos cuando Margaret Mather da un giro inesperado a la conversación.

—Usted no cree —pregunta mientras hinca el tenedor en un trozo de salmón y mira al comandante Pruss con patente curiosidad— que las amenazas de bomba sean ciertas, ¿verdad?

—Creo que las amenazas de bomba siempre deben tomarse en serio.

—He crecido entre diplomáticos, comandante. Sé reconocer una evasiva cuando la oigo. Lo que me interesa es su opinión. ¿Realmente cree que ellos podrían destruir este dirigible?

Margaret pasea la mirada por el comedor. Por el techo. Calcula la vastedad de la estructura que flota a ciento ochenta metros del suelo y recorre la oscuridad a más de cien kilómetros por hora.

—¿Ellos?

La heredera agita la mano.

—Quien sea.

—Su pregunta tiene dos respuestas posibles, frau... —Pruss trata de recordar el apellido.

—Fräulein.

Interesante, advierte Max, su aclaración del tratamiento en alemán para una mujer soltera. Se pregunta si la heredera se siente sola. Si está buscando compañía en este viaje. Anunciando su disponibilidad.

—Fräulein... Mather. Lo primero y más importante es que nosotros no permitiríamos que nadie destruyera este gran dirigible. Se han tomado todas las precauciones imaginables. Pero, si hablamos de una posibilidad... —Y aquí deja salir al cuentista que, según ha oído el americano, el comandante lleva dentro—. El *Hindenburg* solo tiene un punto débil.

Margaret Mather y Joseph Späh bajan el tenedor y se inclinan hacia delante, expectantes.

—El hidrógeno —se anticipa el americano.

Pruss asiente.

—Es inflamable.

—O sea, combustible.

—Solo cuando se mezcla con oxígeno. —Pruss ladea ligeramente la cabeza. Escudriña al hombre que lo ha desafiado dos veces—. ¿Es usted americano?

Él señala a los otros dos con el mentón.

—Todos lo somos.

—Entiendo —dice Pruss—. En ese caso, quizá debería preguntar a su gobierno por qué acapara la mayor reserva de helio del mundo. —Clava en Margaret Mather una mirada que podría interpretarse como una disculpa pero que, en realidad, es un gesto defensivo—. El dirigible se diseñó para ser sustentado mediante helio, que no es inflamable.

—Combustible —le corrige de nuevo el americano.

—Pero su gobierno —continúa Pruss— se negó a vendernos el gas, pese a nuestros argumentos y generosas ofertas. Así que nos vimos obligados a utilizar hidrógeno.

—Pero ¿por qué nuestro gobierno no quiere vender helio a Alemania?

El americano sonríe. «Ay, Margaret —piensa—, menuda ingenua.»

—Nuestro gobierno no tiene por costumbre impulsar los objetivos militares de Alemania.

Pruss resopla.

—Este es un dirigible de pasajeros.

—Con esvásticas en los alerones, manejado por pilotos de la Luftwaffe y adecuado para transportar artillería pesada. Puede que parezca un hotel de lujo, señorita Mather, pero en realidad está viajando en un buque de guerra nazi.

—Esa es una comparación de muy mal gusto —advierte Pruss.

Cuanto más se enfada, más fuerte es su acento, más forcejea con un inglés por lo general claro y preciso.

El americano recula ahora que ha conseguido provocar la indignación del comandante. Levanta las manos en señal de paz.

—No era mi intención ofenderlo. Solo quería ayudar a la señorita Mather a comprender las maniobras políticas. Las tensiones subyacentes, por decirlo de algún modo.

Es un truco barato utilizarla a ella de escudo y Pruss no se deja embaucar.

—Las tensiones de las que habla no existen. —El comandante sonríe a Margaret y se vuelve hacia el americano. El rabillo de sus ojos se estrecha, pero la rabia desaparece de su cara. Decide atacar—. Usted compró un billete para este vuelo. ¿Por qué apoyar financieramente este dirigible si tanto lo irrita?

—No lo pagué yo, sino la compañía McCann Erickson. —El americano elude fácilmente el golpe y regresa al punto inicial—. En cualquier caso, un buque de guerra nazi que sobrevuela Nueva York quince veces al año crea tensión suficiente. Sobre todo, porque la seguridad nunca es la principal preocupación de la Zeppelin-Reederei.

—Le ruego que nos explique qué quiere decir con eso.

Pruss se recuesta en su silla con los brazos cruzados y el entrecejo fruncido.

El americano bebe un largo sorbo de vino y lo pasea por la boca antes de contestar.

—El vuelo de propaganda del año pasado en nombre de herr Goebbels ¿No sufrió este aparato daños durante el despegue? Y todo para que ustedes pudieran lanzar panfletos electorales de los nazis en condiciones meteorológicas adversas. —Mira a Margaret y esboza una sonrisa. Benévola. Jovial. Sencilla—. Independientemente de lo que sea ahora, este dirigible fue financiado por los nazis y utilizado para sus fines.

Mientras Pruss elabora su respuesta, el americano se pone en pie y se limpia la boca con la servilleta de hilo.

—Si me disculpan, debo ir al baño.

La semilla ha sido plantada y está germinando en la mente de los dos pasajeros más extravertidos del dirigible. Joseph y Margaret difundirán este mensaje de persona en persona, de comida en comida, durante los próximos tres días, y para cuando aterricen, todos los pasajeros verán este dirigible y su compañía matriz con el debido grado de recelo. Está seguro de ello, decidido incluso a que así sea.

El americano deja al comandante Pruss lidiando con su retórica. Mientras sortea las mesas puede oírlo rechazar despreocupadamente las acusaciones, su acento alemán un poco más fuerte con cada palabra. Y es al pasar por delante de la encantadora periodista y su marido cuando recuerda dónde los ha visto antes.

Neue Mainzer Strasse 56. La delegación en Frankfurt del Ministerio de Propaganda. Cuarta planta. Tres meses atrás.

Sí, todo le viene a la memoria ahora, confirmado por la mirada de curiosidad que Gertrud Adelt —ese es su nombre, ya no le cabe duda— le lanza cuando pasa por su lado. Recuerda su chillido de rabia en mitad del vestíbulo de la cuarta planta, delante del Kulturstaatssekretär. Fue lo bastante potente para levantar al americano de su mesa en la planta inferior e impulsarlo escaleras arriba. Gertrud Adelt entregó el pase de prensa con mano trémula, pero su voz sonaba tranquila y firme mientras soltaba una retahíla de maldiciones que dejó boquiabiertos a todos los hombres allí presentes. Él, por lo menos, se quedó impresionado. Está casi seguro de que se inventó más de un improperio allí mismo. Después, su marido la sacó discretamente del edificio antes de que pudieran arrestarla. Está convencido de que, si Leonhard Adelt no hubiera sido un hombre de cierta relevancia, las cosas habrían ido de manera muy diferente aquel día.

No sabe si clasificar a Gertrud como amenaza o como obstáculo. Es evidente que los nazis no son santo de su devoción, pero es demasiado curiosa. Al final decide etiquetarla como incógnita. Tendrá que conformarse con eso hasta que pueda hacer una evaluación más completa.

Todos los pasajeros están sentados a las mesas o pasean por el recinto del mirador cuando sale al pasillo. La mayoría de los miembros de la tripulación están sirviendo la cena u ocupados con las operaciones de vuelo, de modo que baja por la escalera al pasillo de la cubierta B sin ser visto. Camino del cuarto del correo saca del bolsillo el tenedor robado y se lo coloca en la palma con el mango oculto bajo el puño de la camisa.

La cerradura se resiste más de lo que esperaba y por un instante teme que el diente se rompa, pero las clavijas giran en el último momento y la puerta se abre hacia dentro. Cuando retira el tenedor se percata de que la punta del diente se ha partido y ha quedado atrapada dentro de la cerradura. No importa. No necesitará volver a hacer esto.

Cierra la puerta, pero no enciende la luz. Está acostumbrado a la oscuridad. La carta que lleva en el bolsillo del traje es delgada, de tamaño estándar, y va dentro de un sobre de papel grueso. Franqueado como correo urgente. La dirección escrita a máquina. Dentro hay una única hoja con una sola línea, también escrita a máquina. «A bordo. Recoger carga en hotel Hof. Habitación 218. Procederemos según lo planeado.» No hay luz salvo la que entra por debajo de la puerta y sus ojos tardan unos segundos en acostumbrarse a la penumbra, pero enseguida localiza el saco marcado con la palabra KÖLN que pende de la puerta y lo abre. Mete la carta dentro y vuelve a cerrarlo. Se dispone a salir cuando oye voces en el pasillo. El pomo vibra. Alguien suelta una maldición. El americano se zambulle entre los sacos de correo que cubren el suelo.

LA CAMARERA

Emilie se derrumba en el banco del comedor de la tripulación, derrotada y muerta de hambre. Hay cuatro mesas, una en cada esquina, y asientos acolchados a lo largo de dos paredes. Los bancos crean espacios separados donde los miembros de la tripulación pueden comer tranquilamente en grupos reducidos. Emilie se sienta en uno del fondo, de espaldas a las ventanas, ignorando el negro paisaje. Está sola en el comedor, el resto de la dotación hace rato que ha cenado. No ha terminado de acomodarse en los cojines cuando Xaver Maier le pone delante un plato de salmón poché. Coloca los cubiertos para adaptarlos a su mano izquierda.

—Te has acordado. —Emilie sacude los dedos y coge el tenedor.

—Es mi trabajo. —Xaver se encoge de hombros—. Los panecillos estaban calientes hace una hora.

—Me los comería aunque estuvieran congelados. Estoy hambrienta.

Ataca el plato como si fuera su última comida en la tierra y Xaver la observa igual que un padre solícito, asegurándose de que saborea y valora cada bocado.

—¿Cómo es que el jefe de cocina conoce cada detalle importante sobre ti, como, por ejemplo, que eres zurda, cuando yo sé tan poco? —pregunta Max, parado de nuevo en el hueco de la puerta.

—Emilie no es un mapa, *Dummkopfk*. Deja de intentar leerla —replica Xaver, irritado, mientras empuja la puerta oscilante que conecta con la cocina. Se detiene a medio camino y se vuelve—. Si quieres café, puedo hacértelo.

Emilie niega con la cabeza y lo despide con la mano. Fulmina a Max con la mirada. Tiene la boca llena de patatas asadas y ha de masticar a toda prisa y tragar antes de poder hablar.

—¿Cómo lo haces?

Max sonríe.

—¿Cómo hago qué?

—Aparecer como por arte de magia cada vez que estoy en medio de una conversación.

—Es un don, supongo.

—Es odioso —asegura, pero sonríe de todos modos.

Max se sienta delante de ella con los brazos encima de la mesa, como si no tuviera nada más que hacer.

—Es de mala educación mirar a la gente mientras come —protesta con la boca repleta de judías verdes.

—También hablar con la boca llena, y ya ves. —Max hace una pausa, dudando si ceder o no, y luego añade—: Venía a buscarte y he pensado que sería un detalle dejar que terminaras de cenar.

Emilie refunfuña levemente antes de atacar el plato con renovada energía. No es delicada ni discreta en la manera en que despacha el resto de su comida. Tiene hambre, maldita sea, y le trae sin cuidado que Max se horrorice. Puede que después de esto salga corriendo. Siente que el tirante hilo de fatiga que le recorre la columna empieza a deshilacharse y está a punto de romperse. Con un trabajo así, cada día acaba por completo sin fuerzas. Trata de ensartar con los dientes del tenedor una judía descarriada y observa cómo esta resbala hasta el borde del plato y cae sobre la mesa. La coge con dos dedos y se la come de todos modos. Cómo no, alguien tenía que necesitarla justo cuando dispone al fin de una oportunidad de sentarse y comer. Repasa mentalmente los pasajeros que están a su cargo en este vuelo tratando de adivinar quién de ellos ha requerido sus servicios. En todos los viajes juega a eso, y casi siempre acierta. En una ocasión tuvo una pasajera en el *Columbus* que todas las noches insistía en que Emilie le limpiara las uñas de los pies con un abrecartas. Había catalogado a la mujer de conflictiva en cuanto subió por la pasarela arrugando la nariz y quejándose del hedor del puerto.

—¿Estaba rico? —le pregunta Max cuando finalmente suelta el tenedor.

—No lo sé, no he tenido tiempo de saborearlo. —Emilie lamenta de inmediato su brusquedad. Suaviza el tono—. ¿No has cenado?

—Todavía estoy de servicio. —Max se encoge de hombros—. El correo.

—Vaya, lo siento.

Él agita una mano para restarle importancia y se dirigen juntos a la puerta. Salen al pasillo tenuemente iluminado. No hay nadie. Emilie se alisa el uniforme y respira hondo a fin de prepararse para la desagradable tarea que le espera.

—¿Qué pasajero me necesita?

—Yo no he dicho que te necesite un pasajero.

—Has dicho que venías a...

—Buscarte.

—¿Para qué?

Max extiende la mano con la palma hacia arriba, como si estuviera suplicando.

—Me gustaría enseñarte algo.

Un recuerdo repentino y en Technicolor sale a la superficie: Hamburgo, Alemania, veinte años atrás, una puerta azul, un vestido rojo y dedos forcejeando con una cremallera. Emilie se apoya en la pared cuando un ataque de risa repentino, inesperado, la asalta. Hace apenas dos minutos quería clavarle el tenedor a Max y ahora casi no puede tenerse en pie de lo fuerte que se está riendo.

—¿Qué te hace tanta gracia?

—Lo siento, no he podido evitarlo. La última vez que un chico me dijo eso yo tenía quince años. Frank Becker me llevó a la trastienda de su padre e intentó enseñarme su *Schwanz*.

Max tiene la piel aceitunada. El pelo negro. Los ojos como el sílex. Pero aun así el rubor consigue abrirse paso en sus mejillas, y eso la hace reír todavía más. Emilie se dobla hacia delante, abrazada a las costillas, y se apoya en la pared para no caer.

—Eso no es lo que... yo no... quiero decir que sí, pero... *Scheiße!* Será mejor que cierre el pico.

Emilie resopla.

—No, por favor, continúa.

Max carraspea. Trata de recuperar la dignidad. Competir en osadía.

—¿Lo consiguió? ¿Frank Becker?

—Casi. Lo dejé hecho un ovillo en el suelo, agarrándose la entrepierna.

—Tomo nota.

—Oh, la verdad es que sentía curiosidad. —Emilie tiene hipo—. Pero pensé que debía darle una patada por una cuestión de principios.

—¿No te enseñó ni un poquito?

—No se lo habría permitido. —Sacude la cabeza haciendo que sus bucles reboten contra sus hombros—. Además, yo era una buena chica. Mi padre lo habría castrado si se hubiera enterado. Y habría sido una carnicería, porque mi padre trabajaba con el de Frank.

—¿Estás de broma?

—En absoluto.

—¿Y cómo se ganaba tu padre la vida?

—Era carnicero.

Ahora es Max el que ríe. Emilie piensa que le gusta mucho ese sonido y que no lo escucha a menudo.

—Hay algo que me intriga, herr Zabel.

—¿Sí?

—¿Por qué no puedo pasar diez minutos en tu compañía sin reírme?

Max la mira como si estuviera satisfecho con el mundo, como si esto fuera un triunfo personal. Emilie quiere saber qué hay detrás de esa mirada, pero es consciente de que Max ha desvelado buena parte de sus sentimientos y ella le ha dado muy poco a cambio. Así pues, no le sorprende que esquive la pregunta.

—Si piensas burlarte de mi cara, me gustaría tener la oportunidad de suplicar clemencia. Mi *Schwanz* se ha encogido dos centímetros gracias a lo que acabas de contarme. No sé si seré capaz de soportar tanta sinceridad.

Emilie le pone una mano en la mejilla. La piel de Max está suave bajo la barba de un día.

—Bueno —dice en un tono casi susurrante—, no conozco al otro, pero tu cara me gusta mucho.

Max apoya la cabeza en su mano. La ternura de su mirada y la curva de sus labios sugieren que no puede evitarlo.

—Ahora es cuando yo demuestro que soy más inteligente que el joven herr Becker.

—No te será difícil. Pero, dime, ¿cómo piensas hacerlo?

—Manteniendo la cremallera de mis pantalones cerrada.

Emilie encuentra alarmante la naturalidad con que se relaciona con Max. Enfado natural. Risa natural. Camaradería natural. Hacía mucho que no sentía esas cosas, y no sabe cómo rendirse ante ellas. Armándose de valor, le sostiene la mirada.

—¿Qué era eso que querías enseñarme?

—Colonia —responde Max.

LA PERIODISTA

«Malditos alemanes y sus hígados de hierro —piensa Gertrud— «malditos todos.» Leonhard incluido. Ella, cuanto más bebe, más habla y más necesidad tiene de orinar. Pero no es Gertrud la que debería hablar, sino el coronel Erdmann, y el hombre no suelta prenda y se está riendo de ella con los ojos mientras se termina la tarta.

—Me voy al bar —anuncia de repente.

Aparta el plato y se pone de pie. Se tambalea ligeramente, pero recupera el equilibrio cogiéndose al respaldo de la silla. Leonhard y el coronel se levantan educadamente, ambos sorprendidos.

—Y pueden acompañarme si quieren.

—¿Adónde quieres que vaya, si no, *Liebchen*? —pregunta Leonhard. Su tono es dulce. Indulgente.

Se le ocurren varias respuestas —todas ellas insolentes— pero prefiere callar. Una cosa es mostrarse encantadora, descarada y divertida delante del coronel y otra ser desconsiderada con su marido. No lo avergonzará. Está achispada, pero no es ninguna estúpida. No solo porque a Leonhard le dolería terriblemente —es un hombre, después de todo, y con su ego no se juega— sino porque ella perdería los puntos que ha ganado con el coronel Erdmann durante la cena.

—¿Nos acompaña, coronel? —pregunta Leonhard—. Le aseguro que mi esposa es muy divertida cuando está totalmente borracha.

—¿Divertida o habladora?

La sonrisa torcida sugiere que al coronel no le desagrada la idea tanto como parece.

—Suelen ser lo mismo.

—En ese caso, será un honor.

Leonhard coge la mano de Gertrud y se la coloca debajo del brazo. Ella se apoya tambaleante en él y Leonhard le sonríe con ternura, pero en sus ojos hay un destello de advertencia. «No presiones demasiado al coronel —dice ese brillo—. Ve despacio. Recuerda con quién estás tratando.» Su matrimonio es joven, apenas llevan dos años casados, pero en ese tiempo los dos han aprendido el arte de interpretar al otro. De hablarse con gestos casi imperceptibles. De comunicarse con poco más que el tamborileo de un dedo o una mirada prolongada. Es un talento poco frecuente entre los matrimonios, y saben sacarle el máximo partido.

Salen del comedor, cruzan el pasillo y bajan a la cubierta B. Leonhard se detiene frente a los lavabos cuando Gertrud le aprieta el brazo para indicarle que necesita un momento de intimidad.

—Disculpe a mi esposa —oye decir a su marido mientras se cierra la puerta—. Tiene una vejiga de pajarito.

El coronel responde con un comentario acerca de su mujer y Gertrud sabe que están congeniando. El aseo es diminuto, hecho de un metal brillante y ligero, y hace tanto frío que ahoga una exclamación. Termina deprisa sus menesteres y se retoca frente al espejo. Otra capa de carmín rojo. Se limpia las manchas de rímel de debajo de los ojos. Se retoca el pelo. Algo en la redondez de sus ojos, en el cansancio que reflejan, le recuerda a la cara que pone Egon cuando lo acuesta por la noche. La asalta una punzada tan profunda que le corta la respiración. No ha pensado en su hijo en dos horas. Ni una sola vez durante la cena. Culpa. Tristeza. Rabia. Todas esas cosas aparecen escritas en su rostro, en el calor de sus mejillas. Leonhard lo ve en cuanto se reúne con ellos en el pasillo y le estrecha inquisitivamente la mano. No se lo preguntará aquí, pero ella sabe que ha tomado nota.

El pasillo hace un giro cerrado a la izquierda y de inmediato otro a la derecha y los conduce hasta una pesada puerta de cristal. Leonhard llama con los nudillos y se hace a un lado cuando el camarero la abre. El silbido de aire que se produce hace que a Gertrud se le destapen los oídos. El camarero sostiene la puerta mientras entran. Es ingeniosa la manera en que han diseñado esta parte del dirigible. Seguridad, belleza y funcionalidad, todo en uno. El reducido vestíbulo en el que entran es poco más que un compartimento estanco atendido por el camarero. A un lado hay un bar perfectamente abastecido, en forma de banco, con espacio para un solo hombre tras la barra. Pero no hay sillas. Ni mesas.

Gertrud no pilla el nombre del camarero cuando este le estrecha la mano a Leonhard, pero sí que oye el apellido: Schulze.

—Esta habitación y la que hay al otro lado —señala una segunda puerta— están presurizadas para impedir que entre una sola gota de hidrógeno. De lo contrario, nadie podría fumar a bordo.

Schulze los conduce hasta la segunda puerta, también de cristal, y entran en la sala de fumadores. Si el resto del dirigible es lujoso, esta parte es pura ostentosidad. «Cuestión de prioridades —piensa Gertrud—, la Zeppelin-Reederei sabe a quién hay que mimar.» Bancos y sillones de cuero bordean una estancia completamente cuadrada, dejando el centro despejado. Las paredes están adornadas con frescos de globos aerostáticos, y en las pequeñas mesas cuadradas hay barajas de naipes y fichas de póquer. Una moqueta de un azul tan oscuro que parece tinta derramada cubre el suelo. La sala huele vagamente a tabaco dulce de pipa, y también al humo acre de puros y cigarrillos, aunque es evidente que se han esforzado en mantener la estancia ventilada. Los apliques llenan el espacio de una cálida luz amarilla. Y la pared de estribor, cómo no, la ocupa una hilera de ventanales. Como los del resto del dirigible, están colocados de forma oblicua a la altura de la cintura para que pueda verse el suelo al inclinarse sobre ellos. Es aquí donde Gertrud se detiene mientras Leonhard y el coronel eligen una mesa. Hay tan poco que ver a estas horas de la noche que cualquier punto de luz llama su atención. Allí los faros de un vehículo. Allá la ventana iluminada de una granja. Y a lo lejos una cadena de luces, como una luciérnaga, indicando la presencia de un foco de civilización.

Schulze deja la carta de cócteles sobre la mesa.

—Esta sala está abierta hasta las tres de la madrugada —informa—. Comprobarán que tenemos un amplio surtido de vinos y bebidas alcohólicas. Puros. Y también tabaco, aunque no proporcionamos pipas. Nuestra carta es larga y puedo prepararles lo que me pidan, pero, si me lo permiten, yo les recomendaría el Maybach 12. Es un cóctel creado por mí y debo decir que es excelente. —Mira a Gertrud como si estuviera midiendo su tolerancia al alcohol. Debe de antojársele insuficiente, porque añade—: Aunque es bastante fuerte. Cuando hayan elegido, me encontrarán en el bar.

Se sientan a una mesa situada cerca de los ventanales y Leonhard y el coronel comienzan a hablar de los matices de una marca desconocida de whisky escocés. Finalmente deciden probar el Cóctel Helado LZ129, un ridículo brebaje de ginebra y zumo de naranja, a fin de reservar las bebidas fuertes para el final de la noche, cuando estén bien cargados y sus papilas gustativas hayan tirado la toalla. Gertrud pide el Maybach 12 solo para fastidiar. Leonhard traslada obedientemente las peticiones al bar, pero la copa de Gertrud que llega a la mesa no tiene una sola gota de alcohol. ¿Así que ha decidido mantenerla sobria en esta misión imposible? Ha logrado sorprenderla. La mirada que le lanza dura apenas un parpadeo, y el encogimiento de hombros con que Leonhard le responde podría interpretarse erróneamente como el gesto de un hombre de edad avanzada que está intentando ponerse cómodo.

—Pronto llegaremos a Colonia —comenta el coronel mirando a Leonhard—. Usted es de allí, ¿verdad?

—Sí. Mi familia dejó Dortmund para mudarse a Colonia cuando yo tenía diecisiete años.

—Lo dices como si fuera un hecho trivial. Cuéntale por qué tu familia se vio obligada a mudarse. —En vista de que Leonhard se limita a sonreír, Gertrud se vuelve hacia el coronel—. De joven, mi marido intentó hacer sus pinitos como escritor. Publicó su primera novela a los diecisiete años, y provocó tal revuelo que perdió su puesto de aprendiz de librero en Kleve. ¿Cómo titulaste el libro, cariño?

—*Werden*.

—No me parece tan amenazador —dice el coronel—. La fuerza de voluntad no tiene nada de obsceno.

Gertrud ríe.

—Quizá fuera la falta de fuerza de voluntad lo que encolerizó a los censores. El libro de Leonhard estaba lleno de experiencias sexuales adolescentes. —Expone esto último bajito, como si estuviera compartiendo un chisme jugoso.

Leonhard se encoge de hombros.

—Tenía diecisiete años. Y era un chico curioso.

—Es una suerte para mí que todavía lo seas.

Leonhard atrapa un cubito de hielo de su vaso y lo tritura con los dientes.

—Acabó siendo una buena decisión. Cuando llegué a Colonia trabajé para otro librero y luego empecé a escribir para la prensa.

—Unos comienzos que poco presagiaban una carrera de éxito —señala el coronel.

—Y mírate ahora. —Gertrud no puede ocultar el orgullo en su sonrisa—. Treinta años después y sigues dando guerra.

El coronel se recuesta en el sillón y apoya el canto del vaso en su labio inferior.

—¿Regresa con frecuencia a Colonia?

—En persona, no. Hoy día solo la visito por carta.

—Pues esta noche la visitará —afirma el coronel—. Al menos desde el aire. Es aquello de allí.

Señala por la ventana el tenue resplandor alargado en el horizonte.

Los tres miran unos instantes al exterior y regresan a la conversación. Gertrud coquetea con su marido y con el coronel. Cuenta anécdotas de su infancia. Ofrece un relato apasionado de los últimos meses y de cómo los nazis le retiraron el pase de prensa cuando empezó a escribir artículos poco halagadores sobre el Ministerio de Propaganda. Para cuando otros pasajeros comienzan a llenar la sala de fumadores, el coronel Erdmann ya habla sin reservas. De su esposa. De sus hijos. De este vuelo y de que preferiría estar en casa.

—Sin embargo, aquí está, con nosotros —dice ella.

El coronel sonríe con resignación.

—El deber me llama.

Gertrud va por su segundo Maybach 12 virgen y es la única persona de la mesa que no arrastra las palabras. Habla despacio para compensar.

—Y todo por unas estúpidas amenazas de bomba.

Finalmente, ¡por fin!, el coronel Erdmann se inclina sobre la mesa y le da lo que ella quiere. Clava el dedo en la lustrosa superficie de madera para enfatizar sus palabras.

—No, frau Adelt, no estoy aquí por las amenazas de bomba. Estoy aquí porque las amenazas de bomba son creíbles.

EL TERCER OFICIAL

—¿Colonia? —Emilie ladea intrigada el mentón. Sus ojos son cálidos, castaños, curiosos, tan claros que casi parecen del color del óxido.

—Confía en mí.

Max le coge la mano, enlaza sus dedos con los de ella y la conduce por el pasillo de la quilla sin importarle que alguien pueda verlos. El pasillo está desierto, siempre lo está a estas horas de la noche, pero Emilie mira de todos modos por encima de su hombro.

—No hace falta que ponga esa cara de culpable, fräulein Imhof.

Ella levanta sus manos entrelazadas.

—Esto va contra las normas.

—Por eso es tan divertido.

Están acercándose peligrosamente a la puerta que conduce a las dependencias de los oficiales cuando Max se detiene en seco delante del cuarto del correo. Suelta a Emilie para quitarse el llavero del cinturón. La cerradura de la puerta se encalla y tiene que jugar con la llave varias veces antes de que las clavijas la atrapen y se alineen.

—*Für'n Arsch!* —¡Pedazo de inútil!

El cuarto está oscuro y huele a humedad. Busca el interruptor de la luz. Todo debería estar como lo dejó, pero lo nota diferente. El olor, las sombras y los sacos apilados contra la pared parecen fuera de lugar.

—¿Qué es eso? —pregunta Emilie. Señala la caja metálica.

—Una caja de seguridad.

—¿Para el correo?

—Para las cartas certificadas. Documentos legales, en su mayoría. Cosas más valiosas que las postales que uno envía a su primo. Correspondencia por la que la gente ha pagado un suplemento para que esté a salvo.

En el cuarto reina el silencio. La tranquilidad. Solo se oye el zumbido lejano de los motores externos. Este habitáculo, como casi todos los del dirigible, no tiene calefacción ni refrigeración, y no corre el menor soplo de aire. Emilie se coloca en el centro y gira sobre sí misma.

—¿A salvo de qué?

—De las miradas curiosas. Nadie puede entrar aquí excepto yo.

Y Kurt Schönherr, naturalmente. Él tiene el otro juego de llaves. Pero Kurt no intervendrá a menos que Max no haga bien su trabajo. Y eso no ocurrirá a menos que Emilie se convierta en una distracción demasiado irresistible.

Ella le sonríe como si pudiera leerle el pensamiento.

—¿Es curiosa tu mirada, Max?

Le gusta cuando ella coquetea.

—Depende de la compañía.

—Excluyendo la presente.

—Me temo que no.

—Bien. —Emilie le ofrece una sonrisa de aliento. Max lo interpreta como un gran salto hacia delante por su parte—. Estoy incumpliendo las normas por estar aquí, ¿verdad?

—Me temo que sí.

—Es usted una mala influencia, herr Zabel.

—Hago lo que puedo.

—No te ofendas. Esto es muy interesante, pero a mí no me parece Colonia.

—Aquí dentro, no. —Max levanta un saco que cuelga del gancho que hay junto a la puerta y señala la etiqueta. La palabra está impresa en letras mayúsculas de color blanco sobre la lona verde—. Colonia está debajo de nosotros. Ahora mismo la estamos sobrevolando.

Introduce el brazo por la correa, descuelga el saco y se lo cuelga al hombro. Echa un último vistazo al cuarto y sale con Emilie al pasillo. Esta vez la cerradura se muestra menos dispuesta aún a cooperar y Max blasfema de nuevo mientras prueba el pomo varias veces, hasta convencerse de que la puerta no se abrirá sola. Señala la sala de radio situada enfrente.

—¿Me abres la puerta?

—Ya sabes que no me tienen mucho cariño ahí dentro.

—¿Me estás diciendo que Willy Speck te intimida?

—Me intimida el comandante Pruss, que...

—En estos momentos está en el salón, ingiriendo su segunda ginebra con zumo de naranja. Creo que el camarero lo llama el LZ129 o algo igual de pretencioso. Las copas están heladas, y también el que se las bebe después de unas cuantas. —Max le da un empujoncito con el saco—. Después de ti. Sigo queriendo enseñarte la ciudad.

La sigue de cerca cuando entran en la sala de radio. Willy Speck y Herbert Dowe la miran y regresan a sus instrumentos sin decir una palabra. Max arroja el saco del correo por la escotilla que conecta con la cabina de mando y desciende por la escalerilla para ayudar a Emilie a bajar.

—Entrega con paracaídas —anuncia a la reducida tripulación de la cabina de mando.

El cuarto está lleno de oficiales y observadores durante el día, pero de noche, cuando es atendida por oficiales con menos antigüedad, está prácticamente vacía.

A ninguno de ellos parece importarle que Max se haya traído a Emilie, o si les importa se guardan sus preguntas y quejas para más tarde. Ella sigue siendo una anomalía a bordo, un mal augurio. El viejo prejuicio de los marineros que creen que las mujeres traen mala suerte en el mar. Poco importa que naveguen por encima de él, no por su superficie. Es difícil deshacerse de las supersticiones.

Tal vez Emilie ignore deliberadamente a los oficiales, o puede que realmente esté fascinada con las vistas. Sea como sea, permanece de pie frente a las ventanas de babor con la punta de la nariz y las palmas pegadas al frío cristal. Una diminuta nube de vaho se forma delante de su boca cada vez que exhala y se disipa cuando vuelve a inspirar. Abajo, la silueta barroca de la catedral de Colonia se divisa claramente, con sus dos chapiteles elevándose hacia el cielo para abrazar el dirigible.

Observa la escena con la boca abierta.

—Nunca había visto nada igual.

Por lo general, el *Hindenburg* vuela a una altitud de ciento ochenta metros, pero han efectuado un lento descenso y ahora planea a solo sesenta metros por encima de la ciudad. Los edificios y las calles adquieren una dimensión diferente desde allí arriba. Encajonados y perfilados por la luz pálida de las farolas, semejan dibujos aéreos trazados con pluma. Es tarde y los ciudadanos respetables de Colonia se han ido a dormir. Solo almas temerarias deambulan por las calles a esas horas, y es posible verlas entrar y salir furtivamente de los charcos de luz. Son los ciudadanos que se ganan la vida en la oscuridad. Algún que otro rostro levanta la vista cuando el rugido del dirigible pasa sobre sus cabezas, pero la mayoría opta por adentrarse aún más en las sombras.

—¿Cómo se hace la entrega?

Emilie señala el saco de correos que ahora descansa a sus pies.

—Ahora lo verás —responde Max.

—Nos aproximamos al aeródromo —anuncia Christian Nielsen. Ha sustituido a Max en la sala de navegación para el tercer turno y ya parece cansado después de solo una hora en el puesto.

Max abre el saco y de un bolsillo interior extrae lo que semeja un paracaídas de seda de cuadros. Lo ata a la lona con una serie de nudos complejos y refuerza la sujeción con dos mosquetones.

Nota que el *Hindenburg* vira ligeramente hacia estribor. Encuentra asombroso que este sea el único lugar del dirigible donde se aprecian los cambios de dirección. O quizá se ha acostumbrado a ellos con el tiempo. El aeródromo de Colonia aparece ante ellos, considerablemente mejor iluminado que la mayor parte de la ciudad. Se aproximan a su centro trazando un círculo perezoso.

Se acercan a la enorme X iluminada sobre la pista.

—¿Me harías el honor? —pregunta Max.

—¿De qué?

—De abrir la ventana.

Tarda unos segundos en comprender cómo funciona el cierre y deslizar la pesada hoja de cristal, pero en cuanto la abre, una ráfaga de aire frío irrumpe en la cabina de mando y le aparta el pelo de la cara, desvelando el elevado perfil de sus pómulos y la longitud de su cuello. Max agradece que esté concentrada en las vistas y no pueda darse cuenta de que la está mirando.

—¿Se inflará? —Emilie levanta el borde del paracaídas.

—Normalmente lo hace.

—¿Y si no se infla?

—Una vez vi un saco estrellarse contra la pista. Las cartas salieron volando en todas direcciones con el impacto. Imagino que fue un lío tremendo recogerlas, pero aparte de la pérdida de tiempo y de cierta mugre en los sobres, no hubo más daños.

—Veamos entonces si este pajarillo puede volar —dice sonriendo.

Max sabía que esto le encantaría. Siempre le ha parecido la clase de mujer a la que le fascina experimentar cosas nuevas. Y el pajarillo, efectivamente, vuela. Es una cuestión de técnica, por supuesto. Max ha lanzado el saco de tal manera que el paracaídas atrapa el aire y se infla casi al instante. El saco desciende lentamente y aterriza dentro del perímetro de la X antes de que hayan concluido su órbita alrededor del aeródromo y modificado el rumbo. Max y Emilie se asoman juntos a la ventana, arrimando los hombros para darse calor, sintiendo el viento en la cara, mientras un jeep militar se acerca para recoger el paquete.

—No me extraña que te ofrecieras para este trabajo —comenta cuando por fin retroceden.

Max cierra la ventana y se recuesta en el cristal.

—Sabía que te gustaría.

Una expresión traviesa cruza por el semblante de Emilie. Levanta un hombro con gesto pícaro.

—No puede compararse con ver tu *Schwanz*, pero no está mal como alternativa.

Emilie deja a Max en la cabina de mando, entre las miradas atónitas de sus compañeros, y regresa por la escalerilla a la sala de radio.

EL AMERICANO

El americano espera. Está enterrado bajo tres sacos de correo internacional mientras el oficial y su compañera preparan la entrega con paracaídas. Se pregunta quién es ella. Compara su voz con aquellas que ya conoce: la periodista, la heredera, la adolescente y un puñado de mujeres más a las que escuchó hablar durante la cena. No ha oído antes esa voz femenina. Habla bien el alemán, aunque advierte que introduce alguna que otra palabra en inglés. Y de tanto en tanto alguna en español o en italiano. No hay duda de que es inteligente, y no parece incómoda en este cuarto. Un miembro de la tripulación, entonces. Pero solo ha visto una mujer entre el personal, una camarera. Alta. Distante. Bonita. ¿Así que el oficial tiene chica? Bien. Eso le resultará muy útil. Para cuando la pareja sale del cuarto del correo, el americano está totalmente relajado bajo el montón de sacos, satisfecho de haber colocado a la camarera en su casilla.

Aguarda, respirando por la nariz para no hacer ruido. Puede notar la vibración de las góndolas de los motores a través del suelo. Un zumbido suave en la mejilla, en la barriga, los muslos, cada parte de su cuerpo que tiene apretada contra el suelo por el peso de los sacos. Sigue esperando.

Cinco minutos. Diez. Quince.

Finalmente, el oficial y la camarera salen por la puerta que hay delante del cuarto del correo. Se alejan por el pasillo en dirección a las dependencias de los pasajeros. Lenta, trabajosamente, el americano aparta los sacos para incorporarse, estira el cuerpo para que la circulación regrese a sus manos y pies. Se marea mientras la sangre corre de nuevo por sus extremidades, pero no se apoya en la pared ni se agarra a ningún objeto. Simplemente cierra los ojos, respira despacio y se concentra en permanecer erguido.

No habrá más entregas con paracaídas durante el vuelo, y eso es bueno. Seguramente tendrán que cambiar el pomo de la puerta en New Jersey. O como muy tarde después del vuelo de vuelta a Frankfurt. La cerradura está rota. La culpa es suya, desde luego, pero no está preocupado. Una cerradura dañada es un precio pequeño por haber cumplido el primero de sus objetivos. Que el oficial enamorado se preocupe de cómo proteger sus preciadas cartas en el futuro.

La puerta se cierra tras él, pero apenas se traba. El diente del tenedor se ha hundido aún más en las clavijas. El americano se aleja por el pasillo con paso resuelto, como si tuviera todo el derecho del mundo a estar allí, y así se lo dirá a quién se atreva a interceptarlo.

Está pasando junto al comedor, camino de su camarote, cuando Joseph Späh le corta el paso con un plato lleno de sobras de la cena. Pescado, en su mayor parte, pero también hay un par de panecillos mordisqueados y trozos de patata. El americano frena en seco para no arrollar al hombrecillo.

Späh levanta el plato.

—Tengo una perra —dice con total naturalidad.

El americano parpadea, pero no responde.

—¿Le gustaría conocerla?

—¿Me está diciendo que la perra viaja en este dirigible?

Späh lo mira como si le hubiese crecido una segunda cabeza.

—¿Creía que esto era para mí?

—No tenía ni idea de para quién era.

—Por el amor de Dios, ¿dónde ha estado metido? ¿No presenció mi llegada? Causó bastante revuelo.

—Me temo que estaba algo indispuesto. Casi no me enteré ni de mi propia llegada. Digamos que fui trasladado de inmediato a mi camarote.

—Ah, la resaca.

El americano encoge los hombros, pero no se disculpa. No es la clase de hombre que pida perdón, da igual el motivo.

—¿Entonces? —pregunta Späh después de mirarse incómodos durante unos segundos.

—¿Qué?

—¿Quiere conocer a mi perra o no? Le prometo que es una alsaciana de pura raza. Es una manera elegante de referirse al pastor alemán, pero aun así es impresionante. Se llama Ulla. La adiestré para que actuara conmigo sobre los escenarios. Ha viajado por toda Europa. Ahora me la llevo a casa para regalársela a mi hija. No será suficiente compensación por perderme su cumpleaños, pero al menos tendrá algo con lo que alardear en el colegio, lo cual ya es mucho.

—¿Dónde está su chucho? No me diga que dejan que lo tenga en el camarote.

—Diantre, no. Tienen a la pobrecilla almacenada en la bodega.

—¿Y le permiten entrar?

Joseph Späh es extraño. El tipo de hombre inseguro y al mismo tiempo tremendamente arrogante. Pero también es astuto, manipulador y muy inteligente.

—Tuvieron que elegir entre dejarme entrar a mi antojo o recoger mierda de perro dos veces al día.

El americano ríe.

—Creo que me gustaría mucho conocer al animal que ha conseguido que la tripulación de la Zeppelin-Reederei se salte sus queridas normas. —Observa el plato y echa una ojeada al pasillo vacío—. ¿Y no necesitamos escolta?

Späh se encoge de hombros, como diciendo «Y yo qué sé», antes de echar a andar hacia la escalera que conduce a la cubierta B. El americano lo sigue encantado.

Si la Zeppelin-Reederei no ha reparado en gastos para hacer de las dependencias de los pasajeros un alegato a favor del lujo, tampoco ha reparado en gastos en esta parte del dirigible para crear un prodigio de la ingeniería. Sigue a Joseph Späh hasta dejar atrás la zona de pasajeros, cruzan una puerta pesada y desembocan en la pasarela de la quilla. Se siente como si estuviera recorriendo el espinazo de un leviatán. Lejos queda el boato residencial. Una vez que atraviesan la puerta situada al final de la cubierta B, donde puede leerse claramente SOLO PERSONAL AUTORIZADO, se adentran en un mundo de duraluminio y tuberías. Conductos de ventilación y depósitos de gas. Pasarelas. Vigas. Válvulas. Cables tensores. Sobre sus cabezas hay incontables cámaras de tela inmensas llenas de hidrógeno y envueltas por gruesas mallas. Le recuerdan a unos pulmones gigantes hinchados. Es como visitar el esqueleto de un autómata. Dada la ausencia de paredes, puertas y techos, aquí son audibles los chirridos sutiles de las soldaduras. Pero lo que más le fascina es la piel del dirigible. Si por fuera el *Hindenburg* es de un plateado brillante, el interior está pintado de un intenso color carmesí, lo que acrecienta la sensación de pasear por la barriga de una bestia. Las luces de la pasarela están dispuestas a intervalos de seis metros, dentro de esferas de cristal herméticas, y el tenue alumbrado acentúa la cualidad inquietante, palpitante, del espacio.

Rodean un enorme puntal en forma de T, seguramente uno de los soportes principales del aparato, y poco después la escalera de caracol que conecta la pasarela de la quilla con la pasarela axial situada veinticinco metros más arriba. El americano ha viajado varias veces en el *Graf Zeppelin*, pero nunca se ha aventurado más allá de las zonas de pasajeros. Esto es para él una experiencia nueva, profunda y perturbadora.

—Sospecho que esta noche tendré pesadillas —comenta Joseph Späh.

El americano responde con un gruñido. Él también tendrá pesadillas, pero de otro cariz. Las suyas estarán relacionadas con su temor fundamental, primario: perder el control. Detrás de sus párpados cerrados verá cosas que se desmoronan. Perseguirá oportunidades desperdiciadas e información errónea. Oirá susurros en idiomas que desconoce y verá figuras sin rostro desaparecer tras esquinas y escabullirse por puertas mientras él permanece expuesto, paralizado, incapaz de seguirlas. Sus sueños serán sombras sin cuerpo.

Siente un escalofrío. Vacía la mente y sigue a Joseph Späh con una nueva determinación.

Finalmente, el hombrecillo señala una puerta de metal marcada como BODEGA.

—Está ahí dentro.

Un gemido agudo, ansioso, suena al otro lado de la puerta, seguido de un ladrido. Y de otro ladrido, más grave.

La bodega está fría y a oscuras; huele a cerrado y a pis de perro.

—Mierda —se lamenta Späh—. Me he demorado más de la

cuenta y la pobrecilla debe de estar aterrada. Los perros se mean por todas partes cuando están asustados.

«También los hombres», piensa el americano, pero no lo dice. Permanece rezagado, observando.

Späh encuentra el interruptor de la luz en la pared y lo enciende, y una luz tenue inunda la estancia. La bodega no es muy grande. Y aparte de dos jaulas para perro, alberga unos cuantos baúles, cajas y lo que parece un mueble grande envuelto en una manta.

Ulla ve a su amo y ladra. Empieza a dar vueltas dentro de la jaula al tiempo que su cola azota el mimbre con un zap, zap.

—¿De quién es el otro? —El americano señala una segunda jaula con un chucho grande que está tiritando. Podría ser el bastardo de algo semejante a un galgo.

—No lo sé. —El americano se acerca, pero Späh le previene—. Vigile dónde pisa.

Tres regueros de orina brotan de un charco en un rincón de la jaula del chucho. Späh levanta despacio el pasador de la jaula de Ulla. La perra jadea. Saca el hocico por la rendija. Intenta salir.

—No —dice Späh—. Siéntate.

La perra no quiere sentarse, tiene hambre, pero está bien adiestrada. Hinca el trasero en el suelo, pero no puede contener el meneo frenético de la cola. Su amo deja el plato en el suelo.

—Quieta —dice.

El animal gimotea con los ojos fijos en la comida.

Joseph Späh abre la puerta de la jaula y recula. Haciendo un gran esfuerzo, Ulla se queda donde está. El americano puede ver cómo el adiestramiento forcejea con el instinto. Los músculos de sus patas delanteras se contraen con pequeños espasmos mientras se obliga a obedecer.

—Come.

Ulla se abalanza sobre el plato y devora su cena. Visto desde la distancia, el acto es casi violento. El animal no muerde o mastica, simplemente engulle con degluciones salvajes y enseñando todos los colmillos. Los alsacianos casi no se distinguen de los pastores alemanes, ambos son de temperamento fiero y protector, pero Ulla posee algo que la diferencia del resto. El pelaje, en lugar de marrón y negro, es completamente blanco. «¿Albina?», se pregunta. No, los ojos son de un negro intenso. En la tenue luz parecen trocitos de obsidiana y le devuelven el reflejo de su curiosidad. Joseph Späh la tiene bien adiestrada, pero el americano no duda ni por un momento de que es una perra inteligente. Una perra con la que no se juega.

—Calla —ordena al chucho de la otra jaula cuando este se lanza contra los barrotes, gimoteando.

—Tiene hambre.

Späh frunce el entrecejo.

—No es mi responsabilidad. —Pero no hay dureza en su voz. Más bien un leve deje de compasión.

Ulla lame el plato hasta que repiquetea contra el suelo. No queda ni una miga de pan, ni un trocito de pescado. El plato nazi es caro y delicado, con el filo de plata, y está siendo lamido por un perro. El americano lo encuentra muy adecuado y la escena le pone de buen humor.

La perra demuestra que vale el precio que su dueño haya pagado por trasladarla al otro lado del Atlántico. Los trucos que le ha enseñado son bastante espectaculares. Puede sostenerse sobre las patas traseras o delanteras con una sencilla orden. Puede dar la voltereta hacia atrás y entender su nombre. Ulla es casi humana en la manera en que se anticipa a las necesidades de su amo, y el americano disfruta de la exhibición que este le ofrece.

—Buenas noches, muchacha —susurra Späh mientras la acaricia detrás de las orejas y debajo del hocico—. Volveré mañana.

Para el americano, el dirigible era algo incompleto hasta ese momento, como si solo hubiera visto una parte de un mapa. Pero ahora que ha recorrido el *Hindenburg* de punta a punta, experimenta una mayor sensación de certeza con respecto a su misión. Sigue habiendo puertas cerradas, lugares donde no ha estado, cosas que no ha visto, pero pronto podrá solucionar eso. Lleva a bordo poco más de cinco horas y la forma del gran dirigible se va grabando en su cerebro.

De regreso en la zona de pasajeros, se despide de Späh y le da las gracias por haberle presentado a Ulla.

—Mañana debería acompañarme de nuevo. Creo que le ha caído bien.

«Perra estúpida», piensa el americano.

El artista le da una palmada en la espalda.

—Vendré a buscarlo por la mañana.

—No demasiado temprano. —El americano contempla el techo como si estuviera decidiendo la hora.

—No se preocupe, cuando llegue a casa mis días de buen dormir se habrán terminado. Tengo tres hijos. No hay día que no se levanten escandalosamente pronto.

—A cualquier hora después de las siete.

Se despide de Späh, que se dirige a la escalera para subir a la cubierta A, y regresa a su camarote.

La pistola sigue allí. La escondió en el fondo de la maleta antes de ir a cenar. Siente su peso tranquilizador en las manos. El cargador sigue lleno. Nadie ha entrado en su cuarto. Lo sabe por las pequeñas trampas que dispuso antes de salir: una esquina de la funda de la almohada plegada hacia abajo. La puerta del armario cerrada, pero con la llave sin echar. Un débil goteo en el lavamanos. Las camisas dobladas en lo alto de la maleta. Respira hondo, con satisfacción, y se pone el pijama. Tardará un rato en tranquilizar su mente, y mucho más en dormirse.

Acaba de tumbarse en la cama cuando la puerta del camarote de al lado se abre. Risas. Una voz de hombre, luego una de mujer. Susurros. La puerta se cierra con un fuerte chasquido.

Es más de medianoche y en el dirigible reina un silencio inquietante. Demasiado silencio para que la mujer necesite hablar tan alto.

—¿Crees que tiene razón? —pregunta.

—Chsssss —le pide el hombre antes de bajar la voz—. ¿Sobre qué, *Liebchen*?

—Sobre la bomba.

El americano se incorpora de golpe, los músculos tensos, la respiración contenida, los oídos bien abiertos.

LA PERIODISTA

—Chsssss. —Leonhard está detrás de ella, con los labios cerca de su oreja. Calientes. Y su voz es poco más que un susurro—. Eso es problema del coronel Erdmann, no tuyo.

—Pero...

—Calla, *Liebchen*.

—El coronel dijo...

—Sé lo que dijo.

Gertrud adora las manos de Leonhard. Es un hombre inteligente y educado y el más divertido, con mucho, que ha conocido nunca, pero sus manos no son las manos blandas e indolentes de un intelectual. Son grandes, fuertes y callosas. Son las manos de un hombre que nunca ha conocido un día sedentario. Y ahora esas manos le rodean la cintura, la acarician, la masajean hasta encontrar el botón superior de la falda. Lo abren con dos dedos y la cinturilla cede. Gertrud no es tan consciente de su diferencia de edad con Leonhard como cuando la toca. Es sorprendente la destreza que ha adquirido en esas dos décadas de más.

—Sé lo que estás haciendo —murmura.

Cuando tira de la falda, esta desciende unos centímetros hasta asentarse en la cadera.

—Yo diría que es bastante obvio.

—Estás intentando distraerme.

La falda cae al suelo y Leonhard traslada esos dedos hábiles, callosos, a la blusa. Un botón. Dos. Tres. Abre el cuello para dejar al descubierto unas clavículas elegantes y el marfil claro de la combinación. Dirige entonces su atención al escote de la espalda mientras le desabrocha las ligas.

—Aún no me has dicho en qué estabas pensando —susurra. Le tira ligeramente del lóbulo con los dientes.

Gertrud tarda un instante en dar con su pregunta.

—¿Cuándo?

—Cuando saliste del baño después de cenar. Parecías triste y contrita, como si tuvieras ganas de llorar pero estuvieras demasiado enfadada para poder hacerlo. ¿Por qué?

—Egon. Llevaba horas sin pensar en él.

—Lo imaginaba. —Le aprieta la espalda contra su pecho. Leonhard tiene un cuerpo caliente y firme y Gertrud se recuesta en él—. Egon está en casa de tu madre, durmiendo. Tú también deberías dormir.

—No creo que pueda.

—¿Seguro?

Una de esas manos que ella adora desciende entre los cuerpos y se abre paso por debajo de la combinación.

—No funcionará.

—¿Tú crees?

El calor de la palma le envuelve el interior del muslo. La caricia de un dedo en el lugar justo. Gertrud carraspea.

—Estoy segura.

—Eso ya lo veremos.

Leonhard hunde la nariz en la piel mullida de debajo de su oreja izquierda. Le encuentra el pulso con la punta de la lengua.

—Eso es trampa —protesta ella.

—«Las reglas del juego limpio no son aplicables al amor y la guerra.»

—No me vengas con citas de John Lyly.

Él no responde, simplemente sigue acariciándole la suave piel del cuello.

—¿Y esto qué es? —pregunta ella—. ¿Amor o guerra?
—*Erotisch*.
Al cuerno el juego limpio.
—No has contestado a mi pregunta.
—Oh, sí que lo he hecho, *Liebchen*. —Leonhard termina de desabotonarle la blusa. Se la desliza por los hombros y los brazos con sus dedos largos y calientes.

Por eso se casó con Leonhard. Por su infatigable determinación a la hora de conseguir lo que quiere. Y en los últimos años parece que Gertrud es lo único que quiere. Comenzó con una copa de vino después de una reunión en la redacción. Ella no quería salir con él esa tarde —le intimidaba su edad y su confianza en sí mismo—, pero él parecía tan seguro de querer salir con ella que Gertrud finalmente cedió. Luego una cita para cenar, unos días después. Debió de ser una tortura para Leonhard esperar el tiempo adecuado antes de poder emplear sus dotes de persuasión. Desde entonces Gertrud se ha preguntado qué habría hecho él si ella lo hubiese rechazado antes de que pudiera ponerlas en práctica. Nunca tuvo la oportunidad de averiguarlo. Leonhard Adelt no es la clase de hombre que deja que un premio se le escape de las manos.

Y esas manos están muy ocupadas ahora subiéndole la combinación centímetro a centímetro hasta detenerla en la parte alta de sus muslos.

—Egon está bien, deja de pensar en él —susurra mientras introduce los pulgares por el borde de las medias. Tira de ellas. La seda resbala por las piernas. Leonhard empuja las medias con el pie hacia el creciente montón de ropa antes de deshacerse también de los ligueros. Le levanta los brazos, sube la combinación y se la quita por la cabeza. Le desabrocha el sujetador con una mano y lo arroja al suelo.

—No estoy pensando en él. Ya no.
—Embustera.

Descansa las manos en sus caderas y las desliza lentamente

por la curva de su vientre, por las costillas, hasta recogerle los senos.

Egon no ha cumplido aún el año y hace un mes ella seguía amamantándolo dos veces al día. Gracias a este viaje el proceso del destete fue precipitado y frustrante para ambos. Y solo ahora, cuando las manos suaves y fuertes de su marido le amasan los pechos, cae en la cuenta de lo mucho que pesan, llenos de un dolor fantasma.

—Ya no —repite ella para tranquilizarlo mientras recuerda el torpe maridaje entre maternidad y sexo. No existe una forma amable de escapar de la realidad biológica cuando se da a luz un hijo. La aceptación es el único camino. Y el buen humor.

—Nunca me ha molestado, *Liebchen*, ya lo sabes. —Leonhard explora metódicamente las cuestas y hondonadas, las crestas y montículos del cuerpo de Gertrud con sus manos expertas—. Pero yo tenía razón, necesitas distraerte. O no podrás conciliar el sueño.

Si Leonhard ha sido cuidadoso al retirar la ropa de Gertrud, con la suya es todo eficiencia. En cuestión de segundos ya no hay tejidos que se interpongan entre ellos. La empuja suavemente sobre la cama.

—No funcionará.

—Eso ya lo has dicho —susurra él mientras se cierne sobre ella—, pero son tantas las cosas que aún tienes que aprender, *Liebchen*. —Esboza una sonrisa paciente.

—Has sido un verdadero maestro hasta el momento.

—Creo... creo que debería dejarte verdaderamente agotada para que así me des la razón.

—Me encantaría verte intentarlo.

Él ríe. Gruñe. Baja los labios, le besa el hueco donde el cuello recibe al hombro. Enseguida sus atenciones se vuelven más sensuales.

Gertrud no es tan hábil como su marido, pero es igual de provocativa y bastante más rápida.

—No tan deprisa —susurra apartándolo.

Él se estremece y sus ojos adquieren una expresión vidriosa, ávida, que no hace sino alimentar la determinación de Gertrud. Leonhard murmura algo desesperado contra su cuello.

—Esta vez no, *Geliebter* —murmura ella—. Ahora me toca a mí enseñarte un par de cosas.

EL GRUMETE

En su primer viaje a bordo del *Hindenburg*, Werner Franz negoció su posesión de la litera de arriba con un aplomo inusitado para su edad. Un vistazo a su indómito compañero de camarote, Wilhelm Balla, lo convenció de que el mejor camino era un razonamiento lógico y exento de emoción. De modo que Werner le sugirió que sería más fácil para él subir y bajar de la alta y angosta litera porque era más joven, más ligero y más pequeño. Balla miró al muchacho un largo instante, luego dirigió los ojos hacia la escalerilla que conducía a la cama de arriba, se encogió de hombros y arrojó su maleta sobre el colchón de abajo. Nunca más volvieron a mencionar el asunto. Lo cierto es que Werner deseaba desesperadamente la litera de arriba. Sus razones eran pueriles, pero el muchacho era demasiado inmaduro para reconocerlas: al ser el hermano pequeño, en su casa nunca había podido tener la cama de arriba, y estaba dispuesto a negociar hasta la extenuación con tal de conseguirla ahora.

Balla no es un compañero de camarote especialmente interesante, pero se llevan bien, y han aprendido a no molestarse cuando entran y salen a horas diferentes. De modo que cuando Werner oye la puerta, da por hecho que es Balla volviendo después de su turno. Como grumete, la principal tarea de Werner es servir a los oficiales, y su horario se amolda al de ellos, extendiéndose desde el desayuno de las seis de la mañana hasta el café de las nueve y media de la noche. Balla atiende a los pasajeros y su horario es más convencional. Werner vuelve a conciliar el sueño cuando escucha los suaves ronquidos procedentes de la litera de abajo. Balla se ha dormido. Vuelve a oír la puerta.

—Levántate —le ordena una voz cerca de su oreja. No es la de Balla.

Werner aprieta los ojos. Murmura una objeción débil y se cubre la cabeza con la pesada manta de punto.

La manta sale despedida.

—Si me obligas a encender la luz, despertaré a Balla y lo más probable es que recibas una paliza de los dos. Arriba. Tienes trabajo que hacer.

Está seguro de que son más de las doce. Se acostó a las once y llevaba un rato durmiendo a pierna tendida. Hace un rápido repaso mental para asegurarse de que ha hecho todo lo que se esperaba de él esa noche: ha servido la cena a los oficiales, ha limpiado el comedor de la tripulación y ha retirado y fregado los platos; ha llevado café a la cabina de mando para los del turno de noche; ha comprobado que las camas de todos los oficiales estuvieran hechas y los camarotes ordenados. Tiene el uniforme planchado y listo para mañana. No se ha dejado nada. Nunca se deja nada.

—Arrancaré tu cuerpo esquelético del colchón como no estés en el suelo dentro de tres segundos.

La voz es severa, y la ausencia de volumen la hace aún más intimidante.

Werner tiene un hermano mayor y ha aprendido a tomarse en serio tales amenazas. Está en el suelo, agarrándose a la escalera para no caer, antes de haber tomado la decisión consciente de bajar. Nota una punzada en la rodilla magullada y se le escapa una mueca de dolor.

Tarda unos segundos en reconocer el rostro adusto de Heinrich Kubis. El jefe de camareros está de espaldas a la puerta, su cara es un molde de sombras profundas y angulosas, y lleva una cesta grande de zapatos colgada del brazo. El bigote, corto y negro, semeja un tajo lúgubre en la tenue luz, una marca de descontento. Werner dice las únicas palabras que se le ocurren en ese momento:

—No lo entiendo.

—Ven conmigo.

El muchacho se mira el gastado pijama de franela.

—Pero...

—No hace falta que te vistas.

Coge su reloj de la mesilla de noche, cierra la puerta con sigilo y sigue a Kubis por el pasillo. Va descalzo, despeinado y medio dormido; el reloj le pesa en el bolsillo.

—¿Adónde vamos?

Kubis dobla la esquina y se detiene delante de la escalera. Ladea la cabeza, reflexiona unos instantes y deja la cesta en el tercer peldaño.

—Aquí.

Werner finge que comprende. No hace preguntas, se limita a mirar expectante a Kubis, a la espera de instrucciones. Los adultos suelen interpretar el silencio de un niño como una señal de conformidad. O, en el peor de los casos, de miedo. Es una estratagema que Werner ha utilizado a diario desde que entró a trabajar en el *Hindenburg*. Observa y escucha, e inevitablemente recibe las respuestas que está buscando sin necesidad de preguntar.

Kubis señala la cesta.

—Debajo hay un cepillo, un trapo y una lata de cera. Sacarás brillo a esos zapatos y los dejarás como una patena. ¿Entendido?

—Sí.

El muchacho no confía lo bastante en su voz como para decir algo más.

Lleva siete meses trabajando en el *Hindenburg* y jamás le han pedido que asuma esa tarea. Cuando Heinrich Kubis lo contrató el año pasado, no aparecía en la lista de sus obligaciones. Y, sin embargo, aquí está, arrancado de un sueño profundo y obligado a hacer el trabajo del jefe de camareros. Si fuera un hombre le atizaría un puñetazo en la protuberante nuez. Pero no es más que un muchacho, de modo que se limita a pestañear para ahuyentar las lágrimas.

Kubis se marcha sin darle más instrucciones. Claro que Werner no las necesita. Ha limpiado los zapatos de su padre desde que tenía tres años. Echa un vistazo a la cesta. Está hasta arriba —hay por lo menos diez pares— y se deja caer en los escalones enmoquetados, vencido. Tiene los pies fríos, y al rato de estar ahí sentado también el trasero. Los hombres de la familia Franz no se caracterizan por poseer unas posaderas mullidas, y él no es una excepción.

Werner da cuerda a su reloj de bolsillo y lo coloca a su lado sobre el escalón. El suave tic-tac lo reconforta y la deslucida esfera le recuerda a su abuelo. El reloj no es ni de oro ni de plata, es de estaño, denso y pesado, una reliquia de familia que su padre le entregó la víspera de su primer viaje a bordo del *Hindenburg*. El cristal está arañado y empañado, pero los números romanos se mantienen nítidos y oscuros. Mira la hora y lo recorre un escalofrío.

Recibir el reloj fue un rito de iniciación, el reconocimiento de que Werner comenzaba su viaje hacia la edad adulta. Hasta ese momento había pasado tradicionalmente de padre a hijo primogénito, pero su hermano mayor insistió en que Werner se había ganado el derecho a tenerlo cuando consiguió un empleo en el *Hindenburg*. Padres, abuelos y hermanos se congregaron en el diminuto apartamento y disfrutaron de una elaborada comida que no podían permitirse. Su padre le entregó el reloj con gran pompa y solemnidad —y no menos orgullo— mientras su madre ponía un disco de Eddie Rosner, con su trompeta vibrante y festiva, para señalar la ocasión. Desde entonces Werner ha llevado el reloj en cada vuelo y se lo pone cerca siempre que se siente perdido, solo o asustado. El reloj le inyecta coraje. Como ahora.

Cada par de zapatos lleva una etiqueta atada a los cordones que indica la cubierta y el número de camarote. Werner no ha recibido instrucciones concretas, pero se imagina que le tocará a él devolver los zapatos una vez limpios. Preferiría arrojarlos a la basura y regresar a la cama antes que tocar uno solo de ellos. La primera noche en todos los viajes es siempre la más dura —demasiados nervios y adrenalina y demasiadas cosas que requieren adaptación— y nota el cansancio, sobre todo en las espinillas. Reconoce que es un lugar extraño, pero lleva todo el día de pie; aún está creciendo y toda la tensión del cuerpo se ha concentrado en ese tramo de hueso. Cuando se queja de ello a su madre, ella se ríe y le dice que padece un mal galopante. «Hoy la muñeca, mañana la pierna», comenta, pero siempre le lleva leche caliente con azúcar y vainilla y le frota la espalda hasta que a Werner le pesan los párpados y los músculos del cuerpo se le relajan. Por lo general está tan absorto en la gran aventura que supone el viaje y el trabajo que no extraña a su familia, pero en estos momentos le gustaría tanto estar en casa con ellos que tiene que serenarse y enjugarse las lágrimas y los mocos con la manga del pijama,

Mira el reloj y piensa en su padre, enfermo y postrado en la cama de su destartalado piso de un dormitorio en Frankfurt, un hombre que daría lo que fuera por poder trabajar, y se reprende por su comportamiento infantil. ¿Y qué si la tarea le roba una o dos horas de sueño? Está ganando un salario y puede ayudar a su familia. Gracias a este trabajo su madre y su padre duermen mejor esta noche. Werner sacude la cabeza, suelta un leve gruñido para despejarse y se pone manos a la obra. Cuanto antes empiece, antes terminará.

Diez minutos después ha adquirido cierto ritmo y está sacando brillo al segundo zapato de un par de mocasines negros con puntera pertenecientes al pasajero del camarote A4 cuando alguien aparece por la esquina con paso apresurado. Es ese americano repulsivo. Werner se oculta entre las sombras; lo último que necesita es que reparen en él y lo manden a hacer otro recado en mitad de la noche. Está totalmente inmóvil y en silencio, esperando a que el hombre pase, cuando Max Zabel asoma por la esquina de la escalera desde el otro lado. Por un momento está seguro de que el americano ve a Max y va a sortearlo, pero entonces advierte que algo cruza por su semblante —desde donde está no puede ver con exactitud la clase de expresión que es— y los dos hombres chocan. La fuerte colisión hace que Max se tambalee hacia un lado.

Werner se pregunta qué hacen esos dos levantados a estas horas de la noche. En ese momento, Heinrich Kubis aparece delante de él con una segunda cesta. Esta vez Werner no puede evitar una débil protesta.

—¿Más?

—Estaré en el comedor de la tripulación si me necesitas.

Oh. Ahora lo entiende. En más de una ocasión Kubis ha intentado sin éxito participar en la timba nocturna que organizan algunos miembros de la tripulación.

—¿Póquer?

El jefe de camareros deja la segunda cesta junto a la primera. Se encoge de hombros.

—Eres un muchacho afortunado por tener un trabajo como este —dice—. Así puedes ayudar a tu familia. Ver mundo. Sería una pena que no superaras el período de prueba. —Esboza una sonrisa fría—. Ven a buscarme cuando hayas terminado.

EL AMERICANO

Es una experiencia incómoda oír a otras personas hacer el amor. Incluso cuando uno está solo. También cuando los amantes procuran no hacer ruido. Los murmullos y gemidos, las palabras tiernas mezcladas con obscenidades, el golpe esporádico de una cabeza contra la pared y las risas ahogadas bastan para hacer que un hombre pierda la cabeza. El americano se ha encontrado en esa situación solo en dos ocasiones con anterioridad —las dos durante la Primera Guerra Mundial— y no lo está llevando mejor ahora que entonces. Puede que incluso peor. En aquellos tiempos tenía veinte años y era virgen, y desde entonces ha entendido el motivo de tanto alboroto. Lleva muchos años solo y sus amantes han sido pocas y distanciadas. Y a juzgar por lo que oye al otro lado de la delgada pared de tela, sus experiencias han sido del todo insatisfactorias.

Cuando, pasados diez minutos, la pareja no da muestras de aflojar, se viste y saca unos zapatos limpios de la maleta. Aunque no siente devoción por la Zeppelin-Reederei, ha de reconocer que el trato a los pasajeros es exquisito. Por la noche los camareros recogen los zapatos que los pasajeros dejan fuera de los camarotes, los limpian y los devuelven antes del amanecer. El servicio es gratuito, así que ha decidido aprovecharlo. El americano abre la puerta con sigilo para que sus vecinos no lo oigan. O, mejor dicho, para que sus vecinos no sepan que él los ha oído. En cuanto sale al pasillo se topa con Heinrich Kubis, el jefe de camareros, que está frente a la puerta de los Adelt con una mueca en la cara que es una mezcla perfecta entre el deseo y el espanto. Lleva una cesta repleta de zapatos en las manos.

El americano no puede recordar la última vez que se sonrojó, pero ahora lo hace. Después de mirarse mutuamente durante un instante largo e incómodo, se encoge de hombros y deposita sus zapatos sucios en la cesta.

Transcurridos unos segundos, el camarero carraspea y endereza la espalda.

—El bar está abierto hasta las tres —anuncia—, por si necesita algo en lo que ocupar su tiempo esta noche.

Al otro lado de la puerta de los Adelt suena una carcajada seguida de un largo «chsss».

—Me parece una buena idea.

—Al final del pasillo, a la izquierda —le explica Kubis.

El americano echa a andar en esa dirección y al doblar la esquina se da de bruces con el oficial. Ambos farfullan una disculpa mientras buscan la manera de esquivarse en el estrecho espacio. No sabe cómo se llama ese hombre —tendrá que averiguarlo mañana— pero se acuerda de su cara. Se desean buenas noches y el americano lo sitúa en su mente. Avanza unos pasos, pero luego frena, se vuelve y lo ve alejarse por el pasillo, hacia las dependencias de la tripulación. Pero no las que se encuentran al otro lado de la cabina de mando, reservadas a los oficiales. Se dirige a las habitaciones de los camareros. Y solo hay una persona alojada en esa parte del aparato a quien podría estar interesado en ver después de un turno tan largo: la adorable camarera de pechos grandes, cintura estrecha y sonrisa luminosa. ¿De modo que esta noche pasarán otro rato juntos? Es un detalle más que el americano archiva para utilizarlo en el futuro.

LA CAMARERA

Emilie deja el neceser sobre la cama y vacía el contenido. Cremas. Perfumes. Un surtido de cosméticos caros —se cuida mucho más la piel ahora que ya tiene una edad— y los productos necesarios que acompañan al hecho de ser mujer en este mundo moderno: rulos y toallas femeninas, polvos de talco y pinzas. Lo aparta todo y desliza las uñas por el canto del panel que hay en el fondo del neceser, desvelando la presencia de un compartimento de unos dos centímetros de profundidad. Suspira cuando el panel se levanta fácilmente. Sabía que los documentos estarían ahí, pero aun así es un alivio verlos. Le llevó meses reunirlos, y más tiempo aún convertir los marcos alemanes en dólares americanos, billete a billete. Todo lo que sobrepasara un pequeño puñado cada dos o tres semanas habría llamado demasiado la atención. Pero ahora está todo aquí, bien apilado y recogido con un cordel. Vuelve a contarlo, solo para asegurarse. Esta es su póliza de seguros. Y su condena. En estos papeles consta todo salvo uno de sus secretos mejor guardados: el apellido de soltera de su madre.

Abramson.

Es un detalle que el tiempo y el matrimonio han tapado. Pero los nombres de sus padres aparecen escritos en estos documentos, y una mente curiosa tardaría muy poco en descubrir la verdad. Sería su ruina.

«Es curioso cómo el matrimonio puede borrar a la persona que eras», piensa. Así le sucedió a su madre. Y así le sucedió a ella. Cuando se casó con Hans Imhof hace ya tantos años pasó de ser la hija de una judía a ser la esposa de un tabernero alemán. En un suspiro —no más largo que lo que se tarda en pronunciar un voto— era otra persona.

La pérdida de su apellido nunca la molestó, pero no se ha recuperado de la pérdida de su marido.

Se quita el vestido y las medias, las cuelga en la escalerilla que lleva a la litera superior y se da el gusto de ponerse cómoda por primera vez esta noche. Unos nudillos vacilantes llaman a la puerta. La tensión que abandonó hace solo un instante sus hombros, la región lumbar y el arco de los pies, regresa con una sacudida. Maldice en silencio. No hay tiempo para devolverlo todo al neceser, de modo que agarra los papeles y el dinero y los esconde en el armario. Llaman de nuevo, más suave esta vez. Emilie alcanza la puerta vestida tan solo con una combinación antes de poder meditar debidamente su respuesta.

—¿Qué? —La abre con un gruñido y enseguida lo lamenta.

—Lo siento. Pensaba que aún no te habrías acostado. Solo venía a darte las buenas noches.

Dice mucho del sentido del honor de Max que no desvíe la mirada de sus ojos.

—Espera.

Ignora si él aprovecha para darle un repaso a hurtadillas cuando se da la vuelta para coger la bata, pero Max aguarda tranquilamente en la puerta, con los ojos clavados en la moqueta, cuando ella se vuelve de nuevo. Emilie tiene que tomar una decisión y ha de hacerlo deprisa, porque están en medio del pasillo y cualquiera que pasara por ahí podría verlos.

—Pasa —susurra.

Se quita la gorra y entra en el camarote. Es idéntico al suyo, pero mira a su alrededor de todos modos. La ropa de Emilie cuelga cuidadosamente de los peldaños de la escalerilla. Max alarga un dedo para rozar el cuello del uniforme.

—Nunca te he visto sin esto —dice.

—Tengo otra ropa.

Max echa un vistazo fugaz al profundo escote en V de la bata de raso.

—Ya lo veo.

El temblor en la comisura de sus labios hace que Emilie se pregunte si, después de todo, su mirada no habría sido tan noble como ella supuso. Ha pasado menos de una hora desde la entrega con paracaídas sobre Colonia, pero por el deseo reflejado en sus ojos se diría que hace meses que no la ve.

—¿Puedo hacer algo por usted, herr Zabel?

—Sí. —Max da un paso hacia ella y la habitación se encoge considerablemente—. Puedes empezar por llamarme Max.

—Ya lo hago.

—Solo a veces.

—¿Insinúas que ahora tenemos una relación de tú a tú?

—Me gustaría pensar que sí.

—¿Y no crees que te estás tomando demasiadas libertades?

—En absoluto. —Max se sienta en el borde de la cama y da unas palmaditas en el colchón. No parece preocuparle que los artículos personales de Emilie estén esparcidos por toda la manta—. Deja que me explique.

«Maldita sea —piensa ella—, ¿cómo lo consigue?» Pero solo titubea un instante antes de tomar asiento a su lado, sobre la pesada manta de punto.

—Esto tengo que oírlo.

—En realidad es muy sencillo —continúa él—. Acabamos de pasar la noche juntos, o por lo menos parte de ella. Y ahora estoy sentado en tu habitación, dándote un beso de buenas noches. Yo creo que eso nos sitúa en una relación de tú a tú permanente.

Ella lo mira sorprendida. Max le toma la cara entre las manos. Esboza una sonrisa tan traviesa, tan ufana, que Emilie no puede evitar devolvérsela.

Han transcurrido diez años desde que se despidió de su marido con un beso. Diez años desde que él se marchó una mañana a trabajar y no volvió. Y en esos años ha olvidado el profundo y excitante placer de ser besada. «Seguro que se le da bien», piensa. Max comienza con un suave roce de sus labios contra los de ella, y cuando Emilie ladea la cabeza y cede bajo el contacto, él la atrae hacia sí y pone manos a la obra. No vacila, y cuando ella abre los labios su lengua tropieza con la de Max. Sabe a vino blanco y a melón fresco, y Emilie piensa que no existe una combinación mejor.

No quiere que él se aparte, pero lo hace de todos modos.

Max se endereza el cuello de la camisa y se pasa una mano por el pelo. «Dios mío, ¿eso lo he hecho yo?», se pregunta Emilie. No hay duda de que enredó los dedos en su pelo, aunque no recuerda haberlo hecho. ¿Diez años de viudedad y este es el efecto que un breve beso ejerce en ella?

No tiene ni idea de qué expresiones cruzan a toda velocidad por su rostro, pero Max se echa a reír.

—No pongas esa cara de pena —le dice jugando con los rizos de su nuca—. Yo tampoco quiero parar, solo deseaba asegurarme de que querías continuar.

—¿Ahora me pides permiso?

—Es más fácil que pedir perdón.

—Entonces ¿lo lamentas?

—Ni lo más mínimo.

Emilie ya no duda de que hace un minuto le revolvió el pelo, porque ahora vuelve a estar entre sus manos y esta vez se percata de la suavidad con que resbala entre sus dedos.

—*Mein Gott*, qué placer —murmura él en los labios de ella—. No pares.

Max coloca la palma en su nuca. Tiene la mano suave y caliente, y Emilie se estremece cuando la desliza hacia abajo. Se detiene en la base de su garganta y los dedos tropiezan con la cadena que lleva colgada del cuello. Max se aparta para mirarla, primero a ella y luego la cadena. Introduce un dedo por el escote de la bata para poder sacarla.

—¿Una llave?

Despacio, muy despacio, Emilie repara en lo que se arremolina sobre la palma de Max y recula bruscamente, tirando de la cadena.

—Lo siento. No pretendía...

—Me la regaló mi marido —dice—. En nuestra noche de bodas.

Max sabe que es viuda. Todo el mundo lo sabe. Pero, así y todo, las palabras tienen un efecto corrosivo. El calor que inundaba el aire hace solo unos segundos se desvanece por completo y ambos se quedan sentados en la cama mirándose en silencio.

—¿Y todavía la llevas? —le pregunta Max cuando recupera la voz.

—Es lo único que me queda de él.

—¿Cómo se llamaba? —susurra.

—Hans.

—¿Lo echas de menos?

—Todos los días.

—¿Todavía le quieres?

—Siempre le querré.

La ferocidad de esa afirmación sobresalta a Emilie. Tiene la llave agarrada con tanta fuerza que se le clava en la carne blanda de la palma.

—¿Cómo murió?

—Se ahogó.

Es su manera delicada de decir que Hans se precipitó con el coche al río Main desde un puente de veinte metros de altura. Pero Emilie no le cuenta esa parte. No le gusta pensar en esa caída larga y espantosa o en las aguas revueltas que abajo aguardaban a su marido.

Max no pregunta sobre los pormenores. Simplemente se queda pensativo con las manos cruzadas sobre los muslos.

Emilie quiere disculparse por su reacción. Quiere explicárselo todo. Pero no encuentra las palabras. «Es solo una llave —se dice—, no puede devolverme a Hans.» Pero sigue aferrada a ella.

Él señala con el mentón el puño cerrado de Emilie.

—¿De qué es?

—De la puerta de la taberna que teníamos. Era preciosa. Un regalo de bodas. Y cuando Hans murió, la perdí. Lo perdí todo.

—Salvo la llave.

Ella asiente.

—Me la llevé conmigo cuando me marché a trabajar al *Columbus*. Mentí a la gente que compró el bar. Les dije que había perdido la llave. No soportaba la idea de que la tuvieran ellos.

Emilie puede ver a Max conectando los cabos en su cabeza. Una viuda joven obligada a vender todo lo que tiene. Obligada a aceptar un trabajo sirviendo a pasajeros adinerados en un transatlántico. Diez años a la deriva, sin tener nunca un hogar, sin trabajar nunca con nadie el tiempo suficiente para llamarlo amigo. Siente una furia repentina al ver la compasión escrita en su rostro.

—¡No quiero tu lástima!

—No te la estaba ofreciendo.

—Entonces, ¿a qué ha venido, herr Zabel?

—No. —Max vuelve a tomar la cara de Emilie entre sus manos. Con firmeza. Pero también con suavidad—. Ya no puedes llamarme así. No después de la manera en que acabas de besarme.

Ella intenta hablar, pero se le quiebra la voz. Carraspea y prueba de nuevo, pero sus palabras son poco más que un susurro.

—¿Por qué estás aquí?

—Para ofrecerme como sustituto bien dispuesto y entusiasta del hombre que perdiste.

—Es insustituible.

Max coloca el puño de Emilie en su palma. Le abre los dedos y extrae la llave. La columpia a unos centímetros de su nariz.

—No tienes por qué torturarte con este recuerdo.

Ella le debe una respuesta. Por eso ha venido esta noche. Y le ha abierto la mano a la fuerza. Prácticamente.

—Max...

Él inclina la cabeza y roza la comisura de su boca contra la de Emilie.

—Esto está mucho mejor.

Esta vez, cuando llaman a la puerta, los golpes suenan fuertes, apremiantes y oficiales.

Max no habla en voz alta, pero ella puede leerle los labios, y su creatividad la sorprende. Nunca antes ha visto emplear esas palabras en esa combinación concreta.

—¿Sí? —responde Emilie volviéndose hacia la puerta. Su voz suena demasiado entrecortada para su gusto, pero es lo mejor que se le ocurre dadas las circunstancias.

—La reclaman, frau Imhof. —La voz seca e impaciente pertenece a Heinrich Kubis—. Margaret Mather ha solicitado su ayuda.

Emilie repite mentalmente el nombre en diferentes idiomas hasta que la cara de la heredera americana asoma en su mente.

—Enseguida voy.

—Muy bien.

Oye alejarse los pasos de Kubis. Y ahora, otra decisión. Max no puede ser visto saliendo de la habitación con ella, sobre todo con Kubis merodeando por el pasillo. Pero si se queda aquí tendrán que continuar con esta conversación y Emilie deberá darle finalmente una respuesta. Lo mira con una mano sobre la llave y la otra cubriendo suavemente sus labios, justo donde acaba de besarla.

—¿Me esperarás aquí? —susurra.

Él esboza una leve sonrisa de satisfacción.

—Por supuesto.

Max se levanta y coge el vestido de la escalerilla.

—Ya le he tomado gusto a esta bata, y todavía más a lo que esconde debajo, pero no creo que Kubis vea con buenos ojos que atiendas a frau Mather en combinación.

—¿Y te propones ayudarme a vestirme?

—Puedo darme la vuelta, si quieres.

Como siempre, la decisión es de ella. Max Zabel es sin duda el hombre más exasperante que ha conocido en su vida. Emilie se quita la bata y la deja sobre la cama. Se encoge de hombros y levanta los brazos como una niña a la que está vistiendo su madre.

Esta vez Max sí que echa un vistazo mientras le introduce el vestido por la cabeza. Pero es un vistazo fugaz. Consiguen abrochar los botones y el cinturón al unísono. No hablan. No se miran. Él cumple su cometido de la misma manera que ella lo imagina planificando sus cartas de navegación: con delicadeza y precisión. Y es en ese momento, más incluso que durante el beso, cuando Emilie se da cuenta de lo mucho que echaba de menos ser acariciada.

Al final, Max se vuelve hacia la pared cuando ella se pone las medias. La intimidad que Emilie es capaz de soportar en una noche tiene un límite.

Él le endereza el cuello del uniforme y con una mano cálida le devuelve la llave al interior de la combinación. Los nudillos le rozan el monte de los senos, pero no se entretienen. Cuando ha terminado se lleva las manos a los bolsillos.

—Vuelvo enseguida —promete ella.
—Aquí estaré.

EL TERCER OFICIAL

Max no tiene intención de encontrar los documentos. Ocurre por casualidad, de la manera que sucede todo con Emilie. Como la forma en que se ha enamorado de ella. A estas alturas ya debería estar de vuelta. Claro que lo mismo pensó hace media hora. Sea cual sea la ayuda que necesita esa Mather, debe de ser excesiva y del todo innecesaria. Ha transcurrido más de una hora y Max ni siquiera ha empezado a apaciguarse. Por eso comenzó a caminar de un lado a otro de la habitación. Y si no hubiera estado deambulando no se habría dejado llevar y no habría empezado a agitar los brazos. Y si no hubiera estado cargando contra el camarote como un mono excitado no habría chocado con la puerta del armario y esta no se habría abierto. Y ahora no estaría contemplando una partida de nacimiento, un pasaporte, quinientos dólares americanos y documentos de inmigración a nombre de fräulein Emilie Imhof. Max los coge, les echa un vistazo y se sienta bruscamente en la cama.

Emilie no tiene intención de regresar a Alemania.

El ruido entrecortado que hace es de desesperación. Estos papeles son de Emilie y él no tiene derecho a hurgar en ellos. Sabe que ella no le debe nada. Pero respondió a su beso, maldita sea. Farfulla mientras coge de la cama la bata verde de raso. Entierra la cara en ella, aspira su olor dulce y limpio hasta que le inunda la cabeza.

Durante más de un año Max se ha preguntado cómo sería besar a Emilie. La ha observado desde su primer vuelo juntos. Ha creado oportunidades para hablar con ella. Poco a poco, viaje a viaje, ha ido minando su resistencia. Se ha deleitado con su sentido del humor. Ha admirado su rebeldía, su inteligencia, su asombrosa capacidad para anticiparse a las necesidades de los demás. Y ahora sabe que sus besos son aún más dulces de lo que imaginaba, su piel aún más suave. Ahora sabe que el contacto de sus senos en su mano —por breve que sea— le roba el aliento.

Y Emilie Imhof va a dejarlo.

Hay unos atributos que funcionan mejor que otros en el campo de la aviación y Max está sobrado de la mayoría de ellos. Es cauto. Paciente. Meticuloso. Puntual. Ha utilizado con diligencia todos estos rasgos para conquistar a Emilie. Pero ahora mismo se siente avergonzado. Herido. Triste. Emociones volátiles que impregnan una mecha cada vez más cargada de ira. Y cuando la mecha arde es incapaz de razonar.

Se incorpora con brusquedad. Coge su gorra de la litera superior y se la coloca firmemente en la cabeza. Saca una estilográfica del bolsillo de la chaqueta y escribe una nota, una sola frase, en el sobre que contiene el dinero. El plumín se hunde tanto en el papel que casi lo desgarra. Mira lo que ha escrito. Es directo y mordaz, y no lo lamenta. Devuelve todo al armario. Seguidamente Max Zabel, tercer oficial, jefe de correos, rompe su primera promesa a Emilie. No espera a que regrese.

LA PERIODISTA

Leonhard estaba equivocado. Gertrud no puede dormir. Su marido yace en la cama junto a ella, en el lado de fuera, sumido en el sueño profundo y placentero de un hombre que ha sido completamente saciado. Gertrud le dijo la verdad hace unas horas: portarse bien no está entre sus virtudes, aunque posee muchas otras que él prefiere de largo.

Leonhard parece más joven cuando duerme, casi un muchacho. Las líneas profundas de la frente se le alisan, la boca se relaja. Gertrud le quita las gafas con sumo cuidado —no había reparado en que se las había dejado puestas— y las coloca en la repisa que hay junto a la cama. Será lo primero que busque por la mañana. Leonhard gira sobre el costado y hunde la cara en la almohada mientras ella aparta la sábana y se revuelve en el colchón, incapaz de dar con una postura cómoda. No es que no quiera dormir; sencillamente no puede. Tiene la mente clara y despejada y sus pensamientos van ganando terreno cuanto más tiempo pasa ahí tendida. Es lo que le sucede cuando ha de entregar un artículo. Cuando una historia ha despertado su interés. Cuando hay una pista que seguir. Pero ahora mismo en su cabeza solo hay preocupaciones.

Egon. Intenta apartar ese pensamiento, pero solo consigue que la imagen de su hijo aparezca aún más clara en su mente.

El coronel Erdmann.

Las amenazas de bomba. ¡Amenazas de bomba, por todos los santos! Y encima creíbles. ¿Cómo puede una chica conciliar el sueño con todo eso en la cabeza? Cierra la mano y clava el puño en el colchón. Leonhard no se inmuta y Gertrud frunce el ceño en la oscuridad, irritada por esa capacidad que tienen los hombres de dormir a pierna suelta después de una sesión de sexo.

Piensa en el hecho de que en este preciso instante están sobrevolando el océano Atlántico a bordo de un dirigible sustentado por un gas inflamable. «Solo a un hombre se le podía ocurrir algo así», reflexiona; una mujer jamás inventaría una bomba flotante.

Piensa en su pase de prensa, guardado en el fondo del cajón de un escritorio en Frankfurt. Se le crispa el rostro. Maldice. «*Drecksau.*» Escupe la palabra sin molestarse en bajar la voz, pero Leonhard tampoco se inmuta esta vez.

Ese fue, sin duda, el peor día de su carrera. Leonhard parecía tan tranquilo, tan impasible cuando la agarró del brazo y se la llevó por el pasillo después de que Gertrud insultara no solo al Kulturstaatssekretär, sino a la hija de *Hure* que lo trajo al mundo. Lamenta esa última parte. Ella detesta esa palabra, la detesta con toda su alma, y siempre se asegura de no insultar a otras mujeres. Para una mujer que comercia con palabras y las emplea con precisión, el uso de semejante término es imperdonable. Pero estaba tan furiosa que le salió espontáneo, y ni siquiera Leonhard pudo ocultar su asombro.

La sucursal del Ministerio de Propaganda en Frankfurt tiene unas oficinas alquiladas en Neue Mainzer Strasse 56. Está en la cuarta planta y goza de espectaculares vistas sobre la ciudad, al igual que las demás plantas, pero estas se encuentran vacías salvo por una pequeña oficina subarrendada en el tercer piso. A Gertrud le contaron que estaba ocupada por una agencia de publicidad estadounidense, lo cual tiene sentido. A muchos alemanes les incomoda la idea de hacer negocios cerca del Ministerio de Propaganda.

De pronto cae en la cuenta de algo y se incorpora tan deprisa que la sangre le sale disparada hacia la cabeza. Aguarda a que el mareo remita y recupera el pensamiento. Le da la vuelta. Lo examina detenidamente. Neue Mainzer Strasse.

Su pase de prensa.

Americanos.

—Joder.

Pasa por encima de Leonhard y se queda de pie en medio de la habitación, completamente desnuda, pensando. Se presiona las sienes con los pulpejos de las manos para someter a su mente. Para obligarla a ir más despacio. La prudencia no está entre los grandes atributos de Gertrud, y ahora decide arrojarla por la ventana. Mira el reloj que envuelve la muñeca inerte de Leonhard. Las dos de la madrugada. Toma una decisión antes de que pueda pararse a considerar las consecuencias. Recoge la ropa del suelo y se viste a oscuras. Se pasa los dedos por el pelo. Se pellizca los pómulos.

Planta un beso dulce en la mejilla de Leonhard y sale del camarote con sigilo. Los baños están siempre abiertos y bien iluminados. Menos mal. Eso le permite mirarse en el espejo antes de dirigirse al bar. Cierra dentro de una hora y necesita desesperadamente una copa de vino, así como un buen cigarrillo, algo de lo que no ha disfrutado desde que se quedó embarazada de Egon. Los médicos le dijeron que no era necesario que lo dejara, que fumar era un placer benigno, pero ella lo dejó de todos modos. Al igual que el café, la bebida y su afición, claramente impropia de una dama, de pedalear ocho kilómetros al día.

—¿Otra vez por aquí? —pregunta el camarero. Observa la ropa arrugada de Gertrud y sus cabellos desordenados con un ladeo curioso de la cabeza.

«Schulze. Se llama Schulze», piensa ella.

—No podía dormir.

—¿Y su marido?

—Él no tiene ese problema. Por desgracia.

—¿Y qué puedo hacer por usted, frau...?

—Adelt.

—¿Una bebida caliente, quizá? Preparo un ponche exquisito.

Gertrud había venido a por vino —concretamente a por un Sauvignon blanco— pero ahora mismo la idea de un whisky con canela, miel, limón y clavo en una taza caliente le atrae mucho.

—Me parece estupendo. Y un paquete de Chesterfields, si tiene.

—Tengo, pero no puedo entregarle el paquete. Puedo darle dos cigarrillos para empezar, y luego más si los necesita. Pero los paquetes no están permitidos fuera del bar y los cigarrillos no pueden salir de la sala de fumadores. Estoy seguro de que comprende las razones.

—Por supuesto.

—Sígame.

Schulze se dirige a la puerta del compartimento estanco.

Solo hay otro pasajero en la sala y Gertrud se detiene en

seco. El hombre se ha quitado la americana y aflojado la corbata. Y aunque en su mesa hay por lo menos cinco copas vacías, tiene la mirada sobria, muy diferente de la que mostraba esta tarde en el autobús. El americano luce un pelo moreno con la raya en medio, y un mechón descarriado le cae sobre la frente. Al parecer ha sido un día largo para todos. Lleva el bigote limpio y bien cortado, pero aprieta los labios. No se alegra de verla. Desliza algo por el borde de la mesa —una cadena de bolitas con una especie de colgante— y se lo guarda en el bolsillo.

—Disculpe, no sé qué ha sido de mis modales —se excusa Schulze—. Frau Adelt, le presento a Edward Douglas. Vuelve a Estados Unidos para ver a su familia. Herr Douglas, le presento a frau Adelt, periodista, si no me equivoco.

Gertrud asiente con la cabeza cuando el americano le dirige una mirada inquisitiva.

Quizá porque su mente corre ya a una velocidad que no puede controlar, Gertrud da el primer paso.

—Me alegro de conocerlo.

Alarga la mano.

El americano la estrecha.

—Encantado.

—¿Le importa que me siente con usted? —Gertrud consigue adoptar un tono de lo más inocente—. Mi marido duerme y detesto beber sola.

—En absoluto.

El americano se levanta y le retira una silla; se da cuenta de que elige la que le queda más lejos.

Una vez que la ha dejado bien instalada, Schulze regresa al bar para preparar el ponche. Gertrud no habla durante la espera. Tampoco el hombre. Se limitan a observarse como dos depredadores caminando en círculo. Schulze regresa con una bandeja y la deja sobre la mesa. Ella le da las gracias y bebe un sorbo de ponche caliente. Le asegura que todo está a su gusto.

El camarero coge un cigarrillo de la bandeja y se saca una

caja de cerillas del bolsillo. Es el custodio de la llama en el dirigible. Tiene la impresión de que protege esa caja con el mismo celo que su vida.

—¿Puedo? —pregunta Schulze.
—Por favor.

Un humo acre y dulce emana de la punta candente de su Chesterfield. Le da una calada para mostrar al camarero su gratitud, pero espera a que la puerta de la sala se cierre tras él antes de hablar. Mira al americano.

—¿Quién es usted?
—Lo mismo podría preguntarle yo.
—Pero yo he preguntado primero.
—Ya se lo ha dicho el camarero. Soy americano. Voy a ver a mi familia a New Jersey.
—También es un excelente embustero. —Gertrud mira las copas vacías que cubren la mesa. Menea la cabeza.
—Solo le he dicho la verdad, frau Adelt.
—Le pido disculpas. Es usted un excelente actor, entonces.

El americano se encoge de hombros.

—¿Y usted?
—Yo soy una pésima actriz.
—Pero tiene pinta de ser una excelente embustera.
—Prefiero la verdad. Soy periodista. Pero eso ya lo sabe, ¿no es cierto?
—En efecto —responde él con naturalidad.
—Estuvo allí aquel día en Frankfurt.

Él asiente.

—¿Por qué?
—Trabajo en ese edificio.
—Nadie trabaja en ese edificio. A menos que tengan impulsos suicidas.
—El alquiler es barato.
—¿No trabaja para el Ministerio de Propaganda?

El americano resopla.

—No.
—Pero estaba en el vestíbulo cuando ocurrió.
—Armó un gran alboroto, frau Adelt. Era difícil ignorarlo.
—O sea que subió movido por la curiosidad.
—Parecía que la estuvieran sacrificando.
—A mí no. A mi carrera.
—En mi país son la misma cosa.

Por eso Gertrud eligió el periodismo. Imagina que por eso la gente entra en batalla o va de safari. No hay nada tan adictivo como la caza. Su problema es que le gusta en exceso. Lo encuentra demasiado emocionante. Su pie se columpia debajo de la mesa y las manos empiezan a temblarle por la expectación, de modo que se lleva el Chesterfield lentamente a los labios e introduce una bocanada de humo en sus pulmones. Deja que el cigarrillo descanse ahí, consumiéndose, hasta que sus extremidades se tranquilizan.

—¿Quién demonios es usted? —pregunta.

SEGUNDO DÍA

MARTES, 4 DE MAYO DE 1937 – 5.00 H,
HORA ATLÁNTICA

OCÉANO ATLÁNTICO NORTE

DOS DÍAS, OCHO HORAS Y VEINTICINCO MINUTOS
PARA LA EXPLOSIÓN

El dirigible asomó por detrás del suave sol de poniente, y su manera de moverse era hermosa. Pocos objetos inanimados alcanzan la belleza en el trazado de su trayectoria y, sin embargo, al menos para mí, el vuelo de este dirigible era más encantador si cabe que el descenso en picado de un ave o el salto de un caballo, pues parecía dotado de una dignidad serena y un sentido del destino que lo colocaban entre las maravillas del mundo.

Extracto de *The Zeppelin Reader,*
«Even the Birds: U.S.S. Akron».

ANÓNIMO

LA CAMARERA

La caligrafía de Max es exactamente la que cabría esperar de un hombre dedicado a las cartas de navegación, mapas y misivas. Es rotunda y precisa. Tiene el pulso firme. Nada de borrones o letras torcidas. Las duras palabras están escritas con trazos profundos, rectos y gruesos. Cada palabra provoca en Emilie una mueca de dolor. Su efecto conjunto le produce enfado, náuseas y vergüenza.

«Debiste contármelo antes.»

Un momento de pánico la paraliza antes de recordar que Max no ha podido descubrir sus orígenes a través de esos papeles. Si eso fuera posible, la Zeppelin-Reederei lo habría hecho hace tiempo y jamás le habría ofrecido este trabajo. Quizá fue un tema de pereza por su parte. Emilie nunca lo sabrá con certeza. En cualquier caso, el hecho de saber que los nazis contrataron a una judía como su primera camarera constituye para ella un pequeño triunfo personal.

Es su plan de desertar lo que ha enfurecido a Max, no el secreto en sí. Ha escrito la nota en el sobre donde ella guarda los ahorros de su vida. Emilie lo encontró encima de sus documentos de viaje cuando regresó anoche a su camarote vacío. Le había llevado más de una hora sacar a Margaret Mather de su corsé. La inepta criada que le había ayudado a ponérselo en Frankfurt había atado las cintas con un nudo doble en seis puntos diferentes, de manera que Emilie no tuvo más remedio que liberar a la heredera a fuerza de tijeretazos. Fräulein Mather hizo gala de un excelente buen humor durante el calvario. Al principio Emilie hizo lo posible por salvar la prenda y deshacer los nudos, pero fue en vano. La heredera no le dijo lo que había pagado por el artilugio, pero se encogió visiblemente cuando cayó al suelo tras ser rebanado por las tijeras de cocina de Xaver.

Y durante todo ese tiempo que estuvo ausente, Emilie solo podía pensar en Max. En el calor de sus manos. En cómo la miraba bajo los párpados entornados. Cuánto deseaba que volviera a besarla. Más profundamente esta vez, más rato. Para cuando regresó, Emilie se había convencido de que quería que Max se quedara. Estaba preparada para darle la respuesta que esperaba. Pero en la habitación reinaba el silencio y la oscuridad, y en cuanto cerró la puerta supo que él ya no estaba. Su ausencia era tangible.

Tardó unos minutos en encontrar la nota. Cuando la leyó, el centenar de finas hebras que sostenían su corazón se rompió. No lloró. Tampoco fue tras él. Se limitó a guardar los papeles en el doble fondo del neceser, se quitó el arrugado uniforme y se metió en la cama. No hubo transición entre la vigilia y el sueño. Solo la entrega, pesada y completa, a la inconsciencia.

El sueño la abandonó con igual brusquedad hace unos instantes y ahora yace en la oscuridad con los ojos abiertos, en la misma postura en la que se durmió anoche, boca arriba, con los dedos entrelazados sobre el ombligo. Duda de que en algún momento rodara siquiera sobre un costado. Solo transcurren unas pocas respiraciones antes de recordar la nota.

«Debiste contármelo antes.»

¿Habría cambiado eso las cosas?, se pregunta. ¿Habría decidido Max no perder el tiempo? ¿Y qué hará ahora que conoce su plan? ¿La delatará? Considera esa posibilidad. No. Max jamás haría eso.

Su turno empieza dentro de una hora, así que enciende la luz y se pone un uniforme limpio idéntico al que llevaba ayer. Se ve extraña —desgreñada y nerviosa— y se siente extraña —aturullada e inquieta—, pero no sabe qué arreglar. O cómo arreglarlo. Es como si hubiera dado un paso al lado, como si hubiera salido de su cuerpo y no pudiera recuperar el alineamiento. Emilie es morena, de piel clara y ojos grandes, y esa combinación le da un aire espectral a esta hora temprana de la mañana. Se cepilla el pelo hasta cargarlo de electricidad estática. Elije el pintalabios más llamativo que tiene —rojo rubí— y se pone un poco de rímel con la esperanza de que sus ojos parezcan luminosos en lugar de cansados. Aún no son las cinco y media, pero no tiene nada más que hacer, de modo que sale del camarote en busca de comida. No repetirá los errores de ayer. Desayunará copiosamente. Mantendrá la concentración. Evitará a Max.

Es un buen plan, pero está condenado al fracaso. Antes de alcanzar el comedor de la tripulación se encuentra de cara con el oficial. La está esperando en el pasillo de la quilla, delante de la cocina. Esta mañana tiene los ojos del color del humo. Enrojecidos y acompañados de unas ojeras profundas. Coléricos. No ha dormido bien y el cansancio es visible pese a su impecable fachada. Max, sencillamente, ha intentado maquillar su aspecto después de una mala noche.

Emilie le rehúye la mirada. Intenta sortearlo para entrar en la cocina, pero él la agarra del codo.

—No.

—Tengo hambre.

—Puedes esperar.

Cuando ella intenta liberarse, él la sujeta con más fuerza.

—Suéltame.

Max avanza un paso para salvar el espacio que los separa. Acerca la boca al oído de Emilie.

—Ni lo sueñes.

La mayoría de los tripulantes y los pasajeros duermen todavía, de modo que nadie puede oír sus protestas cuando Max echa a andar por el pasillo tirando de ella, rodea la escalera y toma el paseo que transcurre junto a los ventanales. En algún lugar debajo de ellos está el océano Atlántico, pero Emilie solo puede ver una negrura densa e interminable, y su reflejo precavido en el cristal.

—¿Adónde me llevas?

—A un lugar donde podamos hablar en privado.

—No quiero hablar.

—Me da igual.

—Creía que eras un caballero.

Max resopla.

—Y yo creía que podía confiar en ti.

—¿Confiar? —aúlla Emilie cuando Max abre la puerta de la ducha comunitaria y la obliga a entrar en ella—. ¿Pretendes darme lecciones de confianza?

Es un cuarto pequeño forrado de baldosas y la voz de Emilie retumba cuando Max cierra la puerta. Es la única ducha del dirigible y se utiliza poco. La mayoría de los pasajeros prefieren asearse en sus camarotes. A los miembros de la tripulación, que son los que más provecho sacarían del lujo de una ducha, se les disuade de pasar tiempo en las cubiertas de los pasajeros. Pero Emilie se percata de que ya ha estado alguien aquí esta mañana. La ducha gotea y por las baldosas de la pared resbalan riachuelos de vaho. Huele a jabón y a humedad. Detrás de ellos se oye el goteo rítmico e irritante del agua.

—¡Hurgaste en mis cosas!

Emilie pierde el control y empuja a Max contra la pared, furiosa. Traicionada. Desesperada. Durante un breve instante cree que su arrebato le hace sonreír, pero no puede asegurarlo.

Hay una única lámpara de techo, y el rostro de Max queda oculto bajo la sombra de la gorra.

—No pretendía fisgonear —le asegura—. Golpeé la puerta de tu armario sin querer y se abrió. Los papeles estaban ahí. Era imposible no verlos.

—¿Golpeaste la puerta sin querer? Qué oportuno.

—Estaba nervioso. Me dejaste plantado.

—No te dejé plantado. Estaba...

—Me trae sin cuidado lo que estuvieras haciendo. No volviste. Dijiste que volverías.

—Y lo hice, pero ya te habías ido.

—¿Qué querías? ¿Qué te esperara toda la noche? ¿O tal vez te gustaría que esperara más tiempo? ¿Años, quizá, mientras tú te paseas por América?

—Eso no es asunto tuyo.

—Lo es ahora.

—¿Qué? ¿Crees que te he prometido algo solo porque nos hemos besado?

—¿Siempre te tomas los besos tan a la ligera? Porque yo no.

—Fue solo un beso.

—Fue mucho más que eso, y lo sabes. —Max parece crecer con cada palabra, invadiendo el cuarto de baño hasta quedar por encima de ella.

Emilie no recuerda que existiera tanta diferencia de estatura entre ellos, pero ahora mismo se siente diminuta. Y un tanto avergonzada. Asustada. Yergue la espalda y se enfrenta a su mirada herida.

—Le estás dando una importancia que no tiene.

—Me pediste que me quedara.

Ella se encoge ligeramente. Y otra oleada de ira la invade.

—Pues deberías haberlo hecho. Te habría compensado con creces por la espera. Eso es lo que quieres, ¿no? ¿Mi vestido en el suelo?

Max le clava el dedo índice en medio del esternón. Emilie lo siente como un espetón, candente y abrasador. Siente todo su cuerpo anclado a ese único punto.

—Te. Quiero. A. Ti.

—¡Pues tómame!

—¿Me darías tu cuerpo? —Max recula despacio, recuperando el control—. ¿Mientras tu corazón permanece cerrado? No quiero el uno sin el otro.

—Oh, yo creo que sí.

Emilie da un paso hacia él. Es cruel, lo sabe, pero le da igual. Apenas unos centímetros les separan ahora. Él inspira hondo cuando ella le acaricia la mandíbula con la punta de la nariz.

La agarra por los hombros y ella nota que los brazos le tiemblan por el esfuerzo de contenerse. Max gruñe su nombre. Está convencida de que va a besarla. Ladea la cabeza para hacerlo, pero se detiene cuando Emilie empieza a ablandarse.

—No. —Un suspiro ronco—. No hemos terminado de hablar.

—Esta conversación no es urgente.

—¡Sí que lo es! —Max la zarandea durante unos segundos y luego la suelta, alarmado. Respira hondo. Da un paso atrás—. ¿No lo entiendes? Este asunto es urgente. ¿Piensas irte?

—Calla, alguien podría oírte.

—Me da igual.

—A mí no, maldita sea —susurra ella—. Por si no te has dado cuenta, esos papeles no son precisamente públicos.

Max consigue bajar el tono de su voz, pero la rabia sigue ahí, bullendo bajo la superficie.

—¿Tienes idea de lo que te hará el coronel Lehmann si lo descubre? ¿O el comandante Pruss? ¿Te has parado a pensarlo?

—¡Naturalmente! ¿Por qué crees que los escondo? No soy idiota.

—A mí no me parecía que estuvieran muy escondidos.

—No los guardo en el armario. Tengo un escondite. Un compartimento. Anoche estaba mirándolos cuando viniste a mi cuarto. No te esperaba.

—¿Cuánto hace que planeas esto?

—Un tiempo.

—Entonces, ¿qué era yo? ¿Una distracción? ¿Un juguete con el que matar el tiempo?

—¡Oye! —Emilie le da otro empellón e intenta alejarse, pero no dispone de espacio en este baño diminuto y sigue teniéndolo delante vaya hacia donde vaya—. Eso no es justo y lo sabes. No te conocí hasta el año pasado. No esperaba que aparecieras. Eres... —Agita las manos, como si quisiera ahuyentarlo.

Un destello de comprensión asoma en el rostro de Max.

—Anoche, cuando llamé a tu puerta, estabas tomando una decisión, ¿verdad?

—Ya la había tomado, pero era la decisión equivocada.

Max la mira como si deseara acariciarla. Abrazarla. Como si deseara envolverla con sus brazos y engullirla para que nunca más pueda huir de él.

—¿Cómo lo sabes?

Esta grieta en las defensas de Emilie es momentánea. Recupera el aplomo justo delante de sus narices. Yergue la espalda. Aprieta la mandíbula. Controla cada emoción con la misma determinación y desapego que le han permitido sobrevivir los últimos diez años. Cuando finalmente habla, su tono es frío.

—Porque no estabas allí cuando volví.

—Ahora estoy aquí —protesta él.

—Demasiado tarde.

—¿Porque he descubierto tu secreto?

—¿Vas a contarlo?

—¿Vas a marcharte?

—Sí.

—¿Qué sentido tiene abandonar todo lo que conoces? No lo entiendo.

—Por Dios, ¿es que estás ciego? ¿Sordo? ¿Acaso no lees los periódicos? ¿No escuchas la radio? Se avecina una guerra, Max.

—Eso no puedes saberlo.

—Hitler está intentando quedarse con Austria. ¡Quedársela! Como si fuera el juguete de otro niño. ¿Realmente crees que no habrá guerra?

—Creo que pueden pasar muchas cosas entre ahora y entonces.

—Pues deja que te explique qué está sucediendo ahora, dado que esa amenaza futura no te parece suficiente. —Emilie está cada vez más alterada, pero es incapaz de controlar la rabia—. La Gestapo es más poderosa que nuestro sistema judicial. Están metiendo a gente en prisión únicamente por criticar a Hitler.

Max se pone tenso. Coloca un dedo sobre los labios de Emilie para que baje la voz. No pueden olvidar que están en el adorado dirigible de Hitler.

Ella sigue hablando en susurros.

—¿Y qué me dices de los judíos? ¿Por dónde quieres que empiece? —Levanta las manos y procede a enumerar afrentas con los dedos—. Tienen prohibido ocupar empleos tanto públicos como privados. Por lo tanto, no pueden trabajar. En absoluto. No se les permite la entrada en edificios públicos. Muchas familias ni siquiera pueden comprar leche o medicamentos para sus hijos. Corren rumores de que... —No puede decirlo en alto, es demasiado descabellado—. Este es el país al que regresaremos. ¿Y quieres que me quede y me consuma en él? Ya nada me retiene en Alemania.

La diatriba la deja sin aliento. Agotada. Hablar de su gente en tercera persona, como si le fuera ajena, ocultar el hecho de que es una de ellos la avergüenza, y no es capaz de mirar a Max a los ojos.

Él le levanta el mentón con un dedo.

—Me tienes a mí.

—Eres un oficial. Uno que trabaja en el *Hindenburg*. Te irás en cuanto se dispare el primer tiro, te reclutarán para luchar en una guerra que ni te va ni te viene y volveré a quedarme sola. ¿Tienes idea de lo que es escuchar esa llamada en la puerta? ¿Que un desconocido te comunique que eres viuda? ¿Es eso lo que quieres para mí? Yo, desde luego, no. Estoy harta de que me lo arrebaten todo. Si realmente te importo, deja que me vaya. Por favor.

—Entonces, ¿te marcharás después de este vuelo? ¿Romperás con todo? ¿Sin preocuparte lo más mínimo el estado en que me dejes?

—Tú eres un hombre. Para ti es distinto.

—Y tú eres una ingenua si crees eso. Espero que cambies de parecer antes de que bajemos de este maldito aparato el martes.

—No cambiaré de parecer, Max. No puedo. —Emilie levanta la mano y la posa con cuidado en la mejilla suave de Max.

—¿Tan poca fe tienes en mí?

—No tengo fe en nada.

Nunca ha dicho esas palabras en alto, pero la admisión la deja abrumada. Esa ha sido la verdad durante diez largos años. Es una confesión contradictoria para una mujer cuya identidad va unida a una fe ancestral.

—Dame la oportunidad de devolvértela.

Ella menea la cabeza. No.

En ese momento unos nudillos apremiantes golpean la puerta.

—Herr Zabel. —La voz es joven y masculina y Emilie la reconoce como la del mozo de cabina.

Max no responde. En lugar de eso busca la mano de Emilie.

El grumete habla de nuevo, esta vez casi en susurros.

—Tengo un mensaje urgente para usted.

Werner deja la bandeja junto a la escotilla que conduce a la cabina de mando y grita:

—¡Café!

Por lo general, antes de regresar a la cocina aguarda junto a la abertura hasta que un oficial sube por la escalerilla para recoger la bandeja. Pero esta mañana, cuando Christian Nielsen asoma la cabeza, le hace señas para que se acerque.

—El comandante Pruss quiere verte —le dice.

Falta menos de una hora para que Max lo reemplace en la mesa de navegación y Nielsen tiene pinta de estar deseando irse a la cama. Cara demacrada. Ojos cansados. Y un aliento que también deja mucho que desear.

Werner parpadea, sorprendido. El comandante nunca antes ha requerido su presencia. Aunque de vez en cuando lo llaman para que ayude con los pasajeros, su trabajo en este dirigible es atender las necesidades de los oficiales y la tripulación. Werner se reúne con Xaver Maier en la cocina a las seis de la mañana para lavar la vajilla utilizada por la tripulación en el turno de noche. Siempre hay platos, tazas y cuencos desperdigados por la cocina y el comedor, cubiertos de trocitos de comida resecos. Xaver deja fuera un surtido de fiambres, quesos y panes para ellos y cada mañana se enfurece cuando descubre que nadie se ha molestado en enjuagar su plato en el fregadero. Werner no entiende por qué el jefe de cocina pilla esos berrinches. No es él quien tiene que lavarlos. Esa tarea le corresponde al grumete, que siempre la hace sin rechistar. Una vez que la cocina está limpia y lista para el desayuno, Werner lleva café a la cabina de mando. Una gran jarra plateada y seis tazas. Sin leche. Sin azúcar. Sin cucharillas. Werner ha observado que todos los oficiales endulzan su café cuando lo toman en el comedor, pero lo beben solo cuando están de servicio. Durante mucho tiempo pensó que lo hacían para mantenerse despiertos. Ahora, sin embargo, los conoce lo suficiente para comprender que simplemente están compitiendo entre sí. Es una estupidez, piensa, y cuando él sea un hombre se beberá el café como le apetezca y le traerá sin cuidado que la gente tenga peor opinión de él por añadirle leche y azúcar.

Tras un breve titubeo, Werner entrega la bandeja a Nielsen y baja por la escalerilla detrás de él. En la cabina de mando hace frío, como mínimo seis o siete grados menos que en el resto del aparato, y todos esos cuerpos tibios en aquella habitación tan gélida han creado una capa de vaho en las ventanas. Los cristales están empañados. Aunque poco importa. Fuera de la aeronave todo es una bruma gris. Cruza con Nielsen la cabina de mando y la sala de navegación hasta el puente. Pruss está de pie frente al timón, contemplando la penumbra.

—¿Me necesita, comandante?

Pruss saluda con una inclinación de cabeza y entrega a Werner una hoja de papel doblada en dos. En el dorso hay una palabra escrita con tinta negra, un apellido.

—Quiero que entregue esto de inmediato.

El comandante se vuelve hacia el timón sin decir nada más, pero Werner puede ver su perfil y le sorprende, como le sucede siempre que está en presencia del comandante, que tenga el ceño perpetuo de un hombre absorto en sus pensamientos. La doble línea de concentración grabada en la frente va acompañada de una boca resuelta y una nariz larga y recta. Dicha combinación de rasgos hace que a Werner el hombre le parezca formidable, casi inabordable.

Espera hasta que ha subido la escalerilla y salido de la sala de radio para mirar el nombre escrito en el papel. No quiere que los oficiales vean que le cuesta distinguir las letras, ni que sepan lo difícil que le resulta leer incluso las palabras más sencillas. Para él, la lectura es una lección sobre frustración. Un motivo para lanzar libros y patear el suelo. Aunque ha aprendido a controlar esos arrebatos infantiles, todavía se angustia delante de un texto. A veces la página se vuelve borrosa en torno a los márgenes, pero es más frecuente que las palabras se desdoblen cuando intenta fijar la vista en ellas. Ve dos «r» donde solo debería haber una. Pero está progresando, o por lo menos eso dice su madre. Ella es la que se sienta con él cada tarde y con paciencia y constancia le enseña a ver palabras entre el montón de letras y símbolos. Si hubiese dejado ese cometido en manos de la escuela, su hijo jamás habría aprendido a leer. Pero hay cosas que ni siquiera su madre puede corregir. No puede impedir que las letras bailen o se den la vuelta; una «d» se convierte en «b» en lo que dura un parpadeo. Werner no sabe si esa es la letra que está en la hoja o si su mente la ha cambiado por una letra similar. No sabe si está leyendo sobre un duque o un buque.

Werner levanta la nota y mira el nombre. Suspira aliviado. Conoce esa letra. Z. Y como Werner se ha acostumbrado a intuir las palabras en lugar de leerlas, da por sentado que la nota que tiene en las manos es para Max Zabel.

Max no está en el comedor de oficiales. Werner lo busca en las zonas de los pasajeros, en la cocina y los pasillos. Está empezando a asustarse, a preguntarse qué le dirá al comandante Pruss si no localiza al oficial, cuando oye unas voces elevadas procedentes del cuarto de la ducha que hay junto a la escalera de babor. Le han enseñado a no escuchar las conversaciones ajenas, pero lo hace de todos modos, ahuyentando la punzada de culpa que le produce saber que su madre se llevaría una decepción. Enseguida reconoce la voz de Max. Es evidente que está enfadado, y en compañía de una mujer. Le da miedo interrumpir lo que quiera que esté ocurriendo al otro lado de la puerta.

Finalmente, llama. Sus nudillos suenan como los golpecillos nerviosos de la pata de un conejo.

—Herr Zabel —dice bajito.

Nadie contesta.

Vuelve a llamar, más fuerte esta vez.

—Tengo un mensaje urgente para usted.

En los largos segundos que siguen Werner abre el puño y alisa la nota. Mira de nuevo el nombre y esta vez lo deletrea despacio. Su corazón se convierte en una taladradora. Había dado por sentado que la nota era para Max. Pero estaba equivocado. Es para otra persona.

Werner jamás leería un comunicado privado del comandante, pero ahora mismo está aterrado. El mensaje contiene dos frases. Palabras sencillas. Una orden directa. Y Werner toma una decisión cuando la puerta se abre hacia fuera. Entregará el mensaje a Max de todos modos.

EL TERCER OFICIAL

Max coge a Emilie con una mano y con la otra abre la puerta del cuarto de la ducha. Empuja la hoja con tanta fuerza que Werner Franz da un salto hacia atrás para evitar que lo golpee.

—¿Qué?

—Un mensaje —tartamudea el muchacho. Se ruboriza al ver las manos entrelazadas y prueba de nuevo—. Tengo un mensaje para usted. De la cabina de mando. Es importante.

Max se vuelve hacia Emilie antes de salir al pasillo.

—Esta conversación no ha terminado.

Ella afila la mirada y le cierra la puerta en las narices para dar a entender lo contrario. Max se detiene unos instantes para alisar el ceño de su frente y enderezarse la chaqueta y la gorra. Una inspiración lenta lo ayuda a serenarse. Luego clava una mirada penetrante en el muchacho.

Werner Franz solo tiene catorce años y es un chico discreto que trabaja duro y raras veces se queja. Max se siente culpable por mostrarse tan arisco con él, pero no sabe si se le presentará otra oportunidad para hacer cambiar a Emilie de opinión. Es agua entre sus dedos. Inaprensible. Esquiva. Y si ha de atemorizar a Werner para aclarar las cosas con ella, que así sea.

El grumete le entrega una hoja doblada en dos. Max lee el despacho con semblante impasible.

—¿Cómo me has encontrado?

—No me resultó difícil. Me sorprende que no hayan despertado a medio dirigible con tanto grito.

Algunos muchachos irrumpen en la adolescencia como si fuera algo que deben conquistar por la fuerza bruta. Otros se despiertan un día y se descubren como partícipes reticentes, secuestrados por su propio cuerpo. Werner Franz pertenece a la segunda categoría. A menudo tiene el aspecto de un muchacho al que le asombra descubrir que sus piernas se han alargado durante la noche o que la voz le ha bajado una octava desde el desayuno. Ahora es alto, y de mayor lo será todavía más, pero aún no ha aprendido a manejar con soltura esta nueva longitud ósea. Da zancadas en lugar de pasos. Suele tropezar con las esquinas y derribar objetos. Se halla en esa fase de la adolescencia en la que los pies y la nariz dejan atrás al resto del cuerpo. Pero una vez que haya superado esa fase torpe, será un hombre fuerte. Werner tiene una cara agradable. Pómulos altos y nariz contundente con un ligero arco que habla de antepasados romanos. Lleva el pelo muy corto por los lados y largo por arriba, de modo que le cae sobre la cara. Sonríe con los ojos y ríe con todo el cuerpo. Es difícil que no caiga bien, pero ahora mismo Max no siente la inclinación de mostrarse amable con él.

La inmovilidad del oficial le pone nervioso.

—Me manda el comandante Pruss en persona. —Cambia el peso del cuerpo de un pie a otro mientras sus ojos permanecen fijos en un botón de la camisa de Max—. Quiere que compruebe la esfera del telégrafo del motor de la segunda góndola. En la cabina de mando no están recibiendo ninguna respuesta.

—*Scheiße!* —La esfera transmite comunicados vitales del

puente a las góndolas para determinar la velocidad y la potencia de los motores—. Ya puedes irte.

Max se dirige a la puerta de seguridad sin decir nada más.

—¡Espere! Quiero ir con usted.

—Tendré que salir del dirigible.

—Lo sé.

—No tienes autorización para abandonar el dirigible en pleno vuelo.

—No, pero he pensado que podríamos llegar a un acuerdo.

Max farfulla una amenaza. Se aleja seis pasos antes de que Werner exclame:

—¡La camarera!

Max frena en seco, pero no se da la vuelta.

—¿Qué pasa con ella?

—Los miembros de la tripulación no tienen permitido confraternizar.

—¿Sabes siquiera qué significa esa palabra?

—No. Pero usted estaba en la ducha con fräulein Imhof, y estoy seguro de que eso también va en contra del reglamento. De modo que o me lleva con usted o le cuento al comandante Pruss lo que he visto.

—¿Me estás chantajeando?

—Estoy mostrando ambición. —Werner esboza una sonrisa pícara y encantadora.

Max se interrumpe lo justo para ocultar su regocijo y luego dice:

—Vamos, *kleiner Scheißer*.

Werner corre feliz detrás de Max. Cruza la puerta de seguridad con la expresión de un muchacho al que después de años de súplica finalmente le han permitido entrar en el club de fumadores de su padre. Max advierte que su estrecha caja torácica se hincha de orgullo. Werner trata de contener una sonrisa exultante cuando pasea la mirada por la panza profunda y tenebrosa del dirigible, pero las comisuras le tiemblan y Max vuelve ligeramente la cara para no avergonzarlo. Recuerda muy bien esa sensación. No ha pasado tanto tiempo. La expresión de asombro del chico consigue limar su enfado.

—Puedes mirar un rato —dice Max—. No se lo diré a nadie.

—Nunca me dejan entrar aquí. —Werner mueve la cabeza en pequeños tramos, asimilando despacio la visión que tiene ante él—. Me tratan como a un niño.

Es un niño. Max, sin embargo, no lo dice. En lugar de eso, coge dos pares de zapatos de fieltro con suelas de goma de unos ganchos que cuelgan en la pared. Tiende uno de los pares a Werner.

—¿Quieres que no te traten como a un niño? El respeto se gana, no se regala. Puedes empezar por no chantajear a la gente. No suele considerarse un rasgo honorable.

—Esta vez y nunca más, se lo prometo. Seguramente no tendré otra oportunidad de salir del aparato. —Coge los zapatos y los mira con recelo—. ¿Para qué son?

Max se quita un botín con puntera de acero y luego el otro. Los deja con cuidado junto a la puerta.

—Estos zapatos se diseñaron para caminar por el interior del dirigible. No llevan metal, así que no acumulan electricidad estática ni provocan chispas.

Los ojos oscuros del muchacho se abren un poco más.

—¿Tan peligroso es?

—Compadezco al idiota que se meta aquí sin ellos.

Puede que Werner sea joven e ingenuo, pero no es un cobarde. Introduce los largos pies en los zapatos, estira el cuello y echa a andar detrás de Max.

—El segundo motor está por ahí.

Max señala con el mentón la pasarela de la quilla, que recorre el dirigible a lo largo, desde el morro hasta la cola, y se encuentra en la parte inferior de la estructura. Sobre sus cabezas se extiende un elaborado esqueleto de vigas y apuntalamientos minuciosamente ensamblados. No hay pasamanos en la estrecha pasarela, solo una cuerda a cada lado que no parece capaz de frenar una caída. Avanzan despacio, colocando con tiento un pie delante del otro. Si pierden el equilibrio, la caída hasta el caparazón de tela sería desagradable. Werner parece consciente de ello y no intenta nada arriesgado. No corre ni pone a prueba su equilibrio. Max se dice que si Werner puede trabajar en este dirigible siendo tan joven, significa que es más maduro que los chicos de su edad.

Los pensamientos del grumete, al parecer, van por el mismo camino.

—¿Cómo me gano el respeto de la gente? —pregunta mientras sigue de cerca a Max.

—Trabaja duro. Se honesto. No te metas en líos.

—¿Fue así como lo hizo usted?

Max asiente y a continuación pregunta:

—¿Cuántos años tienes?

—Catorce.

—Yo tenía diecisiete cuando entré a trabajar para la Hamburg American Line. Empecé como marinero profesional. Un trabajo infernal, si he de serte sincero. Y sucio. Y muy mal pagado. Pero todo el mundo empieza desde algún lugar. Por lo general desde abajo. —Mira a Werner por encima del hombro y sonríe burlón—. Por ejemplo, como grumete.

—Pero ahora es oficial.

—Ascendí poco a poco. Tardé siete años, pero a los veinticuatro ya era segundo de a bordo del *Vogtland*. Después de tres años en ese puesto, la Zeppelin Company vino a buscarme. Primero trabajé como oficial en el *Graf Zeppelin*. Luego se fabricó el *Hindenburg* y aquí estoy.

Recorren unos metros en silencio antes de que Werner comparta sus pensamientos.

—Es mucho tiempo.

Max detiene sus pasos y se vuelve hacia el muchacho.

—¿Tienes un lugar mejor donde estar?

El chico niega con la cabeza.

—No.

—Entonces levanta ese ánimo y haz tu trabajo. Además, me llevas tres años de ventaja. Probablemente serás comandante para cuando tengas mi edad.

Eso reconforta enormemente a Werner y reemprenden la marcha.

—Entonces, ¿has dejado el colegio? —le pregunta Max.

—No se me dan bien los números.

—No te creo.

—Es...

—En un dirigible como este no contratan a chicos de pocas luces. Pese a quejarte de que te tratan como a un niño, algo tuviste que hacer bien para entrar aquí. Apuesto a que no lo conseguiste por suspender algebra.

Cuando Werner contesta, en su voz hay cierto tono de desafío y un atisbo de enfado.

—*Mutter* dijo que había llegado el momento de que me hiciera un hombre.

—Entiendo. ¿Cuánto tiempo lleva muerto tu padre?

La voz que responde es feroz.

—No está muerto.

—¿Se largó?

—¡Está enfermo! ¿De acuerdo? ¡Enfermo! Todos nos hemos puesto a trabajar. *Mutter*. Mi hermano. Yo.

Max se detiene, pero esta vez no se da la vuelta. Tampoco se disculpa. Proporciona a Werner la intimidad que necesita para relajar el rostro y controlar las lágrimas que amenazan con secuestrarle la voz.

—Ahí lo tienes. Ya te has ganado un poco de respeto, mi joven amigo. De mí.

Hay una larga pausa mientras Werner se tranquiliza.

—¿Cuánto falta? —pregunta.

—Ahí está, a tu izquierda. —Max señala una pasarela secundaria que conduce a una escotilla situada en el costado del dirigible. Un pequeño rectángulo que apenas se distingue contra la piel exterior—. Espero que no tengas miedo a las alturas.

EL AMERICANO

Se acuclilla delante de la jaula con el ceño fruncido. Han dejado que al chucho lo invada su propia mierda. Cerca de doce horas han pasado desde que el americano estuvo aquí con Joseph Späh y todavía nadie ha dado de comer o sacado a pasear al animal. Está acurrucado en un rincón con la cola recogida alrededor de las patas traseras para evitar el charco de orina. Ulla está tendida en la jaula de enfrente, curiosa pero satisfecha, con sus grandes ojos oscuros vigilantes y el hocico descansando sobre las pezuñas. Este otro perro, en cambio, tiembla por la energía contenida. Es una mezcla extraña de galgo y labrador y da la impresión de no saber qué hacer con su cuerpo en un espacio tan pequeño.

El americano coloca la palma en el cerrojo y el chucho se acerca de inmediato para olisquearla. Está ansioso. Convulso. Necesitado de cariño y ejercicio. El pequeño hocico negro tiene el tacto seco y áspero contra su palma. El perro está famélico, sucio y desconcertado. Su estado lo enfurece, y una pequeña bola de calor arde en el centro de su pecho.

—¿Cómo te llamas, chucho? —le pregunta.

Si el animal fuera capaz de responder, el americano está seguro de que lo haría. Se aprieta contra su mano con tanto entusiasmo que teme que doble el cerrojo. No lleva collar, no hay ningún documento adherido a la jaula que lo identifique y un vistazo rápido a sus partes bajas no desvela un género concreto. Solo mechones de pelo húmedos y apelmazados. Con toda esa mugre, el americano no siente el impulso de seguir indagando.

—Mierda —masculla—, ahora tendré que matar a dos personas en este maldito dirigible.

Abre la jaula y se aparta a toda prisa cuando el perro sale disparado. Corretea frenético alrededor de sus piernas sacando la lengua y agitando la cola.

—¿Tienes sed? Pobre desgraciado. No he traído nada para ti.

No ha venido a ver al perro, y le distrae ahora que está aquí, pero tampoco puede ignorarlo. Por un lado, la jaula se encuentra justo delante del baúl que ha venido a registrar. Por otro, no está dispuesto a reconocer que el chucho le inspira compasión. Esa emoción es una debilidad. Una flaqueza que no puede permitirse.

—Siéntate —ordena, y el animal se sienta—. Levántate. —Obedece de nuevo, azotando el suelo con la cola, deseoso de complacer.

El americano aparta la jaula e inspecciona la pila de baúles con los brazos en jarras. Puede ver el suyo en la hilera de la derecha, hacia el final. Está viejo y magullado, y no es, ni mucho menos, el más elegante. No acostumbra a viajar en transatlánticos de lujo. Se siente mucho más cómodo en trincheras húmedas, bares oscuros y callejones.

No dispone de mucho tiempo. El baúl que quiere está en la fila de atrás, en medio de una pila. Puede ver el emblemático logo estampado en el cuero. Está algo arañado, después de tantos viajes, pero eso solo aumenta su encanto. Una mujer que puede permitirse semejante baúl también puede permitirse viajar. El baúl se conserva bien, como su propietaria. Las cosas caras siempre se conservan bien. Margaret Mather no es la clase de mujer que se conformaría con algo inferior a Louis Vuitton. El americano, no obstante, ha de reconocer que no se ha excedido con el equipaje. Solo ha traído un baúl. Las mujeres de su posición suelen viajar con una decena.

Desplaza el contenido de la pila hasta que consigue sacar el arcón de marca francesa y dejarlo en el suelo. Apenas hay espacio para trajinar en la pequeña área destinada al equipaje, de modo que ha de abrir la tapa y sacar los compartimentos con cuidado. Está convencido de que Margaret Mather aprobaría la delicadeza con que está manejando sus pertenencias, aunque no la indecencia de hurgar en ellas. Encuentra lo que está buscando en el tercer cajón. La cantidad de joyas es la típica para una heredera. Aunque, a juzgar por el rato que pasó con ella en la cena de anoche, no parece que sean de su gusto. Es demasiado modesta para ese estilo de vida.

Tres objetos llaman su atención. Se interesa por las piezas más pequeñas, menos llamativas, las que la heredera tardará en echar en falta. Un anillo con un diamante. Una delicada gargantilla de oro con un colgante de rubíes. Unos sencillos pendientes de perla. Algo más llamativo no conseguirá cambiarlo por la información que necesita. La mujer tardará en detectar su ausencia, si es que se da cuenta. Se guarda las joyas en el bolsillo y vuelve a colocar los baúles exactamente como estaban.

La bodega es pequeña y cuadrada, y no tiene calefacción. Además del equipaje y las jaulas caninas hay algunas cajas pesadas de cartón y un mueble grande envuelto, pero eso es todo. En un recodo del cuarto hay una pila de mantas de embalar y en otro un montón de periódicos viejos. Tendrá que apañárselas con eso. Con un puñado de periódicos limpia la porquería de la jaula lo mejor que puede y seguidamente cubre el suelo con otros pocos diarios. Se maldice por esa exhibición de empatía incluso cuando el perro se arroja agradecido a sus pies. Lo acaricia entre las orejas y debajo del hocico.

—Chucho estúpido —rezonga mientras el animal se entrega por completo y se tumba boca arriba, con la panza al aire, rezumando adoración por sus ojos oscuros. El americano no puede recordar cuándo fue la última vez que alguien o algo confió en él tan rápida o tan plenamente—. Ahora lo entiendo. Eres chico.

Siempre ha sostenido que las perras son más listas. No escogería a un perro de una camada para que le salvara la vida. Lo destrozan todo. Se mean encima y en todo lo que hay a su alrededor. Y se escapan al primer indicio de oler una perra en celo. Bien mirado, no son tan diferentes de muchos de los soldados que ha conocido. Así y todo, si pudiera escoger, elegiría una hembra.

—¿Qué voy a hacer contigo? Pobre infeliz. Y encima desdichado. Sin nombre y con una mierda de dueño.

Empuja al reacio animal con el pie hasta la jaula y se limpia las manos en el pantalón. No quiere oler a perrera el resto del día. Ya se ha duchado y cambiado de ropa y no le apetece repetir el proceso. El dirigible solo tiene una ducha, y tanto la presión como la temperatura del agua dejan mucho que desear. No obstante, es agradable sentirse limpio, a pesar de que todavía tiene el pelo húmedo y la cabeza se le está empezando a enfriar en este cuarto sin calefacción.

Cuando cierra la jaula, el perro lo mira como si lo estuviera abandonando.

—No eres mi problema —le dice el americano. Pero no suena muy convencido. Apunta al perro con un dedo acusador—. Maldita sea. Dueño haragán y patético. No tengo tiempo para esto.

El perro saca el hocico por entre los barrotes de mimbre y responde con un gemido.

—Bien, no puedo cuidar de un chucho que no tiene nombre. ¿Cómo debería llamarte?

Repasa mentalmente todos los nombres de perro que ha oído en su vida, pero se le antojan demasiado trillados. Así que observa el cuerpo magro. El hocico estrecho. El pelaje con motas grises. Las orejas grandes y caídas. Los ojos sagaces, inteligentes. La manera en que los músculos tiemblan de expectación y de ansia de libertad.

—Apuesto a que eres rápido —farfulla.

Y, finalmente, lo encuentra.

—Owens —dice—. Te va como anillo al dedo. Esperemos que des a esos jodidos nazis tantos problemas como tu tocayo. ¿Sí? Bien.

El perro lo mira con expresión solemne.

—Me aseguraré de que te den pronto de comer.

El americano cierra la puerta de la bodega y trata de ignorar los aullidos lastimeros que escapan tras ella. Se da la vuelta murmurando una blasfemia y emprende el regreso a la zona de pasajeros. El camino es recto, aunque poco iluminado, y puede ver la puerta de seguridad al final de la pasarela, cuyo foco brilla en lo alto como un faro. Aún falta media hora para el siguiente cambio de turno, por lo que tiene muchas probabilidades de alcanzar la zona de los pasajeros sin cruzarse con ningún tripulante. Sin embargo, cuando llega a la hilera de dependencias de la tripulación cerca de la popa, ve a dos figuras caminando por la pasarela en su dirección. Dos sombras oscuras avanzando con determinación. Una de ellas pertenece claramente a un oficial —lo deduce por la gorra, la chaqueta y el andar resuelto— y la otra es bastante más baja. Delgada. Desgarbada. ¿Un niño? Imposible. No tiene sentido. Repasa todas las opciones posibles hasta que su mente se detiene en el grumete. Sí. ¿Cómo se llama? Werner algo. Franz. Werner Franz. Catorce años. Un muchacho dentudo con una expresión de permanente curiosidad.

El americano tiene dos opciones. Seguir caminando y afrontar la difícil tarea de explicar por qué ha estado merodeando por zonas prohibidas del dirigible, o esconderse en una de las habitaciones de la tripulación y correr el riesgo de que esté ocupada. Detiene sus pasos y acerca lentamente la mano a la puerta de un camarote, pero en ese momento el oficial y el muchacho giran por una pasarela secundaria y desaparecen tras unas vigas de duraluminio. Toma una decisión rápida y avanza con sigilo por la pasarela principal. Ahora que está más cerca puede verlos aproximarse a una pequeña escotilla situada en un costado del dirigible. Reconoce al tripulante y localiza el nombre en su mente enciclopédica. Max Zabel.

Cómo no.

Zabel tira de la palanca hacia arriba y levanta la puerta. El aire enseguida cambia y se vuelve más frío. El americano escucha el silbido del viento y el rugido de un motor. Se acerca muy despacio hasta poder oír su conversación y ver la expresión de pánico, mal disimulada, del grumete. Zabel sale del dirigible seguido segundos después de un Werner vacilante. El americano atisba un fragmento minúsculo de nube cuando llega a la altura de la pasarela secundaria. Está bastante seguro de adónde han ido esos dos, aunque no se le ocurre qué podría precisar una visita a un motor externo.

Le pica demasiado la curiosidad como para dejar pasar esta oportunidad. Salva raudo la pasarela y asoma la cabeza por el hueco de la escotilla. La góndola del motor se encuentra tres metros más abajo. La escotilla de la góndola está cerrada. Zabel y Werner están dentro, haciendo Dios sabe qué. El americano recula; ni siquiera él es lo bastante audaz como para aventurarse fuera del dirigible.

Nadie lo ve cuando cruza a hurtadillas la puerta de seguridad y regresa a la zona de pasajeros. Pasa por la cafetería para asegurarse de que el jefe de camareros está en estos momentos atendiendo a los pasajeros y no en su cuarto. A veces la suerte colabora en sus maquinaciones, y el hecho de haberle sido asignado un camarote cerca del de Heinrich Kubis es, decididamente, un golpe afortunado. No hay nadie en las inmediaciones, así que no necesita hacerse pasar por un borracho desorientado mientras fuerza la cerradura y se cuela en la habitación, pero es una estrategia a la que puede recurrir en caso de ser descubierto.

El camarote del jefe de camareros es idéntico al suyo salvo en un detalle: el pequeño vestíbulo empleado para almacenar zapatos y abrillantadores. Detrás hay una cama perfectamente hecha y los accesorios propios de alguien cuya profesión es servir: un botiquín, un costurero y artículos de aseo. Al americano le traen sin cuidado esas cosas. Ha venido a por la lista de pasajeros, y la encuentra en el estante superior del armario de Heinrich Kubis. La información que quiere está oculta en las profundidades del libro, y su cuerpo se tensa mientras la busca. Si Kubis regresa tendrá que esconderse debajo de la cama. ¿Y si lo descubre? Bueno. Es una elección que preferiría no tener que hacer en una etapa tan temprana del vuelo.

El nombre del perro no aparece en la lista, solo el de su dueño: Edward Douglas. Lo lee varias veces y blasfema con tanta vehemencia que tiene que limpiar la baba de la hoja. El nombre está escrito con tinta negra, junto con todo lo demás, y el americano ha de hacer un auténtico ejercicio de caligrafía creativa para modificar esa información.

EL TERCER OFICIAL

Fuera del dirigible hace un frío que pela. Aún no ha amanecido del todo, y la altitud, sumada a la velocidad a la que viaja el *Hindenburg*, ha convertido las desperdigadas nubes en motas de hielo que le apedrean las mejillas. Max se prepara para la violenta ráfaga de aire atlántico. Huele a mar, a escarcha y a humo de motor. La estela roza visiblemente la estructura como cintas plateadas bajo la luz que precede al alba. El cielo exhibe el gris perfecto del estaño y el agua lo imita como si se reflejaran el uno en el otro, bandas de estratos arriba, mar en calma abajo. El dirigible se desliza entre ambos con elegancia, su sombra se asemeja a una mancha de carbón sobre el suave oleaje.

El estruendo de los motores basta para partir la cabeza de Max en dos. Sus sentidos se declaran la guerra, vista y oído registran dos cosas diferentes: belleza y turbulencia. A su izquierda, la hélice de siete metros de largo gira como un volante de inercia. Un resbalón, un paso en falso, y será objeto de una muerte espantosa.

Quizá la próxima vez Werner se lo pensará dos veces antes de recurrir al chantaje. Tiene el rostro crispado de tanto esforzarse por no parecer infantil o asustado. Aun así, se aparta de la escotilla.

—Demasiado tarde —grita Max al viento—. Esto ha sido idea tuya, así que baja. Pero mira dónde pisas. Si te precipitas al vacío, me tocará a mí escribirle a tu madre. Estamos a una altura de ciento ochenta metros, de modo que la caída te matará. Pero no podremos volver atrás para recoger tu cuerpo. ¿Lo entiendes?

Werner asiente débilmente y su cara adquiere un tono morado.

Max tiene ganas de reír, pero se contiene. Nadie se ha caído nunca de este dirigible. Ni de ningún otro, que él sepa. Los zepelines raras veces viajan tan deprisa como para derribar a alguien de la escalerilla. A ciento treinta kilómetros por hora como mucho. Pero al muchacho le hará bien un poco de aprensión. Max sale por la escotilla y coloca el pie en el travesaño de la escalerilla que conduce a la góndola del motor.

—Rodea el pasamanos con los codos así. ¿Lo ves? —Señala con el mentón la manera en que su brazo se dobla alrededor de la barra—. Te ayudará a mantenerte firme contra el viento. Baja despacio, mira dónde pisas y todo irá bien.

Werner asiente de nuevo, escéptico.

—Alegra esa cara, muchacho. Hace un ruido infernal ahí abajo.

Max desciende sin darle más instrucciones y golpea dos veces con el pie la puerta de la segunda escotilla para anunciar su llegada. Esta se descorre y Max entra de un salto en la góndola del motor. Ya siente cierta debilidad por el chico, pero cuando ve su cuerpo flacucho asomar por la abertura, experimenta un orgullo que solo puede describir como paternal. Werner tiene miedo. Y titubea. Eso es innegable. Pero no ha dicho ni ha hecho nada que haya dado motivos a Max para lamentar haberlo traído. El chico obedece sin rechistar. Y hace acopio de valor cuando es preciso.

—¿Qué hace ese aquí?

August Deutschle es uno de los tres mecánicos destinados a este motor y, afortunadamente, el más simpático. La mirada que dirige a Werner no es tanto de irritación como de curiosidad.

—El muy canalla me ha chantajeado.

—Ya me cae bien. —August esboza una gran sonrisa—. Y estoy dispuesto a pagarle bien para que me cuente eso que sabe de ti.

—El día que tengas dinero para otra cosa que no sea la bebida y el juego será un milagro.

—Si lo necesito, lo encuentro. —El brillo malicioso en los ojos del mecánico se intensifica—. Apuesto a que por diez marcos me lo cuenta.

Lo último que necesita Werner es aficionarse al juego o la extorsión. Además, se trata de una verdad inofensiva.

—Digamos que me pescó charlando fuera de servicio con cierto miembro femenino de la tripulación —explica Max.

August le propina una palmada en el hombro que le sacude la dentadura.

—¡Ya era hora!

Max se dispone a aclararle que no es esa clase de conversación cuando Werner desciende por la escalerilla en dirección a la góndola sin excesivo temor. Pisa con aplomo y tiene equilibrio. Una vez que los zapatos con suela de goma del muchacho aterrizan en el saliente de la escotilla exterior, August asiente con aprobación.

—Servirá.

Max se aparta para dejar bajar a Werner. Recompensa al muchacho con una sonrisa de orgullo y una palmada en la espalda y se vuelve hacia August.

—¿Qué le pasa a la esfera del telégrafo?

—¡Al fin se han dado cuenta! Menos mal. Temía que nos tocara subir a nosotros.

—He venido todo lo deprisa que he podido.

—Pero ¿por qué tú? Lo lógico es que envíen a Ludwig Knorr. O a German Zettel, si me apuras. —August consulta la hora—. Ahora mismo está de servicio.

Es una buena pregunta, una pregunta que Max tendría que haberse hecho antes. Saca la hoja del bolsillo. La despliega. Lee el apellido escrito apresuradamente en el papel. «Zettel.» El mecánico jefe. Se vuelve despacio hacia Werner y lo fulmina con la mirada.

—¿Por qué?

No necesita extenderse. Es evidente que el muchacho sabe lo que le está preguntando.

—Ha sido un error —responde. Tiene los ojos muy abiertos, la espalda encorvada, como si se dispusiera a huir. Pero solo puede ir hacia arriba, y para eso necesita la ayuda de Max.

—No te creo.

—Es la verdad. ¡Lo juro! Pensaba que ponía Zabel. Al principio. Luego, mientras le esperaba delante de... ya sabe, mientras esperaba que usted y, hum, ella... terminaran, volví a leer la nota y me di cuenta de mi error. Pero ya le había interrumpido. Y ya estaba lo bastante enfadado. Así que se la di de todos modos.

—¿Y? —Max sabe que hay más. Con Werner siempre hay más. Capas y capas de motivos.

—Y German Zettel no me cae bien. Se habría negado a traerme.

—Espero que haya merecido la pena. —Max abarca con el brazo la ensordecedora góndola.

August ríe.

—Un canalla listo de verdad. Puede quedarse conmigo. A menos que decidas cargártelo, en cuyo caso te ayudaré a arrojar el cadáver al mar. Seguro que pesa más de lo que parece a simple vista.

Hace mucho que Max dejó de navegar por las aguas turbulentas de la adolescencia, pero recuerda sus propios cambios de humor inesperados y también los de sus padres cuando intentaban, sin demasiado éxito, que no se metiera en líos. De modo que no le sorprende que el orgullo que sentía hace solo unos instantes haya dado un giro radical y se haya transformado en ira contra la estupidez del muchacho. Sin otra palabra, se vuelve hacia el panel de control y da unos golpecitos al cristal que protege la esfera. Se encuentra en la parte de abajo, junto con otros medidores similares, pero esta aguja en concreto gira de manera frenética, sin detenerse en ningún número.

—¿Oyes el motor? —pregunta August—. No puedo ajustarlo con eso roto.

Max lo oye. Y también siente un ligero temblor en el suelo. Ese motor no funciona en sincronía con los demás. Los mecánicos tienen el trabajo más ruidoso del dirigible; le sorprende que no pierdan el oído en la primera semana. El rugido cacofónico de los motores diésel ahogaría hasta el alarido más estridente. Es un ruido inquietante y Werner se pega contra la pared con las manos sobre las orejas y el rostro encogido. Max sospecha que es una postura defensiva y que está esperando un bofetón. La idea es tentadora.

Todos los mecánicos llevan gruesas gorras de aviador y tapones debajo de las orejeras, y sabe que dependen principalmente de la lectura de labios y de una suerte de lenguaje de signos, una taquigrafía adaptada a los sordos temporales. Cada mecánico hace dos turnos cortos, dos horas durante el día y tres por la noche. La finalidad de esas largas pausas es que puedan descansar del ruido, pero como sus dependencias se encuentran cerca de la popa, nunca consiguen escapar realmente del clamor ensordecedor de los motores Daimler-Benz. Max sabe que los mecánicos son propensos a despertarse cuando se detienen los motores para reparaciones en pleno vuelo. El silencio los sobresalta. Es un trabajo extraño, el suyo, y pocos hombres están hechos para él. Dada la reacción de Werner al peligro y al ruido hasta el momento, Max sospecha que el muchacho no es uno de ellos. No se lo reprocha. Él preferiría dejar la aviación antes que pasar un día entero en esta góndola, suspendido sobre el océano Atlántico, perdiendo lentamente el oído y —según el destino del aparato— congelándose o derritiéndose dentro del uniforme. A Max Zabel le gusta la regularidad, la calma y, sobre todo, el autocontrol. Es un hombre que evita los extremos a toda costa.

EL GRUMETE

Werner observa a Max inclinarse sobre la esfera. El oficial la golpea con el dedo índice y la caja de cristal se tambalea.

—Ajá —dice—. Esto lo explica.

La tapa de la esfera es de cristal grueso con un filo metálico. Max coloca la palma sobre el vidrio y fija los dedos sobre diferentes puntos alrededor del canto. Gira la tapa con suavidad y la retira. La aguja deja de dar vueltas.

—La tapa estaba suelta —comenta a modo de explicación, sosteniéndola en alto—. La aguja no puede leer con precisión a menos que la caja esté presurizada.

A Werner jamás se le habría ocurrido que la tapa de la esfera se pudiera quitar como si nada, pero Max lo ha hecho sin el menor titubeo. El oficial frota el cristal contra el puño de su camisa para borrar sus huellas dactilares, sujeta la tapa por el borde metálico y la coloca de nuevo sobre la esfera. La aguja tiembla unos instantes, indecisa, y seguidamente emprende una perezosa rotación alrededor de los números hasta que las flechas de los extremos apuntan directamente hacia el nueve y el tres.

August Deutschle entra en acción y rectifica la velocidad del motor para que se ajuste a la lectura de la esfera. A los pocos segundos la vibración se estabiliza. Ahora es más un zumbido y no tanto un temblor. Werner deja caer los brazos y suelta una bocanada de aire que no sabía que estaba conteniendo.

Max le clava un dedo vehemente en el esternón.

—Tienes suerte de que haya sabido qué hacer.

La reprimenda hiere el orgullo del muchacho más de lo que está dispuesto a reconocer. Se frota el esternón con el pulgar mientras reprime un puchero. Sabe, por experiencia, que los pucheros terminan a menudo en llanto.

—¿Eso es todo? —pregunta August.

—Confía en mí. Mucho mejor un cristal suelto que un motor estropeado, ¿no? —Max consulta la hora—. Será mejor que devuelva al joven herr Franz a su puesto antes de que alguien se dé cuenta de que ha salido a dar un paseo en pleno vuelo.

Lo aúpa para que pueda cogerse al primer travesaño de la escalerilla y sube detrás de él. No lo hostiga, pero Werner tiene la impresión de que se mantiene lo bastante cerca para poder agarrarlo si sufre un traspiés. Avanza con la mirada al frente y la pisada firme y enseguida se encuentra a medio camino de la escotilla superior.

—Tienes equilibrio —comenta Max.

—No se diferencia mucho de subir por una escalera de incendios, salvo por el viento.

Nota que la mano del oficial se aferra a su tobillo como un torno.

—Espera —le pide—. Mira.

Bajo sus pies aparece la silueta alargada y elegante de un transatlántico. Justo por encima de la línea de flotación Werner puede distinguir unas letras muy blancas que rezan *Europa*. Las chimeneas resoplan como los pulmones de un dragón mientras el barco abre una estela nítida en el agua. Parece el dibujo de una serpiente marina con cuernos.

—Es uno de los transatlánticos más bonitos —comenta Max.

—¿Es caro viajar en barco?

Werner jamás ha pagado ni un taxi. Es incapaz de imaginar la fortuna que se necesitaría para comprar un pasaje en un transatlántico.

—No es barato, pero tampoco tan caro como esto. Ni tan divertido, la verdad. Podrías comprarte un coche con lo que cuesta un pasaje en el *Hindenburg*.

No están del todo paralelos al transatlántico cuando el *Europa* lanza un cordial toque de sirena, y al bajar la vista vislumbran a un puñado de personas saludando enérgicamente con la mano desde la cubierta. Enanos diminutos sin rostro. Desde esa altura parecen pequeños como un grano de arroz. Werner se pregunta qué impresión debe de producirles contemplar este coloso sobre sus cabezas. Lo extraño que debe de ser. Las bestias de este tamaño deberían estar dentro del mar, no encima.

Esperan a reanudar su ascenso por la escalerilla hasta que el *Europa* ha quedado bien atrás, su enorme mole avanzando sin prisa, pero sin pausa. Una vez que llegan sanos y salvos a la estructura principal, Max cierra la puerta de la escotilla, asegura los pasadores y comprueba que estén fijos.

—¿Satisfecho?

Werner está colorado y despeinado. Está tan entusiasmado que sus palabras se convierten en un torrente precipitado de sílabas.

—¡Ha sido increíble!

Sonríe agradecido y pone rumbo a la puerta de seguridad. Durante el camino de vuelta se muestra igual de cautivado por el funcionamiento interno del *Hindenburg* y acribilla a Max a preguntas sobre esa viga de sostén o aquel eje de aluminio. El oficial las responde sin problemas, aunque alguna se le resiste. ¿Qué revestimiento cubre las cámaras de hidrógeno para evitar las fugas? ¿Quién diseñó los depósitos de combustible diésel? Max se impacienta —Werner lo sabe por el tono cortante de su voz—, pero aun así contesta lo mejor que puede.

Al cabo de otras cinco preguntas, el oficial se ríe.

—Atrévete a decirme otra vez que no se te dan bien los números.

Werner camina ahora delante de Max. Eleva las afiladas puntas de los omóplatos, pero no se vuelve.

—Era el primero de la clase.

—Lo imaginaba.

Es cierto. Técnicamente. Pero el mérito no es tanto de Werner como de su madre. Ella era la que le ayudaba a estudiar antes de cada examen; la que le enseñaba con paciencia a desmenuzar las palabras hasta entender su significado. A Werner no le importa haber dejado la escuela, pero abandonar la tutela de su madre está empezando a hacer mella en él.

Los zapatos siguen donde los dejaron junto a la puerta de seguridad y apenas tardan unos segundos en hacer el cambio. Werner se endereza un poco más cuando entra en la zona de pasajeros. Se dispone a decirle algo a Max —a darle las gracias— cuando doblan una esquina y casi chocan con Irene Doehner y sus dos hermanos pequeños. Los está llevando al comedor, pero por la expresión de su cara se diría que preferiría seguir en la cama.

Max pilla a Werner mirándola de hito en hito. La chica es bonita, después de todo. No tiene el cabello rubio ni castaño, sino de un tono intermedio. Labios suaves y brillantes como una de las rosas de su madre. Ojos azules. Ambos farfullan una disculpa, pero no se miran a los ojos. Ella se apresura a sortearlos y sigue andando detrás de sus hermanos.

Max le da un codazo.

—Me apuesto cinco marcos a que ya sabes cómo se llama.

—Irene. —No está mal su esfuerzo por fingir indiferencia, pero las mejillas le arden.

—Olvídate de ella, muchacho. —Max le endereza el cuello de la chaqueta blanca. Lo mira de arriba abajo para asegurarse de que no haya manchas de grasa ni desgarrones en la ropa.

Su voz no delata tristeza, pero en su cara hay una expresión melancólica que Werner no ha visto antes—. Solo conseguirás que te rompa el corazón.

Werner abre la boca para defenderse, pero Max lo interrumpe.

—¿Sabes qué? No me lo cuentes. Bastante tengo con mis problemas.

—Vaya, estás aquí. Te estaba buscando.

Werner gira sobre sus talones y encuentra al americano aguardando pacientemente a unos pasos de distancia, sobrio, duchado y luciendo un traje limpio y planchado. Le lleva unos instantes comprender que no se dirige a Max.

—¿Puedo hablar un momento contigo? —pregunta el pasajero.

Werner mira a Max en busca de aprobación.

—Ve. No necesitas mi permiso. —El oficial mira al americano y se toca la gorra—. *Guten Morgen*.

Este responde con una levísima inclinación de cabeza, sin desviar apenas la mirada hacia él. Werner no puede evitar pensar que esa mirada no es del todo cordial.

EL AMERICANO

Conduce a Werner hasta el comedor antes de hablar. Enseguida advierte, sin embargo, que la joven Doehner constituye una distracción. El grumete la mira mientras la chica sienta a sus hermanos a la mesa próxima a los ventanales. Y ella seguramente lo sabe, porque tiene el mentón alzado en un ángulo coqueto y sus movimientos parecen demasiado calculados. Las mujeres aprenden deprisa.

El americano se aclara la garganta.

—¿Qué sabes de perros?

Werner trata de disimular su desconcierto.

—Que apestan.

—A veces. Pero, más concretamente, ¿te gustan?
—Bastante. Mi abuelo cría perros dóberman.
—¿Te dan miedo?
—Pueden ser muy agresivos si los tratas mal. O si los adiestras para que te protejan.
—Olvídate de los dóberman. Los perros en general.
Werner duda un segundo más de la cuenta.
—No, creo que no.
—Mientes.
—Depende del perro. Una vez me mordió uno. Justo aquí.
—Werner se levanta el puño de la chaqueta para mostrar cuatro cicatrices blancas en el antebrazo.
—Deberías tenerles miedo. Los perros son animales, después de todo.
—¿Por qué me lo pregunta, herr...?

El americano no le dice su apellido. En lugar de eso, mira fijamente al muchacho y aguarda a que le haga las preguntas obvias.

Tras un silencio incómodo, el muchacho continúa.

—¿Por qué quiere saber si me gustan los perros? ¿Y si me dan miedo?
—Porque hay un perro en este dirigible del que me gustaría que te ocuparas. Te pagaré. Pero si eres vago, cobarde o cruel, necesito saberlo ahora. No quiero malgastar mi tiempo ni mi dinero.
—No soy nada de eso.
—Lo suponía.

Le gusta el chico. Werner es directo y avispado, y posee la cantidad de confianza en sí mismo adecuada para esta tarea.

—¿No se referirá al perro del acróbata? Porque dudo que quiera que me entrometa.
—No. En la bodega hay otro perro del que su dueño parece haberse olvidado. Quiero que le des de comer y le cambies los periódicos de la jaula dos veces al día. Te pagaré diez dólares

americanos. Así tendrás dinero de bolsillo una vez que aterricemos. Podrías comprarle algo a tu madre. —El americano observa a Irene por encima del hombro de Werner mientras ella hace ver que no está mirando—. O una chuchería para fräulein Doehner.

Werner afila la mirada con desconfianza.

—¿Cómo sabe qué hay en la bodega? Los pasajeros tienen prohibido salir de las zonas de pasajeros.

Caray, este muchacho le gusta de verdad. No ha mordido el anzuelo y ha ido directo a la yugular.

—También los grumetes, que yo sepa.

Silencio.

—Pero teniendo en cuenta que no hace ni media hora te vi en la panza del dirigible, yo diría que tanto tú como yo somos personas con las que se hacen excepciones.

—Yo no...

El americano alza la mano.

—No te molestes en mentir. Me trae sin cuidado lo que estuvieras haciendo. Está claro que eres un muchacho listo y ambicioso, pero esas son herramientas que deberías explotar en otro lugar. La única pregunta que debes responder, herr Franz, es si te gustaría ganarte un dinero extra.

El grumete carraspea.

—Desde luego —responde—, pero no si eso me causa problemas. No puedo permitirme perder este trabajo.

—No te causará problemas, te lo prometo. Únicamente asegúrate de que el chucho esté bien atendido. Y si alguien te pregunta qué haces en la bodega, le dices que el dueño te pagó para que cuidaras de su perro porque no tiene permitido entrar en ella.

—¿El perro es suyo?

—No, pero nadie más tiene por qué saberlo.

Werner se detiene a meditar la propuesta.

—¿Cómo se llama?

—Owens.

—¿Es su nombre de verdad?
—No tengo ni idea.
—¿Y si no responde a Owens? Los perros son inteligentes.
—Responderá a lo que sea, créeme.
—¿Por qué hace esto? ¿Por qué paga para que alguien cuide de un animal que no es suyo?

A veces, un poco de compasión y consideración es razón suficiente para hacer algo fuera de lo normal. Pero eso no es un motivo que esté dispuesto a decir en alto.

—Ese perro no se merece que lo tengan desatendido, hambriento y rodeado de mierda.
—Está bien, lo haré. Pero ha de pagarme por adelantado.

El americano saca un billete de diez dólares de su cartera y se lo tiende.

—Trato hecho.

Examina ese billete caído del cielo como si estuviera verificando que no es falso, como si conociera la diferencia. Se lo guarda en el bolsillito superior de su chaqueta de camarero. A continuación, asiente con la solemnidad propia de un caballero haciendo negocios con otro caballero.

—Y ahora me gustaría saber qué hay para desayunar. Estoy hambriento. Y también interesado en saberlo todo sobre cierto pasajero que viaja en este dirigible.
—¿Qué pasajero?

El americano se balancea sobre los talones con los brazos cruzados y el suspense escrito en las arrugas de su boca.

—Leonhard Adelt.

EL TERCER OFICIAL

Max entra en la cabina de mando para su turno y enseguida repara en la cargada atmósfera. Se ha perdido algo importante. Una discusión, probablemente. La tensión es palpable. Nadie se mira, nadie habla. Los oficiales semejan una manada de lobos rabiosos con el pelaje del lomo erizado y el espinazo rígido. El comandante Pruss tiene la mirada feroz, en la boca una mueca agresiva.

Esta mañana el coronel Erdmann está de observador y se ha desplazado a un recodo de la cabina de mando. Muestra una expresión preocupada.

Max se toma su tiempo para olfatear la situación.

—¿Qué ocurre?

Christian Nielsen está en la sala de navegación, mirando ceñudo varias cartas esparcidas por la mesa. Clava en ellas un dedo iracundo.

—Viento de proa.

—¿Y?

—Llevamos tres horas de retraso con respecto al horario previsto.

El gusto de Max por la lógica y el orden fue lo que lo condujo hasta la navegación, pero es su capacidad para resolver problemas y mantener la armonía lo que le hace permanecer en este puesto en lugar de aspirar a comandar su propia aeronave. Su mente ya está clasificando los problemas potenciales y buscando soluciones. Es fácil que una pérdida de esa magnitud suceda a lo largo de todo un vuelo, pero que se produzca de un día para otro es muy extraño. Max examina los instrumentos instalados en la pared, frente a su mesa, buscando la causa. Un reloj estropeado o el mal funcionamiento de un indicador de triangulación. Incluso se saca la brújula del bolsillo para comprobar los medidores, pero no aprecia ningún desajuste.

—¿Viento de proa? —pregunta.

—Quince nudos.

Reflexiona.

—¿Viento de costado?

Nielsen mira el registro.

—Se mantiene más o menos en doce nudos, dependiendo de

la altitud. Pero aun así tendríamos que haber cruzado el primer meridiano a la una en punto y no lo hicimos hasta las tres. Desde entonces hemos perdido otra hora.

—Qué extraño —comenta Max—. Es...

—Imperdonable —gruñe el comandante Pruss. Está delante del timón, de espaldas a ellos, y su voz está cargada de electricidad.

De modo que esa es la fuente de la tensión. Pruss está descontento, Nielsen a la defensiva y los demás se niegan a tomar partido. Independientemente de lo que se hayan dicho, el retraso no puede ser culpa de Nielsen. El *Hindenburg* será un prodigio de la aviación, pero ni la tecnología más moderna es capaz de vencer a la madre naturaleza. El dirigible siempre estará expuesto a sus caprichos.

—Recupere el rumbo, Max —ordena Pruss. Despacha a Nielsen con un gesto seco de la cabeza.

Nielsen abre la boca para protestar, pero Max menea la cabeza. «No —dice el movimiento—, no vale la pena que te crees un conflicto por esto.» Max está ahora de servicio. Él solucionará el problema; es lo que mejor se le da, después de todo. Si Nielsen es lo bastante listo, mantendrá la boca cerrada y Pruss se habrá olvidado del incidente antes de que llegue la noche.

Nielsen firma con resignación su salida en el diario de vuelo, saluda a Pruss y abandona la cabina de mando. Se produce un cambio inmediato en el ambiente, como si Nielsen se hubiese llevado consigo la tensión, y mientras Max ocupa su lugar frente a las cartas de navegación vuelve la armonía.

Consulta los instrumentos y traza en la carta el rumbo del aparato al tiempo que calcula mentalmente la velocidad total del aire y el ángulo del viento con respecto a la dirección de vuelo.

Toma una decisión.

—¿Comandante?

Espera a que Pruss se dé la vuelta.

—Si descendemos quince metros y alteramos el rumbo dos grados hacia el sur, el viento de proa disminuirá de manera considerable.

Pruss se detiene a considerar la sugerencia de Max —solo para aparentar, pues siempre respeta sus decisiones en ese terreno— y da la orden de descender. El aparato experimenta de inmediato un empellón, como si alguien tirara de un globo hacia delante.

—Buen trabajo —reconoce el coronel Erdmann en voz baja, detrás de él.

Max agradece el elogio con un leve asentimiento, incomodado por la intensidad de la mirada del coronel y las preguntas sin formular que contiene. Regresa a su puesto sintiéndose satisfecho consigo mismo. «No, no puedes vencer a la madre naturaleza, pero sí que puedes apartarte de su camino.»

LA PERIODISTA

Gertrud se ha despertado, no tanto por la luz como por la sensación de sentirse observada. Sin abrir los ojos sabe que la mirada de Leonhard está fija en su cara y, aunque no puede distinguir si se trata de una mirada de amor o de enojo, siente su calor. Deja escapar un gemido y rueda sobre el costado tirando de la manta.

—Aún es pronto. Vuelve a dormirte.

La voz de Leonhard es un murmullo cálido en la penumbra.

—¿Por qué? Con lo mucho que estaba disfrutando de la sorpresa de despertarme y encontrarte a mi lado.

Maldito sea. De modo que es enojo.

Gertrud gira sobre su espalda, pero no abre los ojos. Le duele el cuero cabelludo. Siente como si tuviera arena debajo de los párpados. Tiene la boca pastosa y las extremidades adormecidas.

—¿Tan raro te parece?

—¿Dónde estuviste anoche, *Liebchen*?

Leonhard la rodea por la cintura y la atrae hacia su pecho. No es un gesto seductor. La está inmovilizando.

—¿De qué estás hablando? —Gertrud no le mentirá, nunca se le ha dado bien, pero no se siente culpable por hacerse la tonta.

—Hueles a tabaco y a alcohol. —Leonhard levanta la manta para desvelar la combinación arrugada—. Y la última vez que te miré, lo único que llevabas puesto era... yo.

Gertrud abre la boca, pero Leonhard le cubre los labios con un dedo. No le gusta que lo engañe. Le está dando una oportunidad.

—Por no mencionar el hecho de que cuando me desperté anoche, no estabas —añade.

—Puede que tuviera frío. Puede que me levantara para ir al lavabo. Puede que tuviera hambre.

—Puede que salieras para meterte en algún lío porque sabías que no estaría allí para detenerte.

—¿Realmente importa?

Leonhard le muerde la oreja.

—Pues claro que importa. No olvides que soy tu marido.

—Entonces, ¿por qué no fuiste a buscarme si estabas tan preocupado?

Una luz pálida, plateada, comienza a llenar el camarote, pero desde la posición en la que yacen no pueden ver lo que hay al otro lado de la ventana.

—Volamos a ciento ochenta metros sobre el suelo. Tienes vértigo. Pensé que no podrías ir muy lejos.

—No esperaba que te despertaras. Lo siento.

—Aclara esa disculpa, *Liebchen*. ¿Sientes que me despertara? ¿Que hayas sido una imprudente? ¿Que me preocupara?

Gertrud se vuelve hacia él. Se obliga a abrir un ojo.

—Siento que pienses que tiene importancia.

—La tiene. ¿Adónde fuiste?

—Al bar. No podía dormir. —La mirada que le lanza insinúa que la culpa es de él, que le prometió que se dormiría y no cumplió su palabra.

Han pasado una parte tan grande de su relación intercambiando agudezas que le inquieta la severa arruga que se forma entre las cejas de Leonhard. Está francamente enfadado.

—¿Qué estuviste haciendo en el bar?

—Beber.

—¿Y?

—Fumar.

—¿Con?

—Edward Douglas.

—¿Te importaría decirme, *Liebchen*, quién cojones es Edward Douglas?

Gertrud bosteza y estira los brazos por detrás de la cabeza hasta tocar la pared con las palmas. Hace fuerza contra ella y los músculos de la espalda protestan.

—Para empezar, es el *Arschloch* borracho que estaba ayer en el autobús.

—¿Para empezar?

Ella se sienta en la cama con los muslos sobre las pantorrillas. Se aparta el pelo de la cara y cruza los brazos. Se esfuerza por imitar la expresión severa de Leonhard.

—Resulta que además es el hombre misterioso que subió corriendo las escaleras cuando herr Goebbels me arrebató el pase de prensa en Frankfurt.

Gertrud aguarda. Leonhard tiene la mirada entornada de quien está haciendo un gran esfuerzo por rescatar un recuerdo que se le resiste. Se incorpora con brusquedad.

—¡El bigote!

—No le favorece, ¿no crees?

—Das miedo. Lo sabes, ¿verdad?

—Prefiero pensar que soy observadora, nada más.

Pero no está dispuesto a dejarla ir tan pronto. Le pone una mano suave en cada hombro.

—Lo que de verdad me gustaría hacer ahora es zarandearte hasta que te castañeteen lo dientes. Y lo haría si creyera por un momento que iba a servir de algo. Pero te conozco. Así que, en lugar de zarandearte, quiero que me cuentes todo lo que has averiguado sobre ese hombre. ¿Queda claro? Todo.

—Me temo que voy a decepcionarte. No sé mucho más que tú, pese a todos mis esfuerzos. Es un tipo reservado. Y un embustero de primer orden. Contestaba mis preguntas, pero lo justo, y de una manera que me creaba nuevos interrogantes. Ese cabrón tenía cinco copas vacías en la mesa cuando llegué, y otras dos para cuando el camarero nos echó a las tres en punto, y no estaba ni un poco borracho. ¿Cómo es posible, Leonhard?

—Está claro que aguanta bien el alcohol.

—Nadie puede aguantarlo tan bien.

—Vuelves a pensar en términos absolutos. Creía que la vida te había enseñado que nada es absoluto.

—Demasiado pronto para ponernos filosóficos.

—Es una cuestión lógica, no filosófica.

—¿Quieres lógica? ¿A qué vino el numerito de ayer en el autobús? ¿Qué puede haber sacado de esa pequeña farsa?

Leonhard no es un hombre que sonría a menudo. No es un hombre jovial, ni histriónico. Suele mantener sus emociones ocultas bajo un exterior reservado, meticuloso, así que Gertrud se inquieta cuando una sonrisa amplia, traviesa, le curva los labios.

—Eso es algo a lo que tendrás que darle vueltas mientras te vistes. Nos vamos a desayunar.

—No. —Se zambulle de nuevo bajo la sábana y se echa la manta sobre la cabeza—. Voy a seguir durmiendo. Estoy agotada.

Nota el temblor del colchón cuando su marido se levanta de la cama. Y por un momento cree que la dejará dormir. Pero un segundo después Leonhard tira de la manta y la sábana y las arroja al suelo.

—¡Para!

—Levántate.

—No. —Se deja caer sobre las almohadas como una niña enfurruñada.

Esta vez la voz de Leonhard es afilada.

—Vas a levantarte, querida, y vas a irte a la ducha. Luego te vestirás, te maquillarás y pondrás tu mejor cara de póquer. Porque has sido una insensata. Has enseñado tus cartas. Y ese hombre, quienquiera que sea, sabe ahora muchas más cosas de nosotros que nosotros de él. Hoy pondremos solución a eso, *Liebchen*, pero lo haremos juntos y de la manera que yo juzgue adecuada. —Se inclina sobre la cama y le pasa un pulgar calloso por la mejilla—. Pondrás todo de tu parte, empezando ya.

Son quince las cosas que Gertrud quiere decir. Y durante un rato compiten en su cabeza por el primer puesto. Acusaciones. Obscenidades. Excusas. No uno, sino tres maleficios gitanos que aprendió de su abuela materna. Pero a juzgar por la expresión de Leonhard, se diría que es una disculpa lo que está esperando, y no se le ocurre ninguna. De modo que al final calla. No está dispuesta a reconocer que ha obrado mal. Y su marido no está dispuesto a contentarse con menos. Se produce un silencio tirante entre ellos. Finalmente, Leonhard saca del armario una bata de raso de color crema larga hasta los pies y se la tiende.

—¿Sabes? —dice ella en un tono de fingida ligereza—. Lo mejor de este viaje iba a ser no tener que levantarme pronto. No recuerdo cuándo fue la última vez que no tuve que madrugar para lidiar con un niño.

—Piensa en eso la próxima vez que te metas en la cama oliendo como un cenicero. ¿Cuánto tiempo llevabas sin fumar? ¿Dos años?

—Casi. Es terapéutico.

—Lo encuentro irritante.

—Antes lo encontrabas sexy.

—Todavía lo encuentro sexy. Esa no es la cuestión. —Leonhard sacude la bata con gesto impaciente.

O sea que así están las cosas. Muy bien. Gertrud se levanta de la cama y deja que Leonhard la ayude a ponerse la bata. Le cierra el escote y le ata el cinturón. Le alarga el neceser y la toalla que cuelga junto al lavamanos.

—¿Qué vestido? —pregunta ella en tono seco.

—El azul. Hace juego con tus ojos. Nunca te he visto lucirlo sin que todos los hombres de la sala se volvieran para mirarte.

—Pensaba que no querías que llamara la atención.

—El problema, *Liebchen*, es que puedes ser muy torpe en tu manera de hacerlo.

Él no quiere seguir discutiendo. La empuja hacia la puerta.

—Te veré en el comedor dentro de media hora —dice—. Desayunaremos a las siete como las personas civilizadas que somos.

—¿No me esperas?

Leonhard le acaricia el mentón.

—¿Para qué con lo bien se te da adelantarte?

Las únicas personas con las que Gertrud se cruza de camino a la ducha son dos miembros uniformados de la tripulación que desvían discretamente la mirada al reparar en la bata. Una vez dentro del cubículo, echa el pestillo y cuelga la ropa en los percheros atornillados a la pared. La ducha se encuentra detrás de una cortina. Las paredes y el suelo están forrados de baldosas blancas. Hay una única lámpara en el techo y un desagüe en el suelo. Gertrud cuelga la bata y tira la combinación al suelo. Cuando abre el grifo se descubre bajo un chorro templado y sin apenas presión. Es como si le estuvieran meando encima. Ha de hacer tres giros completos antes de tener todo el cuerpo mojado y necesita varios minutos directamente debajo de la alcachofa para empaparse el pelo. Se ducha con eficiencia militar, frotándose el cuerpo con una pastilla de jabón de lavanda. Le entra champú en los ojos y no consigue enjuagarlo antes de que el picor se extienda. El escaso buen humor que le quedaba se desvanece y deja paso a una rabia candente.

Resbala cuando se dispone a salir de la ducha y tiene que apoyarse en la pared para no caer. Al principio cree que hay un trozo de jabón cerca del desagüe, pero cuando se agacha para recogerlo encuentra una cadena de bolitas con una especie de colgante ovalado en el extremo. Está empañado, pero distingue letras y números grabados en la superficie. Lo seca con la toalla y lo acerca a la luz.

Parece una placa identificativa del Deutsches Herr.

El latón está muy gastado por una de las caras. Desliza la yema del pulgar para intentar reconocer los dígitos que no puede leer. Hay diez campos numerados en la placa y cada uno contiene información relativa al soldado para el que fue expedida. Preferencia religiosa: rk de católico. Número de identificación: 100991 – K-455(-)6(-)8. Grupo sanguíneo: AB. Y varias vacunas. Quienquiera que sea el soldado, ahora Gertrud lo sabe todo sobre él salvo el nombre. De lo único de lo que está segura mientras examina la placa para tratar de entender su presencia en este lugar es que anoche, en el bar, el americano tenía una muy parecida. Pero no tiene la menor intención de devolvérsela.

Está eufórica mientras se seca y se viste para el desayuno. Se peina, se maquilla y se acicala en el camarote en un tiempo récord. Para cuando llega al comedor vibra como un cable eléctrico. Leonhard se levanta de la mesa y acude a su encuentro en cuanto la ve entrar. Está tan concentrado en interceptarla que no repara en el cambio drástico que ha experimentado la expresión de su cara. Se inclina para besarla en la mejilla.

—Hueles bien.

—Hum, sabía que un poco de comida mejoraría tus modales.

Leonhard le toma el brazo y lo cruza con el suyo.

—Puedes repróchamelo cuanto quieras, pero esta mañana te necesito enfadada.

—¿Estás diciendo que me has provocado a propósito?

—Sí. —Retira una silla y la ayuda a sentarse. Hablan en un tono quedo. Educado. Nadie diría que se encuentran al borde de una pelea—. Tú alcanzas tu punto máximo de agudeza cuando estás enfadada. Siempre me ha gustado eso de ti.

Gertrud despliega la servilleta y la extiende sobre su falda. Atraviesa a su marido con la mirada.

—Aunque para serte franco, también me asusta. Pero no puedo negar que resulta sexy.

—¿Debo felicitarte por tu coraje?

—No, pero te agradecería que me dejaras terminar.

Ella le indica con un gesto de la mano que puede continuar.

—Mira a tu alrededor, *Liebchen*. ¿Qué ves? —Leonhard apoya el brazo en el respaldo de la silla—. Me sorprende que no te hayas percatado aún. Con lo mal que te cae.

El americano. Charlando animadamente. En el paseo que linda con el comedor. Está bien despierto y afeitado, nada en él deja entrever que se ha pasado la noche bebiendo. En ningún momento mira hacia la mesa de Leonhard y Gertrud, pero ella sabe que los observa. Se ha colocado de tal manera que los Adelt quedan dentro de su campo de visión. Está rodeado de un pequeño grupo de pasajeros varones. Sea lo que sea lo que les está contando, se ríen a carcajadas, y Gertrud desvía la mirada, asqueada. La mera idea de que ese hombre pueda resultar gracioso la ofende.

Leonhard hace señas a un camarero. Su placa identificativa dice SEVERIN KLEIN, y tiene cara de niño de anuncio ario. Pelo rubio. Mandíbula cuadrada. Ojos azules.

—Café para los dos, por favor.

La periodista repara en el rápido repaso que Klein les hace y en su inmediata aprobación. El camarero inclina la jarra de plata sobre su taza y Gertrud inicia un elaborado ritual de preparación que incluye tanta azúcar y tanta leche que Leonhard menea la cabeza con una mueca de disgusto. Se lleva a los labios una taza repleta de un café de color marfil cubierto de una espuma viscosa. Klein no se ha mostrado ni de lejos tan atento con los empresarios judíos sentados en la mesa de al lado. Y tampoco anoche.

—¿Ves a lo que nos enfrentamos? —pregunta Leonhard. Gertrud tarda un instante en comprender que no está hablando del camarero y de todo lo que representa. Observa al americano con esa mirada que se le pone cuando hay que resolver un enigma—. Conseguirá que esos pasajeros crean todo lo que él les diga antes de que los camareros hayan retirado los platos. De modo que sí, te enojé a propósito. Y será un placer mantenerte en dicho estado siempre y cuando no olvides, ni por un momento, que hay cierta protección que tu marido puede proporcionarte. Te aconsejo que hagas buen uso de ella, aunque la idea hiera tu singular sensibilidad. Diantre, para eso estoy aquí.

Es entonces cuando Gertrud se percata de que Leonhard se ha colocado estratégicamente entre ella y el americano. Da igual que el hombre esté a siete metros o que no puedan oírlo. Es un detalle nimio, pero ha creado una barrera. Está marcando territorio, por así decirlo. A fin de cuentas, Leonhard es un hombre. Y un hombre bueno, ha de reconocer Gertrud.

—Tienes razón.

Es lo más parecido a una disculpa que está dispuesta a ofrecer y él sabe que es todo lo que puede esperar. Levanta su mano del mantel y la besa.

El público del americano ha crecido mientras los pasajeros esperan a que se sirva el desayuno.

—¿De qué estará hablando?

—Qué extraño que lo preguntes, *Liebchen*.

EL AMERICANO

Lleva veinte minutos observando a Leonhard Adelt. El periodista se levanta de la mesa para recibir a su mujer. Ella parece un tanto derrotada, pero se diría que por lo menos ha conseguido pasar por la ducha. Las puntas húmedas de sus rizos se le pegan a la mandíbula, y Leonhard la acompaña hasta la mesa y le retira la silla más alejada. Una vez instalados, se embarcan en un debate sosegado, pero intenso. Apuesta a que el marido no estaba al tanto, o a favor, de la pequeña excursión de su mujer en mitad de la noche. Puede ver, por la rigidez de su espalda y la tensión en la mandíbula, que ella está recibiendo una reprimenda.

Una de las parejas que están sentadas cerca de él atrae su atención. La esposa se está quejando del viaje, y el americano tiene que ocultar su irritación. Ricachones mimados. Esperan que los tengan constantemente entretenidos. La prensa da a entender que cada vuelo está abarrotado de gente de la realeza y estrellas de cine, y la mujer está enojada por encontrarse rodeada de hombres de negocios y amas de casa corrientes.

—No es un viaje muy emocionante que digamos —le dice a su marido. Está decepcionada. El tiempo es deprimente. Y la compañía todavía más. La comida no está mal, pero ha comido en sitios mejores. Las camas son demasiado pequeñas y la temperatura demasiado baja—. Ojalá hubiéramos estado aquí en el Vuelo de Millonarios del año pasado.

—Puedes quedarte con tus millonarios —replica su esposo—. A mí me habría gustado estar aquí cuando el *Hindenburg* sobrevoló el estadio durante los Juegos Olímpicos. ¿Te lo imaginas?

—¿Han oído hablar de ese vuelo? —pregunta el americano. Se acerca. Se presenta. Descubre que son Otto y Elsa Ernst. Jubilados. Clase media alta. Insignificantes.

—Todo el mundo ha oído hablar de él. Las fotos aparecieron en todos los periódicos. El *Hindenburg* pasó justo por encima del estadio.

El americano se inclina y baja la voz, como si estuviera confiándoles un secreto.

—¿Sabían que Hitler hizo estampar los anillos olímpicos en un costado del dirigible expresamente para la ocasión?

—No me acuerdo de eso, la verdad. —Otto frunce el ceño. El recuerdo se ha perdido en los recovecos de su mente.

El americano se encoge de hombros.

—Muy poca gente reparó en ellos. Las esvásticas son más vistosas.

Una agitación nerviosa recorre a su público y el americano reprime una sonrisa. El símbolo nazi es como un elefante blanco en la habitación, algo que debe evitarse en una conversación civilizada. Ignóralo el tiempo suficiente y se irá. Sé parco en tus opiniones o guárdatelas para ti mismo. Aun así, al americano le encanta provocar.

Prosigue.

—Los nazis acababan de financiar la terminación de este magnífico dirigible y, dado su sentido de la propiedad, es lógico que montaran un espectáculo durante la ceremonia inaugural de los Juegos Olímpicos de Berlín del año pasado. Yo estuve allí.

—Yo quería ir, pero tuve que conformarme con leer sobre ello en la prensa —reconoce Otto.

Una versión expresada con tiento, sin duda. Ese acontecimiento en particular pasó a la historia, pero no por las razones que pretendía el Führer. La mención de los Juegos Olímpicos atrae a otros pasajeros hasta el paseo. En Alemania es de dominio público el resultado de una competición en concreto, pero se habla poco de él. Los ciudadanos curiosos han de obtener sus chismes de donde puedan.

—Los juegos era algo muy simbólico para él —asegura el americano—. Profético, incluso. Era el acontecimiento donde su pueblo debía demostrar su superioridad. Todo estaba perfectamente pensado, naturalmente. Incluido el lema de las Olimpiadas, el *hendiatris: Citius, Altius, Fortius*. Más alto, más rápido, más fuerte. Era una señal para el Führer. Y no hablemos de los anillos. Esa parte adquirió un significado religioso sobre el que nos pasaremos décadas debatiendo. Recuerden mis palabras. Pero ¿qué puede esperarse de un hombre que fundamenta su visión del mundo en una ópera sobre mitología nórdica?

Los pasajeros no entienden esto último y él no se molesta en sacarlos de su ignorancia. Estas personas, estos corderos, no tardarán en comprender a su líder, y desearán no hacerlo. Que se arrepientan más tarde. Que lamenten no haberse detenido ni un momento a averiguar quién es en realidad Adolf Hitler y en qué cree. Una vieja profecía. La quema del mundo. Renovación. Perfección. Ellos han puesto a ese psicópata en el poder. Que asuman las consecuencias. El americano respira hondo para controlar su propio fanatismo. No se le pasa por alto la ironía. Hace falta un fanático para reconocer a otro fanático. Y a veces solo hace falta un fanático para detener a otro. Él hará lo que pueda. Aunque eso signifique que lo único que detenga sea el dirigible favorito de Hitler.

—El Führer —continúa— no solo confiaba en que los alemanes arrasaran en esos juegos, sino que estaba convencido de que lo harían. La intención de Hitler era evidente, por lo menos en su cabeza, si no en la de las demás personas que ocupaban las gradas. Alemania era superior. Y Jessie Owens puso fin a esa ilusión, claro.

Encuentra a Werner Franz entre la multitud de rostros, mirándolo, y responde a la pregunta reflejada en sus ojos con un asentimiento de cabeza. La boca del muchacho forma un círculo. Oh. El perro.

La puerta de la antecocina se abre y tres camareros desfilan con grandes bandejas repletas de platos humeantes. La gente se dispersa. El americano no puede competir con la comida.

Tampoco lo pretende. Ha plantado otra semilla. Dejará que germine antes de volver a remover la tierra. Que coman. Que disfruten un rato de sus insignificantes lujos. Puede vivir con eso. Porque algo está madurando debajo de la superficie. Puede verlo en el movimiento nervioso de sus ojos mientras él habla. Subversión adornada con anécdotas, con entretenimiento, con chismorreos. Así es más fácil de digerir. El americano se vuelve hacia el ventanal para permitir que los rezagados se le acerquen si lo desean.

Con las nubes grises arriba, el mar gris abajo y el *Hindenburg* flotando entre los dos, da la impresión de que estén atrapados dentro de una olla. Los pocos pasajeros que se acercan a los ventanales parecen sumamente desalentados por la vista. Quieren paisajes espectaculares. Emoción. Puede que una ballena saliendo a la superficie, o un barco de vapor. En lugar de eso, solo hay quietud y conformismo. Están inquietos, y el americano sacará provecho de ello.

Advierte que los dos judíos sentados cerca de los Adelt comen deprisa. No hay segunda taza de café para ellos. No hay segunda ración de tostadas o mermelada. Lonchas de tocino frío descansan en el borde de sus platos. El americano sospecha que el camarero, Severin Klein, las añadió por inquina. En menos de diez minutos tiene a los dos hombres al lado, frente a los ventanales. Las cabezas inclinadas. Los ojos mirando sin ver el mar que se extiende a sus pies. Al poco rato se presentan como Moritz Feibusch, distribuidor de alimentación de San Francisco, y William Leuchtenberg, ejecutivo de Nueva York. Es evidente que han estado hablando sobre lo que ha dicho el americano.

—Los anillos olímpicos ya no están —comenta Moritz—. No los vi cuando embarcamos.

—Lógico. Hitler no podía seguir exhibiéndolos junto a sus esvásticas después de que un negro se llevara a casa cuatro medallas de oro, ¿no creen?

William tiene el aire pensativo, la expresión ceñuda, los labios apretados.

—Fue una apuesta arriesgada desde el principio.

—Pero del todo comprensible. Imagínenselo. Un gran estadio. Decenas de miles de espectadores. Los mejores atletas de todas las naciones del mundo. Y la figura gloriosa del Führer presidiendo el estadio mientras el mayor dirigible de la historia vuela sobre sus cabezas. ¿Qué creen que estaba intentando decir?

—Que no podía perder —murmura Moritz asintiendo despacio.

—Pero perdió —susurra William.

—Hay quienes sostienen que estaba en su derecho. Los nazis proporcionaron el dinero para terminar la construcción del dirigible, de modo que este acabó convirtiéndose en su símbolo. En su medio de propaganda. Y una vez que los anillos dejaron de resultar útiles, los retiraron.

—A Hitler se le da bien retirar aquellas cosas que ya no le resultan útiles —farfulla William.

El americano aprovecha el comentario. Lo manipula. Se vuelve hacia el comedor y detiene la mirada en puntos estratégicos, como si estuviera fascinado.

—Y, sin embargo, aquí estamos todos, financiando su causa.

—Esto es un viaje, no política —replica Moritz. Es evidente que la idea le incomoda.

—No. Esto —el americano dibuja un círculo en el aire con el dedo para englobar todo el aparato— es lujo. Y el lujo y la política son siempre aliados. El dinero es poder, y la política busca poder. ¿Por qué cree que se dedicó tanto tiempo y tanta cobertura mediática al Vuelo de Millonarios del año pasado? —Hace una pausa para que su idea cale—. Llevar a los hombres más ricos del mundo en un vuelo de diez horas a fin de conseguir apoyos para un sueño de aviación único. Invitar a Winthrop Aldrich, Nelson Rockefeller y ejecutivos de TWA y Pan American Airways. Convencer a la Standard Oil para que suministre diésel e hidrógeno. Asegurarse de que la cadena de radio NBC transmita los momentos clave para que millones de oyentes puedan vivirlos de manera indirecta. Fue un vuelo orquestado. Político. ¿Sabe lo que dice un vuelo como ese? —pregunta a William Leuchtenberg—. Que están dispuestos a apoyar financieramente a un tirano. Llámelo lujo o conveniencia, si quiere, pero sigue siendo política.

—Si lo que dice es cierto, todos somos culpables.

—Ah, amigo mío, he ahí el problema. Todos estamos dispuestos a justificar nuestras acciones cuando es necesario.

El americano levanta la vista y advierte que Gertrud Adelt lo fulmina con la mirada por encima de su taza de café humeante. En un mundo distinto puede que considerara a esa mujer una aliada. Tal vez si estuviera en una misión diferente. O si la condenada curiosidad de la periodista no se interpusiera cada dos por tres en sus planes. Pero, tal como están las cosas, no quiere amigos ni socios. Solo revancha, y no permitirá que esa llamativa alborotadora lo distraiga de su cometido.

—Entonces, ¿cuál es el propósito de este discurso? ¿Culpa? —pregunta William Leuchtenberg.

Tras meditarlo unos instantes, el americano responde:

—Iluminación.

LA CAMARERA

El grumete lleva una flor en la mano. Un clavel. Rosa y menudo, sencillo, pero está manoseando el tallo y trasladando el peso de su cuerpo de un pie a otro como si sus partes íntimas le escocieran. Se diría que está haciendo acopio de valor para una tarea difícil. Emilie comprende entonces el motivo. Werner Franz está mirando a Irene Doehner mientras ella finge no darse cuenta.

Para ser niños, los Doehner dan pocos problemas. Irene tiene a sus hermanos bajo control la mayor parte del tiempo, y las veces que se le desmandan, una palabra firme de Emilie los devuelve al redil. No son quisquillosos con la comida y esta mañana no han rechazado nada de lo que les han puesto delante. Han comido hasta hartarse, principalmente tocino, tostadas y queso. También querían café, pero Emilie se negó en redondo. Solo conseguiría buscarse problemas. La energía que pueden gastar en un espacio tan reducido es limitada, y no tiene el menor interés en recoger los pedazos de lo que esas criaturas puedan romper por el camino.

Irene parece ruborizada; las mejillas se le han teñido de un rosa fuerte que contrasta con su pálida piel. Dirige una mirada fugaz al grumete. Solo el observador más esmerado repararía en el coqueteo sin palabras que tiene lugar entre los dos.

—Eres una chica muy considerada —le dice Emilie, desviando su atención de Werner—. Por dejar dormir a tus padres.

—La consideración tiene poco que ver con esto, *fräulein*. Mis hermanos durmieron anoche en mi camarote. No me parecía justo despertar a mis padres únicamente porque quisieran desayunar.

Una de las ventajas de que el vuelo no vaya lleno es que hay camarotes libres. Ayer resultó fácil instalar a Irene en una habitación para ella sola, justo delante de la de sus padres. Y no es de sorprender que el matrimonio haya aprovechado esta oportunidad para gozar de un poco de intimidad. Emilie no se lo reprocha. Duda de que dispongan de muchos momentos a solas con unos hijos que no paran de hacer trastadas. Viendo a esos dos, es como intentar poner orden en una jaula de grillos.

Le guiña un ojo a Irene, que se sonroja todavía más.

—Sigo pensando que eres una chica considerada.

Ahora entiende por qué los muchachos se han presentado en el comedor con la ropa arrugada de ayer. Emilie lo había atribuido al hecho de que fueran varones, que no suelen destacar por su buen juicio o su higiene. En especial estos dos. Walter lleva un lamparón en la camisa de la cena de anoche y el pequeño Werner —caramba, se llama como el grumete, seguro que se hará un lío— parece que ha perdido tres botones de la suya. En un forcejeo, seguro. Nunca ha visto a unos niños que disfruten tanto peleando. Anoche, sin ir más lejos, rodaron por la escalera de la cubierta B y aterrizaron en un revoltijo de brazos, piernas y risas. Emilie corrió a socorrerlos, pero descubrió que estaban encantados con la experiencia y querían repetir. Los obligó a permanecer mano sobre mano en el pasillo durante diez minutos como castigo.

Los chicos aminoran el ritmo de su voraz ingesta de huevos y Emilie retira de la mesa los platos vacíos. En cuanto entra en la antecocina para dejarlos en el montaplatos ve a Werner Franz acercase discretamente a la mesa. El muchacho no hace nada inapropiado. No mira a Irene y tampoco habla con ella. Pero desde donde Emilie está, el juego de manos es evidente. El clavel rosa descansa ahora donde antes estaban los platos del desayuno de Irene. Werner aguarda a su lado el tiempo justo para ver si su presente será aceptado y se le ilumina el rostro cuando Irene coge la flor, la huele deprisa y la esconde en su regazo, debajo de la servilleta. Cruza una mirada breve con Werner y lo obsequia con una sonrisa que ninguna chica de catorce años debería saber esbozar. A Emilie le sorprende que el joven grumete pueda pensar, y más aún caminar en línea recta. Pero lo hace. Si no hubiese presenciado el intercambio, Emilie no sabría por su semblante que algo importante acaba de suceder entre los dos adolescentes. Werner sonríe, pero de la manera que suele hacerlo. Una sonrisa de grata servidumbre. Que la maten si ese chico no tiene una cara de póquer brillante.

Cuando Emilie regresa a la mesa para retirar los platos restantes, advierte que el americano también ha observado el momento. Está sentado en el paseo con los pies sobre la repisa de un ventanal y las manos detrás de la cabeza, sonriendo. El americano la ve y señala a Werner con el mentón. Le guiña un ojo, como si compartieran un secreto. El hecho de que la incluya en su observación la incomoda. El que siga contemplándola con una mirada adormilada la incomoda todavía más.

Se pregunta si debería tener unas palabras con Werner. No está bien que coquetee con Irene. Pero cuando el muchacho pasa por su lado para dejar los platos en el montacargas, cambia de parecer. ¿Por qué no debería ser feliz alguien en este dirigible? Ese enamoramiento no irá a ningún lado. Dentro de dos días Werner regresará a Frankfurt y los Doehner viajarán a Ciudad de México. Su relación habrá terminado antes de que haya podido empezar.

Ese pensamiento la pone nerviosa. Y no por Werner. O por Irene. Por ella. Max ha descubierto su plan y Emilie se siente ahora vulnerable y recelosa. No se da cuenta de que está estampando los platos sucios contra la bandeja hasta que Walter levanta la vista alarmado.

—¡Yo no he roto el plato! ¡Ha sido Werner! —se defiende, tratando de esconder un fragmento en el regazo.

Bendito sea el cargo de conciencia. A saber qué habría hecho Walter con la afilada esquirla de loza si hubiese conseguido sacarla del comedor.

Emilie alarga la mano y él devuelve el fragmento.

—¿Werner?

El niño sale de debajo de la mesa con los demás pedazos. Emilie los cuenta para asegurarse de que están todos. Se mueven tan deprisa, estos pequeños vándalos. No los vio romper el plato y tampoco esconderlo. Estaba demasiado distraída con el cortejo bisoño de los dos adolescentes.

—Que no vuelva a repetirse —les reprende.

Los dos asienten muy serios, pero Emilie no los cree ni por un momento. Se le escapa una sonrisa pese a sus esfuerzos por contenerla. La expresión de susto desaparece del rostro de Walter y Emilie ve lo mucho que lo alivia no ser el blanco de su ira.

El muchacho quiere agradar casi tanto como explorar y destruir. Y ella no puede evitar preguntarse cómo sería tener su propio hijo.

Tuerce el gesto. He ahí el problema de ser viuda. Sabe exactamente lo que se está perdiendo. Existen deseos biológicos contra los que no puede hacer nada. Le gustan mucho los niños. De hecho, ha pasado gran parte de su vida adulta cuidándolos. Pero mientras Hans vivía nunca sintió el deseo de tener hijos. Una vez que la posibilidad se evaporó, no obstante, se descubrió obsesionada con la idea. Es una reacción que escapa a la lógica. Es muy consciente del esfuerzo que representa alimentar y cuidar a esos pequeños bribones. Quiere un hijo sencillamente porque no puede tenerlo. Así es la naturaleza humana.

Ahuyenta ese pensamiento.

—Vamos, niños, esperaremos a vuestros padres en la sala de lectura.

Salen del comedor, dan la vuelta hasta el otro lado del dirigible y cruzan la cafetería decorada con los frescos de las rutas de los grandes exploradores hasta la pequeña sala del fondo. La pared que la separa de la cafetería la hace más silenciosa, y Emilie instala a los tres hermanos en sillas de aluminio tubular tapizadas de naranja y dispuestas alrededor de una mesa pequeña. Los resortes protestan cuando los niños se balancean.

Les entrega postales y lápices; no confiaría una pluma a estos chicos aunque su vida dependiera de ello. No quiere ni pensar en los descalabros que podrían causar con la tinta. Emilie se aleja para que puedan ordenar sus pensamientos en privado. Recibir correspondencia escrita y enviada desde el *Hindenburg* se ha convertido en una especie de novedad. Una pieza de coleccionista. «La gente concede valor a las cosas más extrañas», piensa.

De todos los espacios comunes del *Hindenburg*, la sala de lectura es el más tranquilo. Posee la atmósfera serena y refinada de una biblioteca, y los niños lo notan y se calman en solo unos minutos. No se empujan. No se clavan lápices o codos. Aquí, las paredes forradas de tela están pintadas con escenas de la historia del servicio postal, empezando por idílicos entornos rurales. Granjas. Campos. Ganado. Niños jugando con palos. Un lago en calma. Un riachuelo. Hablan de alegría y simplicidad. Irene contempla una casita de campo con una sonrisa soñadora y Emilie sabe que está dibujando fantasías domésticas en su mente. Se pregunta si sus propios anhelos románticos comenzaron a una edad tan temprana. Piensa en Frank Becker y su grosera invitación en la carnicería. Quizá los deseos de Emilie no fueran tan inocentes.

El dirigible atraviesa un banco de nubes y sale al deslumbrante sol por primera vez esta mañana. La atmósfera cambia en un abrir y cerrar de ojos. Una cálida luz dorada entra a raudales por los ventanales e inunda el suelo. Irene ríe ante el cambio repentino y su voz es una explosión de regocijo. Corre hasta el ventanal y aprieta las palmas contra el cristal.

—¡Mirad! —grita alguien desde el paseo—. ¡El arcoíris!

Los chicos se levantan de un salto, derramando el material de escritura por el suelo, y rodean raudos la pared. Emilie los sigue sacudiéndose virutas de lápiz de la falda. La sombra negra y alargada del *Hindenburg* baila sobre el agua, deformada por el movimiento de las olas. Y alrededor de la sombra hay un arcoíris de trescientos sesenta grados. Una aureola perfecta de colores radiantes. Los siete tonos presentes. Emilie observa sobrecogida el espectáculo junto a los pasajeros. Nunca ha visto un arcoíris como este, solo trocitos interrumpidos por nubes, edificios u otros obstáculos. Este es diferente. Así deberían ser todos los arcoíris. Perfectos. Ininterrumpidos. Exquisitos. Todos los colores reflejados en el mar. Este arcoíris es inmenso. Debe de tener cientos de metros de diámetro. Para Emilie es la promesa de algo mejor. De algo más. Se le escapa un suspiro reverencial.

El paseo empieza a llenarse de pasajeros atraídos por el revuelo. Entre ellos están herr y frau Doehner con semblante despierto y aspecto descansado. Entran cogidos de la mano y Emilie sospecha que la noche ha ido bien. Hermann Doehner le pasa veinte centímetros a su mujer, pero ella contrarresta esa diferencia con corpulencia y fuerza de carácter. Más que rolliza, es robusta, pero no se mueve como una mujer a la que le cueste mantener la figura. Matilde Doehner cruza el suelo prácticamente flotando. Si es por una pasión recuperada, por una noche de descanso o por la mera alegría de ver a sus hijos, Emilie lo ignora. Sea como sea, envuelve a los pequeños y cubre de besos sus rubias cabecitas. Susurra palabras cariñosas. Irene introduce el brazo por la curva del codo de su padre y le sonríe con adoración. Emilie siente en su propia piel la alegría de ese reencuentro íntimo. Una familia feliz. Dos milagros en un día. ¿Quién da más?

Observa a los Doehner desde una distancia prudente, recordando su propio aislamiento. Piensa en la nota rabiosa que Max le dejó y en su discusión de esta mañana. La apariencia serena de Emilie —su sonrisa amable, su conducta reposada— es una farsa. Por dentro es un manojo de nervios y aprensión. Se siente enjaulada y expuesta al mismo tiempo. Quiere esconderse. Echar a correr.

Una vez que ha decaído el entusiasmo, ayuda a Matilde a devolver a los niños a la sala de lectura mientras Hermann se queda para charlar con los dos hombres de negocios judíos. Hablan en susurros, con las cabezas gachas. Walter y Werner seleccionan cada uno un lápiz del frasco que hay en la estantería. Se toman su tiempo, buscando uno que tenga la goma nueva y plana. Colocan los lápices en posición vertical, con la goma sobre el lustroso aluminio. Se acuclillan delante de la mesa, con los ojos a la altura de su superficie, y esperan.

—Vuestras piernas caerán antes que los lápices —dice Emilie.

—Este juego nos lo enseñó nuestra madre —explica Walter—. Dará un marco a aquel cuyo lápiz aguante más rato de pie.

Emilie lanza una mirada inquisitiva a Matilde y recibe una sonrisa por respuesta. Una mujer lista. En la cabina de mando, los operadores de los timones de cabeceo jamás permiten que el dirigible escore más de cinco grados. Un grado más y los platos resbalarían por encima de las mesas. Seguro que frau Doehner lo sabe. Ha contado con ello, de hecho, porque se instala en su silla con una sonrisa satisfecha. Los chicos son competitivos. Estarán distraídos un buen rato.

El resto de la mañana transcurre con placidez. Los pasajeros entran y salen de la sala de lectura. Redactan mensajes en sus postales. Hacen crucigramas. Leen. Algunos conversan discretamente en un rincón. Irene escribe una postal detrás de otra. Matilde está enfrascada en una novela. Emilie no alcanza a ver el título, pero por el rubor en sus mejillas se imagina que contiene una historia de amor. Los chicos siguen concentrados en su juego, si bien ahora están intentando derribar el lápiz del contrincante soplando.

—Nada de trampas —advierte frau Doehner—. No habrá recompensa para los tramposos.

Se tranquilizan y Matilde regresa a su novela. Emilie puede ver ahora la tapa. *La edad de la inocencia*. Por lo menos tiene buen gusto. Aunque qué sabrá ella. Debajo de su almohada esconde un ejemplar trillado de *El amante de lady Chatterley* traducido al italiano. Por razones obvias todavía no está disponible en Alemania. Lo compró en Roma hace unos años, y con la de veces que lo ha leído, ha amortizado de sobra su inversión. Menos mal que Max no lo encontró anoche, de lo contrario habrían tenido una velada muy diferente.

Levanta la vista justo cuando Max entra en la sala de lectura. Las mejillas se le encienden y dirige la mirada al suelo. El momento de su aparición resulta sospechoso. Es como si lo hubiera atraído con el pensamiento. Lleva puesta la gorra y una sonrisa cordial le ilumina el rostro. Y una cesta debajo del brazo. Rodea la sala en la dirección contraria a las agujas del reloj recogiendo postales y ofreciendo sellos. Está dicharachero. Alegre. Y Emilie se da cuenta de que ahora lo conoce lo suficiente para saber que en realidad está fingiendo. Las ojeras y la tirantez de los labios desvelan una tristeza oculta. Una tristeza que ella ha causado.

Es más de lo que Emilie puede soportar. Se despide discretamente de la familia Doehner. Estrecha el hombro de Matilde y le dice que tiene tareas que atender antes de la comida. Se marcha de la sala cuando Max se encuentra en la otra punta.

Es rápido cuando quiere, el muy condenado. Y le gustan los retos. Emilie también sabe eso de él. De modo que no le sorprende demasiado oír su voz en el pasillo de la quilla. Ella corre escaleras abajo.

—Emilie, tenemos que hablar.

Ella lo ignora y aprieta el paso mientras mira a un lado y a otro, buscando una vía de escape. La cocina es su única opción y empuja la puerta sin tener un plan en mente. Una idea empieza a tomar forma cuando ve a Xaver Maier. Max la seguirá, está segura de ello. Sigue enfadado y todavía tiene cosas que decir.

—¿Qué ocurre? —pregunta Xaver.

Emilie sabe que parece una demente. Avanza hacia él en el instante en que la palma de Max empuja la puerta de la cocina con violencia. Llega hasta Xaver en tres zancadas y se abraza a su cuello. El jefe de cocina pone ojos como platos, pero titubea solo un segundo cuando ella acerca los labios para besarlo. Emilie oye un cuenco de metal golpear el suelo. Se le ha caído a uno de los ayudantes de cocina. Tienen público. Bien. Podrá poner fin a esta situación con Max de una vez por todas.

Si por algo destaca Xaver es por su oportunismo. Sus brazos enseguida rodean la cintura de Emilie. Con fuerza. Con avidez. Este beso, sin embargo, no tiene nada que ver con el que ella compartió anoche con Max. No hay pasión. No hay ternura.

Xaver sabe a levadura, a agua fría y perejil. A Emilie le vibra la piel, pero de vergüenza, y sus oídos están sintonizados con el zumbido profundo, furioso, que emana del pecho de Max a su espalda. Y Xaver, como el cabrón que es, desliza la mano unos centímetros por debajo de su cintura, amenazando con agarrarle el trasero. Emilie se pone tensa y nota la sonrisa burlona del jefe de cocina contra sus labios.

Es el peor beso de su vida. Peor aún que el que compartió con Frank Becker en la trastienda de la carnicería de su padre antes de tirarlo al suelo. Anoche no le contó esa parte a Max, naturalmente. El papel de Emilie en ese asunto no fue del todo inocente. Pero Xaver es lo bastante inteligente para saber qué está pasando. No lleva la farsa demasiado lejos. Cuando menos posee un saludable instinto de supervivencia. Max está mirando, después de todo. Sin duda desconcertado. Enfurecido.

Los segundos se le hacen interminables. Emilie está deseando apartarse de Xaver y limpiarse la boca. Pero no puede hacerlo hasta que Max haya salido de la cocina. Una cosa es hacer esto por despecho y otra es admitir su traición mientras él sigue ahí.

Sin embargo, él debe de saberlo. Porque espera. Callado. Colérico. Viendo cuánto tiempo está dispuesta a fingir.

Así que Emilie opta por la crueldad. Acerca la mano a la oreja de Xaver y juega con el lóbulo. El jefe de cocina es un hombre, a fin de cuentas, y ella nota cómo cede bajo sus caricias. El beso de Xaver adquiere un tono de sinceridad, y sube una mano para acunarle el cráneo. Ella intenta apartarse, pero él la sujeta con firmeza y enreda los dedos en su pelo.

Solo cuando oye que la puerta se cierra Emilie se aparta. Pero no puede mirar a Xaver a la cara. Está demasiado avergonzada.

—Ignoro qué está pasando entre tú y Zabel, pero no vuelvas a hacerme esto.

Emilie se siente insultada. Enfadada. Irracional.

—¿No te ha gustado?

—Yo no he dicho eso. Claro que me ha gustado. ¿Dónde demonios aprendiste a besar así? Pero, joder, por la cara que ponía pensaba que iba a matarme.

—¿Tenías los ojos abiertos? —Un siseo de estupor envuelve las palabras de Emilie. El sonido la estremece.

—Eso es lo que pretendías, ¿no? Cabrearlo. Provocarlo. Porque es la primera vez que me besas. —La mira con curiosidad—. ¿Y bien?

—Quería dejar las cosas claras.

—Felicidades.

—¿Te importaría tomártelo en serio, por favor?

—¿Así es como te has tomado tú lo que acabas de hacer? ¿En serio? Porque detestaría verte actuar como una frívola.

Emilie está muy enfadada. Muy avergonzada. Muy confusa. Levanta la mano para hacerlo callar.

—Necesito pensar.

—Un poco tarde para eso, diría yo. Acabas de romperle el corazón a Zabel y de marearme a mí. Es posible que me asesine mientras duermo. —Endereza el gorro que se le ha ladeado durante la pequeña actuación de Emilie—. Oye, haz lo que quieras con él, pero a mí no me metas, ¿de acuerdo? Valoro mucho mi vida.

EL TERCER OFICIAL

Si Max pudiera respirar plantaría cara a Emilie. Le diría que dejara de besar al jefe de cocina. Si pudiera moverse, se acercaría y retorcería el escuálido pescuezo de Xaver Maier.

«Besa a quien quieras —le dijo ayer a Emilie—, siempre y cuando me prefieras a mí.» Pero no lo decía en serio. En realidad, no. Fue un comentario impulsivo, un quite ineficaz en la permanente batalla que libraban. Lo cierto es que no quiere compartir esta mujer con nadie. El calor debajo de sus ojos se intensifica y estalla en una docena de chispas diminutas cuando Maier baja la mano por la cintura de Emilie. Cortaría esa mano antes que verla toqueteando a Emilie. Pero el jefe de cocina no es tan tonto como parece, porque se detiene un centímetro antes de traicionar la escasa e inmerecida confianza que ella ha puesto en él.

Maier tiene ojos de oso: pequeños, oscuros y vengativos. Los entorna mientras besa a Emilie con la intención de provocarlo. Max no tiene claro si está disfrutando del beso, pero sí sabe que le gusta la victoria. Los pulmones van a estallarle. Todavía no ha soltado el aire que aspiró al entrar en la cocina. Le escuecen las aletas de la nariz. Las manos empiezan a temblarle de tanto contenerse para no arrancar a Emilie de los brazos de Maier. En algún lugar remoto de su mente aparece un único pensamiento: los celos no solo se sienten, también tienen sabor. Ácido. Metálico. Como la sangre que mana del interior de una mejilla. Suelta el aire con un silbido.

Scheiße!

Nada puede hacer salvo irse. Da un paso atrás. Otro. Otro más y la puerta gira sobre las bisagras y se descubre en el pasillo tragando saliva roja y una buena dosis de su orgullo mientras respira con un gran esfuerzo, como si le hubieran dado una patada en los *Hoden*. Al otro lado de la puerta estallan voces, una discusión, pero en los oídos de Max es solo ruido. Un lenguaje de traición desconocido.

Es cerca de mediodía y no le apetece comida ni compañía, pero algo tiene que hacer, de modo que salva los doce pasos que lo separan del comedor de oficiales. Es una estancia compacta, situada a la izquierda de la cocina y conectada con esta mediante una abertura en la pared que se utiliza para pasar los platos. El comandante Pruss, el capitán Lehmann y el coronel Erdmann ya están sentados en la mesa del fondo, mirando por los ventanales, y otros dos oficiales juegan al póquer mientras esperan su comida. Werner Franz está ocupado poniendo los cubiertos. La comida del mediodía tiene dos turnos, el primero a las once y media y el segundo a la doce y media. El grumete suele devorar su almuerzo en la cocina antes o después, según el ajetreo.

La cara de Max debe reflejar todavía su estupor, porque Werner abre mucho los ojos al verlo, y también la boca, como si se dispusiera a preguntarle qué le pasa. Max sigue acalorado y falto de aliento, pero decide anticiparse. Dice lo primero que le viene a la cabeza únicamente para lamentarlo segundos después.

—Esta mañana Werner vino conmigo a la góndola del segundo motor.

El muchacho lo mira estupefacto, como si le hubiesen disparado, y los oficiales adoptan diversas expresiones de alarma. Max tarda un instante en percatarse de su error. Y otro en encontrar la manera de enmendarlo.

Werner está paralizado. Le tiemblan las manos y Max teme que se le resbale el plato. O que rompa a llorar. «Aguanta, muchacho», piensa.

—Estuvo magnífico. —Max deja la gorra sobre la mesa. Se alisa la mella que la ajustada banda le ha dejado en el pelo y se derrumba en la silla más próxima—. Bajó por la escalerilla sin el menor titubeo. Yo casi me meé encima la primera vez que hice eso en pleno vuelo. Lo lleva en la sangre.

No es del todo cierto. Werner estaba aterrorizado y no se molestó en ocultarlo. Las elogiosas palabras, no obstante, tienen el efecto deseado. Los oficiales se vuelven hacia Werner. Lo observan con detenimiento. Max casi puede oír cómo se forman una opinión sobre él. Werner es alto. Trabajador. Dentro de unos años será ancho de espaldas, y es evidente que sabe mantener la boca cerrada. Hasta ahora nadie sabía nada de su pequeña aventura. Muchos jóvenes habrían hecho alarde de semejante correría.

Su expresión pasa lentamente de la traición al desconcierto, y de ahí a la comprensión.

—Recuerdo haberlo enviado a buscar a Zettel para que reparara el telégrafo —comenta Pruss.

—Leí mal el nombre —confiesa Werner. Está nervioso y apenas se atreve a mirar al comandante a los ojos—. Iba con prisa. Pero Max resolvió el problema.

—La tapa estaba suelta y por eso la esfera del telégrafo no estaba presurizada.

—Fue una temeridad llevarse al joven Werner con usted. —Pruss se recuesta en el mullido respaldo del banco. Mira a Max con visible desaprobación.

Podría explicar que fue una decisión tomada bajo coacción. Que fue el astuto chantaje de Werner lo que lo obligó a ceder. Pero entonces tendría que hablar sobre su discusión con Emilie. Bastante expuesto ha quedado ya, con su orgullo desparramado por el suelo de la cocina. De modo que encoge los hombros y asume su responsabilidad. Lo cierto es que ahora se arrepiente de su decisión —fue una auténtica estupidez— por lo que no hay malicia en su voz cuando dice:

—Yo no era mucho mayor cuando mi comandante me obligó a colgarme del *Vogtland* para reparar una escotilla atascada. Esta mañana sentí nostalgia de aquellos tiempos y decidí poner a prueba al muchacho. Si hay que reprender a alguien, es a mí.

El comandante Pruss no parece satisfecho, pero sí interesado.

—¿La prueba de fuego entonces, herr Franz?

El grumete baja la cabeza. Trata de no sonreír.

—La verdad es que me siento un poco chamuscado.

El muchacho recibe como respuesta las carcajadas de los oficiales y una sonora palmada en la espalda que casi consigue que el plato se le escape de las manos y se estrelle contra la pared. Se aferra a él en el último segundo y escucha orgulloso la segunda tanda de risotadas. Werner Franz es, durante unos breves instantes, uno más entre esos hombres.

La comida, que llega minutos después, es sencilla y refinada. Pollo a la plancha con una costra de romero. Espárragos salteados. Patatas nuevas con ajos tostados. Bollos servidos con crema dulce de mantequilla. Cuando Werner le coloca un plato delante, Max baraja la posibilidad de apartarlo por una cuestión de principios. Es la comida de Maier, y después de lo ocurrido en la cocina tendría sobradas razones para emprender una huelga de hambre. Pero está famélico, y es lo bastante inteligente para comprender que lo que Emilie ha hecho tiene que ver con él, no con Maier. Así que empieza a comer de mala gana, solo para descubrir que la comida está deliciosa. Tras vaciar el plato, sale del comedor sin felicitar al jefe de cocina.

Hace una parada breve en el cuarto del correo para dejar las cartas y postales recogidas durante la mañana y luego consulta la hora. Solo le quedan unos minutos de descanso, pero no quiere regresar aún a la cabina de mando. Necesita despejar la cabeza. Cinco minutos de silencio en su camarote le sentarán bien.

Wilhelm Balla se interpone en su camino cuando sale del cuarto del correo.

—*Du siehst schlimm aus* —dice—. ¿Qué ha hecho Emilie ahora?

Max no ha visto un espejo desde que se levantó esta mañana, así que imagina que la evaluación de Wilhelm sobre su aspecto es correcta. Tiene los ojos resecos y le escuecen cuando parpadea. Se cortó el mentón al afeitarse y cada vez que sonríe siente como si el tajo se abriera. Por tanto, mejor no sonreír. Es una expresión sobrevalorada, en cualquier caso.

Se frota la mandíbula.

—Fui un idiota al pensar que podía funcionar.

—Oh. —Los tendones que rodean la boca de Balla se curvan para alojar una sonrisa cómplice—. Entonces, ¿conseguiste tu beso?

—Puede —contesta lacónico. Consiguió más de uno.
—Y un corazón roto, por lo que veo. Cuéntame.
No hay respuesta.
—¿Quiere cambiar el dirigible por un hotel de lujo?
Una mirada colérica.
—¿Quiere ingresar en un convento?
Max aprieta la mandíbula.
—Está embarazada de otro.
—¡Por el amor de Dios!
—¿Qué? No me estás dando muchas pistas que digamos. Soy un hombre, después de todo. Tengo una mente básica.
—Por tu falta de creatividad yo diría que la tienes vacía.
—¿Se está muriendo?
—Basta —dice Max—. Es mucho peor que todo eso.
—¿Peor que la muerte?
—Puede. Casi. —Las palabras se le antojan groseras y mezquinas, y enseguida las lamenta. Se aclara la garganta—. Si se estuviera muriendo, que no es el caso, por lo menos no me dejaría a propósito.
—¿Dejarte?
Max no había planeado confiarse a Balla. No es su secreto, pero necesita hablar con alguien y, en el dirigible, el camarero es lo más parecido que tiene a un amigo.
—Emilie quiere emigrar a América.
—¿Te lo ha dicho ella?
—No. Anoche encontré unos papeles en su camarote.
—Por lo menos estuviste en su cuarto. Vas progresando —responde Balla—. ¿Cuándo piensa emigrar? Puede que aún estés a tiempo de hacerla cambiar de opinión.
Max mira su reloj.
—En menos de dos días, diría yo.
Balla se queda atónito. Sus ojos, de forma almendrada, se estrechan un poco más.
—Y te has enterado por...

—Casualidad.

—Imagino que a Emilie no le hace gracia que lo sepas.

—Ninguna gracia.

—Lo que quiere decir que no tenía intención de contártelo. Eso es un problema.

—El problema es que se marcha. Por eso tengo tan mala cara y me siento aún peor. *Scheiße.*

Se quita la gorra y la estampa contra la pared.

—La quieres.

—Naturalmente.

—¿Lo sabe?

—Es imposible que no lo sepa.

—¿Se lo has dicho con palabras?

—Oye —replica Max mientras la ira que sentía en la cocina regresa con violencia—, no puede decirse que se haya mostrado muy receptiva. Llámame idiota, pero no puedo exponerme a decirle todo lo que siento sin un empujoncito por su parte.

—Te besó, ¿no?

—Más bien la besé yo.

—Pero ¿respondió?

Cierra los ojos y dedica cinco segundos a rememorar el beso.

—Con entusiasmo.

Entonces cae en la cuenta de algo. No hay duda de que Emilie lleva tiempo planeando dejar Alemania. Tiene todos los papeles en regla. Ha debido de tardar años en ahorrar todo ese dinero. Y el plan es minucioso. Por tanto, ya pensaba abandonar Alemania mucho antes de conocerlo a él. Está lo bastante asustada como para dejar todo aquello que conoce, y él va y se toma la decisión como una afrenta personal. Estúpido. Egoísta. Está avergonzado, y ahora también enfadado consigo mismo.

—*Scheiße!*

—¿Qué ocurre ahora? —pregunta Wilhelm.

—Soy un idiota.

—Eso hace tiempo que lo sé.

Max recoge la gorra. La sacude. Vuelve a encasquetársela con precisión.

—Voy a arreglar las cosas.

EL AMERICANO

Lleva casi una hora durmiendo —solo una hora, no se permitiría un segundo más— cuando llaman a la puerta de su camarote. Cuatro golpes firmes. Fuertes. Calculados. Insistentes. Enseguida sabe que se trata del camarero, y está tentado de dejarlo esperando en el pasillo. Es evidente que Wilhelm Balla no le tiene especial cariño, pero tampoco parece una criatura sociable, por lo que debe de tener una buena razón para molestarlo.

Se levanta de la cama y abre la puerta. Trata de mostrarse cordial. Despierto. Pero lo cierto es que un profundo cansancio trepa por su columna. De joven podía pasarse hasta una semana sin apenas dormir y bebiendo como un cosaco y aun así funcionar al máximo nivel. Ahora solo lleva un día privándose de lo primero y permitiéndose lo segundo y se da cuenta de que su cuerpo ya no aguanta tanto abuso.

—Lamento interrumpir su descanso, herr Douglas, pero tengo un mensaje del capitán Lehmann.

—Oh. ¿Y cómo puedo ser útil al capitán?

—Ha solicitado el placer de su compañía en la cena de hoy.

Interesante. Primero el comandante, ahora el capitán.

El americano encuentra la sonrisa adecuada para el camarero. De asombro. De modestia. El arqueo de cejas justo, los labios curvados pero cerrados. Nada de dientes.

—Comunique al capitán que será un honor para mí acompañarlo.

Balla golpea los talones. Asiente. Se da la vuelta para irse.

La amistad entre hombres es mucho menos complicada que entre mujeres. Se fundamenta en la lealtad, el territorio y la tolerancia. Y la mejor manera de hacer hablar a un hombre es amenazar a su amigo. Es una táctica injusta, lo reconoce, pero a él nunca le ha interesado demasiado la justicia.

—¡Espere! —llama al camarero.

Balla regresa a la puerta con una expresión de forzada paciencia.

—¿Puedo hacerle una pregunta?

—Por supuesto.

—Me temo que es un tanto personal y queda fuera de mi incumbencia.

—En ese caso, le responderé en la medida en que pueda.

El americano nota el peso de su cuerpo asentándose en las articulaciones. Preferiría regresar a la cama a llevar a cabo este interrogatorio, pero tiene la corazonada de que dará sus frutos. Nunca ignora sus corazonadas. Sería un error, sin embargo, permitir que el camarero se dé cuenta de lo seguro que está de que le dirá lo que necesita saber. Así que baja la mirada y traslada el peso del cuerpo de un pie a otro, fingiendo sentirse incómodo.

—¿Sí? —Balla está impaciente. Irritado.

Genial. Sacará partido a eso. Hará que se vuelva imprudente.

—Veamos, ¿por dónde empiezo? Usted y el oficial son buenos amigos, ¿verdad?

—Hay cuatro oficiales en el dirigible. ¿A cuál de ellos se refiere?

—A Zabel, creo, Max Zabel.

—Sí. Herr Zabel y yo nos conocemos bastante.

—Entonces, es posible que esté al tanto de su vida privada.

Balla se tensa.

—Tal vez.

El americano deja ir una risita incómoda.

—Por tanto, sabría si actualmente tiene una relación romántica.

La expresión que cruza por el rostro de Wilhelm Balla es de desconcierto. Después de alarma. Y después de algo que podría ser miedo o repulsa. No está seguro. Es demasiado fugaz.

Balla levanta la mano.

—Le aseguro que Max no es...

—No me refería a eso. —Le complace el perfecto tono de sorpresa y represión de su voz. Hace una pausa para dejar que el rostro del camarero enrojezca de vergüenza antes de continuar—. Por favor, que eso quede bien claro.

Balla se frota la nariz con el dorso del dedo.

—Sí, por supuesto. Le pido disculpas. ¿A qué se refería entonces?

—No me andaré con rodeos. Me gustaría saber si Max Zabel tiene una relación romántica con la camarera. Emilie...

—Imhof —termina Wilhelm por él.

—Sí. La señorita Imhof. ¿Salen juntos?

El camarero abre lentamente la boca. Luego revierte la acción. Esta reacción retardada es toda la respuesta que el americano necesita. Es evidente que están saliendo juntos e intentando ocultárselo a sus compañeros.

Está harto de mantener el papel de borracho bullicioso. Ahora quiere desconcertar al camarero. Quiere información.

—Entiendo —continúa—. ¿No es de dominio público?

—No me parece que...

—¿O tal vez no sea una relación formal? Preferiría esto último, si le soy franco, porque tengo intención de invitar a la señorita Imhof a cenar cuando lleguemos a Lakehurst. Y como puede comprender, preferiría ahorrarme el bochorno del rechazo si su corazón ya tiene dueño.

La chica, obviamente, le trae sin cuidado. Lleva mucho tiempo sin que una mujer atraiga su atención por otra razón que no sea el placer físico, y no necesita molestarse en organizar una cena para encontrar eso. No. La camarera es irrelevante. Pero el americano está muy interesado en conocer los puntos débiles del copiloto. Y en averiguar de qué manera puede explotarlos.

El camarero se toma su tiempo en responder. Cuando al fin se decide, su boca adopta una mueca artera. Elige sus palabras con cuidado —de una en una— y de una manera que resulten reveladoras e inocuas al mismo tiempo.

—Lo único que puedo permitirme decir es que la relación entre Max Zabel y Emilie Imhof es... complicada.

El americano se abalanza sobre ese trocito de información.

—¿Complicada en qué sentido?

LA CAMARERA

Es mediodía y Emilie necesita desesperadamente un café. Es su único vicio. Raras veces bebe alcohol y nunca ha coqueteado con otras drogas, pero reconoce abiertamente que el café es su adicción. Sin embargo, no tiene intención de disculparse por ello. Ni de dejarlo. En lo que a fijaciones se refiere, esta es bastante benigna. Privarse de café le provoca dolor de cabeza. Excederse con él la altera. Así pues, se mantiene firme en el término medio y evita los extremos. El lugar más fácil para conseguir una taza es la cocina, pero no tiene ganas de enfrentarse a Xaver, o a sus preguntas. De modo que pone rumbo al bar. Allí el café no es tan bueno, está entre pasable e imbebible, pero dadas las circunstancias se dice que a buen hambre no hay pan duro.

Schulze acaba de llegar a su puesto y está ordenando las botellas cuando Emilie llama a la puerta estanca. La saluda con una sonrisa jovial.

—¡Una clienta! Y encantadora, por cierto.

—Una clienta tediosa, me temo. Y cuyo descanso no es lo bastante largo. Así que me tomaré un café, si no te importa.

—¿Cómo te gusta?

—Solo.

—Más fácil imposible. Siéntate en la sala de fumadores mientras lo preparo. La tienes prácticamente para ti sola.

Emilie no había contado con que hubiera alguien a esta hora del día y vacila cuando el camarero abre la segunda puerta.

—Julius.

Él se detiene.

—Nadie me llama así.

—Es tu nombre.

—Pero no lo utilizo.

Casi toda la tripulación lo llama por su segundo nombre. Max. Pero hay demasiados Max en este dirigible para su gusto. Lo mismo sucede con los Werner, los Alfred, los Kurt, los Wilhelm, los Walter y los Ludwig. A la hora de poner nombre a sus hijos, los alemanes no son nada originales. Y a Emilie, pese a su fantástica memoria, le cuesta retenerlos todos. Así que para ella Schulze siempre ha sido Julius.

El barman la obsequia con esa sonrisa amplia, generosa, que tanto le gusta.

—¿Solo tienes sitio para un Max en tu vida?

—Te lo advierto, no es un nombre al que le tenga especial apego en estos momentos.

Schulze no es ningún idiota.

—Lo bueno de los barman —dice mientras abre la puerta de la sala de fumadores— es que sabemos cuándo insistir y cuándo cerrar la boca. Adelante.

Emilie tiene la costumbre de observar las estancias en diferentes horas del día. La luz puede alterar radicalmente no solo la atmósfera de un espacio, sino también su estética Por la noche, la sala de fumadores es exótica. Suntuosa. Sensual. Por la tarde, con la luz natural que entra por los ventanales, parece la sala de un velatorio. Oscura y lúgubre. Un lugar en el que hablarías en susurros mientras lloras la muerte de un ser querido. Encaja a la perfección con su estado de ánimo.

—¿Fumas? —le pregunta Schulze.

—Me temo que no.

—¿Te importa que ella fume?

El camarero señala a la bonita periodista que está sentada a una mesa redonda en medio de la sala, descalza de un zapato y con las piernas cruzadas.

—No. Estoy acostumbrada.

—Enseguida te traigo el café.

Reglas. Hay siempre tantas reglas que tener presentes. Emilie no está trabajando en estos momentos, pero va uniformada. Acercarse a la periodista como una igual resultaría inapropiado, pero ignorarla sería peor. Titubea solo hasta que la periodista sonríe.

—Siéntese, por favor. No muerdo.

Emilie acepta la invitación con una inclinación de cabeza y retira una silla. Toma asiento con gran alivio. Tiene los pies cansados. Le duelen las lumbares.

—Le debo una disculpa —dice la periodista—. Ayer fui muy desagradable con usted. —Alarga una mano—. Gertrud Adelt. Lo crea o no, es un placer para mí conocerla.

—Emilie Imhof.

No hay laxitud en el apretón de Gertrud. Tiene el agarre de un hombre. Seguro. Firme. Abrupto. Ella se lo devuelve de la manera que le enseñó su padre. Como un profesional a otro.

—No hace falta que se disculpe. No es fácil... volar de este modo. A la mayoría de la gente le incomoda.

—¿Y a usted?

—A veces. Cuando intento buscarle la lógica. No entiendo cómo semejante estructura consigue mantenerse en el aire.

—Ah, pero un ingeniero le diría que tiene todo el sentido del mundo. Citaría multitud de datos sobre la capacidad de elevación del hidrógeno contra el peso del acero. Se moriría de aburrimiento y seguiría sintiéndose incómoda, así que le aconsejo que evitemos dicha conversación por entero.

Emilie sonríe y siente que su cara se relaja.

—Es lo que suelo hacer.

—¿Cómo lo soporta entonces, si la pone nerviosa?

—Solo me molesta cuando me detengo a pensarlo. La mayor parte del tiempo me mantengo ocupada. Y no es tan diferente de los transatlánticos o los hoteles en los que he trabajado. Los barcos se hunden. Los hoteles se incendian. Aquí estamos más confinados y no hay lo que se dice aire fresco, pero los clientes son los mismos. Debo dedicarles el mismo tiempo.

—Estoy impresionada. Es la primera mujer que trabaja a bordo de un dirigible. Debería sentirse orgullosa. —Gertrud le lanza un guiño cuando Emilie arquea una ceja—. Leo los periódicos.

En efecto, se siente orgullosa.

—La primera y la única. Hasta el momento, por lo menos. A veces se me olvida.

—¿Ha trabajado siempre en el *Hindenburg*?

—Desde que lo terminaron. Formo parte de la tripulación original.

—Muy altruista por parte de la empresa contratar a una mujer para su «nave de los sueños».

—No. Simplemente astuto. Es más fácil que los hombres ricos compren pasajes para sus familias si hay una mujer a bordo que ayude a bañar a sus hijos y vestir a sus esposas.

—Espero que no tenga que vestir a muchas.

Emilie ríe.

—Hay algún que otro corsé con el que lidiar.

Gertrud da una calada a su cigarrillo y sostiene la boquilla con dos dedos, de manera que el extremo candente apunta directamente a Emilie.

—Yo me niego a llevar corsé. Estoy convencida de que esa prenda es una forma de subyugación. La proporción entre cadera y cintura solo interesa a los hombres.

Ríe de nuevo.

—Si el corsé pasara a formar parte de mi uniforme, dejaría el trabajo.

—Debe de tener un currículum admirable si le dieron el puesto.

—Estoy casi segura de que fueron las lagunas en mi vida lo que más les interesó.

—¿A qué se refiere?

—Sin marido. Sin hijos. —Dirige a Gertrud una mirada estoica—. Sin distracciones.

La mirada que la periodista le devuelve es amable, no compasiva, y Emilie lo agradece. Si hay algo que no soporta es que le tengan lástima. Puede que esa mujer acabe por caerle bien, después de todo.

—Entiendo. —Gertrud dirige la vista a un punto lejano del otro lado de la ventana—. Yo soy la primera en reconocer que los hijos constituyen un punto débil.

—¿Cuántos tiene?

—Uno, pero es más que suficiente para hacerme sentir vulnerable en este vuelo. Por eso ayer estuve tan desagradable con usted. Acabábamos de dejarlo.

—Lo siento.

—No es culpa suya.

Schulze cruza la puerta estanca portando una bandeja llena de parafernalia. Dos tazas de porcelana con sus platillos. Una jarra de plata con café humeante. Cucharillas. Una jarrita de leche.

—Sé que usted lo prefiere solo, fräulein Imhof, pero he pensado que a frau Adelt quizá le apetezca también un café e ignoro cómo lo toma.

Se lo agradecen y Gertrud procede a preparar su bebida en silencio. Por lo visto frau Adelt no es tan audaz con su café como parece serlo en otras áreas de su vida. El café de la periodista adquiere enseguida el color del marfil, acompañado de cuatro terrones de azúcar.

—Un pecado, lo sé —reconoce—. Además de un tanto vergonzoso. Pero siempre lo he tomado así. Y más me vale disfrutarlo mientras pueda porque ya han empezado a correr rumores. Racionamiento. Condenados hombres y sus estúpidas guerras. Odio los racionamientos.

Si Gertrud supiera. Hay partes de Frankfurt donde la gente ya no puede comprar leche, y no digamos azúcar. El café pronto será un lujo al que solo podrá acceder la elite. La camarera recuerda eso cada vez que disfruta de ese pequeño placer.

El café de Emilie está amargo y ardiendo, y le abrasa el paladar cuando da el primer sorbo. Es como consumir aceite de coche directamente del motor. Bebe otro sorbo. Suspira. Estira las piernas debajo de la mesa; son demasiado largas para cruzarlas. Anota en su mente que debe regresar al camarote para cepillarse los dientes antes de volver al trabajo. A Schulze se le ha ido la mano con el café.

—Hay algo que me intriga —dice Gertrud. Se lleva la taza a los labios y mira a Emilie por encima del canto. Su expresión es demasiado afable. Estudiada.

—¿Qué?

—¿Conoce a todos los miembros de la tripulación que trabajan en este dirigible?

Emilie advierte que ha suavizado el tono. Percibe una intensidad que no había antes. La periodista trama algo.

—A muchos. ¿Por qué?

Gertrud saca de su bolsillo una placa identificativa del ejército y la coloca boca arriba sobre la mesa. La arrastra hacia Emilie con el dedo.

—¿Cree que podría ayudarme a averiguar a quién pertenece?

Emilie coge la cadena y se la cuelga del dedo. Examina la placa.

—¿Qué le hace pensar que pertenece a un miembro de la tripulación?

—Es una corazonada.

Es una placa militar de la Primera Guerra Mundial. Tiene unos veinte años. Emilie desliza el dedo por los números y letras de ambas caras prestando especial atención al código de identificación: 100991–K-455(-)6(-)8. El padre de Emilie luchó con el Deutsches Herr durante la Primera Guerra Mundial. Tenía una placa similar y de niña se pasaba horas acurrucada en su regazo jugando con ella. La primera serie de números corresponde a la fecha de nacimiento del soldado. La letra es la primera letra del apellido. Tres números para indicar el distrito postal. Un número para mostrar cuántos soldados de servicio en ese momento tienen la misma inicial y la misma fecha de nacimiento. Y un número de control de errores. Alemania nunca graba el nombre del soldado en la placa. Nunca. De todas formas, Emilie sabe que esta pertenece a Ludwig Knorr, el jefe de aparejadores del *Hindenburg*. Hay cuatro hombres en este aparato cuyo apellido empieza por «K». Dos son demasiado jóvenes para haber nacido el 9 de octubre de 1891 y el otro nunca ha servido en el ejército. Por lo tanto, solo queda Ludwig.

—¿De dónde la ha sacado? —pregunta Emilie.

—Me la encontré por casualidad.

—¿Qué piensa hacer con ella?

—Dependerá de quién sea el propietario. Y de lo que pueda decirme de él.

Emilie se esfuerza por adoptar una expresión de inocente curiosidad. Devuelve la placa a la mesa.

—No tengo ni idea de a quién pertenece —responde.

LA PERIODISTA

Gertrud sabe que la camarera miente. Su bonito rostro tiene una expresión de aburrida indiferencia. En lo que a caras de póquer se refiere, Emilie es buena. Labios cerrados, pero no apretados. Frente lisa. Manos cruzadas alrededor de la taza. La mirada fija en un punto situado detrás de la oreja izquierda de Gertrud, como si estuviera absorta en sus pensamientos. La conversación cesa y ambas mujeres se toman su tiempo para disfrutar del café. Para pensar. Gertrud golpea el cigarrillo contra el cenicero y se lo lleva a los labios. Se estudian sin hablar. Pero la periodista ha dedicado muchos años a aprender el arte de la observación silenciosa, y todo el mundo tiene algo que lo delata. Todo el mundo. Tarda unos segundos en encontrar la prueba del debate interno de Emilie: un parpadeo lento. Emilie está ralentizando conscientemente sus gestos.

—¿Alguna vez ha pensado en trabajar para el servicio de inteligencia? —pregunta finalmente—. Miente muy bien.

Una sonrisa burlona tira de los labios de Emilie. Inclina un poco la cabeza, como diciendo *Touché*.

—¿Inteligencia? Me han asegurado, en más de una ocasión, que las mujeres no poseen ese atributo.

Gertrud resopla.

—A mí también. Aunque apuesto a que esa es una de las razones por las que las mujeres son excelentes espías. —Ha conocido a tres, de hecho, todas ellas increíblemente buenas. Pero no comparte ese dato con la camarera.

El terreno que pisan ha cambiado ligeramente con el desafío de Gertrud y la admisión de Emilie, de manera que la periodista se muestra menos tímida en su siguiente comentario.

—Nunca le he encontrado sentido a poner mis deficiencias al servicio de alguien aparte de mí.

—Brindo por ello.

Las dos mujeres entrechocan las tazas.

—Usted sabe a quién pertenece esta placa.

Emilie se encoge de hombros.

—Necesito hablar con él.

—¿Por qué?

He ahí el problema con la profesión de Gertrud. Pocas veces está claro en quién puede confiar, y normalmente dispone de poco tiempo para tomar una decisión. Mentir suele ser la mejor estrategia, seguida de la seducción si está tratando con alguien del sexo opuesto. Pero ninguna de esas opciones funcionará con Emilie. Es demasiado astuta. De modo que opta por la evasión.

—Soy periodista.

—Y yo morena —contraataca la camarera. El desafío es evidente. «Dígame algo relevante»—. ¿Ha hecho algo ilegal?

—Que yo sepa, no.

—¿Está escribiendo un artículo sobre él?

—No.

—¿Y aun así le intriga saber quién es?

—Por absurdo que parezca, sí.

Otro desafío.

—¿Por qué?

Gertrud lo medita antes de contestar:

—Esta placa estaba no hace mucho en manos de un hombre que no me gusta y del que desconfío.

—¿Se la robó?

—La encontré. Me apuesto lo que quiera a que a dicho hombre le encantaría recuperarla. Sin embargo, no tengo intención de dejar que eso suceda aún. Tampoco voy a permitir que localice al propietario, si puedo evitarlo. Y es por eso que necesito su ayuda.

El parpadeo de Emilie se ralentiza de nuevo. Sus manos se detienen sobre la taza de café. Gertrud se pregunta qué está ocultando. Algo más que un simple nombre. Conoce a ese hombre. Quiere protegerlo.

—¿Piensa devolver la placa a su dueño?

Gertrud la coge y se la pone en la palma. La vuelve a guardar en su bolsillo.

—Todavía no, si no le importa.

—¿Por qué iba a importarme?
—Porque soy una desconocida. Una desconocida entrometida. Teniendo en cuenta lo ocurrido ayer y nuestra conversación de ahora, no he demostrado ser una persona demasiado amable o ética. Pero sí que me gustaría que en mi expediente constara que he sido sincera. Y creo que eso debería tener cierto peso.
—Creo que ha sido sincera —reconoce Emilie—. En los detalles explícitos. Pero me pregunto por qué ha acudido a mí.
—Desde un punto de vista técnico yo estaba aquí primero, de modo que es usted la que ha acudido a mí. Pero respondiendo a su pregunta, este dirigible está plagado de hombres, un género del que desconfío totalmente. Me casé con el único hombre que me ha atraído de verdad.
—Yo también.
Gertrud echa un vistazo al dedo anular desnudo de la camarera. Intuye una historia, pero decide no preguntar.
—Al menos tenemos eso en común.
—¿Confía en mí solo porque soy mujer?
—Estoy dispuesta a confiar más en usted por eso, sí.
—No conoce bien a las mujeres, entonces.
Gertrud suelta una carcajada ronca que hace sonreír a la camarera.
—No he dicho que las mujeres me gusten. He dicho que tiendo a confiar más en ellas.
La camarera apura su taza y la deja con suavidad sobre la mesa.
—Mi descanso ha terminado.
—¿Emilie?
—¿Sí?
—¿Por qué no me dice a quién pertenece la placa?
—Puede que usted tenga predisposición a confiar en otras mujeres, pero yo no.

El barman levanta la vista cuando Max llama a la puerta del compartimento estanco.

—¡Max, pasa! ¿Qué te pongo?

—Necesito que me hagas un favor. —Se le está acabando el descanso y necesita ser lo más expeditivo posible.

—Por ti, lo que sea.

Schulze cierra la puerta y lo mira expectante.

—Lo que voy a pedirte va contra las normas. —Max suspira. Ha quebrantado muchas reglas en este viaje—. De modo que esta es tu oportunidad para hacer como que no me has oído o que yo no te he preguntado nada. Lo que prefieras.

El barman chasquea la lengua.

—No me asusto tan fácilmente.

Max ya ha dado el paso. No puede echarse atrás.

—Hace unos años fui a Francia de vacaciones. Iba solo y me alojé en un hotel de un pueblo pequeño. No paraba de llover y estaba muy deprimido. El viaje habría sido un completo desastre de no ser por cierto brandy producido en Gascuña que bebía cada noche frente a un gran fuego. Me avergüenza decir que esa semana me pulí varias botellas. Y aunque el alcohol y la comida no son vicios de los que normalmente alardee, confieso que nunca he disfrutado tanto de un licor.

Schulze sabe mucho sobre las bebidas espirituosas.

—¿Un brandy, dices?

—Armañac, para ser exactos.

El barman agita sus dedos en el aire y se vuelve hacia los estantes con espejo que tiene detrás.

—Sabía que eras un hombre de paladar refinado. Es un licor excelente. Hay quien lo califica incluso de místico. Vital du Four aseguró en una ocasión que el armañac posee cuarenta virtudes terapéuticas. No recuerdo que curar el mal de amores estuviera entre ellas. No obstante, si tienes ojos irritados, hepatitis, tisis, gota, llagas en la boca, impotencia —lanza una mirada escéptica a Max— o pérdida de memoria, es la bebida perfecta para ti.

—¿Incluyen sus propiedades místicas ayudar a una mujer a dejarse de tonterías y pensar con la cabeza?

—Ni siquiera Dios tiene ese poder —asegura Schulze—. En lo que a mí respecta, prefiero el sabor, el calor y la sensación de imbatibilidad que experimento después de tomarme una botella. —Aparta algunas licoreras grandes y se pone de puntillas. Max Schulze no es alto. Finalmente deja sobre la barra una preciosa botella en forma de lágrima. Tiene el tapón de corcho y un sello de lacre. El líquido posee el color de la madera de cedro encerada—. Hay que reconocer que las botellas son más bien pequeñas.

—Tienes armañac. —Max suspira aliviado.

—Lo primero que has de saber de mí es que siempre tengo un poco de todo.

—Tomo nota. —Max coge la botella. Clava en Schulze una mirada inquisitiva.

—Si se lo cuentas a alguien, juraré que la has robado.

—Mis labios están sellados. —Se guarda la botella en el profundo bolsillo del pantalón—. ¿Puedes prestarme dos vasos? Te los devolveré mañana a primera hora.

Schulze deja dos copas de cristal sobre el mostrador.

—Los hombres de acción merecen todo mi respeto.

Ambos se vuelven al oír un golpeteo en la puerta de la sala de fumadores. Emilie está al otro lado del cristal, asesinando a Max con la mirada, esperando que le abran.

El barman es lo bastante inteligente como para no hacer comentarios. Invita a Emilie a cruzar una puerta estanca y después la otra. La camarera camina con la cabeza alta y los ojos fijos en el pasillo. No dirige la palabra a Max, y tampoco lo mira. Una vez que se ha marchado, Schulze regresa al bar riendo.

—Buena suerte. Puede que necesites más de una botella para ganártela.

—¿Tienes más?

—No.

Cuando regresa a su camarote, Balla le está esperando.

—Creo que he solucionado tu problema —dice.

Una sonrisa curva su amplia boca. El camarero está satisfecho consigo mismo. Es muy raro verlo sonreír, así que Max repara en ello antes de asimilar lo que Balla acaba de decir. Oye las palabras, pero desde la distancia. Lo único que desea es dejar el armañac y las copas en su camarote y terminar su turno.

—Lo siento, ¿qué decías?

—Emilie.

—¿Qué pasa ahora?

—¿Quieres que se quede?

—Naturalmente.

—Pues yo diría que le será muy difícil llevar a cabo su plan si ya no tiene consigo sus papeles.

Max sortea a Balla y abre la puerta de su cuarto. Deja el brandy y las copas junto al lavamanos para no partírselas al camarero en la cabeza. Se vuelve despacio. Los puños apretados.

—¿Qué has hecho?

LA PERIODISTA

—¿A quién más le has enseñado esta placa? —pregunta Leonhard.

La cadena forma un montículo en la palma de su mano. Le da un empujoncito con el dedo.

—Solo a la camarera.

Él la mira sorprendido.

—¿Por qué?

Gertrud calla mientras busca la manera adecuada de explicárselo.

—Posee una mente especial. Por lo visto lo recuerda todo. Nombres y lugares. Fechas. Detalles insignificantes. Dicen que habla siete idiomas. ¿Te imaginas?

—Yo sé exactamente qué es esta placa —dice Leonhard—, pero no sabría decirte qué significan la mitad de las cosas que tiene grabadas, y aún menos a quién pertenece. ¿Qué te hizo pensar que ella sí?

—Fue una corazonada. Por no mencionar su oportuna aparición. Llegó al bar justo cuando yo estaba dándole vueltas al tema. Y sé que no me equivocaba. Lo sé. Pero no quiso contarme nada.

—¿No crees que corriste un riesgo innecesario?

—Tenemos que hacer algo, Leonhard. Ignoro qué trama ese americano, pero seguro que no es nada bueno. —Gertrud le cierra el puño alrededor de la cadena—. Hay que alertar contra ese hombre.

—¿A quién quieres que se lo cuente? ¡No sabemos nada! Solo tenemos el rumor de una amenaza.

—Habla con el capitán Lehmann. Sois amigos. Él confía en ti.

—No le diremos ni una palabra de esto a Lehmann. Todavía no.

—Entonces, ¿nos lo guardamos?

—¿Qué nos guardamos exactamente, *Liebchen*? Un rumor. Por Dios, que yo sepa a eso se le llama discreción.

—¿Y si le sucede algo al dueño de la placa?

—¿O sea que me estás proponiendo que vaya con el cuento al capitán como si fuera un lunático? ¿Quieres averiguar qué está pasando? —La sacude por los hombros con más vehemencia de la necesaria y luego descansa las palmas en sus brazos con suavidad, arrepentido—. ¿Sí? En ese caso utilizaremos la cabeza, *Liebchen*. Esa es nuestra mejor arma. Primero descubrimos algo que valga la pena y luego hablamos.

—¿Qué me dices de la bomba?

—¡No sabemos si hay una bomba! Han registrado este dirigible milímetro a milímetro.

—Pero las amenazas...

—Siempre hay amenazas, *Liebchen*. Se multiplican como una enfermedad venérea allí donde va Hitler. Debemos aprender a lidiar con ellas si queremos sobrevivir.

Un pánico lento, asfixiante, trepa por la garganta de Gertrud y le estrangula las cuerdas vocales. Le falta el aire. Hasta este momento ha dado por sentado que Leonhard no estaba preocupado. Que simplemente estaba harto de sus descabelladas teorías y cansado de tener en consideración su temor a este viaje. Pero ahora Gertrud advierte que una inquietud profunda se ha alojado dentro de él. Su mirada se ha vuelto tensa. Sombría. Leonhard la estrecha contra su pecho. Su camisa huele a libros y a tabaco de pipa acompañado de un levísimo rastro de su colonia.

—Podemos averiguar qué está pasando.

—Pero ¿podemos hacerlo a tiempo?

—Espero que sí.

—Las horas pasan, Leonhard.

—No es la primera vez que trabajamos contrarreloj. Y en esta ocasión —Leonhard le recoge un rizo detrás de la oreja— no tenemos que entretenernos en escribir. Solo en investigar. Y siempre he sospechado que esa es tu parte favorita.

—Me encanta que otro escriba por mí —reconoce con una sonrisa.

—A todos nos gusta.

Gertrud resopla.

—Oh, no mientas. Tú eres un purista. A ti no se te hace cuesta arriba como a los demás. Tú disfrutas con la elaboración. Yo solo quiero el producto final.

Leonhard sonríe. Después de todo, es cierto. A él le encanta el proceso de escribir. En los años que llevan juntos, Gertrud no lo ha oído quejarse ni una sola vez mientras trabaja. Le divierte sentarse en su estudio y plasmar sus pensamientos en el papel.

—Me gusta mi trabajo —admite.

Gertrud se pone de puntillas para mirarlo directamente a los ojos.

—También sería más fácil para mí —dice— si tuviera una esposa que me hiciera la cena, cuidara de mi hijo y me planchara los pantalones.

—Estás horrible con pantalones.

Ella le da un cachete en el hombro.

—Perdona, pero estoy fantástica con pantalones. Todos los hombres me lo dicen.

—Te lo dicen porque quieren meterse en tus pantalones, *Liebchen*, no animarte a que los lleves más a menudo.

—Solo porque tú te comportaras de ese modo...

—Que yo recuerde, llevabas falda y lo único que tuve que hacer fue levantarla. Así. —Leonhard le hace una demostración de su método y desliza las manos por la suave piel de sus muslos.

—Estás cambiando de tema.

Leonhard entierra la cara en su cuello.

—Este me parece mucho más interesante.

—No sé qué voy a hacer contigo, en serio. Tan pronto me echas un sermón como intentas seducirme. Se supone que los hombres mayores pierden el interés por el sexo.

—Yo no soy un hombre mayor. Y los hombres nunca pierden el interés por el sexo.

—Eres mucho mayor que yo.

—Lo cual es bueno. No habrías podido seguir mi ritmo cuando tenía tu edad.

—¿Insaciable?

—Eso decían.

Leonhard le ha quitado ya casi toda la ropa.

—No quiero escuchar los detalles sórdidos. Nada antes de mi llegada, recuerda.

—Eran solo ensayos, *Liebchen*.

—Puaj. ¡Ni siquiera lo sientes!

—Estuve casado con otra mujer, ¿sabes?

—Tampoco quiero oír hablar de ella.

Sobre el cuerpo de su mujer ya solo queda la ropa interior e intenta deshacerse también de ella, pero Gertrud da un paso atrás y se lleva las manos a las caderas.

—Llegamos tarde al aperitivo.

Leonhard suspira. Saca del armario un vestido entallado de color rojo y se lo tiende.

—No es de vino de lo que estoy sediento.

Ella coge el vestido y se mantiene fuera del alcance de su marido. De lo contrario, nunca llegarán al bar.

—Tenemos trabajo que hacer.

EL TERCER OFICIAL

Son las dos en punto y Christian Nielsen entra en la sala de navegación en el preciso instante en que la concentración de Max empieza a flaquear. Después de tantos años trabajando en transatlánticos y luego en dirigibles, siente que su cuerpo actúa como un reloj. Se ha entrenado para funcionar a un nivel máximo de rendimiento durante el tiempo exacto que dura su turno, y en cuanto el reloj se detiene, su mente y su cuerpo no dudan en seguir su ejemplo.

Tan solo ha de informar a Nielsen de unos pocos detalles, y repasa la lista con rapidez.

—Vigila la esfera del telégrafo del segundo motor. Esta mañana tuve que salir a repararla.

—¿Tú? ¿Por qué no Zettel?

—No preguntes.

—Vale. Pero...

—Todavía estamos luchando con fuertes vientos de proa —le interrumpe Max— y es posible que arrecien durante la noche. Hoy apenas hemos recuperado tiempo, menos de una hora. He comprobado las coordenadas cada quince minutos para asegurarme de que mantenemos el rumbo. —Da unos golpecitos sobre la carta de navegación para trasladar la atención de Nielsen a la compleja red de líneas, un lenguaje de longitudes y latitudes comprensible únicamente para los de su especie—. Si a las doce de la noche no estamos aquí —señala un punto concreto de la cuadrícula y baja la voz—, te aconsejo que pases a comprobarlas cada diez minutos. Pruss está un poco... tenso ahora mismo.

Nielsen observa por el hueco de la puerta la figura rígida del comandante Pruss, cernido sobre el hombro del oficial a cargo de los timones de cabeceo, cuestionando cada pequeño ajuste. A juzgar por su rostro crispado, el joven oficial parece estar haciendo un gran esfuerzo por no discutir con Pruss.

—Buena suerte.

Max le entrega el diario de vuelo y recoge sus cosas de la mesa. Reloj. Brújula. Pluma. Se abrocha el reloj a la muñeca y se guarda los demás objetos en el bolsillo. Repasa mentalmente la lista: firmar su salida en el diario de vuelo, verificar que la caja fuerte de los oficiales oculta bajo la mesa de las cartas de navegación esté cerrada con llave, comprobar que todos los instrumentos funcionen bien.

Nielsen ha trabajado en el *Graf Zeppelin*, y sobrevivió al espectacular naufragio del velero *Pinnas*. Aun así, Max tiene que hacer un esfuerzo cada noche para transferirle el mando. El oficial destaca por su meticulosidad, capacidad de concentración y cautela, cualidades por las que son contratados todos los miembros de la tripulación. Pero este pequeño espacio es territorio de Max. Su reino. Y ceder el control representa para él una lucha, sobre todo porque no ha sido capaz de corregir del todo la demora. Sin embargo, tiene otras cosas de las que ocuparse en estos momentos. Ha de cumplir sus tareas como jefe de correos y ha de encontrar a Emilie. Tiene que avisarla de lo que ha hecho Wilhelm Balla.

EL AMERICANO

Nunca ha sido un entusiasta del solomillo Wellington. Le parece un plato pretencioso, y, además, es condenadamente difícil que salga bien. Está claro que el jefe de cocina del *Hindenburg* es un experto, porque la carne está en su punto. Aun así, no se deja impresionar. Habría preferido un filete y unas patatas al horno. Una cerveza negra. Un puro. Y si las mujeres no escasearan tanto en las inmediaciones, tal vez también una de esas.

—¿No le gusta la comida, herr Douglas? —le pregunta el capitán Lehmann.

El americano corta un trozo de solomillo, se lo lleva a la boca y mastica despacio, como si estuviera saboreándolo.

—Es, con mucho, el mejor Wellington que he probado en mi vida.

—Me alegra oír eso.

El orgullo nacional puede extenderse a cosas de lo más estrambóticas. Ahora que el *Hindenburg* está vinculado de manera irrevocable al Tercer Reich, parece que servir una comida que no cumple las expectativas podría dañar la reputación del Führer.

El americano y el capitán Lehmann tienen una de las mesas pequeñas para ellos solos. La flor de esta noche es una dalia del tamaño de un cuenco de sopa. Una profusión de pétalos naranjas al final de un tallo largo y grueso. Es bonita. Pero el americano no alcanza a comprender de dónde ha salido semejante flor en esta época del año. Las mesas ofrecen un aspecto impecable. Manteles inmaculados. Vajilla elegante. Cubiertos lustrosos. El solomillo está tan tierno que podría cortarse con una cuchara, pero los camareros han traído cuchillos de todos modos. Contempla la posibilidad de guardarse uno en el bolsillo del traje. Tal vez no sea necesario, pero podría venirle bien. Hasta el momento todo está saliendo según el plan, si bien hace tiempo que aprendió que las cosas pueden torcerse en cualquier instante. Siempre es bueno estar preparado. Y armado. Rechaza la idea de robar el cuchillo cuando se percata de que el menor de los Doehner lo observa desde la mesa contigua. Mejor no dar ideas a ese granujilla. Esperará una mejor oportunidad. Hermann y Matilde Doehner charlan de esa manera queda y parsimoniosa propia de unos padres extenuados. Los niños parlotean y les acribillan a preguntas y ellos balbucean y ofrecen respuestas poco comprometedoras.

—Su invitación me sorprendió —reconoce el americano, cambiando al inglés para evitar que sus vecinos lo entiendan.

Lehmann cambia de idioma para amoldarse a él con una levísima mueca de irritación.

—¿Por qué?

—Me temo que anoche no le causé muy buena impresión al comandante Pruss. —Empuja las judías verdes hacia el borde del plato. Ensarta una de ellas con el tenedor. Se la come sin excesivo entusiasmo. Sabe a planta. Solo a planta.

—El comandante me mencionó sus teorías tan particulares.

—No soy la única persona que las defiende.

—Tal vez, pero la popularidad y la verdad no se excluyen mutuamente.

—No parece inquietarle que Pruss y yo no congeniáramos.

El camarero deja una copa de un tinto alemán de color intenso junto al capitán. Típico. Lehmann levanta la copa. Bebe un sorbo. Asiente con aprobación.

—Puedo contar con los dedos de una mano las personas a las que el comandante Pruss llama amigos.

—¿Se encuentra usted entre ellas?

—Tenemos objetivos comunes. Eso puede constituir una amistad.

—¿Está entre tales objetivos proteger este dirigible y a sus pasajeros?

—Naturalmente.

—Me alegra oír eso. —El americano levanta su copa, que contiene un blanco francés.

Lehmann se inclina hacia delante. Baja la voz.

—¿Hay algo que debería saber?

—Eso depende del concepto que tenga de la reciprocidad.

—No me gustan los juegos, herr Douglas.

—A mí tampoco. Prefiero información.

—¿Qué clase de información?

—Un nombre, nada más.

—¿Y propone un intercambio?

—Exacto. Un nombre a cambio de otro nombre.

Lehmann se reclina en la silla. Su actitud es de petulante superioridad.

—¿Qué nombre podría darme usted que pueda ser de mi interés?

El americano se obliga a tragar otro trozo de solomillo Wellington antes de apartar el plato. Deja la servilleta encima del cuchillo, luego se da unos golpecitos en la comisura de la boca con el impecable tejido de hilo y coloca hábilmente la servilleta y el cuchillo sobre su regazo.

—El nombre del miembro de su tripulación que planea quedarse en América.

EL TERCER OFICIAL

Como es habitual, a estas horas solo hay un puñado de hombres en el comedor de oficiales. El capitán Lehmann siempre cena con los pasajeros —nunca aquí— y luego se retira al bar. Esa ha sido su costumbre en todos los vuelos que Max ha compartido con él, esté o no de servicio. De ahí que le sorprenda verlo entrar en el comedor. Se apoya en la puerta con los brazos cruzados y el mentón alzado mientras escucha la conversación que mantienen los oficiales. Están hablando del curioso deporte del béisbol americano y el consenso general parece ser de indiferencia y confusión.

—Buenas noches, capitán. —Max saluda. Los demás oficiales se levantan para hacer lo propio.

Lehmann devuelve el saludo y hace señas a Max para que se acerque.

—¿Puedo hablar con usted?

—Por supuesto —responde, pero espera que la cosa sea breve. Está hambriento. Y agotado. Y deseando consignar el correo de hoy, encontrar a Emilie y llevársela a su camarote para poder disfrutar de la botella de armañac que sisó esta tarde en el bar. Max se pasó buena parte de la tarde intentando hablar con Emilie, pero ella lo evitaba en cada ocasión, ya fuera marchándose de la estancia o ignorando su presencia. Tratar de estar a solas con ella habría requerido montar una escena, y eso no convenía a su causa. Al final, sus respectivas obligaciones los separaron y el oficial no ha encontrado otra oportunidad para desagraviarla.

—Usted primero. —Lehmann sale del comedor de oficiales detrás de Max.

Una vez en el pasillo, el capitán echa a andar sin una explicación y él tiene que apretar el paso para poder competir con sus largas zancadas.

—¿Puedo preguntarle de qué se trata?

—Ya lo verá.

Cruzan el pasillo de la quilla y la zona de los pasajeros y entran en el pequeño corredor que alberga al personal del servicio: cocineros, camareros, grumete y barman. Lehmann se detiene frente a la última puerta de la izquierda y Max da un paso atrás, alarmado. El camarote de Emilie. El capitán no llama. Se saca un llavero del bolsillo, abre la puerta con una llave y entra sin anunciarse.

—No creo que...

—Puedo asegurarle que fräulein Imhof no está aquí.

—Aun así...

—Soy el capitán de este dirigible. Esto es un asunto oficial y necesito su ayuda. ¿Debo pedírselo de nuevo?

Lehmann es un observador en este vuelo, de modo que lo que está sucediendo ahora debería ser responsabilidad del comandante Pruss, pero Max se abstiene de mencionarlo y se limita a tragar saliva.

—No.

—Entonces, entre de una vez.

Emilie ha dejado la habitación ordenada. Toda su ropa está colgada en el pequeño armario y solo algunos efectos personales se encuentran a la vista. El cepillo de dientes. Una toallita húmeda puesta a secar en el borde del lavamanos. Un par de zapatos —uno de ellos volcado— debajo de la cama. Un peine. Tres horquillas. La habitación huele a su perfume.

Lehmann cierra la puerta y cruza las manos detrás de la espalda en ademán militar. Observa a Max en silencio.

—¿Qué hacemos aquí?

—Esperaba que usted pudiera decírmelo.

No. No. No. Max tarda en percatarse de que está meneando la cabeza. Obliga a su cuerpo a calmarse y luego detiene el movimiento.

—Confieso que estoy un tanto desconcertado —reconoce.

Es mentira, por supuesto. Sabe muy bien qué está pasando. Wilhelm se lo contó esta tarde. Y Max, para su gran vergüenza, no consiguió poner a Emilie sobre aviso. No tenía previsto ser testigo de las consecuencias, y no creía que fueran a producirse hoy.

Lehmann suspira con impaciencia. Es un sonido abrupto, de decepción, como si esperase más del tercer oficial. Dirige la vista al techo como si estuviera pidiendo ayuda a un poder superior, pero su mirada, cuando finalmente se posa en Max, es fría, calculadora y despiadada.

—Me gustaría que me dijera dónde encontró los papeles de fräulein Imhof anoche.

—Yo no...

—Usted, sí. Sé que tiene aprecio a la chica, pero no le conviene mentir.

La puerta vibra con unos golpecitos quedos.

—*Bitte treten Sie ein!* —dice Lehmann sin desviar la mirada de Max.

Wilhelm Balla entra en la cabina con semblante contrito. Cierra la puerta tras de sí.

Lehmann frena con un gesto de la mano la acusación que está formándose en la base de la garganta de Max.

—Tranquilo, no fue su amigo quien me lo contó. Y no tengo el menor interés en escuchar cómo le explica a quién sí que se lo contó. O cómo esa información llegó hasta mí. Lo único que me importa en estos momentos es que ambos se enteraron antes que yo. Hubo tres eslabones en la cadena antes de que la información fuera a parar a mí y eso me parece... inquietante. ¿Un miembro de mi tripulación tiene intención de incumplir su contrato y soy el último en enterarme? ¿Saben en qué me convierte eso, *Herren*? En un idiota. Y seguro que imaginan lo mucho que me gusta que me hagan quedar como un idiota.

Balla no ha mirado a Max una sola vez desde que entró en el camarote de Emilie. Su mirada salta entre el suelo, el pomo de la puerta, la barbilla partida del capitán Lehmann y la pared situada detrás de Max. No dice una palabra durante el monólogo y no hace comentario alguno cuando este termina.

—Pedí a herr Balla que se uniera a nosotros únicamente como herramienta de coacción. Injusto, quizá, pero bastante efectivo. Le llamaré para que declare como testigo si usted se muestra poco colaborador, pero confío en que no sea necesario. Así pues —el capitán Lehmann sonríe, pero no hay afabilidad en su semblante—, repetiré la pregunta. ¿Puede enseñarme dónde encontró los documentos que demuestran que fräulein Imhof planea marcharse?

—Emigrar. —La palabra sale como un graznido—. Su intención es emigrar, capitán.

—Veo que ha hablado del asunto con ella. Pero o le ha engañado en cuanto a la legalidad de sus intenciones o es un tema que ella misma ignora, algo que dudo. Fräulein Imhof es muchas cosas, pero no es una ignorante. De lo contrario, no habríamos contratado sus servicios. No pretende emigrar. Quiere marcharse.

A Max le traen sin cuidado los matices. Emigrar. Marcharse. Ambas palabras significan lo mismo. Emilie va a dejarlo. No hay necesidad de obligar a Lehmann a formular la pregunta una tercera vez o seguir involucrando a Balla; del camarero se encargará más tarde. Cruza la estrecha cabina de una sola zancada y abre la puerta del armario.

—Aquí. —Señala la pila de ropa interior perfectamente doblada que descansa en el fondo—. Encontré los papeles aquí.

Lehmann se inclina unos grados hacia la izquierda, pero no toca nada.

—Parece que alguien los ha cambiado de sitio.

Max no ofrece una respuesta a la pregunta obvia que flota en el aire.

—Creo que hago bien al suponer que está un tanto familiarizado con los objetos personales de fräulein Imhof.

—Eso es discutible.

—¿Los ha tocado al menos en una ocasión?

—En varias, quizá.

—Eso significa que está más familiarizado con ellos que yo. Así que dejaré que sea usted quien busque los papeles.

—Su petición es injusta. E impropia. Si necesita buscar algo, le sugiero que haga venir a Emilie.

—Ha olvidado usted sus modales, herr Zabel. Los miembros femeninos y masculinos de la tripulación no se tratan por el nombre de pila en este dirigible.

Max no se disculpa.

—Fräulein Imhof recibirá su reprimenda cuando llegue el momento. Ahora le estoy ordenando que localice los papeles. Y le aseguro que estoy haciendo esto como una gentileza, porque sé que la chica le importa y que respetará su intimidad más de lo que seguramente lo harían otros hombres. Puedo llamar a otro oficial para que realice el registro o puede hacerlo usted mismo.

El capitán Lehmann no ofrece plazos, no da espacio a la discusión. Lo tomas o lo dejas.

Max empieza por el armario. Levanta las cosas con cuidado y desliza sus manos por pliegues y bolsillos, pero no encuentra nada. Tampoco hay rastro de los documentos en la litera de arriba y en la maleta que hay debajo de la cama. Realiza el trabajo minuciosamente bajo la mirada atenta de Lehmann y Balla. Quiere asegurarse de que no puedan poner en duda su rigurosidad. Pero pronto no queda nada por registrar en la habitación salvo el neceser de Emilie. Y hacer tal cosa se le antoja el mayor atentado contra su intimidad hasta el momento. Hay cosas en ese neceser que Max no es capaz de nombrar o describir. Artículos cuya utilidad ignora. Pero el neceser tiene el olor de Emilie, y le inunda los sentidos conforme va sacando uno a uno los objetos. Tiene la sensación de que está desnudándola y permitiendo que unos desconocidos se la coman con los ojos. Una vez que el neceser está vacío y los artículos amontonados sobre la cama, lo gira y lo sacude tres veces.

Tal vez Emilie no apretó bien la tapa del falso fondo, o puede que las sacudidas la hayan aflojado. Sea como sea, la delgada tabla cae seguida de los documentos de viaje y el dinero que ha ahorrado. Max ve la nota que escribió en el sobre y desvía la mirada.

Por primera vez desde que entraron en la habitación Lehmann toca los efectos personales de Emilie. Echa una mirada rápida a los papeles, lo justo para verificar que son los documentos que está buscando. Lee la nota, pero no cuenta el dinero. Lo amontona todo sobre la palma de su mano, como si sostuviera una bandeja.

—Puede irse, herr Balla —ordena al camarero con un ademán de la mano.

Balla obedece deprisa y en silencio.

—¿Eso es todo, capitán? —El tono de Max es áspero y airado, casi insolente.

—Todavía no. Acompáñeme. Al comandante Pruss también le gustará tener unas palabras con usted. Después podrá irse. —Lehmann le tiende los papeles de Emilie—. Llévelos usted.

Max está esforzándose por encajarlos en la curva de su brazo cuando Lehmann abre la puerta del comedor de oficiales y desvela a Emilie sentada en el banco con el comandante Pruss. Cuando levanta la vista, Max se percata de que ha estado llorando. Emilie clava la mirada en el sobre que Max lleva debajo del brazo y una expresión de profunda traición cruza por sus ojos color ocre.

LA CAMARERA

Emilie no saborea la cena. Si le preguntaran qué está comiendo, se vería en un apuro. Sencillamente corta y come y repite el proceso mientras trata de no mirar a Ludwig Knorr, que está sentado en la mesa contigua del comedor de la tripulación. Como aparejador, entre sus funciones principales están el despegue y el aterrizaje. Amarrar cabos y esa clase de cosas. Aunque le requieren con frecuencia para realizar arreglos en todo el dirigible. Es muy apreciado entre los miembros de la tripulación, y gracias a una espectacular reparación que realizó hace una década en pleno vuelo a bordo del *Graf Zeppelin*, se ha convertido en una leyenda. Es admirado. Respetado. A Emilie no se le ocurre ninguna razón para que Gertrud Adelt —o cualquier otra persona, en realidad— lo considere una amenaza. Físicamente no es gran cosa. Edad madura. Anodino salvo por una boca larga y fina que adquiere un aire bovino cuando no está hablando.

—¿Puedo ayudarla en algo, fräulein Imhof?

Emilie tarda unos instantes en darse cuenta de que Knorr le está hablando. La ha pillado mirándolo de hito en hito.

—Oh, lo siento —se disculpa—. Perdóneme. Estaba pensando.

—Debe de ser un pensamiento oneroso para provocar semejante ceño.

—Estaba pensando en mi padre —responde un segundo después. El embuste sale de su boca con tanta rapidez que se sobresalta—. Hoy hace quince años que murió.

Otra mentira. Señor.

—Lo siento mucho.

En fin, qué demonios. Ya ha ido demasiado lejos. Mejor continuar.

—Gracias. Pero lo perdimos mucho antes de que muriera. Nunca fue el mismo después de la guerra.

Una sombra cruza por el rostro de Knorr.

—Fueron tiempos terribles. Muchos hombres volvieron a casa vacíos.

Emilie ladea la cabeza. Es un gesto destinado a denotar interés, a hacerle sentir cómodo.

—¿Dónde sirvió usted?

—Principalmente a bordo de los zepelines. Ataques aéreos sobre Inglaterra.

Los ataques aéreos eran célebres y las bajas —tanto militares como civiles— numerosas. Era algo que a muchos hombres de la generación de Knorr enorgullecía y avergonzaba al mismo tiempo. El padre de Emilie raras veces hablaba de su tiempo en la Luftwaffe. Ella no sabe si dar las gracias a Knorr por sus servicios o disculparse. Es un tema peliagudo. Le gustaría hacerle más preguntas, pero en ese momento el comandante Pruss entra en el comedor de la tripulación y Knorr se levanta raudo para saludar.

—Descanse —dice Pruss mientras pasea la mirada por la estancia—. Ah, aquí está, fräulein Imhof. ¿Podemos hablar?

Ese tipo de cosas suceden de cuando en cuando: al comandante le es confiado un asunto delicado y busca al camarero más discreto para que se ocupe de él. Emilie ha estado en esa situación en una o dos ocasiones y ha dado muestras de una gran competencia. Le gusta pensar que el comandante Pruss tiene una buena opinión de ella. De ahí que no sea hasta que la conduce al comedor de oficiales, la sienta en un rincón y le pregunta si está cómoda, que empieza a comprender qué está pasando. Charlan de nimiedades mientras esperan y poco a poco el corazón se le acelera. Los ojos se le empañan y parpadea con rapidez.

Y en ese momento el capitán Lehmann cruza la puerta seguido de Max.

Lehmann la mira con calma.

—Tenemos un problema, fräulein.

—Eso parece —responde ella.

Su tono es inexpresivo. Distante. Es el mismo tono que ha empleado en multitud de ocasiones desde que falleció Hans. Es el tono al que recurre cuando la gente le pregunta cómo está o si se siente preparada para empezar a salir con otros hombres. «Estoy bien» o «Todavía no, gracias». Es un tono de evasión, de autoprotección. De desinterés. Aun así, le asombra el dolor que es capaz de ocultar detrás de esa fachada de serenidad, como si un cuchillo se hubiese deslizado limpiamente entre sus omóplatos.

Et tu, Brute? La frase, tan célebre, tan pertinente, cruza rauda por su mente. Max se detiene en el hueco de la puerta, en las manos lleva sus pertenencias más íntimas, más valiosas, y Emilie es incapaz de mirarlo a los ojos. Estudia las puntas del cuello de su camisa. Teme ver una expresión de triunfo en su cara. De superioridad. Peor aún, teme la compasión que sabe que encontrará en ella. Podría aceptarlo todo de Max salvo la compasión.

El comandante Pruss los invita a entrar.

—Fräulein Imhof lleva un rato haciéndome compañía. Ha sido muy interesante oírla hablar sobre su experiencia en nuestro dirigible hasta el día de hoy. Más de un año, ¿verdad?

—Exacto.

—Y pensar que tenía la impresión de que le gustaba formar parte de esta tripulación.

—Me gusta —aclara ella.

—Sin embargo, fíjese lo que tenemos aquí. —Pruss levanta el sobre y los papeles de las manos rígidas de Max y los deja sobre la mesa, frente a Emilie—. Herr Zabel ha tenido el detalle de reunirlos para nosotros.

De la garganta de Max escapa un ruidito. Una especie de gemido. Emilie lo ignora.

—Todo un detalle, sí —dice.

El comandante Pruss ojea los documentos.

—¿Hay algo que le gustaría explicarnos?

—Con todos mis respetos, dudo que una explicación sirva de algo. Los papeles hablan por sí solos.

—¿Lo ve? —El capitán Lehmann se vuelve hacia Max—. Le dije que no era una ignorante.

—¿Tiene intención de dejar Alemania? —pregunta Pruss.

—La tenía. —Emilie encoge los hombros con una sonrisa resignada—. Dudo mucho que se me permita hacerlo ahora.

—Su duda es acertada. No obstante, debo preguntarle por qué siente ese impulso.

—¿Puedo hablar con franqueza?

219

—Por supuesto.

—No tengo el menor deseo de vivir una guerra. O de morir en ella.

Lehmann ríe.

—¿Ha oído algo sobre una invasión? Porque yo no.

—Tengo ojos. Y oídos.

Emilie puede notar la mirada intensa e indagadora de Max en su semblante. No piensa darle el gusto de sostenérsela.

—¿Qué deberíamos hacer al respecto? —pregunta Lehmann.

—Supongo que me retirarán de mi puesto, capitán.

—Esa sería la respuesta obvia —replica él—, pero no la correcta.

No esperaba esto.

—¿Puedo conservar mi empleo?

—Digamos, más bien, que tiene que conservarlo. Hemos hecho mucha publicidad sobre usted a través de la prensa. Una partida repentina por su parte, independientemente del motivo, dejaría en ridículo a la Zeppelin-Reederei. Así pues, seguirá en su puesto y se mostrará encantada de trabajar aquí.

Demasiado fácil. A Emilie la asusta la simplicidad de la solución.

—¿Y qué pasará cuando no estemos volando?

—Lo dicho, ni un pelo de ignorante. —La voz del capitán Lehmann destila admiración. Escoge sus siguientes palabras con cuidado—. Eso todavía está por decidir. Es preciso consultar con otras personas antes de conocer la respuesta a esa pregunta. Tengo previsto exponer el asunto cuando regresemos a Frankfurt.

No son necesarias más advertencias. Emilie no tiene forma de escapar.

—Puede retirarse —concluye el comandante Pruss—. Espero que mañana se presente puntualmente en su puesto.

—Por supuesto. —Se levanta de la mesa. Se asegura de que las piernas no le tiemblen antes de dirigirse a la puerta—. *Guten Abend.*

Max alarga una mano cuando pasa por su lado, pero ella hunde el hombro para evitar el contacto.

—Emilie —dice con la voz quebrada.

Ella no responde. No lo mira. Abandona el comedor de oficiales sin haber tenido en cuenta su presencia ni un solo instante. Y en lo que a ella respecta, nunca más volverá a hacerlo.

TERCER DÍA

MIÉRCOLES, 5 DE MAYO DE 1937 – 4.20 H, HORA DE TERRANOVA

A UNAS DOSCIENTAS CINCUENTA MILLAS DEL EXTREMO SUDOESTE DE TERRANOVA

UN DÍA, CATORCE HORAS Y CINCO MINUTOS PARA LA EXPLOSIÓN

La llegada de mañana será la primera de las dieciocho de este verano. El *Hindenburg* está suscitando poco interés entre la población, con excepción de los oficiales de marina. La llegada y la salida de la aeronave más grande del mundo y ligera como el aire se vive ahora como un hecho ordinario.

Artículo de prensa del 5 de mayo de 1937

EL GRUMETE

Werner jamás ha llegado tarde a su turno en todo el tiempo que lleva trabajando en el *Hindenburg*. Cada noche pone la alarma del despertador, pero rara vez la necesita porque suele estar en pie antes de que suene. Esta mañana, sin embargo, es distinto. Se despierta sobresaltado cuando alguien le aparta la sábana.

Se incorpora y contempla la silueta oscura de Wilhelm Balla.

—¿Qué ocurre? ¿Me he dormido? ¡Kubis me matará!

Resbala por el canto de la litera y aterriza en el suelo con un ligero tambaleo. El golpe que sacude el costado de su cabeza lo empuja hacia atrás todavía más. Dado su estado de sopor, tarda cinco segundos en darse cuenta de que Balla le ha arreado un manotazo en la oreja.

—¿Por qué me pegas?

—Silencio.

—¡Pero llego tarde!

—No llegas tarde.

—¿Qué hora es?

—Las cuatro y veinte.

El camarote no tiene ventanas —ni Werner ni Balla poseen rango suficiente para ese lujo— y la habitación está a oscuras salvo por una rendija de luz procedente del pasillo que se cuela por debajo de la puerta. Werner puede ver formas oscuras sobre sombras aún más oscuras, pero no los detalles, de modo que la expresión de Balla se le escabulle. Intenta concentrarse en el significado subyacente de sus palabras. Intenta comprender lo que sea que se le haya escapado, la razón de que lo hayan sacado de la cama en mitad de la noche. Está harto de que lo saquen de la cama en mitad de la noche. Existe una línea muy fina entre el cansancio y la rabia y Werner siente que dicha línea empieza a romperse.

—Ya he limpiado los zapatos.

—Me traen sin cuidado los zapatos.

La rabia estalla y el muchacho nota que echa fuego por los ojos. Se alegra de que estén a oscuras y Balla no pueda verlos.

—Entonces, ¿por qué me has sacado de la cama?

—Calla o te doy otro sopapo. Max Zabel te cae bien, ¿verdad?

—Claro. —Una pausa de desconcierto—. Es mi amigo.

—Tienes que ir a despertarlo y conseguir que se dé una ducha antes de que pierda el trabajo.

El cuerpo de Werner está despierto, pero su mente permanece adormilada.

—No entiendo.

—Ayer herr Zabel tuvo una tarde horrible y decidió buscar consuelo en una botella de brandy francés muy cara. Yo diría que ahora mismo está inconsciente y es probable que permanezca así un buen rato a menos que alguien intervenga. El problema es que su turno empieza en menos de dos horas y es tal su estado que no será fácil que recobre la sobriedad. Y dada su actual animadversión hacia mí, sería preferible que ese alguien fueras tú.

Werner contempla la figura borrosa del camarero con la mirada apática de un niño que intenta entender lo que le están diciendo sin conseguirlo. Balla vuelve a zarandearlo.

—¿Entiendes lo que acabo de decir?

Hay un tono de remordimiento en la voz del camarero que Werner no comprende.

—Sí.

—Demuéstramelo.

—Max está borracho y no puede despertarse. Perderá su empleo si no se presenta en su puesto.

—Bien. Ahora vístete y ve a despertarlo.

—¿Se me permite encender la luz?

—Si no hay más remedio.

La bombilla del techo se enciende y Werner entierra la cara en la curva del brazo a fin de que sus ojos dispongan de unos instantes para acostumbrarse a la luz. Levanta la vista una vez que tiene la certeza de que puede hacerlo sin fruncir los párpados.

Cuando Balla se inclina sobre él en la tenue luz, Werner piensa que parece un muñeco de palitos que se ha partido por la mitad.

—Max necesitará una ducha —le dice—. Supongo que tendrás que arrastrarlo hasta ella, y es preferible que nadie os vea ni os oiga. El café lo espabilará y el agua ayudará a su cuerpo a eliminar el alcohol. Asegúrate de que beba ambas cosas en abundancia. —El camarero posa unas manos de rana, blancas y grandes, sobre los hombros de Werner y le da un leve zarandeo—. ¿Podrás hacerlo?

—Sí.

Balla le planta algo duro y frío en la palma de la mano.

—Bien. Coge esto. Es una llave maestra que te permitirá entrar en el camarote de Max. Solo la utilizarás esta vez y me la devolverás en cuanto hayas terminado tu cometido, ¿queda claro?

—Sí —contesta de nuevo el muchacho.

Es una palabra fácil, sencilla, y Werner no necesita hacer acopio de energía para encontrarla a esas horas de la madrugada. Está seguro de que se le ha escapado algo importante, concretamente por qué esto es responsabilidad suya, pero no puede ordenar sus pensamientos lo suficiente como para formular las preguntas adecuadas. De manera que hace lo único que sabe hacer en tales situaciones. Empezar a moverse. Y una vez que ha comenzado el rutinario proceso de prepararse para el trabajo, la memoria muscular asume el mando. Se cepilla los dientes y se pasa el peine por el pelo sin pensar, se pone el uniforme y se abotona la chaqueta de camarero. Se introduce la linterna por el cinturón y se endereza el cuello de la camisa.

Wilhelm Balla ya está roncando en la litera de abajo cuando Werner apaga la luz, sale de la cabina y cierre la puerta tras de sí. El pasillo de la quilla está alumbrado por luces amarillas industriales dispuestas a intervalos regulares a lo largo de las paredes. El muchacho las deja atrás con andar presto y rodea la escalera que conduce a la cubierta A, momento en que aminora el ritmo y aquieta las pisadas para no despertar a los demás miembros de la tripulación. Pasa con sigilo junto a la sala de radio —puede oír voces e interferencias procedentes de su interior— y se adentra en el corto pasillo que alberga las dependencias de los oficiales. Una vez que se detiene en medio del corredor, cae en la cuenta de que no sabe cuál es el camarote de Max. Balla no se lo ha dicho. Apoya las manos en las caderas y estudia detenidamente cada puerta. Ser el hermano pequeño es una bendición en esta situación en particular. Werner está acostumbrado a observar. Max es un oficial subalterno, uno de los cuatro de este dirigible, por lo que su habitación no puede estar al final del pasillo. Esos camarotes están reservados al comandante Pruss y el capitán Lehmann. Así pues, retrocede descartando cabinas mientras hace un recuento de los oficiales por orden de rango. Al final solo quedan dos cabinas, las más alejadas de la proa del dirigible, una a cada lado. ¿Derecha o izquierda?, se pregunta. Como no puede llamar para averiguarlo, hace lo que haría cualquier muchacho curioso: arrimar la oreja a la puerta. Tarda menos de un minuto en decidirse por la cabina de la derecha. Los ronquidos que emergen de ella suenan como grava rodando dentro de un cubo. Gira el pomo y descubre que está cerrada con llave, tal como Balla sospechaba. Se lleva la mano al bolsillo, pero antes de sacar la llave se cerciora de que todas las habitaciones están en silencio y de que los oficiales duermen. Porque solo ahora se le ocurre que ha sido un tremendo insensato. Finalmente está lo bastante despierto como para percatarse de la gravedad de su situación. Si lo descubrieran entrando a hurtadillas en la cabina de un oficial, sería motivo suficiente para despedirlo o meterlo en la cárcel. Y Balla probablemente lo sabe, o de lo contrario se habría ocupado él mismo. Werner se maldice por su estupidez.

Pero Max le cae bien y se siente en deuda con él, así que introduce la llave en la cerradura y la gira despacio, escuchando cómo las clavijas encajan con un chasquido metálico. Gira el pomo y empuja la puerta con sigilo. El olor le indica que es el camarote correcto. Se tapa la nariz y da un paso atrás.

El hermano de Werner había trabajado dos años en el hotel Hof de Frankfurt como aprendiz de camarero. Las anécdotas que traía a casa eran hilarantes e instructivas a partes iguales. Comensales difíciles de complacer. Aristócratas. Viajeros. Gestapo. Americanos. Las referentes a estos últimos eran siempre las mejores. Pero lo que más le gustaba a Werner de las aventuras de Günter eran las imitaciones que hacía, casi todas de hombres beodos. Las mujeres se emborrachan menos, no sabe si porque ellas son por lo general más comedidas o porque aguantan mejor el alcohol. En cualquier caso, su hermano se tambaleaba por la sala gritando y farfullando y provocando las carcajadas del resto de la familia. Le explicaba lo que los clientes bebían y la manera en que eso afectaba a su comportamiento. También contaba numerosas anécdotas sobre lo mucho que puede apestar un hombre por el exceso de alcohol. A decir verdad, Werner siempre había creído que Günter adornaba las historias para hacerlas más entretenidas. Hasta hoy. Max Zabel huele como si lo hubiesen arrastrado por una ciénaga y dejado después marinando en un tonel lleno de sudor de asno. Desagradable es poco.

El grumete se mentaliza para la tarea y entra en la habitación. Cierra la puerta con cuidado y pone manos a la obra. Deja la linterna sobre el pequeño tocador con el haz apuntando al techo. Una luz suave y cálida inunda la habitación, pero Max ni se inmuta. Está en la cama, tendido boca abajo con las piernas abiertas, el uniforme todavía puesto y un brazo colgando por el borde del colchón. En el suelo, junto a la mano, descansa una botella vacía. Werner observa que ha llenado la almohada de babas y la chaqueta de sudor. Ahora, a despertarlo sin armar alboroto.

A estas alturas de su trabajo, Werner conoce bien los uniformes de los oficiales y encuentra todas las prendas que necesita en el pequeño armario que hay junto al lavamanos. Pantalón. Zapatos. Camisa, chaqueta y gorra. Las deja en una pila ordenada sobre el tocador y se vuelve hacia el oficial. No cree que la ropa interior de Max sea asunto suyo, pero digamos que no puede ir sin ella, así que hurga en el petate que hay en el fondo del armario hasta dar con unos calzoncillos y unos calcetines y los añade al montón.

—Despierte, Max. —Lo sacude por el hombro sin obtener respuesta. Lo zarandea de nuevo, más fuerte esta vez—. Max, por favor.

Nada.

Werner imaginó una docena de escenarios posibles antes de su primer vuelo. A fin de cuentas, son muchas las cosas que pueden torcerse en un dirigible. Pero jamás se le pasó por la cabeza que se encontraría en esta situación. Diría que Max tiene un tamaño parecido al de su padre, y eso le da una idea. Cuando su padre enfermó, Werner asumió una gran parte de sus cuidados, entre ellos llevarlo al cuarto de baño. Por suerte, su ayuda no era necesaria una vez que se cerraba la puerta, pero el muchacho sabe cómo poner de pie a un hombre adulto. Sin embargo, primero tiene que despertarlo. El método es sencillo, aunque el oficial lo encontrará sumamente desagradable.

Werner llena la botella de brandy con agua del lavamanos y se inclina sobre la figura tendida de Max. Procura mantener la mayor parte de su cuerpo fuera del alcance del oficial por si intenta agredirlo, pero poco más puede hacer. Inclina la botella y controla el caudal de agua para que caiga un chorro fino en la oreja de Max. Este tarda unos segundos en detectar la molestia. Sacude la cabeza hacia un lado. Werner aumenta el caudal. Ahora gira completamente la cabeza y deja al descubierto su otra oreja. Farfulla una grosería en sueños. El muchacho vuelve a derramar agua, empapando la oreja de Max y la almohada. Y ahora viene la mejor parte —la parte que a Werner le divierte más cuando gasta esta broma a Günter—. Max se propina un bofetón. Un bofetón fuerte y mojado en la mejilla. El agua salpica la cama cuando el oficial se incorpora. Werner no puede contener la risa.

El grumete no está seguro de si describiría lo que brota de los labios de Max como lenguaje. Más bien parece una lengua bastarda semejante al alemán inculto acompañada de tartamudeos entrelazados con palabrotas. Recula en cuanto sospecha que Max ha recuperado el control de los brazos. Habla con calma.

—Tiene que despertarse, herr Zabel.

—¿Qué?

—Soy Werner y es muy importante que se despierte. Ahora mismo.

Max sigue el sonido de la voz, pero es evidente que no ve al muchacho. Tiene los ojos hinchados y los párpados pegados.

—Me has despertado.

—Eso intento, sí.

El oficial se apoya sobre el codo y devuelve los pies a la cama. Se diría que tiene toda la intención de seguir durmiendo.

—No puedo permitir que vuelva a dormirse —protesta Werner antes de arrojarle la botella.

Esta rebota en la frente de Max, pero el golpe tiene el efecto deseado de aumentar su estado de conciencia. De ira, para ser exactos.

—¿Qué demonios ha sido eso? —Intenta gritar, pero tiene la garganta demasiado seca, por lo que su protesta sale en forma de gorjeo.

—Una botella de brandy, creo.

—¿Me has golpeado?

—Quería volver a dormirse.

—¿No querrías tú?

—No si quisiera conservar mi empleo. Que lo es. Y también debería ser el suyo. Así pues, agradecería que se levantara para poder llevarlo hasta la ducha.

Werner siempre ha tenido a Max por un hombre astuto, inteligente e increíblemente espabilado, de modo que no le sorprende que en su mente se encienda una pequeña luz. No basta para que se percate de la gravedad de la situación, pero es un paso en la dirección correcta. Max se agarra la muñeca buscando su reloj.

—¿Qué hora es?

—Cerca de las cinco.

Se deja caer sobre el colchón.

—Entonces, ¿no llego tarde a mi turno?

—Todavía no. Pero no puede aparecer con esa pinta. Ducha. Café. Agua. Eso fue lo que se me dijo que necesitaba. Y en ese orden.

—¿Quién te lo dijo?

—Wilhelm Balla.

Werner jamás ha escuchado unos insultos tan originales como los que emergen de la boca de Max al oír el nombre de Balla.

—¿Le ayudo a levantarse? No puedo llevarlo a rastras hasta la ducha.

Lo medita. Intenta incorporarse. Se tambalea.

—Será lo mejor.

La manera en que Werner recoge la ropa y la linterna con una mano mientras mantiene a su amigo en posición vertical con la otra parece una escena de vodevil, pero impresiona aún más que sea capaz de sacar a Max del camarote y llevarlo por el pasillo sin dar trompicones. Si no tuviese tanta práctica con su padre, jamás lo habría conseguido. Sin embargo, consiguen llegar al cuarto de la ducha sin tropezar el uno con el otro ni estamparse contra las finas paredes de espuma.

—Adentro —ordena Werner, con Max colgado del hombro como si él fuera una muleta.

Lo coloca lo más recto posible debajo de la alcachofa de la ducha, deja la pila de ropa limpia al otro lado de la cortina y abre el agua.

Max pega un brinco, maldice y se tambalea hacia atrás. La pared le salva de dar con el trasero en el suelo, pero el oficial agita las manos frente a su cara como si fuera un hombre atacado por un enjambre de abejas. Intenta apartarse el agua de los ojos, pero solo consigue abofetearse.

—El resto se lo dejo a usted —dice Werner—. Aquí tiene la ropa. Volveré dentro de diez minutos. Mientras está debajo del chorro podría aprovechar para beber agua.

EL AMERICANO

Ha perdido la placa identificativa. No es algo que acabe de descubrir. Se dio cuenta de que no la tenía durante la cena de anoche con el capitán Lehmann. El americano se llevó la mano al bolsillo dispuesto a sacarla y dejarla sobre la mesa con ademán triunfal. No se molestó en hurgar. Podía notar que no estaba. De modo que bebió un sorbo de vino y brindó a su mente los pocos segundos que necesitaba para buscar otro plan de acción.

Había dado a Lehmann el nombre de la camarera como una gracia, como un acto de buena voluntad. Emilie Imhof. Lo había pronunciado con todo el aplomo de un informante, haciendo que pareciera no tanto un chantaje como un donativo por ser el primero en hablar. Un acto magnánimo por su parte. ¿A cambio de qué? Bueno, su recompensa llegaría hoy. Lehmann se había mostrado escéptico, naturalmente, y primero quería corroborar lo que el americano le había contado.

La placa es pequeña y hace tiempo que memorizó la información grabada en ella. Se limitó a solicitar papel y pluma a Wilhelm Balla —al parecer no va a poder sacarse de encima al camarero en todo el viaje— y anotó la información para Lehmann. No esperaba que el capitán tuviese una memoria como la suya. Lehmann le dijo que le llevaría un tiempo reunir los datos. Pero al americano no le importa aguardar unas horas. Es un sacrificio razonable siempre y cuando lo acerque un poco más a su objetivo. Su verdadero problema, el que lo ha mantenido en vela buena parte de la noche, es que la placa ha caído en manos de un desconocido. Es un error imperdonable. No un error de cálculo sin más. Un error catastrófico. El peor de los infortunios.

Porque la oportunidad de matar al propietario de la placa es la única razón de que aceptara esta misión. Y preferiría arrojarse por la escotilla a los rotores del motor antes que perder dicha oportunidad. Alguien, no obstante, tiene su pieza de trueque. Y si ese alguien es lo bastante espabilado como para averiguar la identidad de su propietario y prevenirlo, muchos años de venganza planeada con minuciosidad se perderán. Y esa es una posibilidad que el americano, sencillamente, no puede aceptar.

Se levanta y empieza a caminar de un lado a otro, pero reprime el impulso de patear la pared por la frustración. Ayer a esta misma hora tenía la placa en el bolsillo. La había guardado ahí por la mañana, el peso frío del latón filtrándose por el forro de raso hasta su piel, su presencia le producía la necesaria irritación. Había oído el pequeño sonido metálico en el cuarto de la ducha cuando dejó caer el pantalón sobre el suelo de baldosas.

El americano viste la misma ropa de ayer. Se derrumbó sobre la cama completamente vestido y permaneció así la mayor parte de la noche, presa de un sueño agitado mientras perseguía sus pensamientos en círculos, como un perro sarnoso mordiéndose la cola. Mortificándose. Planeando. Y la respuesta únicamente le llega ahora que el agotamiento ha llenado los pequeños pozos de su mente, ha inundado los huecos de sus huesos.

Perdió la placa identificativa en el cuarto de la ducha. Claro. Un error de aficionado, pero así es.

Se arranca los zapatos y se tumba de nuevo en la cama. Cruza las manos sobre el pecho y cierra los ojos, como si imitara a un cadáver. Lo ve claro ahora, en este estado de ensoñación, mientras sus extremidades se relajan contra el colchón.

Había sacudido el pantalón antes de doblarlo. Años y años de adiestramiento militar han inculcado ese hábito en él. Nunca hace una pelota con su ropa y la tira al cesto. La estira y la dobla siguiendo los pliegues. La coloca en montones ordenados y la envía a la tintorería.

La placa podría seguir en la ducha, propone una parte de su cerebro. Es la voz optimista, la que lleva años intentando acallar. Le presta atención en raras ocasiones, y esta no es una de ellas. No. El americano está convencido de que alguien encontró la placa. Su tarea ahora es averiguar quién.

Aprendió el arte de desenterrar sus recuerdos de los interrogadores militares. Formó parte de su adiestramiento, aunque breve, cuando decidieron que podrían hacer un mejor uso de sus peculiares aptitudes en otros terrenos. Su verdadero trabajo —no el que hace para la agencia de publicidad en Frankfurt— es tener conversaciones y repetírselas a sus adiestradores. Entabla conversaciones y formula las preguntas adecuadas a la gente adecuada en el momento adecuado. Elige a sus blancos cuando bajan la guardia. Cuando se sienten seguros. En un bar, en un tren, o en unos grandes almacenes. Se entera de sus secretos, pero casi nunca por la fuerza. Las traiciones del americano son agudas, dolorosas y personales. Es una profesión de una ética dudosa, no lo discute, y no está exenta de consecuencias, pero lleva dos décadas dedicándose a ella y a lo largo de ese tiempo ha aprendido a justificar los medios y los fines y cuanto hay entre ellos. No lamenta lo que ha hecho ni lo que está a punto de hacer. «Por lo general no es nada personal», piensa; es lo que se necesita para salvar el mundo.

Así que rebobina su cerebro y repasa el día de ayer. Comienza en el cuarto de la ducha, en el instante último que tuvo la placa en su poder, y subraya el momento en que sacudió el pantalón. Se adentra en lo que sucedió después, deteniéndose en cada fotograma. Se coló en la bodega. Vio al tercer oficial y al grumete salir del dirigible. No. Ahí no hay nada destacable, así que continúa. Pagó al muchacho para que cuidara del perro. Desayunó. Observando a Leonhard Adelt. Su mente se acelera ligeramente, de modo que ralentiza y reproduce su pequeño monólogo con los pasajeros. Gertrud Adelt entra en el comedor. Y al fin, como un *flash*, lo tiene: rizos húmedos pegados al mentón, piel rosada caliente por la ducha.

Gertrud Adelt estuvo en el cuarto de la ducha ayer por la mañana. Gertrud Adelt tiene la placa. La certeza le llega justo en el instante en que su mente se rinde de manera definitiva al sueño. Y como es ambas cosas, un pensamiento consciente y un sueño, se graba en su memoria como un tatuaje. Será su primer pensamiento cuando se despierte.

EL TERCER OFICIAL

Max está casi seguro de que se ha vestido correctamente. Hay alguna que otra rozadura en la tela, pero no ve etiquetas ni costuras. Comprueba el cuello de la camisa y desliza los dedos por la pechera contando los botones, asegurándose de que están bien alineados. Acordonarse los zapatos es un problema. No porque los dedos no le funcionen con agilidad, sino porque cuando se dobla hacia delante quiere morirse. Y luego vomitar. Y luego atravesarse el ojo con un picahielos y que le salga por la parte de atrás del cráneo. Todo lo cual sería contraproducente dada su situación actual. Así que al final se apoya en la pared y levanta el pie todo lo alto que puede sin caerse.

«Esto es desmoralizador», piensa. Nada desanima tanto a un hombre como una virulenta resaca. Max ha visto a hombres hechos y derechos llamar entre sollozos a sus madres después de despertarse de una noche de borrachera. Lo que no quiere decir que él haya pasado a menudo por eso. Él es, por lo general, un hombre moderado. Pero hay algo en Emilie que lo empuja a los extremos.

No recuerda mucho de lo que sucedió anoche. Cerró la puerta de su camarote. Se descalzó. Ignoró la copa y fue directo a la botella. Y esa expresión de Emilie. No puede quitársela de la cabeza por mucho que parpadee o se frote los tumefactos ojos. Ni siquiera se dignó a mirarlo. Pasó a su lado con la cabeza alta, la mirada vidriosa, la mandíbula apretada. Si tuviera que describir su expresión con una sola palabra, diría odio. Ella lo odia. ¿Acaso puede reprochárselo? Es un idiota. ¿Wilhelm Balla? ¿Por qué demonios compartió el secreto de Emilie con el camarero? De hecho, ¿por qué tuvo que contárselo a alguien? En cuanto vio la expresión de Emilie supo que no había manera de enmendar lo que había hecho. Sin embargo, la camarera es el menor de sus problemas en este momento. Sabe que si no espabila, que si no oculta su desliz con una actuación convincente, tendrá que enfrentarse a la ira del comandante Pruss.

Su ropa de ayer está empapada y hecha un ovillo en un rincón. Tendrá que dejarla ahí y enviar a Werner con un cubo a recogerla. No hay otra manera de devolver la ropa mojada a su cuarto.

Werner.

Lo necesita. Le exaspera que su única posibilidad de salir de esta situación requiera la ayuda de un adolescente. Y encima después del sermón que le soltó ayer sobre el respeto y el comportamiento adulto. Max no sabe si disculparse con el grumete o estrangularlo.

Werner llama a la puerta. La abre. Le hace señas para que salga.

—Sígame —susurra, y se lo lleva a la cocina.

«Esto se está convirtiendo en una costumbre», piensa. Ya van dos mañanas seguidas que Werner se inmiscuye en su vida. Dos veces lo ha sacado ya de ese cuartito de baldosas un muchacho todavía imberbe.

Max esperaba la migraña, el mareo y la boca pastosa. Mientras permanecía bajo la ducha, vestido y agotado, incluso se había reconciliado con las acechantes náuseas. Para lo que no se había preparado era para la avalancha de emociones provocada por su debilitado estado físico. Cada emoción es visceral y flota justo debajo de la superficie. La inquietud de que se descubra su secreto. El pánico. La paranoia. El miedo. Y una rabia profunda y total cuando Werner empuja la puerta de la cocina y se descubre mirando el rostro petulante de Xaver Maier.

—Diantre —dice el jefe de cocina—. ¿Cuánto has bebido?

Max echa el brazo hacia atrás, decidido a arrancar la cabeza de Maier de sus protuberantes hombros. Pero se mueve despacio, y Werner salta y le agarra el brazo. Lo baja.

—¡No! —le regaña—. Necesitamos su ayuda.

Se pregunta si los cocineros han estado hablando, si han reproducido la escenita de Emilie a cada oportunidad desde ayer por la tarde. Se pregunta si Werner está al tanto de lo ocurrido y llega a la conclusión de que le trae sin cuidado. Arremete de nuevo contra el jefe de cocina.

Werner le palmea la mano —realmente le palmea la mano— como si estuviese espantando una mosca.

—Basta —exige—. Nada de peleas.

Es una exhortación que el muchacho ha debido de escuchar cientos de veces mientras crecía. Hay un deje de impaciencia matronal en su voz y Max sospecha que está imitando a su madre.

Maier observa el aspecto del oficial y detiene la mirada en el cuello de la camisa; Max tiene la certeza de que hay un botón mal abrochado.

—Necesitas café —dice el jefe de cocina—. Mucho café.

Deseoso de resultar útil, Werner interviene.

—Y agua. Cuanto más fría mejor. Eso dijo Balla. Mucha agua.

Una jarra de plata llena de café humeante descansa en la encimera de acero inoxidable —Maier ya lleva rato trajinando—, al lado de un azucarero y una jarrita de leche. El jefe de cocina sirve una taza sin pedir permiso ni preguntar preferencias. Le tiende el café, negro e hirviendo.

Max no lo coge.

—Bebe.

—Que te jodan.

Werner pone ojos como platos.

—Fue ella la que me besó. Tú mismo lo viste.

—No pareció que te importara.

—¿Y? —pregunta Maier—. Por Dios santo, soy un hombre. Reconozco a una mujer bonita cuando la veo. Pero eso da igual. Ella te quiere a ti y no sé qué hiciste para cabrearla, pero te ruego que dejes de echarme a mí la culpa. No te debo nada, y menos aún una disculpa. Y no estaba obligado a madrugar esta mañana para ayudar a desembriagar tu patético trasero. Bébete el café.

Maier le pasa la taza a Werner y este la deposita en la mano de Max.

—¿Por qué haces esto? —le pregunta.

—Emilie es mi amiga. No querría que te sancionaran. Dale las gracias a ella.

—Como puedes imaginar, ahora mismo no nos hablamos. —Bebe un sorbo y se esfuerza por tragar. Lo devuelve a la taza—. Demasiado caliente.

—Tómatelo y te daré otro con azúcar. Toma ese y te daré otro con leche. Empieza con agua si te parece demasiado. No pienso pasarme la mañana recogiendo tus vómitos. Y aprende a beber. Debería darte vergüenza.

La concesión es desmoralizante. Max mira a Werner.

—Agua.

El muchacho sustituye la taza por un vaso. El agua es más fácil de digerir que el café. Max la pasea por la boca para templarla y traga. Repite el proceso con la cabeza hacia atrás y los ojos cerrados, hasta vaciar medio vaso, y engulle.

Una vez que el agua aterriza en su estómago, respira hondo por la nariz unos minutos. ¿Sí? ¿No? Por un momento teme que regurgite, pero al final decide que va a quedarse abajo.

—Café —pide alargando la mano.

Da un sorbo y el renuente respeto que siente por Xaver Maier aumenta varios puntos. El café está bueno. Caliente, fuerte y sedoso. Lo preferiría con un pellizco de azúcar y una gota de leche —lo justo para quitarle el brillo— pero se conforma. Bebe algunos sorbos largos y pausados, luego cierra los ojos y prosigue hasta apurar la taza.

—Siéntate —le ordena Maier. Se vuelve hacia Werner—. No le des nada más por el momento. Voy a prepararle algo de comer.

Max descansa la cabeza en los antebrazos.

—No tengo hambre —farfulla a través de la tela de la manga.

—Me da igual. —Maier se da la vuelta y coge una sartén del estante que hay sobre la encimera.

Pocos minutos después, el aroma a beicon y huevos fritos inunda la pequeña cocina.

—La clave para sobrevivir a una resaca —comenta Maier— es engañar al cuerpo para que vuelva a funcionar de forma normal. Ahora mismo toda tu energía está ocupada en eliminar el alcohol de tu organismo, por eso tienes náuseas y te sientes débil y atontado. Tu cabeza parece una rueda de queso a la que han arrancado un pedazo. Los ojos te pican como si te los hubieras frotado con sal. La garganta te arde. Estás gastando demasiada energía en las zonas equivocadas. Hay excesiva actividad corporal.

«Cierra el pico.» Demasiadas palabras. La protesta mental de Max no impide que el jefe de cocina continúe. Voltea un huevo en la sartén y lo espolvorea con sal y pimienta molida.

—Yo soy capaz de vivir en un estado de ebriedad casi completa sin que nadie lo note gracias a tres cosas: sal, café y agua. Por tanto —concluye, volcando la comida en uno de los platos blancos de loza—, beicon y huevos. Come.

LA CAMARERA

Es evidente que Gertrud Adelt no lleva nada debajo de la bata de raso cuando abre la puerta del camarote. Y hasta esa prenda ha sido echada precipitadamente sobre su cuerpo. Lleva flojo el nudo de la cintura y estruja las solapas contra la garganta. Tiene el cabello alborotado y los ojos entornados, y no hay rastro de su marido.

—Buenos días, frau Adelt. —La voz de Emilie es cálida y afable y se eleva al final de la última sílaba en un tono de falsa cortesía.

Gertrud aprieta los ojos y parpadea varias veces para sacudirse el sopor. Echa un vistazo al pasillo —está lleno de pasajeros y camareros entregados a sus quehaceres matutinos— y vuelve a mirar a Emilie.

—¿Qué hace aquí?

La camarera le sostiene la mirada y habla despacio, como si tuviera delante a un niño. O a un idiota.

—Son las siete y cuarto. Me pidió que pasara por su camarote para ayudarla. ¿Lo ha olvidado?

Aunque Emilie no pasa mucho de su tiempo libre con otras mujeres, una de las cosas que más aprecia de su género es que puede comunicarse casi por entero con la mirada. Gertrud entorna los párpados, comprendiendo al fin.

—Eso me temo —responde—. Pase, por favor.

Una vez ha entrado Emilie, Gertrud se apoya en la puerta y cruza los brazos debajo del pecho.

—¿Qué hace aquí en realidad?

—Me cansé de esperarla en el comedor.

—No soy madrugadora.

—Su marido ya se ha tomado una jarra de café y una hoja entera de beicon.

—Mi marido —señala Gertrud— estuvo de acuerdo en dejarme dormir hasta la hora que quisiera. El hecho de no poder hacerlo me tiene bastante irritada.

—Ayer me pidió ayuda en el bar. He decidido prestársela.

—¿A cambio de qué?

—De la verdad. Usted me cuenta por qué está buscando al dueño de esa placa y yo le facilito su nombre.

Emilie está de pie en medio de la cabina con las manos cruzadas por debajo de la cintura. Es la postura que adopta cuando está atendiendo a un pasajero. Desde fuera parece una actitud de servilismo, pero en realidad es de entereza. Está dispuesta a hacer lo que se requiera de ella.

Gertrud la rodea, la evalúa como un lobo estudia a su presa. Observa a la camarera con sus ojos sagaces y vigilantes, buscando una debilidad. Una pista. Finalmente se detiene frente a ella. Da unos golpecitos en el suelo con su pie descalzo.

—Algo ha cambiado desde ayer.

—Me encuentro en una situación difícil y estoy buscando... opciones. Creo que usted podría proporcionarme alguna.

Emilie tomó la decisión nada más despertarse esta mañana.

Hace tiempo aprendió que nunca debía privarse de sueño, fuera cual fuese el problema o la tragedia a la que se enfrentara. Dormir es la solución a todos los problemas. Una vez que descansa la cabeza en la almohada, deja que las preocupaciones afloren en su mente, pero no intenta solucionarlas. Emilie las ve como puntos de luz diminutos, como esas estrellitas que bailan en su visión periférica cuando está mareada. Cada dilema es un punto brillante en su cerebro. Examina los problemas desde todos los ángulos, reconoce su presencia, espera a que se atenúen o intensifiquen. Luego insta a su cuerpo a dormirse, empezando por los dedos de los pies y subiendo centímetro a centímetro hasta la cabeza. La camarera adquirió esa habilidad en los días largos y difíciles posteriores a la muerte de su marido, cuando de noche yacía en la cama dominada por el llanto y la preocupación, y despertaba por la mañana asqueada consigo misma, presa de un estado que iba mucho más allá de lo que podría describirse como extenuación. Ahora, cuando tiene un problema, habla con él antes de entregarse al sueño y pasárselo a su subconsciente para que lo resuelva. Es rara la mañana que no se despierta con una respuesta. Hoy, ese puntito de luz se hizo grande y brillante e irrumpió en su mente como un meteoro.

—Vaya. —Gertrud se sienta en la cama y cruza las piernas—. Qué inesperado.

—Sé por experiencia que las cosas peores de la vida suelen serlo.

La periodista suelta un gruñido de desdén.

—Se lo ruego, es demasiado temprano para el drama. Vaya al grano. Me duele la cabeza.

—Creo que es usted una mujer que, por lo general, tiene las cosas bajo control, frau Adelt. —Emilie hace hincapié en el tratamiento como recordatorio de que emplearlo detrás de esta puerta, en estas circunstancias, es una elección, no una obligación—. Pero sería un error suponer que ese es también mi caso. No me interesan los melodramas. Tampoco ofrezco segundas oportunidades. Estoy aquí porque no tengo otras opciones. No somos amigas. No intercambiamos agudezas. Dígame lo que sabe o no tendrá el nombre. ¿He sido lo bastante clara para su gusto?

—Bastante. Clara. —Pese a la seca respuesta, una amplia sonrisa asoma a los labios de Gertrud.

Emilie esperaba enojo, pero en lugar de eso recibe deleite. ¿Qué diantre le pasa a esa mujer?

—¿Está segura de que no quiere que seamos amigas? Sospecho que podríamos meternos en toda clase de problemas.

—Ya tengo suficientes problemas, gracias.

—Como quiera —responde la periodista con un mohín exagerado. Saca la placa del pequeño joyero que descansa sobre la repisa del lavamanos y la vuelca en la palma de Emilie—. En este dirigible hay un pasajero americano llamado Edward Douglas. Es un hombre de negocios de dudosa reputación. Me encantaría saber a qué se dedica en realidad. Independientemente de eso, creo que está en este aparato para encontrar al dueño de esta placa. Dudo mucho que sus motivos sean altruistas. De hecho, si tuviera que apostar dinero diría que son más bien sospechosos.

—¿Cómo lo sabe?

—Hace cuatro meses el jodido Ministerio de Propaganda revocó mi pase de prensa. Oh, no me mire con esa cara de espanto. Soy una mujer hecha y derecha y nunca he conocido una palabrota que no sea de mi agrado. La cortesía es una causa perdida en mi profesión. —Gertrud vuelve a sentarse en la cama y se cubre las rodillas con el borde de la bata—. Edward Douglas se encontraba ese día en el edificio. Su oficina está una planta por debajo, y yo no reaccioné muy bien cuando intentaron acompañarme hasta la salida sin mi pase de prensa. Pero no es eso de lo que quiero hablar.

—¿De qué quiere hablar entonces?

Emilie se da cuenta del alivio que representa sincerarse con otra persona, sobre todo con una mujer. Es como si dentro de su pecho hubiese estallado una pequeña burbuja de tensión y ahora pudiera respirar mejor. Se sienta relajadamente en la silla que hay junto al tocador. No hay necesidad de controlar sus expresiones o sus palabras por el momento.

—Considérela una historia de fondo. Importante, pero por lo general excluida de la narración. —Gertrud ya se ha despertado, aunque muy a su pesar, y se acerca al lavamanos para echarse agua fría en la cara. Emilie sabe que está pensando, clasificando lo que quiere y lo que no quiere compartir. Finalmente, extrae un cepillo del neceser y lo pasa por sus rizos rebeldes—. La noche que despegamos le pidieron que llamara por megafonía a una mujer que estaba en el hangar.

—Sí. Dorothea Erdmann, la esposa del coronel Erdmann.

—¿Por qué?

—El coronel quería despedirse de ella.

—¿No le parece extraño que a los familiares de los demás pasajeros y miembros de la tripulación se nos obligara a despedirnos en el hotel Hof? Nadie tenía permitido acercarse al aeródromo. Nos trasladaron allí en autobús con una escolta armada. Sin embargo, Dorothea Erdmann estaba a un tiro de piedra, en el hangar, a la entera disposición de su marido.

—Es un militar de alto rango.

—Cierto, y entiendo que hicieran una excepción con ella y le permitieran esperar en el hangar. Lo que no entiendo es por qué él insistió en ello. Cuando su esposa subió al dirigible, el coronel Erdmann no le dijo una sola palabra. Pero se abrazó a ella como un hombre que está a punto de ahogarse. —Gertrud clava en Emilie una mirada penetrante—. Se abrazó a ella como un hombre que sospecha que nunca más volverá a ver a su mujer.

—No me quedé a mirar —reconoce Emilie.

—No, imagino que usted no haría algo así. —Gertrud echa un vistazo a su mano desnuda y Emilie puede ver que está deseando hacerle preguntas de naturaleza más personal—. Me gustaría saber en calidad de qué está sirviendo el coronel Erdmann en este vuelo. Frecuenta la cabina de mando, pero no lleva uniforme. Unas veces come con los pasajeros y otras no. Imagino que come con la tripulación en esas ocasiones. ¿Qué está haciendo aquí, Emilie?

—¿Qué tiene eso que ver con Edward Douglas?

—Sospecho que todo. Sospecho que el coronel Erdmann viaja en este dirigible para impedir lo que sea que el americano planea hacer.

LA PERIODISTA

—El coronel Erdmann está en este vuelo en calidad de observador.

—¿Qué significa eso? —pregunta Gertrud.

—Nada tan emocionante como cabría pensar. Este dirigible es un último modelo. Utilizamos técnicas de navegación y tecnología para el pronóstico meteorológico desconocidas hasta el momento en el mundo de la aviación. El ejército alemán está especialmente interesado en ellas, como es lógico. Es comprensible que quieran a alguien a bordo para que observe y aprenda.

—¿Y eso no le molesta?

Emilie resopla.

—¿Se fijó en este dirigible cuando se acercaba en el autobús? Las esvásticas son enormes. Trabajo en un hotel nazi. ¿Qué podría molestarme más que eso?

La camarera parece sorprendida de sus propias palabras. Es lo más sincero que le ha dicho a Gertrud desde que iniciaron el viaje. Cualquier otra persona daría marcha atrás. Intentaría justificar el comentario o dejar clara su lealtad. Pero Emilie endereza la espalda y eleva el mentón, retando a Gertrud a rebatir sus palabras o mostrarse escandalizada.

—Insiste en que no le interesa la amistad, pero creo que acaba de demostrar lo contrario.

Emilie suspira. Está cansada.

—Lo único que me interesa en este momento en concreto es mi propia supervivencia.

—Entonces, dígame el nombre del dueño de la placa. Cuénteme lo que sabe de él. Después, utilice la información que le he dado de la manera que considere más adecuada.

—Se llama Ludwig Knorr. —Desvela el nombre sin rodeos, sin efectismos, ahora que han establecido una tregua—. Es una especie de héroe de guerra. Realizó varios ataques aéreos sobre Inglaterra en la Primera Guerra Mundial. Hace diez años se convirtió en una leyenda de la aviación durante el primer vuelo del *Graf Zeppelin* a Estados Unidos.

—¿Por qué?

—Una gran sección de la tela se despegó de la estructura en pleno vuelo y Ludwig dirigió una espectacular misión para repararla que salvó el *Graf Zeppelin* y a todas las personas a bordo.

—¿Es mecánico, entonces?

Emilie niega con la cabeza.

—No. Es aparejador. Jefe de aparejadores, de hecho. Ocupa el mismo puesto en este dirigible.

—Le ruego que disculpe mi ignorancia, pero no tengo ni idea de lo que hace un aparejador.

—Se encargan del despegue y el aterrizaje. De los cabos, concretamente. Estabilizar un dirigible es un proceso complicado que depende del equilibrio y la distribución del peso. Más de una aeronave ha volcado por un error de cálculo de los aparejadores.

—¿Y qué hace un aparejador durante el vuelo?

Emilie se encoge de hombros.

—Lo que haga falta.

Es una biografía modesta y a Gertrud no se le ocurre ninguna razón para que Knorr haya sido señalado por el americano.

—¿Qué más cosas sabe de él? Cualquier dato podría ser útil.

Examina el semblante de Emilie mientras piensa, pero no ve nada en él que indique que la camarera esté ocultando algo.

—Está casado y creo que tiene dos hijos. Puede que dos niñas, pero no estoy segura.

—¿Ha hablado alguna vez con él?

—Más que un intercambio de información, esto empieza a parecer un interrogatorio.

Gertrud ríe. Es cierto. Tiene el torso inclinado hacia Emilie. Su voz ha subido una octava. Tiene los músculos en tensión.

—Le pido disculpas, la sutileza no es una de mis cualidades. —Respira hondo y regresa a su lugar en la cama deshecha. Deja las manos sobre el regazo, con las palmas hacia arriba, un signo de distensión. Prueba de nuevo en un tono suave, casi infantil. Para sus oídos roza desagradablemente la burla, pero no parece que a Emilie le importe—. ¿Ha hablado alguna vez con él?

—Alguna. No solemos cruzarnos. Los aparejadores no pasan mucho tiempo en las zonas de los pasajeros.

Ahí está. Gertrud ve a Emilie recuperar su actitud protectora. Tiene el rostro relajado, demasiado relajado. Demasiado afable. Gertrud la presiona, pero se esfuerza en que su actitud no resulte amenazadora.

—¿Cuándo fue la última vez que tuvo una conversación con él?

Mierda. Emilie recula, se repliega. Vuelve a estar en guardia.

—Da usted miedo. ¿Se lo han dicho alguna vez?

—Esto no es nada. Leonhard lo llamaría curiosidad exacerbada. Doy miedo cuando he de entregar un artículo y todas las fuentes se han secado y temo que otro me birle la exclusiva. Demos gracias de que tales factores no estén ahora presentes. —Gertrud coge una pelusa de la colcha y la arroja al suelo—. Ha hablado con él en este vuelo, ¿verdad?

—Anoche.

—¿Por qué?

—Curiosidad. Usted me había enseñado la placa y ahí estaba él, en el comedor de la tripulación, a la hora de la cena. Me pareció una oportunidad demasiado buena para desperdiciarla.

—¿Es ese el único momento en el que Ludwig Knorr entra en la zona de los pasajeros? ¿Para cenar?

De nuevo ese titubeo, esa pugna interna mientras Emilie se debate entre contar o no lo que sabe. Gertrud decide anticiparse con una ofrenda reconciliadora.

—Hay otra razón por la que el coronel Erdmann está en este vuelo.

Emilie la mira impertérrita.

—Las amenazas de bomba. Cree que son reales, que alguien podría intentar destruir el *Hindenburg* durante este viaje. —Gertrud se inclina ligeramente hacia delante, implorando—. Así que, como puede ver, no es solo que esté metiendo las narices donde no me llaman o pecando de curiosa. Me apearía de este condenado dirigible ahora mismo si pudiera. Pero esa no es una opción, de manera que no me queda más remedio que descubrir qué demonios está pasando antes de que alguien nos haga volar por los aires. —Levanta una mano trémula para ilustrar su sinceridad.

Es lo más parecido a una súplica que está dispuesta a ofrecer, y, sin embargo, trascurren unos segundos de largo silencio antes de que Emilie hable al fin.

—Hay una timba de póquer —explica—. Tiene lugar cada noche después de cenar en el comedor de la tripulación. Normalmente solo juegan cuatro o cinco hombres y Ludwig Knorr es siempre uno de ellos.

Una sonrisa taimada tira de los labios de Gertrud.

—¿Se aceptan pasajeros?

—Oficialmente, no. Pero estamos hablando de póquer, después de todo. Lo único que importa es lo que se lleva a la mesa.

Ese pedacito de información se asienta en la mente de Gertrud. Echa raíces. Sabe que es importante, puede sentirlo como ocurre siempre que está delante de una buena pista, pero todavía no sabe por qué. Ya le vendrá. Siempre lo hace. Se levanta para acompañar a Emilie a la puerta.

—¿Está satisfecha con nuestro intercambio de información?

—Sí.

—Me alegro —añade la periodista—. No puedo decir exactamente que haya sido un placer, pero le agradezco que haya acudido a mí. Espero que hayamos formado algún tipo de alianza.

Emilie se pone de pie y se frota las manos en la falda, como si estuviera sacudiéndoles el polvo.

—¿Me está despachando?

—Prefiero pensar que la estoy liberando. Está de servicio, después de todo.

—No puedo irme aún.

—¿Tiene algo más que decir?

—En lo que respecta a las demás personas que viajan en este dirigible, entré en este camarote para realizar mis labores de camarera, siendo una de ellas atender las necesidades de las pasajeras.

—¿Tiene la impresión de que necesito su asistencia? —Gertrud se vuelve hacia el espejo que pende sobre el lavamanos. El reflejo que le devuelve es alarmante.

—No se ofenda, frau Adelt, pero si sale de esta habitación con ese aspecto, echará a perder mi reputación.

—Adelante, entonces.

Gertrud se sienta frente al tocador y se somete a los cuidados de Emilie. La camarera le escoge meticulosamente la ropa, y también los cosméticos, el perfume y los productos de higiene. Al poco rato está vestida y arreglada. Solo falta encontrar una manera de domar ese pelo. Tiene que reconocer que Emilie pone todo de su parte, pero los rizos y la electricidad estática son excesivos incluso para sus manos expertas. Tras varios intentos fallidos de transformar el pelo de Gertrud en finos tirabuzones, Emilie da un paso atrás y se lleva los puños a la cintura.

—¿Tiene un sombrero?

EL TERCER OFICIAL

Durante unas vacaciones en Baviera cuando era un niño, Max visitó con su familia las ruinas del Castillo de Flossenbürg. Llegaron temprano y encontraron los muros derruidos envueltos por una niebla tan densa que tenía la sensación de que podía pincharla con un palo. Se movían despacio entre las ruinas, cogidos de la mano y tratando de contener la risa aterrada que les oprimía los pulmones, esa hilaridad irracional, delirante, que provoca la sensación de que acecha una catástrofe. A Max le encantaba el hormigueo que le producía esa sensación en la nuca mientras se abrían paso entre los escombros. Aquí y allá, una esquina oscura se recortaba contra la bruma espectral o un pino majestuoso se alzaba en la penumbra que cubría los aledaños del castillo, pero exceptuando esos escasos puntos de referencia, él y su familia deambulaban a ciegas por los vestigios de una gran fortaleza hecha añicos durante la Guerra de los Treinta Años. Sentía como si estuviera en una encrucijada dentro del tiempo y pudiera dar marcha atrás y ver la historia con sus propios ojos si doblaba hacia el lado correcto. Un asedio. Una masacre. Se sentía transportado. Suspendido. Al rato, cuando la luz comenzó a cambiar y el sol calentó lo suficiente para quemar a través de la niebla, experimentó una profunda desilusión. A mediodía el aire ya era seco y transparente y la magia se había esfumado.

Ese día, sin embargo, fue el comienzo del idilio de Max Zabel con la niebla. Esa es la razón de que se despierte temprano y se ofrezca para cubrir el primer turno en todos los vuelos. Es conocido por suplicar la presencia de niebla como quien suplica la salvación. De modo que es una gran ironía que justamente hoy tenga que ser el día que el dirigible se adentre en un denso banco de bruma frente a la costa de Terranova. Max no ha visto una niebla igual desde aquel día en el Castillo de Flossenbürg. Llevan desde el alba atravesando espesas cortinas de nubes, pero esto es diferente. Nota el cambio en la presión del aire cuando dejan atrás las nubes y se sumergen en el muro de niebla costanera. El aire a su alrededor se solidifica. El rugido de los motores se amortigua, como si alguien los hubiera rellenado con algodón. Todo se atenúa. Max anota el cambio atmosférico y la hora en su diario de vuelo —la fuerza de la costumbre—, pero en la cabina de mando nadie presta atención a la transformación. Esas cosas son habituales en los vuelos. Pero resulta que esa es la manera de volar preferida de Max. Medio a ciegas y en silencio. No está diciendo que sea racional o ideal. De hecho, es bastante peligroso —las cosas como son— pero emocionante de todos modos.

Lástima que no pueda disfrutarlo. Los restos de la espectacular resaca siguen presentes en forma de bolas de metal rodando en el interior de su cráneo. Si mueve la cabeza demasiado deprisa las bolas chocan entre sí, haciendo que se maree, que los ojos le lloren y la lengua se le pegue al paladar. La temperatura en la cabina de mando no supera los dieciséis grados, pero a Max le transpira la espalda, las axilas y el labio superior mientras su organismo se esfuerza por expulsar los últimos rastros de alcohol. Se limpia el labio con el dorso de la mano y se seca la mano en el pantalón.

Max tiene sed, pero poco puede hacer al respecto. Aún no es la hora de su descanso. Permanecerá clavado en su puesto aunque le cuesta la vida. No torcerá el gesto. No rechistará. No hará caso a su error de anoche ni permitirá que mine su capacidad para realizar hoy su trabajo. Los demás oficiales deben de sentir la carga electroestática de su determinación, porque solo se dirigen a él cuando es estrictamente necesario. Evitan el cruce de miradas. La melancolía del exterior ha penetrado en la cabina de mando y doblegado a todos sus ocupantes.

Max está de pie frente a su mesa de navegación y desde ahí no puede ver el timón, situado en la parte delantera del puente, pero sabe que Helmut Lau está de servicio en estos momentos. Puede oír las llamadas intermitentes entre Lau, el comandante Pruss y Kurt Bauer, el oficial a cargo del timón de cabeceo, pero se reducen a un parloteo lejano mientras Max observa los instrumentos del panel que tiene delante. Realiza ajustes basados en la altitud y el viento de proa. Se sumerge lenta y deliberadamente en su espacio privado. Es un mundo de números y precisión, un mundo donde haces una cosa y eso tiene un resultado concreto, predecible. Y en este momento de profunda concentración lo asalta un pensamiento: es una pena que no pueda trazar el mapa del corazón humano. Si pudiera, extendería el corazón de Emilie sobre la mesa. Alisaría los pliegues. Mediría la latitud y la longitud. Y luego, cuando tuviera la imagen completa, se colocaría justo en el centro. Se dibujaría allí con tinta roja. Indeleble. Tal vez eso habría sido posible antes de traicionar de manera involuntaria su confianza. Pero ahora le han confiscado los documentos y Max está en un tris de perderla para siempre.

La voz de pánico de Kurt Bauer lo saca de su trance.

—Estamos a muy pocos kilómetros del cabo Race.

—Es imposible —replica Max—. Eso nos pondría...

Se vuelve hacia su carta de navegación y pasa las hojas de tres en tres. Es un largo instante de animación suspendida en el que comprende lo que ha sucedido. Lo que ha hecho. El altímetro sónico empieza a sonar —dos pitidos agudos cada cinco segundos— para indicar que el suelo está acercándose a gran velocidad.

—Sobre los acantilados —termina Bauer por él.

Se produce una pausa en la cabina de mando, no más de cuatro segundos, mientras los oficiales miran a sus compañeros y luego los instrumentos que tienen delante. Negación. Conmoción. Pánico. Esas son las emociones que aparecen en sus rostros, desplomándose unas sobre otras como fichas de dominó. Cuando suena el siguiente pitido todos entran en acción. El tiempo entre alarmas es ahora de solo tres segundos.

El altímetro es nuevo y moderno y lleva menos de un año a bordo. Mide la distancia entre la cabina de mando y el suelo, como la sondaleza de un barco, pero posee además un sistema de alarma audible que avisa a la tripulación cuando la distancia se acorta con rapidez.

—¡El suelo se acerca a unos tres metros por segundo! —La voz de Kurt Bauer tiembla al hablar.

—¡Hay que subir! —grita Pruss—. Lau, vuelva al timón.

Pruss abandona el lugar donde ha estado apostado desde que penetraran en la niebla y se detiene junto a Bauer, en el timón de cabeceo. Sus ojos están fijos en el altímetro sónico, observando el ascenso de la aguja.

—¡Arriba! ¡Ahora! —ordena, y Bauer gira la rueda como un pirata enloquecido frente al timón de un barco.

Max no puede evitar pensar en Barbanegra y *La venganza de la reina Ana*, y siente, en su estado de posborrachera, que ha sido transportado a una tierra fantástica donde los piratas surcan los cielos en la panza de ballenas voladoras. Vuelve a la realidad cuando el morro del *Hindenburg* se inclina bruscamente hacia arriba en el momento en que los alerones de popa responden y hacen que la estructura se eleve. Max nota que el peso de su cuerpo pasa de un pie al otro para ajustarse al cambio.

Dos segundos entre pitido y pitido.

Uno.

—¡Más deprisa! —ordena Lehmann cuando la alarma se convierte en un timbre continuo que indica que vuelan directamente hacia una masa de tierra.

Max no se percata de que ha estado conteniendo la respiración hasta que los pulmones están a punto de estallarle y los latidos del corazón le retumban en los oídos. Abre la boca, aspira una bocanada de pánico y vuelve a retenerla.

La estridente alarma sigue emitiendo su señal metálica. Max puede sentir la agudeza del sonido en el cerebro, como zarpas sobre metal. Es el sonido de un desastre inminente. Observa los giros del timón de cabeceo y aguarda el crujido nauseabundo del metal contra la roca. Los oficiales están inmóviles, esperando el impacto. No pueden ver nada al otro lado de las ventanas. No pueden oír nada salvo el altímetro. Están ciegos y sordos, vulnerables en su jaula de acero y cristal bajo la panza del *Hindenburg*.

EL GRUMETE

El suelo se inclina bajo sus pies. Es casi imperceptible al principio, pero transcurridos unos segundos Werner advierte que está arqueando el cuerpo varios grados hacia delante para mantener el equilibrio y que hay una ligera tensión en su tendón de Aquiles, como si caminara cuesta arriba. El dirigible está ascendiendo a un ritmo rápido.

Se detiene en medio de la pasarela y aguza el oído. Está a quince metros de la escalera de caracol que conecta la pasarela de la quilla con la pasarela axial de arriba, justo en el centro del dirigible. Desde esta distancia puede ver cómo tiembla con la presión de un ascenso tan rápido y arrítmico. Las vigas y soportes empiezan a crujir, quedamente al principio, más fuerte después, mientras el dirigible sigue subiendo. Es el sonido de un anciano levantándose de una silla.

Treinta segundos. Puede que un minuto. Werner no lleva la cuenta, pero quizá sea más. Termina pronto y el suelo se nivela, si bien la estructura a su alrededor tarda otros diez segundos en finalizar su protesta. Se oye un eco de tirantez metálica y las cámaras que contienen el hidrógeno vibran. Después, la calma. La quietud al final de una respiración profunda. Pero él sabe que algo no va bien. El *Hindenburg* nunca hace unos movimientos tan bruscos. Es una bestia grande y pesada, no una liebre. Tiene la impresión de que el espacio a su alrededor ha cambiado, como si hubiese perdido elasticidad.

No es hasta que emprende el regreso a la zona de pasajeros que se percata de que ha estado apretando la bolsa de papel con tanta fuerza que las uñas se le han quedado marcadas en el pulpejo de la mano. Relaja los dedos y enrolla la bolsa vacía. Owens se ha zampado todas las sobras que le ha llevado. Ese perro es un pozo sin fondo y el muchacho tiene curiosidad por saber quién es su dueño.

Reprime el impulso de echar a correr. La puerta de seguridad aún está lejos, pero si corre solo conseguirá cometer alguna torpeza. Lo último que necesita es sufrir un traspiés y hacerse daño; perdería el respeto que se ha ganado, por pequeño que sea.

Alarga las zancadas y llega a la puerta en un tiempo récord. Cambia los zapatos de fieltro por los mocasines y entra en la cubierta B esperando tropezar con un gran revuelo. En lugar de eso encuentra a dos camareros y a un ayudante de cocina holgazaneando en el pasillo de los camarotes de la tripulación. Tienen la mirada nerviosa de los hombres a los que les gustaría fumar durante su descanso, pero no pueden permitirse comprar cigarrillos. Uno de ellos ha contado un chiste subido de tono —el muchacho lo sabe por el rubor de sus mejillas y las toscas carcajadas— pero no parecen preocupados por lo que acaba de suceder.

—¿Qué hacías ahí dentro? —le pregunta Severin Klein.

Werner le muestra la bolsa vacía.

—Dar de comer al perro.

—Pensé que ese chucho estúpido iba a morderme cuando lo subimos. Yo le pegaría un tiro antes que malgastar mi tiempo sirviéndole el desayuno.

—¿Sabes de quién es? No el blanco, el otro.

—Ni idea. No lo comprobé. ¿Por qué quieres saberlo?

Werner no responde. Se limita a encogerse de hombros y se aleja por el pasillo. Su mente adolescente, sin embargo, ha dado con un misterio y, como es de esperar en un chico de su edad, está decidido a resolverlo. Duda mucho que Kubis le deje consultar la lista de pasajeros, pero hace tiempo que aprendió que el jefe de camareros no puede estar en todas partes al mismo tiempo. Kubis guarda la lista en su camarote, y cualquiera que disponga de un poco de tiempo y una llave maestra puede entrar para echar un vistazo.

LA CAMARERA

Emilie tiene los nervios a flor de piel. Es un muñeco con resorte atrapado en una jaula flotante, esperando el desastre. A lo largo de los últimos diez años se ha acostumbrado a las calamidades, pero esto es excesivo. Amenazas de bomba y papeles confiscados. Broncas e intrigas. Hasta la última fibra de su cuerpo está tensa. Alerta. Es agotador. Si estuviera en su casa, lejos de las miradas curiosas, treparía por las paredes y se mordería las cutículas. Pero no está en su casa, así que se obliga a seguir sentada con la familia Doehner y mostrarse relajada. Cordial. Los tobillos cruzados. Las manos en el regazo. La expresión lánguida e impertérrita.

Es este acentuado estado de conciencia el que le permite reparar en el lápiz. Cae, rueda hasta el canto de la mesa y se precipita al suelo. Emilie lo mira de hito en hito, prácticamente ajena al subsiguiente intercambio de empujones entre Walter y Werner Doehner.

—¡Me debes cinco marcos! —grita Walter.

—¡Mentira! Era mi turno. ¡Tú me los debes a mí!

Ruedan por el suelo como pulpos feroces, agitando brazos y

piernas. Algo blanco —tal vez unos dientes— centellea en la visión periférica de Emilie. Uno de los chicos lanza un puñetazo y Matilde Doehner se incorpora con un suspiro. No levanta la voz, únicamente se inclina sobre los niños con los puños sobre las anchas caderas. Emilie apenas puede oírla por encima del barullo.

—Deteneos. Ahora.

Emilie escuchó en una ocasión que a la hora de tratar con niños un susurro es más efectivo que un grito, y debe de ser cierto, porque los chicos se separan y miran a su madre con recelo.

—Sentaos sobre las manos. Los dos. Y como se os ocurra parpadear siquiera sin mi permiso...

Matilde Doehner no termina la amenaza. No necesita hacerlo. Los niños caen al suelo cual sacos de arroz y colocan las manos debajo de sus diminutos traseros. Matilde regresa a su novela sin echarles un segundo vistazo.

«Matilde no lo vio», piensa Emilie. Los chicos no tocaron ese lápiz. No soplaron. El lápiz se cayó solo.

Se levanta, se acerca a los ventanales y se inclina sobre el cristal. La vista es idéntica a la de esta mañana; son poco más que un objeto gris dentro de una niebla gris sobre un mar invisible. De pronto, algo rompe la niebla tan solo seis metros por debajo de las ventanas, como el lomo arqueado de una ballena saliendo a la superficie. Pero este es oscuro y sólido, con un canto afilado y una superficie verdosa.

Un acantilado.

Musgo.

Granito.

El suelo se inclina ligeramente bajo sus pies. Emilie da un paso involuntario hacia atrás y ahoga un grito. Se da la vuelta esperando que los pasajeros empiecen a chillar en cualquier momento. Pero están todos absortos en su lectura o escritura. Acurrucados en las sillas. Algunos echando una cabezada.

Otros conversando en el tono quedo de una mañana deslucida. En cuestión de segundos la niebla se ha tragado la tierra que se extiende debajo de ellos.

Una taza de té cae junto a los pies de Matilde Doehner y la mujer dirige una mirada furiosa a sus hijos.

—Diez minutos sobre las manos. Luego recogeréis hasta el último trozo de esa taza. ¿Queda claro?

Walter parece dolido. Emilie se da cuenta de que quiere protestar, explicar que ellos no se han movido, pero el muchacho sabe que es preferible callar. No quiere enojar a su madre, ni siquiera llevando la razón. Asiente y parpadea para ahuyentar las lágrimas.

Emilie podría salir en su defensa. Debería. Pero no quiere alertar a los pasajeros de lo que está pasando. Puede ver objetos moviéndose por las mesas de la sala de lectura. Un juego de cartas se desploma y se extiende como un acordeón sobre la lustrosa superficie de madera de una mesa del fondo. Un libro resbala unos centímetros por el codo de su propietario. Ella misma no notaría el movimiento si no estuviera de pie. No lo vería si no estuviese prestando atención.

Y termina con la misma rapidez con que empezó. El suelo se nivela y el contrapeso de Emilie cambia como respuesta. Ya no hay nada que se mueva en las mesas. Y abajo, entre las franjas de nubes, puede ver de nuevo el reflejo tenue y vítreo del mar. Se lleva la palma de la mano al esternón, justo debajo de las clavículas, e inspira hondo.

Lleva una década entera afrontando sola las crisis. Hace mucho que abandonó la costumbre de recurrir a un hombre para arreglar las cosas. Ha de localizar al casero cuando las tuberías de su piso revientan. Ha de pagar las facturas. Ha de leer los mapas y traducir las indicaciones cuando viaja. Al principio era una carga extraña, un peso incómodo para una mujer que primero tuvo un padre y luego un marido que cuidaban de ella. Pero con el paso del tiempo, Emilie se ha adaptado a esta nueva forma de vida. Ha aprendido a disfrutar de ella. A estar orgullosa de sí misma. De ahí que se sorprenda e irrite por el pensamiento que la asalta como una alarma atronadora: tiene que encontrar a Max.

Los pies la empujan fuera de la sala de lectura pese a las protestas de su mente. Max la traicionó. Está furiosa con él. Anoche se juró que nunca volvería a dirigirle la palabra. Y Emilie detesta este último trocito de verdad: entre amantes, la ira y la pasión son la misma emoción. Un beso es lo único que las separa.

Se escurre hasta el pasillo. No hay alarmas tronando, ni luces que parpadeen. Tampoco la sensación de que el peligro esté cerca o que hace poco que pasó. No obstante, sigue queriendo una respuesta. Encuentra a Max sentado de cuclillas junto a la sala de radio con la cabeza enterrada en las manos y respirando como si acabara de correr cien metros lisos únicamente para estamparse contra un muro. Está sudando. Temblando. Y el pulso le aporrea la garganta.

—¿Max? —Se arrodilla a su lado y le pone la mano en el hombro. Tiene la camisa empapada—. ¿Qué ha ocurrido hace un momento?

Cuando el oficial levanta la cabeza, Emilie puede ver en sus ojos enrojecidos el resultado de otra noche larga y difícil. Tiene la voz ronca cuando responde.

—Necesito agua. Mucha agua.

Emilie corre por el pasillo y rodea la escalera en dirección a la cocina antes de pararse a pensar en lo que está haciendo. Y ahora ya es demasiado tarde. Si Max necesita agua, le llevará agua, y luego le exigirá una respuesta. No ha hablado con Xaver desde el incidente de ayer, de modo que le fastidia notar el calor en sus mejillas cuando empuja la puerta de la cocina con la palma de la mano. Xaver la mira atemorizado y acto seguido desvía la vista hacia la puerta, como si esperara ver a Max.

—No —le advierte con el dedo levantado—. Otra vez no.

Durante un breve instante Emilie está tentada de comentar que no es lo bastante hombre para lidiar con ella, pero se refrena.

—Necesito una jarra de agua. Y un vaso. Y tampoco me iría mal un frasco de aspirinas. —Puede ver que Xaver está a punto de lanzar alguna de sus ocurrencias, así que lo interrumpe—. No son para mí.

Su apellido será alemán, pero Emilie siempre ha sospechado que Xaver posee una dosis generosa de sangre francesa. Es moreno de pelo, pero claro de piel, delgado, y sus ojos tienen esa mirada caída, seductora, tan característica de los franceses. Por no mencionar el hecho de que Emilie no ha conocido a nadie mejor en la cocina.

—No recuerdo —responde el cocinero agitando un brazo con exasperación— que recibir órdenes de ti aparezca en la descripción de mi trabajo.

Emilie lo rodea y coge una jarra del escurreplatos. La llena de agua del grifo. Toma un vaso —el más grande que puede encontrar— y se alza de puntillas para alcanzar el bote de aspirinas del estante superior del armario. Xaver, entretanto, cruza los brazos y la fulmina con la mirada.

—Te mueves demasiado a tus anchas en mi cocina.

—Me adoras.

—Te soporto. —El jefe de cocina no lo dice con animosidad—. Devuélvelo todo cuando hayas terminado. Perdí una jarra cuando estuvimos a punto de chocar. Resbaló por la encimera y cayó al suelo.

—¿Lo viste?

—¿No lo ha visto todo el mundo?

—No. Afortunadamente. Pero pienso averiguar qué ha ocurrido.

Xaver observa la jarra que Emilie aprieta contra su pecho.

—Jamás pensé que el agua podría servir como medio de chantaje.

—Llámalo un gesto de reconciliación.

—Oh. Max. No me lo cuentes, no quiero saberlo.

El tercer oficial está exactamente donde lo dejó, pero ya no jadea. Levanta la vista cuando ella se detiene a su lado.

—¿Podemos hablar? —pregunta Emilie.

Él se levanta con dificultad.

—Aquí no. Ven.

Lo sigue por el pasillo hasta las dependencias de los oficiales. Nunca ha estado en el camarote de Max, pero apenas titubea cuando él le sostiene la puerta y le hace señas con la cabeza para que entre. Dentro solo encuentra caos. La cama está deshecha. En el suelo hay una botella de licor vacía. Los artículos de aseo están tirados de cualquier manera por el pequeño tocador. La puerta del armario está abierta y en el suelo hay, inexplicablemente, un cubo con ropa mojada.

Emilie sirve agua en el vaso y se lo tiende.

Max bebe despacio al principio, luego vuelca el vaso y apura el contenido.

—Más, por favor.

Repiten el proceso hasta que puede hablar sin sentir la boca pastosa.

Ella sostiene el frasco en alto.

—¿Aspirinas?

—Sí.

Max engulle cuatro y se encoge de hombros.

—Lo siento, Emilie.

Ella tarda en comprender que está hablando de los papeles y no del cuasiaccidente.

—¿Por qué me delataste? Confiaba en ti.

—No te delaté. —Se aparta una gota de sudor de la sien con el dorso de la mano—. O, por lo menos, no fue esa mi intención. Estaba enfadado. Y desesperado. Así que le conté a Wilhelm Balla que pensabas marcharte; necesitaba hablar con alguien y tú decididamente no estabas de humor. Y se fue de la lengua. En ningún momento se me pasó por la cabeza que pudiera hacerlo. En serio. De lo contrario, no se lo habría contado. Pero encontraremos una solución. Puedes confiar en mí. Te lo prometo.

Emilie baja la cabeza. Cierra los ojos.

—Esto no tiene solución.

—Sí que la tiene. He estado pensando.

—Basta...

—Podrías casarte conmigo.

La declaración cae entre los dos como una piedra. La entristece todavía más que él esté dispuesto a hacer eso por ella. Que no sepa la verdad.

—No te conviene casarte con...

—¡Deja de decirme lo que me conviene!

—Una mujer judía —prosigue ella en un susurro pausado, sereno.

Emilie alza el mentón y espera a que él recule. O suelte una maldición. O grite. Espera la rabia y las acusaciones.

Max la mira, estupefacto.

—¿Eres judía?

—Medio judía.

—¿Y qué te hace pensar que eso podría importarme?

Ella suelta una carcajada sonora. Triste.

—Ni se te ocurra decirme que ser judía no importa en estos momentos.

—A mí no.

—Entonces es que eres un insensato.

Max planta sus manos en los hombros de Emilie. Se inclina un poco más.

—Necesito que me escuches con atención. ¿Me estás escuchando?

Ella asiente.

—Aunque me dijeras que eres medio avestruz seguiría deseando casarme contigo. ¿Queda claro? ¿Entiendes lo que te digo, Emilie Imhof?

—No, no lo entiendo.

Max le introduce una mano por el cuello de la blusa y tira de la cadena de plata hasta que la llave descansa en su palma.

—¿Tanto te cuesta creer que un alemán pueda querer casarse con una judía?

—Hace mucho tiempo de eso.

—No hace ni un día que me hablaste de él.

—Max...

Él devuelve la llave a su lugar y da un paso atrás.

—No tienes que responderme ahora. Dios sabe que he aprendido a esperar. Solo quiero que sepas que eso que tanto te preocupa no cambia lo que siento por ti.

Esta conversación —su naturaleza desconcertante— ha desviado a Emilie del motivo principal que la ha traído hasta allí. Respira hondo y cambia de tema.

—¿Qué ocurrió hace un rato con el dirigible?

Max suelta un gruñido y se lleva los dedos a las sienes. Las frota como si quisiera aliviar un dolor de cabeza. Emilie sospecha que por ahí van los tiros.

—Fue culpa mía —confiesa Max—. Lo acerqué demasiado a la costa.

«No, fue culpa mía —piensa Emilie—. Yo te he hecho esto.» Lo ha llevado hasta el precipicio y lo ha dejado ahí, haciendo equilibrios. Jamás ha visto a Max actuar antes con negligencia. Jamás lo ha visto calcular mal, perder el control o excederse en algo.

Max está cambiando delante de sus ojos. Donde hace un momento había dulzura y presencia de ánimo ahora puede ver de nuevo rabia acompañada de vergüenza y decepción. Emociones violentas inundan su rostro.

Max recoge del suelo la botella de armañac vacía.

—Me permití hacer esto. Y como resultado he estado a punto de matarnos a todos.

Emilie podría hacerle una docena de preguntas, pero se conforma con una que abarca muchos temas a la vez.

—¿Lo saben?

Está claro a qué se refiere. ¿Saben que tienes resaca? ¿Saben dónde estás? ¿Saben que es culpa tuya? ¿Saben lo que hiciste anoche?

Max elige la pregunta que menos le inquieta.

—Creo que no. Cualquiera podría haber cometido ese error con esta niebla.

—Salvo tú. Tú no cometes errores. ¿No es cierto?

—Al parecer, sí. —Max aprieta la botella con fuerza y Emilie teme que le estalle en la mano. Finalmente, la deja con cuidado en la papelera que hay debajo del lavamanos. Cuando se vuelve hacia Emilie, sus ojos grises semejan nubarrones—. Pero no permitiré que vuelva a ocurrir.

EL TERCER OFICIAL

Emilie deja la jarra y el vaso en la repisa del lavamanos. Le da el frasco de aspirinas a Max. Traga saliva. Asiente. Se marcha. Maldita sea. Cree que él la está echando. Pero Max tiene la mente lenta, aletargada, y Emilie ya ha recorrido medio pasillo para cuando se percata. Pero no la llama. Ha estado comportándose como un imbécil, lamentándose como un colegial enamorado. Y mira el precio que han estado a punto de pagar.

Había tristeza en el rostro de Emilie cuando se marchó. Pero sobre todo había resignación, como si todo este tiempo hubiera sabido que al final él la rechazaría. Como si sus orígenes fueran un Rubicón que Max no puede cruzar. Este nuevo secreto complica enormemente las cosas, pero solo porque los documentos confiscados amenazan con sacarlo a la luz. Y pensar que él estaba preocupado por el problema al que iba a enfrentarse Emilie por intentar abandonar Alemania. El peligro en el que se encuentra ahora es incalificable.

La idea aviva la frustración que arde bajo la superficie y Max atraviesa con el puño la pared situada junto a su cama. El agujero es un círculo casi perfecto; lo mira asqueado. Le tocará pagar la reparación, seguro. Y justificar el desperfecto. Se asestaría un puñetazo a sí mismo si pudiera, por su estupidez. ¿Cuántas cosas ha roto en el lapso de dos días? Y no hay tiempo para reparar ninguna de ellas.

Debe volver a la cabina de mando, pero primero necesita ir al lavabo. Y cambiarse la empapada camisa. Un hilo de sudor le resbala por la hondonada de la espalda, y sospecha que huele tan mal como se siente. Pero se le está acabando la ropa limpia y ha de asegurarse de tener la suficiente para el vuelo de vuelta. Seguramente no habrá tiempo de llevarla a la lavandería antes de despegar de Lakehurst mañana por la noche.

Tiene los pantalones, las chaquetas y las dos camisas limpias perfectamente colgadas en el armario, exactamente donde las puso después de embarcar. En el fondo del armario hay un petate lleno con sus efectos personales. Calcetines. Ropa interior. La cartera, los documentos de viaje y algo de dinero por si su permiso en New Jersey se alarga unas horas. El petate contiene asimismo su cartuchera con una pistola y balas de repuesto. A todos los oficiales del dirigible se les entrega un arma, pero solo el comandante y el primer oficial la llevan encima cuando están de servicio. Las armas ponen nerviosos a los pasajeros y en cierta manera representan un riesgo para su seguridad.

El petate se encuentra en el mismo lugar donde lo dejó cuando embarcó en Frankfurt. A primera vista nada parece fuera de lugar. Sin embargo, recuerda perfectamente haber cerrado la cremallera hasta el fondo, y ahora está abierta dos centímetros. Frunce el ceño. Es un hombre quisquilloso. Siempre lo ha sido. Se abotona la camisa hasta arriba. Cada mañana tira de los bolsillos del pantalón hacia abajo para asegurarse de que el forro no sobresalga. Se hace un nudo doble en los zapatos. Y siempre cierra la cremallera. Siempre.

Se inclina sobre el petate y lo observa con más detenimiento.

Lo abre. Hurga en su interior solo por curiosidad y retrocede con una maldición. Sus calzoncillos están perfectamente enrollados. Sus calcetines están doblados uno dentro de otro, como siempre. Las camisetas plegadas en tres. Pero la cartuchera donde guarda su Luger está vacía. La pistola ha desaparecido. Las balas también han desaparecido.

EL AMERICANO

—Supuse que la encontraría aquí.

El americano retira una silla de la mesa de la sala de fumadores donde están sentados Gertrud Adelt y su marido.

Ella se tensa. Lo observa con recelo por debajo del ala de su sombrero rojo de fieltro. El color realza el carmesí natural de sus labios, hace que parezca que está sedienta de sangre.

—No sabía que me buscaba.

—No tenía por qué saberlo.

—En ese caso, me desalienta ligeramente que sea tan fácil dar conmigo.

Leonhard posa una mano sobre la de su mujer a modo de advertencia. Ella esboza una sonrisa tirante. Da un sorbo a su cóctel.

—Es una nave pequeña. No hay muchos sitios adonde ir.

El americano se quita la chaqueta y la cuelga en el respaldo de la silla. No pide permiso para acompañarlos. Sencillamente toma asiento y mira expectante a Gertrud. Leonhard lo fulmina con los ojos. Protector. Territorial. Molesto por haber sido ignorado.

—Acompáñenos, por lo que más quiera —dice.

Como es su costumbre, Schulze llega en cuanto el americano se ha puesto cómodo.

—¿Desea tomar algo, herr Douglas?

El americano contempla la copa de champán de Gertrud con el cóctel Mimosa del que ya lleva consumido la mitad.

A renglón seguido, el vino que descansa en la mano derecha de Leonhard. Un Sauvignon Blanc, se atrevería a decir. No le parece el tipo de hombre que escogería un Riesling.

Leonhard ve el interrogante en su mirada y alza la copa unos centímetros.

—Gewürztraminer, por si le interesa. No está mal.

El americano aguarda una fracción de segundo antes de volverse hacia el barman.

—No, gracias. Es un poco pronto para darle a la botella. Solo he venido a charlar un rato con mis amigos.

Schulze ignora educadamente la tensión que se respira en la mesa.

—Si cambia de opinión, avíseme.

—Me produce curiosidad —dice Leonhard una vez que el camarero ha cruzado la puerta estanca— qué le ha impulsado a utilizar la palabra «amigo» para describir nuestra corta relación. Solo lo he visto en un puñado de ocasiones y nunca he hablado con usted.

—Le pido disculpas. En realidad, me refería a su esposa.

—¿Mi esposa es amiga suya?

—Eso pensaba, dado que tiene algo que me pertenece. Tales libertades solo se las toma un amigo, ¿no cree?

Existen muchas maneras de ganar ventaja en una situación, pero el americano tiene sus favoritas: un ataque sorpresa o un silencio inesperado. Puesto que su intención es pillar por sorpresa a los Adelt para que suelten lo que saben, el silencio no es la mejor opción. Esta primera acometida surte el efecto deseado. Tanto Leonhard como su mujer están desconcertados y se ponen rápidamente a la defensiva.

Leonhard devuelve la copa a la mesa.

Gertrud coge la suya. Bebe un sorbo. Traga. Adopta una expresión bélica, como acostumbran a hacer las mujeres.

«Qué predecible —piensa el americano—, con qué facilidad ha mordido el anzuelo.»

Leonhard permanece quieto como una estatua.

Gertrud prácticamente tiembla de tanto contener las ganas de abalanzarse sobre ese hombre y estrangularlo.

—Le aseguro que no sé de qué me está hablando —dice al fin.

—Yo le aseguro que sí.

—Espero que pueda justificar su presunción, herr Douglas. Confieso que en estos momentos no destaco por mi buen humor y este jueguecito, o como quiera llamarlo, no está contribuyendo a mejorarlo. —Leonhard pasa un brazo por la espalda de Gertrud. Le envuelve la curva del hombro con la palma de la mano. No es un ademán protector, sino preventivo. Los dedos están separados y las yemas presionan ligeramente la fina tela del vestido. La está refrenando.

Gertrud se ha recuperado del golpe. Su sonrisa es taimada.

—Yo no tengo nada que le pertenezca.

El americano rechaza el argumento con un gesto despectivo de la mano.

—Matices. No seamos pueriles. Usted tiene un objeto que hasta no hace mucho estaba bajo mi cuidado.

—Muy bien no estaría cuidándolo si lo ha perdido.

El americano decide una vez más que la mejor táctica es la ofensiva, no la cautela. Se acomoda en su silla como si estuviera instalándose en una madriguera.

—He perdido muchas cosas en mis treinta y ocho años de vida. Perdí mi primer diente en el camino de entrada de la casa de mis padres. Me puse perdido de sangre. Mi hermano me lo arrancó de un puñetazo. Tres meses después perdí mi primer libro de la biblioteca cuando me caí de un tronco muerto a un estanque. Otra vez fue culpa de mi hermano. Me empujó mientras estaba leyendo *El viento en los sauces*. Perdí mi primera carrera en el colegio contra ese mismo hermano, tramposo donde los haya. Era seis años mayor que yo y se creía con la obligación moral de enseñarme humildad. Años después perdí la virginidad en un burdel de Francia. A mi hermano le parecía muy triste que un hombre muriera sin haber estado nunca con una mujer, y como él no podía evitar que una ráfaga de ametralladora me agujereara el cuerpo, se aseguró de que por lo menos adquiriera un poco de mundo antes de salir al campo de batalla. No recuerdo el nombre de la chica, pero sí a mi hermano mojándose los pantalones de risa cuando al día siguiente, después de una fuerte tajada, empecé a temer que hubiese pillado la sífilis. No la pillé, por si se lo están preguntando. Ese año las putas de Francia hicieron gala de un nivel de higiene excepcional. Pero la peor pérdida de mi vida hasta la fecha ha sido la de mi hermano. Estaba en un hospital de Coventry a finales de la Gran Guerra, recuperándose de unas heridas de metralla, cuando un zepelín alemán pasó por encima y lanzó varios proyectiles. Esa es la clase de pérdida que nunca abandona a un hombre. No una estúpida placa identificativa. Pero esa placa es la respuesta a dieciocho años de búsqueda del hombre que lanzó esos proyectiles. Así pues, si no le importa, me gustaría recuperarla. Quisiera encontrar a ese hombre y perdonarlo para, de ese modo, poder liberarme de este terrible peso con el que cargo desde hace casi dos décadas.

Son muchas las cosas que al americano no se le dan bien. La lista sería kilométrica. Y al final del raído extremo habría una única palabra: perdonar. Pero la gente quiere pensar bien de los demás. Anhelan cosas como la esperanza, la reconciliación, la redención. Andan a la caza de tales virtudes. Escriben sobre ellas. Las inculcan a sus hijos. Pero es difícil que un hombre logre vivir tantos años como él si es propenso a esas ideas empáticas. Perdonará al hombre que mató a su hermano únicamente después de pegarle un tiro en la cabeza.

Se da cuenta de que Gertrud considera diferentes respuestas, como si las tuviera extendidas sobre un espacio plano de su mente y se paseara entre ellas buscando la más apropiada. Detecta un destello de duda. Gertrud quiere creerlo. Pero sabe que no debe. Y aunque la historia del americano es cierta, ella no tiene forma de comprobarlo. Al final elige una respuesta que es, dentro de lo que cabe, benévola.

—¿No sabe cómo se llama ese hombre?

Ni un pésame. Ni un indicio de que lo cree. Simplemente una pregunta. Una evasiva.

El americano sonríe.

—Por su tono de extrañeza deduzco que usted sí.

—Sí. —Gertrud mira a Leonhard y entre ellos se establece la más enigmática de las comunicaciones, una conversación entera expresada únicamente con lenguaje corporal. Una ceja arqueada. Un labio apretado. Un desvío de la mirada. Un asentimiento leve. Le es imposible comprender cómo llegan a la conclusión a la que llegan, pero tras unos segundos de intenso y silencioso debate, Gertrud se vuelve hacia él y dice—: La placa fue expedida a un hombre llamado Ludwig Knorr.

—¿Cómo lo sabe?

Una sonrisa petulante.

—Nunca desvelo mis fuentes.

El mensaje es claro. Gertrud sabe a quién está buscando el americano. Si quisiera, podría poner al hombre sobre aviso. Y ha hablado del asunto por lo menos con otra persona. Chica lista. Está creándose una red de protección. Pero él no puede saber si el nombre que le ha dado es correcto. No importa, el capitán Lehman lo sacará pronto de dudas.

Ahora que los pasajeros están aburridos, la sala de fumadores empieza a llenarse. Schulze abre la puerta estanca para dejar pasar al coronel Erdmann y a la heredera americana, Margaret Mather. Van derechos a la mesa de los Adelt.

—Le estaba diciendo a fräulein Mather —le comenta Erdmann a Gertrud— que haría muy bien en conocerla. —Posee la mirada impaciente, desesperada, de un hombre que está deseando deshacerse de una compañía femenina locuaz—. Tienen muchas cosas en común.

«Los ovarios, como mucho», piensa el americano. Y seguramente ni eso. Puede que Gertrud Adelt pertenezca al sexo débil, pero tiene más pelotas que la mayoría de los hombres que conoce. No se le ocurren dos mujeres que tengan menos en común.

Gertrud le tiende una mano delgada.

—Bienvenida...

—Margaret.

—Es un placer conocerla, Margaret. Ahora mismo estábamos teniendo una charla de lo más interesante con su compatriota. —Su voz se vuelve miel—. Es un hombre muy apasionado. —Una pausa maliciosa—. Y soltero, debo añadir.

Leonhard contiene una sonrisa. Carraspea. Da un largo sorbo a su Gewürztraminer y se acomoda en la silla para ver a su mujer en acción.

El coronel Erdmann no es ningún idiota. Farfulla una disculpa y abandona rápidamente la sala. Margaret Mather, por su parte, clava en el americano una mirada ávida y curiosa. Él sabe que no debe subestimar los apetitos de una solterona acaudalada. Por primera vez desde que entró en el bar se pone a la defensiva. Margaret aguarda expectante, y el americano tarda unos segundos en comprender que debería retirarle la silla. Se levanta y lo hace de mala gana.

—Aunque cené con este caballero la primera noche, me temo que todavía no sé cómo se llama.

—Casi nadie lo sabe —dice Gertrud—. Es muy reservado con su nombre.

—No entiendo por qué. Un nombre es solo un nombre, después de todo.

Por eso el americano detesta a las mujeres. Son demasiado coquetas. Ya ha tenido suficiente.

—Ha sido una conversación de lo más agradable. —Empuja su silla contra la mesa—. Y aunque me encantaría quedarme, me temo que no puedo.

—¿Otra vez la gota haciendo de las suyas? —Gertrud mira

a Margaret y añade—: Tiene un terrible problema de gota.
—Lo dice con tal convicción que el americano está casi tentado de creer que realmente padece esa dolencia.

Margaret Mather lo mira con una mezcla de lástima y asco y su interés por él mengua visiblemente. Está visto que la gota es un mal plebeyo por el que no siente demasiada simpatía.

—Me temo que sí. —El americano carraspea—. Creo que me tumbaré un rato antes del almuerzo.

—Descanse —le recomienda Leonhard—. Me encantaría poder retomar nuestra conversación más tarde.

La retirada es un acto doloroso. El americano recoge la chaqueta, se endereza la corbata y sale del bar sin mirar atrás. Seguro que Gertrud Adelt está acodada en la mesa con una expresión de triunfo en la cara, pero se niega a concederle otra pequeña victoria dándose por enterado.

Sale al pasillo. El capitán Lehmann se encuentra a cinco metros de él y avanza en su dirección como un tren de mercancías. Frena justo a tiempo para evitar la colisión.

—Ah —saluda Lehmann—, le estaba buscando.

—¿Tiene el nombre?

El capitán mira a ambos lados del pasillo.

—Sí.

—¿Y?

—¿Le apetece hablar de ello frente a una copa? ¿O en privado, por lo menos?

—No. Me gustaría que me dijera lo que quiero saber y luego me gustaría retirarme a mi camarote. Ya he tenido suficiente compañía por hoy.

«Sé directo —solía decirle su comandante—, es la mejor manera de desarmar una amenaza.»

El capitán Lehmann parece aliviado en lugar de ofendido.

—Muy bien. El hombre que busca es Heinrich Kubis, el jefe de camareros. Lo que quiera de él tendrá que esperar a que aterricemos. Tiene mucho trabajo y no quiero que lo distraiga.

—Descuide. Gracias por la información.

Lehmann regresa a la cabina de mando y a su labor de observador, pero el americano se queda donde está, inmóvil en medio del pasillo. La cabeza le da vueltas; contramaniobras y contingencias forcejean por hacerse con el control. Está confuso. Frustrado. Intenta decidir su siguiente paso cuando Joseph Späh aparece por la esquina acompañado de Hermann Doehner. Lo que de verdad quiere es llevarse al acróbata a la panza del dirigible y comprobar si en realidad es capaz de escalar cualquier cosa. Pero no lo hace. En su lugar, hinca la rodilla en el suelo y finge que está atándose los cordones. Saluda cordialmente a los dos hombres cuando pasan por su lado y deja que se alejen. Esa parte de su plan tendrá que esperar.

Heinrich Kubis. Ludwig Knorr. El jefe de camareros. El jefe de aparejadores. Alguien acaba de mentirle. El capitán Lehmann o Gertrud Adelt, no está seguro. Puede que los dos. Eso sería todavía peor. Eso lo enfurecería. Y cuando se enfurece, la gente tiende a sufrir como resultado.

LA PERIODISTA

Leonhard cierra la puerta del camarote y arroja la americana sobre la cama.

—¿Gota? ¿Con todas las enfermedades que existen tuviste que elegir la gota? Si hubiera dependido de mí, le habría endilgado un herpes. —Aprieta la mandíbula. Gruñe desde el fondo de la garganta—. Ese hombre es un herpes. Grande. Supurante. Ese hombre es una pústula.

La voz de Gertrud suena fuerte y tirante cuando responde.

—Fue lo primero que se me ocurrió.

Leonhard afila la mirada. Puede oír la agitación al final de cada una de las entrecortadas sílabas.

—¿Qué ocurre?

—Nada.

—Mientes fatal.

—Últimamente todo el mundo me lo dice, y no es cierto. Miento muy bien.

—No. Lo que se te da bien es desviar el tema. Cuéntame qué ocurre.

—Nada.

—Te tiemblan las manos.

«Mierda —piensa Gertrud—, es la segunda vez hoy.» Se las coloca delante de los ojos y examina desapasionadamente el temblor que recorre sus dedos. A ella se le da bien mantener la sangre fría. Maldita sea, no suele dejar que las circunstancias la superen. Gracias a su perseverancia ha aprendido a mantenerse de pie en medio de un huracán y seguir funcionando con eficiencia. Pero esto es demasiado. Está empezando a desmoronarse.

—¿Cuánto tiempo llevamos en este dirigible?

—Cerca de cuarenta y ocho horas.

—Tengo la sensación de que se está encogiendo, de que nos está aplastando. —Gertrud se aprieta el hueco de la clavícula con dos dedos—. *Scheiße!* Quiero largarme de este condenado aparato. Quiero irme a casa.

—Me temo que en estos momentos no tenemos adónde ir excepto abajo.

—No tiene gracia.

—No pretendía hacerme el gracioso, *Liebchen*. —Leonhard se acerca a la ventana—. Estamos ciento ochenta metros por encima de un punto del Atlántico Norte olvidado de la mano de Dios. Ahí fuera no hay nada salvo icebergs. —Se inclina sobre el cristal. Baja la vista—. Y unas pocas ballenas.

Gertrud lo sigue hasta la ventana. Hay más que unas pocas ballenas. Justo debajo de ellos, una manada entera —quince o veinte, no puede saberlo desde esta altura— avanza hacia el oeste. Tienen los movimientos lentos y ociosos de los animales grandes. Ella ha visto a elefantes viajar así en África, con esa certeza discreta, circunspecta, de que en su territorio mandan ellos, de que no se enfrentan a ninguna amenaza. Gertrud no es una experta en vida marina, pero diría que son ballenas jorobadas. Únicamente porque de tanto en tanto vislumbra sus extensas panzas plateadas cuando emergen a la superficie. Semejan niños en una piscina de lona chapoteando y saltando, y Gertrud no puede evitar preguntarse si las ballenas ríen. Y, de ser así, cómo debe de sonar ese regocijo colosal bajo las olas. Rompe a llorar de repente, porque el mero hecho de pensar en reír le trae la imagen de Egon, y su corazón es incapaz de bloquear el recuerdo de su risa. Tiene miedo de no volver a escucharla nunca.

Leonhard la estrecha contra su pecho y deja que se desahogue. Puede que le lleve más de veinte años de experiencia, pero no es diferente del resto de los hombres en que lo que más teme es el dolor de una mujer. Ella sabe eso de su marido y se esfuerza por evitarle el mal trago, pero la presa se ha roto y no puede contener el torrente. Gertrud llora y respira entrecortadamente en la curva de su hombro. Él le quita el sombrero y lo arroja sobre la cama. Desliza los dedos por su enredada mata de pelo. La sosiega. La estrecha con más fuerza.

Leonhard tiene la camisa empapada para cuando ella se aparta, pero Gertrud se siente mucho mejor. Cuando ya está tranquila, vuelve a ponerle el sombrero con delicadeza.

Ella tuerce el gesto.

—¿Tan mal estoy?

—Estás preciosa, *Liebchen*, pero hoy el pelo se te resiste.

Gertrud se mira en el espejo y se ajusta el ala para que le caiga sobre la frente. Se recoge un rizo encrespado detrás de la oreja.

—La camarera me obligó a ponérmelo.

—Si mi esposa se ha convertido en una mujer que llora espontáneamente y acepta órdenes de otras mujeres, significa que el fin del mundo está cerca.

—Por lo menos el infierno no se ha congelado.
—Y no lo hará —responde él enarcando una ceja— a menos que decidas convertirte en la portavoz de las esposas sumisas.

Gertrud no puede evitar reírse.

—No te hagas ilusiones.

—¿Desde cuándo necesitas ayuda para vestirte por la mañana? Puedo imaginarme a esa heredera solicitando los servicios de fräulein Imhof, ¿pero a ti? Ni hablar. ¿Qué estás tramando?

—Lo creas o no, no soy la persona que más conspira en este dirigible.

—Lo dicho, el fin del mundo.

—Emilie vino a verme. Está metida en un aprieto y quería intercambiar información.

Leonard suelta un gruñido y se sienta pesadamente en la cama.

—¿Y cuánto nos ha costado el intercambio?

—El nombre de ese americano. Edward Douglas.

—¿A cambio de?

Gertrud saca la placa del joyero y se la lanza.

—Ludwig Knorr.

—¿Le dijiste al americano el nombre auténtico? Me preguntaba si te lo habías inventado. —Leonhard inspecciona la placa como si estuviera buscando pistas—. ¿Eso es todo? ¿Un nombre es todo lo que te dio la camarera?

—No me subestimes, por favor. Ludwig Knorr es el jefe de aparejadores de este dirigible. Es un héroe de guerra. Yyyyyy... —Gertrud arrastra la letra hasta asegurarse de que cuenta con toda la atención de Leonhard— cada noche juega al póquer con otros hombres en el comedor de la tripulación.

«Dios, adoro a mi marido», piensa Gertrud. Ni siquiera tiene que explicarle su plan. Leonhard lo olfatea a dos metros de distancia. Gira la placa sobre la palma de su mano y luego mira a su mujer con una sonrisa sinuosa y perturbadora.

—El americano quiere encontrar a ese hombre.

—Sí.

—Me pregunto —continúa Leonhard, columpiando la placa delante de sus ojos— qué pasaría si estuvieran en la misma habitación. Qué podríamos averiguar en esa situación.

—Yo me preguntaba lo mismo.

Leonhard se quita la camisa empapada de lágrimas y la sustituye por una de las que guarda limpias en el armario.

—*Liebchen*, creo que es hora de ir a comer.

—Estás muy sexy cuando se te pone esa mirada calculadora.

Él la besa detrás de la oreja.

—Tuve una excelente profesora.

—Cariño, esa habilidad la perfeccionaste mucho antes de que yo naciera.

Leonhard ríe.

—¿Quién dice que estaba hablando de ti?

—Ni se te ocurra —Gertrud levanta un dedo— mencionar su nombre si valoras en algo los pocos años que te quedan de vida.

Se coge del brazo de su marido y cuando llegan al comedor descubren que los camareros lo han reorganizado todo para formar una única mesa alargada en el centro. No más comidas en *petit comité*. A partir de ahora los pasajeros estarán obligados a comer juntos.

—Esto es nuevo.

—Lo hemos hecho para crear un ambiente más festivo —explica Wilhelm Balla mientras retira una silla para Gertrud en un extremo de la mesa—. Hemos llegado al punto en el viaje en que la gente empieza a ponerse nerviosa, así que se nos ha ocurrido juntar las mesas para que parezca un banquete. Una celebración.

Leonhard se sienta al lado de su esposa. Le pone su mano caliente y áspera en la rodilla. Ella se inclina hacia él y espera a ver de qué manera esta nueva disposición cambiará la atmósfera.

Aunque solo llevan dos días a bordo, los pasajeros ya se han adaptado al ritmo del dirigible. Los demás empiezan a llegar poco después. Están encantados con el arreglo y toman asiento entre conversaciones animadas mientras los camareros sirven vino en las copas, un rico Lambrusco espumoso.

Gertrud no se sorprende cuando el americano se sienta justo delante de ella. Sí que le habría sorprendido que hubiese decidido no contrariarla. No importa. Disfrutará del ágape y le ganará la partida. El cabrón puede revolverse todo lo que quiera.

—¿Sabe, herr Douglas? —dice mirándolo directamente a los ojos—. Creo que todavía no nos ha contado qué hace exactamente en Frankfurt.

Él no pierde un segundo, no intenta escabullirse.

—Soy el director de las operaciones europeas de la compañía McCann Erickson.

—Entiendo. Y aparte de tener un nombre elegante y unas oficinas dudosas, ¿qué significa eso? En lenguaje llano.

El americano parte en dos un palito de pan, unta en su centro caliente un trocito de queso blando La Tur y lo sumerge en un tarro que contiene una reducción de vinagre balsámico oscura y melosa. Se toma unos momentos para saborear el bocado antes de contestar.

—En pocas palabras, digamos que soy agente publicitario. Utilizo una amplia gama de contactos internacionales para conseguir que los europeos adinerados inviertan en campañas de marketing.

Su respuesta suena mecánica, como un texto memorizado de un folleto publicitario. Gertrud levanta la copa de Lambrusco y bebe un sorbo. Apoya con aire absorto el labio inferior en el canto de cristal tallado. Las burbujas le hacen cosquillas en la nariz y nota el frío de la copa en los dedos.

—Mi padre siempre decía que la publicidad es un trabajo en el que hombres nobles aprenden a mentir para ganarse la vida.

—Permítame disentir —replica el americano—. Y también recordarle que la publicidad es la que costea los periódicos para los que usted escribe. De hecho, hasta podría afirmarse que la gente como yo es la que garantiza que la gente como usted tenga trabajo.

La mano de Leonhard ha permanecido en la rodilla de Gertrud todo este rato, pero ahora, en lugar de dibujar círculos lentos y seductores sobre la piel, sus dedos la aprietan en un gesto de advertencia.

Gertrud ríe. Pero es una risa forzada, y ella misma puede oír la falsedad en su voz.

—En eso se equivoca, herr Douglas. Nadie pagaría un solo marco por un periódico lleno de anuncios. La gente paga por las noticias. El resto simplemente lo toleran.

El palito de pan está caliente y se desmenuza con facilidad, y el americano se sacude las migas de la corbata después de darle otro bocado. Medita su respuesta.

—Detesto la idea de que, pese a nuestras posturas partidistas, nos necesitemos el uno al otro. Sin mí no hay medios para imprimir las noticias. Y sin usted no hay foro donde promover a mis clientes.

—No somos aliados.

Leonhard da un bocado a su palito de pan, por lo que Gertrud no puede oír su débil respuesta, pero diría que se compone de una entusiasta obscenidad seguida de un «por encima de mi cadáver».

La comida, como siempre, está deliciosa. Una vez retirados los platitos del pan, les colocan delante una ensalada compuesta de berros, uvas peladas y almendras marcona, aderezada con vinagreta de *verjus*. Le sigue poco después un plato de ostras fritas bañadas en salsa *gribiche*, un mejunje a base de vino, chalotas y hierbas frescas. Gertrud trata de no gemir cada vez que arranca delicadamente una ostra de los dientes de su tenedor. A juzgar por la cara de los demás comensales, todos se hallan en un estado de dicha similar. Es increíble que una buena comida consiga levantar el ánimo de tanta gente a la vez. Hasta los chicos

Doehner, sentados al lado de los Adelt, parecen encantados. Tienen la espalda derecha y la servilleta bien extendida sobre el regazo. No es la clase de comida que Gertrud daría a unos niños, pero están despachándola sin rechistar. Egon no ha pasado aún a los alimentos que no hay que aplastar primero con el tenedor. El pánico y el sentimiento de culpa se apoderan de ella un breve instante cuando cae en la cuenta de que a su hijo podría salirle el primer diente durante su ausencia. De que podría masticar algo. ¿Cuántos logros se perderá por culpa de este viaje maldito? Todos si no consigue llegar al fondo de esta amenaza.

Irene Doehner está sentada a su izquierda y Gertrud se percata de que la muchacha está imitando sus gestos. Intenta sostener el tenedor de la misma forma. Levanta la copa —Gertrud da por hecho que contiene zumo de uva espumoso— con los mismos tres dedos. Y en lugar de pasarse la servilleta por los labios, se da unos toquecitos en las comisuras.

Finalmente, Gertrud no puede resistir la tentación de comentar:

—Soy una influencia terrible, jovencita. Debería buscarse un modelo mejor. —Señala a Margaret Mather, sentada en el otro extremo de la mesa. La heredera es delicada incluso en un acto tan sencillo como comer—. Por ejemplo, ella. Es bastante elegante.

La espalda de Irene se tensa.

—Usted me parece bonita. E inteligente. Mi padre dice que es periodista. ¿Es lo mismo que novelista? Eso es lo que quiero ser de mayor.

—Es muy diferente, en realidad. Yo no tengo permitido inventarme cosas. Solo puedo escribir sobre hechos reales.

—Creo que inventarse cosas es más divertido.

—Yo también.

—Entonces, ¿por qué no escribe novelas?

Es una buena pregunta, una que Leonhard le ha hecho infinidad de veces.

—Supongo que porque se me da muy bien averiguar la verdad. Y mi madre siempre me enseñó a buscar aquello para lo que valgo y mantenerlo.

—Si siguiera su consejo, sería niñera el resto de mi vida. Lo único que se me da bien ahora mismo es evitar que mis hermanos se maten por alguna estupidez.

—No tiene nada de malo ser niñera.

—¿Usted tiene niñera?

—¿Qué le hace pensar que tengo hijos?

—Parece triste. Solo alguien que ha dejado a un hijo en casa podría estar triste en una aventura como esta.

Es una cuchillada en el corazón. Gertrud estudia a la muchacha con detenimiento. Reconsidera su primera impresión. Quizá no sea tan boba, después de todo. Es observadora.

—No —contesta—. No tengo niñera.

Irene asiente con firmeza, como si eso fuera un argumento a su favor.

—No se preocupe, todavía es muy joven. Tiene mucho tiempo por delante para descubrir qué cosas se le dan bien.

—Odio que la gente me diga eso.

—Odiar algo no lo hace menos cierto.

Irene pone los ojos en blanco como solo puede hacerlo una adolescente. Gertrud tiene que hacer un ejercicio de autocontrol para no reír. Qué pena, la arrogancia de la juventud. Y qué desaprovechada. Le encantaría poseer un poco más de su antigua bravuconería. Abriga la inquietante sospecha de que va a necesitarla en las próximas horas.

Regresa a su plato y deja que las conversaciones prosigan sin ella. Pero al rato Leonhard tira de la manga de Wilhelm Balla. El tono de su voz insinúa un deseo de discreción y Gertrud advierte que el americano se vuelve hacia Moritz Feibusch de tal manera que su hombro, y por consiguiente su oído, apuntan hacia Leonhard. El muy cabrón está escuchando. Como siempre.

—¿Puedo hablar un momento con usted? —pregunta su marido al camarero.

Balla se dobla por la cintura e inclina la oreja hacia Leonhard.

—He oído que en este dirigible se celebra una timba de póquer cada noche.

—No soy dado a los juegos de azar, herr Adelt.

A eso llama Gertrud una evasiva.

—¿Pero hay timba o no hay timba?

—Creo —responde quedamente el camarero— que algunos miembros de la tripulación se reúnen para jugar después de su turno. En el comedor de la tripulación. Pero los pasajeros no tienen permitido estar en esa zona.

Leonhard aprieta la mandíbula. Piensa.

—¿Cree que sería posible convencer a esos caballeros de que trasladen la partida a un lugar donde los pasajeros sí que tengan permitido estar? ¿Por ejemplo, al paseo del mirador? ¿O a la sala de fumadores?

—Sería una buena solución, sin duda, pero me temo que los miembros de la tripulación tienen prohibido jugar con los pasajeros. Al parecer, se considera de mal gusto.

—Entiendo. —Leonhard introduce un billete en la mano de Wilhelm Balla—. Si, por la razón que sea, cambian las reglas, comuníquemelo.

—Descuide, *mein Herr. Danke schön.* —El camarero recoge los platos y se aleja.

—¿A qué ha venido eso? —murmura Gertrud.

Leonhard le pellizca la rodilla y señala imperceptiblemente al americano con el mentón. No se molesta en bajar la voz.

—Hablaremos de ello más tarde, *Liebchen*.

El almuerzo se cierra con unas galletas *linzer* salpicadas de azúcar glas y rellenas de mermelada de frambuesa con especias. El cocinero ha añadido a la confitura un toque de pimienta negra —Gertrud puede notar su sabor entre la nuez moscada y el clavo— y el resultado es sorprendente. Se come su galleta despacio, saboreando cada bocado, y contempla el plato vacío con tristeza.

Los pasajeros están saciados y contentos, y encantados de echar las sillas hacia atrás e intercambiar anécdotas siempre y cuando los camareros se presten a seguir llenando las copas. Todos menos el americano. Está tenso y rígido, y abandona la mesa a la primera oportunidad.

—¿Adónde crees que ha ido? —pregunta Gertrud.

—Puestos a apostar, yo diría que está pensando en una timba.

EL GRUMETE

Werner abre la puerta unos centímetros y echa un vistazo al reducido vestíbulo que conecta con el camarote de Heinrich Kubis. Tras comprobar que no hay moros en la costa, sale del cuarto, cierra la puerta y prueba el pomo para asegurarse de que ha quedado bloqueado. Kubis es el único camarero que disfruta de una habitación para él solo. «Aunque nadie querría compartir litera con él», piensa Werner; el hombre no tiene sangre en las venas ni sentido del humor. Pero tiene privacidad y acceso a la lista de pasajeros del dirigible, y eso era algo que Werner tenía gran interés en ver. El resultado de su pequeña investigación, sin embargo, lo ha dejado perplejo.

El jefe de camareros ocupa la primera cabina individual de la cubierta B, ubicación que le permite prestar un mejor servicio a los pasajeros pudientes. Se accede a ella por una puerta en el pasillo de la quilla que da a un pequeño vestíbulo. La comida está tocando a su fin y Kubis podría aparecer en cualquier momento, así que Werner desea poner toda la distancia que le sea posible entre él y el camarote antes de que alguien descubra lo que ha hecho.

El vestíbulo tiene aproximadamente el tamaño de un armario y una de las paredes está forrada de anaqueles que contienen cestas de mimbre, cepillos y betunes. Huele a perfeccionismo. Werner abre la puerta del pasillo y tropieza directamente con el ancho torso de Max Zabel.

—¿Qué haces aquí? —pregunta el oficial.

—¡Zapatos! —La palabra sale más fuerte y aguda de lo que a Werner le hubiera gustado, pero al menos ha preparado la mentira con antelación. Carraspea—. He venido a dar un repaso a los zapatos. Es la hora de mi descanso y se me ocurrió limpiarlos ahora para no tener que hacerlo esta noche. Kubis siempre me los endilga.

Max posa una mano grande y pesada en el extremo huesudo del hombro de Werner. Se inclina quince centímetros para poder hablarle directamente en la oreja.

—Estabas en el camarote de Kubis.

—No...

—No sigas. Te ahorrarás muchos problemas si consigues resistir la tentación de mentir. Acabo de estar en esa antesala. Y tú estabas en el camarote. La única manera de que no salgas mal parado de esta situación es que elijas decirme la verdad ahora mismo.

Son las tres menos cuarto y a Werner se le está acabando el descanso. Cada tarde, a las dos y media, dispone de media hora libre después de finalizar su primer turno. Ayer la destinó a echar una cabezada en su litera tras pasarse buena parte de la noche abrillantando zapatos para Kubis. Hoy ha sacrificado la siesta para poder satisfacer su curiosidad, decisión que ahora, viendo la cara de enfado del oficial, lamenta.

Max le zarandea bruscamente el hombro.

—¿Por qué?

—¡La lista de pasajeros! —aúlla.

—¿Qué pasa con ella?

—Quería saber de quién es el perro.

—Es de ese *Schwachkopf* de Joseph Späh. Todo el mundo lo sabe. Creó un gran revuelo durante el embarque.

—No. El otro perro.

Max da un paso atrás. Ladea la cabeza.

—¿Hay dos?

—Viajan ambos en la bodega.

—¿Cómo sabes qué hay en la bodega?

Werner palidece, pero decide que es preferible soltarlo todo.

—El pasajero americano. No sé cómo se llama.

—¿Qué pasa con él?

—Me pagó para que diera de comer al perro. Nadie lo alimentaba y estaba en un estado lamentable.

—¿Qué hacía el americano en la bodega?

—No lo sé —contesta evasivamente Werner—. Pero sabe lo del perro. —Se detiene, temeroso de seguir hablando.

—¿Qué?

—Ayer nos vio salir del dirigible por la escotilla.

—¿Eso te dijo?

—Dijo que no contaría a nadie que estuvimos allí si yo accedía a dar de comer al perro. Dijo que me daría diez dólares americanos.

Max resopla.

—Espero que se los pidieras por adelantado.

—Lo hice. Le compraré algo a mi madre cuando lleguemos a Lakehurst.

Werner no puede saber si Max está enfadado o decepcionado. El tercer oficial da un paso atrás y se mete las manos en los bolsillos. Es la postura que adopta cuando está dándole vueltas a algo.

—Ven conmigo —dice finalmente.

—He de volver al trabajo.

—Será un momento. Cinco minutos como mucho.

Werner sigue a Max por el pasillo. Rodean la escalera en dirección a las dependencias de los oficiales y Max se detiene delante de su camarote.

—Ábrela. —Al ver que Werner titubea, añade—: Sé que tienes una llave. Esta mañana entraste en mi cabina con ella. Lo que no sé es de dónde la has sacado, pero es evidente que le has dado un buen uso.

Werner saca la llave del bolsillo y se la muestra.

—Me la dio Balla.

Max se hace a un lado. Señala la puerta.

—Después de ti.

Werner abre con la llave y entra. Max lo sigue y cierra la puerta.

—Me quedo la llave, si no te importa. Seguro que Balla querrá recuperarla.

«Toda suya», piensa Werner, pero no lo dice. Lleva todo el día sintiéndola en el bolsillo como si le pesara cinco kilos, consciente de ella aunque no estuviera utilizándola.

—¿Por qué me ha traído aquí?

Max abre el armario, saca un petate de color verde oliva y lo deja en el suelo.

—Siento mucho haber hurgado en sus cosas, pero no tenía elección. Debía levantarlo. Y vestirlo.

—Oye, *kleiner Bube*, me traen sin cuidado los calcetines o los calzoncillos. Quiero saber por qué cogiste mi pistola y qué has hecho con ella.

—Yo no he cogido...

—No mientas.

—¡No miento! ¡Lo juro! —Werner detesta que la voz le salga fuerte y aguda y suene como la de una chica. Odia no poder controlar los momentos y los lugares en que eso ocurre. Pero tiene el corazón acelerado, le cuesta respirar y le aterra la posibilidad de estar metido en un problema que no entiende—. No vi ninguna pistola. La habitación estaba a oscuras y solo encontré ropa, nada más. —Una retahíla de maldiciones cruza por su mente, pero no las dice. Está llorando. «Estúpido», piensa, «pareces un bebé». Se limpia la nariz y endereza la espalda—. No sabía que tenía una pistola. Yo no la he cogido, se lo prometo.

Ignora si Max lo cree o no, pero el oficial se relaja. Le pone una mano en el hombro.

—Piénsalo bien. ¿Estaba allí? ¿La viste?

—No lo recuerdo. Creo que no, pero no puedo asegurarlo. Estaba oscuro.

Max lo zarandea con suavidad.

—Es importante.

—No vi ninguna pistola.

—¡Maldita sea! —Se quita la gorra y la lanza contra la pared. Se tira del pelo hasta que los mechones apuntan hacia el techo—. Alguien la ha cogido.

Werner tiene una idea, a la que sigue un atisbo de inquietud.

—Puedo ayudarle a encontrarla.

—¿Cómo, si puede saberse?

El muchacho titubea antes señalar hacia el puño cerrado de Max.

—Con esa llave podría entrar en todas las cabinas del dirigible.

Max abre la mano y contempla la llave como si fuera una prueba incriminatoria.

—Eso estaría mal.

Werner no se lo discute. Solo aguarda. Le corresponde a Max tomar la decisión. El oficial dedica tanto tiempo a sopesarla que Werner teme llegar tarde a su siguiente turno. Al final, le tiende la llave.

—Que no te pillen.

El grumete se dirige a la puerta musitando promesas cuando Max lo frena.

—Espera, no me has dicho quién subió el otro perro al dirigible.

Werner parpadea, presa del desconcierto.

—Usted —dice.

—Yo no tengo perro.
—En la bodega hay uno inscrito a su nombre.
Max fulmina al muchacho con la mirada.
—No sería la primera vez que lees mal mi nombre. —Algo flaquea en el rostro de Werner. La certeza, quizá—. Sabes leer, ¿no?
—Claro que sé leer.
—¿Y estás seguro, completamente seguro, de que leíste mi nombre?
—Sí. Tres veces. Para asegurarme.
Werner semeja un cachorro agitando la cola, esperando una palmadita en la cabeza, un trocito de aprobación. Max lo cree. Nunca lo ha oído mentir. Omitir información, sí. Y despistar, también. Pero el muchacho no es un embustero. Max necesita tiempo para pensar, para intentar comprender qué está pasando. ¿Por qué iba a querer alguien poner su nombre en esa lista de pasajeros?
—Vuelve al trabajo —ordena—, pero esta noche, cuando acabes tu turno, quiero hablar contigo.
Max puede ver que Werner quiere preguntarle algo, pero no se atreve. Se imagina qué es lo que le preocupa.
—Tranquilo, no me chivaré. Además, necesito tu ayuda.
Werner levanta la llave.
—¿Y esto?
—Haz lo que puedas. Pero que nadie te vea.
—Balla querrá que se la devuelva.
—En ese caso, hazlo. No le discutas. Y que no note que sabes algo.
Max lo ve alejarse presuroso por el pasillo y doblar la esquina. Ha de volver al trabajo en apenas unos minutos, pero primero necesita comprobar algo. El cuarto del correo se encuentra a pocos metros de las dependencias de los oficiales y todas

las llaves están en la anilla que pende de su cinturón. La llave de su camarote. La que abre la sala de radio. Una para el cuarto del correo. Otra para la caja fuerte de los oficiales que hay en la cabina de mando. Y una llave maestra de estaño para la caja de seguridad. La utilizó la primera noche, cuando metió el paquete de papel marrón, y ahora la sostiene entre los dedos pulgar e índice.

El dueño del paquete es un hombre digno de confianza. Respetado. Formidable. Y cuando Max levanta la vista aparece frente a él, como invocado por el remordimiento, la magia o el destino. Independientemente de la causa, el coronel Erdmann emerge de la sala de radio justo cuando Max alarga la mano hacia el pomo. Erdmann ha estado en la sala de radio, como la mayoría de las mañanas, observando en silencio. Tomando notas. No hay razón para sospechar de su repentina aparición. Y, sin embargo, Max sospecha. Sobre todo cuando el coronel cierra la puerta tras de sí. Carraspea y pasea la mirada por el pasillo vacío.

—Confío en que el paquete que dejé a su cargo siga en lugar seguro, herr Zabel.

Max asiente en silencio. Un miedo tóxico, nefasto, empieza a abrirse paso en su pecho.

—Bien. Recibirá el resto del dinero cuando lleguemos a Lakehurst.

LA CAMARERA

«Están descontentos porque no hay nada más que hacer», piensa Emilie. Los pasajeros han alcanzado ese punto del viaje en que se apodera de ellos la sensación de claustrofobia. Es media tarde, se hallan en el último día completo de vuelo y se respira un ambiente cargado. Denso. Estos hombres y mujeres han visto y hecho todo lo que había que ver y hacer. No hay más estancias que explorar, o por lo menos no a las que tengan permitido el acceso. La novedad ha pasado, y también la euforia. Están hartos los unos de los otros y de la atenta tripulación, aunque si se les preguntara dirían que el servicio es mejorable. Están hartos del café y los dulces, de las partidas de cartas y el parloteo quejumbroso de los compañeros de viaje. Les gustaría que no hubiesen retirado el piano el año pasado; estaría bien tener un poco de música. Les gustaría que el sol asomara. Quieren estar ya en Nueva York. Quince horas. Eso es lo que debería quedarles para llegar. Pero la hora de llegada se ha retrasado y a estos viajeros cansados se les antoja una eternidad. Están enfadados con los constantes retrasos. Enfadados porque mañana por la mañana no estarán camino de alguna nueva gran aventura.

Las horas que quedan no pasan lo bastante deprisa para Emilie. Está sentada en el paseo mirador con Matilde Doehner y sus hijos. Irene pelea con un bordado de punto de cruz entre lágrimas. Se ha pinchado el dedo tres veces y tiene un pañuelo en el regazo por si se pincha una cuarta. El llanto es fruto, básicamente, de la frustración. Quiere hacerlo bien pero no puede. Emilie la comprende. Ella ha sentido eso la mayor parte de su vida.

—¿Te serviría de algo que te sostuviera el aro? Así tendrías las dos manos libres —propone Emilie. Ayudar a Irene le daría algo que hacer. Sería una manera de olvidar su nerviosismo por lo que sucederá cuando aterricen.

Irene levanta la vista, abochornada por haber sido descubierta con lágrimas cayéndole por la punta de la nariz. Emilie las retira con el extremo de su delantal y recibe a cambio una sonrisa.

—No lo sé, tal vez. Es esta estúpida flor. Debería ser un tulipán, pero parece una mancha de sangre. Es repugnante.

Le gustaría asegurarle que el ramito de flores rojas, amarillas y azules es bonito, pero no lo es. Parece como si un gato se hubiese enredado con tres madejas durante un subidón de menta gatuna. El punto de cruz es desastroso. Insalvable. Emilie arrebata el aro de los tensos puños de Irene y se arrodilla delante de la muchacha. Sostiene el aro con firmeza y la insta a continuar.

Una vez que la mano de la chica ha dejado de temblar de rabia, Emilie se inclina hacia ella y le susurra:

—¿Puedo contarte un secreto?

La chica asiente.

—Yo no sé hacer punto de cruz, así que en eso ya eres mejor que yo.

Es un detalle nimio, pero para una muchacha de catorce años superar a una mujer adulta, no importa en qué área, es una gran cosa. Irene sorbe por la nariz, levanta el mentón y devuelve la atención al bordado.

—Su madre tendría que haberle enseñado.

Emilie reprime el deseo de reír. Le sienta bien, esta alegría repentina, pero se limita a esbozar una sonrisa torcida. Hace tiempo que la camarera aprendió a dominar el arte de la contención. Algún día Irene Doehner aprenderá que la contención siempre triunfa sobre la superioridad, pero faltan todavía muchos años para que la joven se muestre dispuesta a recibir esa lección.

Al cabo de un rato, Emilie tiene la sensación de que Matilde Doehner la está observando. Cuando levanta la vista, la madre le guiña un ojo y farfulla algo sobre esfuerzos titánicos y la paciencia de los santos. A la camarera le gusta formar parte de esta escena doméstica.

El pequeño Werner elige ese momento para resbalar por la silla y desplomarse sobre la moqueta como un pájaro moribundo.

—¡Me aburro! —comienza a graznar una y otra vez.

Emilie tiene que reconocer que esa voz fina y estridente suena escalofriantemente aviar. Sus hermanos, sin embargo, no le ven la gracia. Walter le da una patada y le dice que pare. Irene ruega a su madre que lo haga callar.

—Werner —exige Matilde en un tono bajo, casi indiferente—, contrólate.

Puede que también a los niños se les estén agotando los recursos, porque el chico decide poner a prueba a su madre. Sigue revolcándose por el suelo con las piernas y los brazos encogidos.

—Me aburro, me aburro, me aburro. ¡Me aburro mucho!

Matilde suspira.

—Irene, ve a buscar a tu padre.

En menos que canta un gallo Werner está en pie suplicando y prometiendo que se portará bien.

—Te lo has buscado tú solito —insiste su madre—. Siéntate sobre las manos y espera.

Aunque Hermann Doehner no es un hombre que pueda considerarse alto, posee un rostro atractivo y amable. Está prácticamente calvo, pero los ojos azules y las cejas oscuras compensan esa carencia. Entra en el paseo con los brazos en jarras. Los labios apretados. Irene lo sigue, mientras trata de ocultar su expresión de triunfo.

—Ven conmigo —dice Hermann.

El pequeño menea la cabeza.

—No quiero.

Hermann se inclina hacia su hijo.

—A mí me parece que sí —susurra.

Le pone una mano en el hombro y sonríe a su esposa. Es una expresión que dice que los chicos siempre serán chicos. Pero también que se hará cargo del asunto y que ella no tiene que preocuparse de nada. Planta un beso en la frente de Matilde, mira a Emilie y se dirige a su esposa.

—¿Se lo has preguntado ya?

—Estaba a punto de hacerlo.

—Si no acepta, le echaremos la culpa a este pequeño granuja. —Hermann se lleva a un Werner blanco como la leche.

Matilde ve alejarse a su marido con una expresión calculadora en el rostro, pero no explica su comentario.

—No puedo creer que mañana a estas horas estemos paseando por Nueva York —dice—. Hermann nos ha reservado una suite en el hotel Astor de Times Square. He oído que las bañeras son de cobre y que tienen servicio de habitaciones. Solo estaremos dos días, pero iremos al Carnegie Hall, a Broadway y al zoo de Central Park. El sábado embarcaremos en un transatlántico con destino a La Habana, donde pasaremos una semana en la playa. Palmeras y zumos de piña. ¿Se imagina?

No. Emilie no se lo imagina. Pero sonríe educadamente.

—Entre La Habana y el puerto de Veracruz hay un día de viaje. Y otro hasta Ciudad de México y nuestra fresca casa de azulejos y ventanas que no necesitan cristales, solo postigos. Tenemos una terraza y un jardín con quince bananos. ¿Sabía que en México no hay invierno? Hace calor y está bonito todo el año.

—Qué maravilla.

Si hubiera prestado atención, Emilie se habría dado cuenta de que Matilde ha estado todo este rato preparando el terreno.

—Podría venir con nosotros, ¿sabe?

Una pausa larga, vacilante.

—¿Cómo dice?

—Sabe tratar a mis hijos. Están encantados con usted.

—Me temo que no la entiendo.

—Fue idea de Hermann, aunque yo enseguida la apoyé. Pero es la manera de pensar de los hombres de negocios. Adquirir activos y esas cosas.

Emilie la entiende ahora, o por lo menos cree que la entiende, pero quiere que Matilde lo exprese con palabras porque está harta de falsas esperanzas.

—¿Qué me está proponiendo?

—Le estoy ofreciendo un empleo, fräulein Imhof. Nos gustaría que viniera a México con nosotros y fuera nuestra institutriz.

La respuesta de Emilie es cauta.

—Ya tengo un empleo.

—Que no es de su agrado, si me permite decirlo. Nosotros podemos darle una vida mejor. Una estabilidad. Y algunos lujos, que nunca hacen daño. Hermann ya ha prometido que le pagará el doble de lo que gana aquí. Y —Matilde levanta una mano para detener la refutación que Emilie parece estar preparando— podemos ayudarla con el problema en el que se encuentra.

—¿Cómo se ha enterado?

Matilde se encoge de hombros, como si fuera evidente.

—En un dirigible como este no existen los secretos. Usted mejor que nadie debería saberlo.

Emilie quiere alargar el brazo y agarrarse a la cuerda salvavidas que le han lanzado. Quiere que Matilde se lo explique todo, que la ayude a creer que esto es posible. Pero tiene miedo de que le arrebaten otra ilusión. Sabe por experiencia que las esperanzas aplazadas enferman el corazón.

Añade esta oferta a su lista de escenarios posibles. La coteja con la propuesta de Max y con la escasa información que tiene sobre las turbias maquinaciones del americano. Gertrud le ha contado muy poco sobre esto último, pero lo que sabe la tiene intranquila. Le sorprende lo tentada que está de aceptar la oferta de los Doehner. Considera la posibilidad, pero por mucho que intente imaginarse un nuevo comienzo en México, no consigue reconciliarlo con la realidad de su situación. Lehmann y Pruss jamás le permitirían abandonar este dirigible.

Matilde podría haberse dedicado a la diplomacia. Podría haberse dedicado a cualquier cosa en realidad, con esa mano que tiene con las personas. No presiona a Emilie, y tampoco intenta persuadirla. Se limita a esbozar esa sonrisa paciente, indulgente, con la que suele obsequiar a sus hijos, esa sonrisa que los alienta a tomar la decisión correcta.

—Medítelo —dice.

EL AMERICANO

El americano tiene una teoría sobre los hombres pequeños. Son exhibicionistas. Nunca ha conocido a un hombre pequeño que fuera reservado. O modesto. Nunca son granjeros o dentistas. Necesitan ser vistos. Todos los hombres pequeños que ha conocido son bulliciosos y sociables. Se hacen animadores, jinetes o soldados. Músicos. Actores. Eligen trabajos temerarios o actividades que atraigan la atención hacia su persona. De tanto en tanto surge un hombre pequeño que se hace cirujano, pero únicamente porque esa heroicidad hace que la gente lo adore. Los hombres pequeños son tensos y nervudos. Caminan dando saltitos. Se fijan en todo lo que tienen a su alrededor. Poseen opiniones y las expresan. El americano ha oído argumentar que tales hombres se sienten inferiores y contrarrestan su complejo con el histrionismo, lo cual le parece una sandez. Él cree que ese histrionismo se debe, sencillamente, a que tienen más corazón que cuerpo para contenerlo. Si pudiera elegir, antes entraría en la madriguera de un zorro con un hombre pequeño que con un gigante. Ha comprobado que los hombres pequeños son indestructibles. Y ha de reconocer que tales hombres son objetivos pequeños. Lo cual siempre es una ventaja en su profesión.

—Veinte dólares a que no puede hacerlo. —El americano detiene sus pasos y echa la cabeza hacia atrás para contemplar el apuntalamiento cruciforme que se alza sobre ellos.

—Ya estuve en la cárcel en una ocasión —dice Joseph Späh—. En un pueblo sin nombre de la frontera austríaca. Pasé tres días en una celda por ebriedad en la vía pública. No me gustó la experiencia y, si no le importa, prefiero no repetirla. La comida en la cárcel es repugnante. Y también la compañía.

El acróbata apenas le llega al hombro, por lo que ha de bajar la cabeza para mirarlo. El americano recula un par de pasos para hacerlo menos evidente. A los hombres pequeños les suele molestar que les recuerden su condición.

—¿Quién va a verlo?

Abre los brazos y gira sobre la desierta pasarela de la quilla para respaldar su argumento.

No hay nadie. Los pasajeros y la tripulación están entretenidos con la cena. Es la última noche de vuelo. Todos están ocupados. Matando el tiempo. Esperando el momento de acostarse. Porque mañana sobrevolarán Nueva York y las cosas se pondrán al fin interesantes. Todos en este dirigible están pensando en lo que harán cuando aterricen. El americano piensa en lo que tiene que suceder en las próximas valiosas horas.

—¿Sabe qué ocurriría si me descubrieran escalando eso? ¿Sabe qué pensarían?

—Que el famoso Joseph Späh vale el precio de la entrada.

Esto es demasiado para el ego del acróbata. Pocos hombres pueden resistirse a una caricia tan descarada.

—Les diré que me desafió —advierte. Le apunta con un dedo, pero este ya flaquea. La semilla está plantada—. Que me pagó.

—Para eso tendrían que pillarle y eso no va a pasar. Le contaré un secreto. —El americano baja la voz, adopta un tono confidencial—. La gente no mira hacia arriba. No mira las nubes, ni las telarañas de los techos. No mira las ramas de los árboles ni los canalones. ¿Quiere que nadie lo vea? Empiece a trepar.

Eso no es del todo cierto, naturalmente, pero es lo que Späh quiere oír. Tiene síndrome de abstinencia. Necesita actuar. Hace por lo menos tres días que no oye un aplauso. Lleva horas sin poder estarse quieto. Es un milagro que todavía no se haya puesto a cantar o a bailar claqué sobre las mesas.

—Si voy a la cárcel, usted irá a la cárcel.

Se quita la chaqueta y se la entrega al americano.

—No tema por mí, se me da bien estar entre barrotes.

Se le da bien conseguir lo que quiere. Se le da bien impedir que le rebanen el cuello en mitad de la noche.

Späh no hace estiramientos ni se remanga. Simplemente salta. Si no lo hubiera visto con sus propios ojos, el americano jamás habría creído que un hombre tan bajo pudiera elevarse tanto del suelo. Pero el caso es que se agacha y sale disparado hacia arriba. Antes de que le dé tiempo a pestañear, Späh ya está a más de un metro del suelo. Es como contemplar un mono, una ardilla o un lémur, una de esas criaturas con un sentido del equilibrio sobrenatural. El hombrecillo se dobla, da vueltas, se columpia por el apuntalamiento cruciforme saltando de viga en viga. No hace que parezca fácil; hace que parezca el destino. Como si los seres humanos debieran abandonar su vida de moradores terrestres y tomar los cielos. Como si realmente Späh fuera a lanzarse al vacío, a extender las alas y echar a volar.

Por primera vez desde que conoció al extraño acróbata, siente una punzada de envidia. Späh se encuentra ahora a medio ascenso, justo debajo de la pasarela axial. Aminora el ritmo, levanta la cabeza para asegurarse de que el camino está despejado y sigue escalando. El americano pensaba que Späh haría lo justo para demostrar que puede trepar por las vigas, pero está enseñando que puede trepar lo que se le antoje. Reconoce de mala gana su admiración.

Cuarenta y un metros separan la base del *Hindenburg* de su punto más alto. Y Joseph Späh escala las dieciséis plantas con tanta facilidad que parece aburrirse. Una vez arriba, inclina el cuerpo hacia fuera casi noventa grados y saluda. Luego, como el maldito fanfarrón que es, alarga el brazo y coloca la mano sobre una de las cámaras de hidrógeno. Quizá para decir: «Aquí estoy y he conquistado a este cabrón». O, lo más probable, simplemente porque puede. Pero esa única e íntima caricia da una idea al americano. Siente que otra pieza de su plan encaja.

Späh desciende con igual facilidad —o más, si cabe— y el americano se aparta a fin de dejarle espacio para aterrizar. Lo recibe con una reverencia.

—¿Y bien?
—Impresionante.
—Esperaba que dijera espectacular.
—¿Sediento de aplausos?

Le tiende la chaqueta y el plato lleno de sobras de la cena y se vuelve hacia la bodega, donde Ulla aguarda su comida.

—De reconocimiento. Existe una gran diferencia.

«No —piensa el americano—, lo único que cambia es la motivación.» La razón que se oculta detrás de nuestras acciones. Se asegurará de que Joseph Späh obtenga reconocimiento por lo que acaba de hacer. Pero no será del tipo que al acróbata le guste o incluso comprenda. En algún momento de la noche, cuando el americano esté relajándose con los demás pasajeros en la cafetería o en el bar, mencionará la increíble hazaña, la suave caricia sobre la cámara de hidrógeno, y los pasajeros recordarán ese detalle más tarde. Lo repetirán. Pero no se acordarán de cómo llegó a su conocimiento.

El arte de la desinformación consiste en situar la sospecha en otro lugar. Dejar un rastro de migas que no conduzca a ningún sitio. Crear una distracción. Proporcionar una duda razonable. Empujar a un hombre a realizar una proeza acrobática cuando tiene la certeza de que nadie está mirando y asegurarse luego de que los demás sepan que es capaz de semejante acto. Lenta, sutil, ininterrumpidamente, arrojar la sospecha sobre todos menos sobre ti. Haz eso y habrá tantas preguntas, tantas posibilidades, que nadie conseguirá nunca llegar a una conclusión.

LA PERIODISTA

Cuando Leonhard deja el Maybach 12 sobre la mesa de madera lacada, delante del capitán Lehmann, la copa helada comienza enseguida a transpirar. Retira para Gertrud la silla que queda frente al capitán y se sienta a su lado.

Lehmann levanta la copa para brindar, bebe un sorbo y pregunta:
—¿A qué debo este honor?
—Tenemos que hablar —responde Leonhard.
Gertrud rasca un trocito de escarcha de su copa con la uña del pulgar. Escucha. Eso acordaron hace un rato. Ella escuchará. Nada más. Leonhard y el capitán se conocen desde hace más de veinte años y forjaron una amistad mientras escribían codo con codo la biografía de Lehmann. El capitán no conoce a Gertrud y no se tomaría a bien sus aportaciones en esta conversación en particular.

La biografía de Lehmann —titulada simplemente *Zepelín*— se ha vendido bien en Alemania, y todo indica que también será un éxito en Estados Unidos cuando salga el mes que viene. Leonhard se ha ganado la confianza del militar de la manera convencional, con tiempo y constancia. Gertrud, no obstante, está deseando interrogarle. Tiene preguntas y quiere respuestas, pero ha prometido a Leonhard que se morderá la lengua si no hay más remedio.

—¿De qué tenemos que hablar? —pregunta Lehmann.
Leonhard se acoda en la mesa.
—Del pasajero americano que viaja en este dirigible.
—¿Cuál de ellos? Hay muchos.
—Edward Douglas.
Leonhard pronuncia el nombre despacio y busca en el rostro de Lehman algún indicio de hipocresía.
—Ah, ese. Lo imaginaba.
—Explíquese.
—Edward Douglas es un sujeto curioso.
—¿Lo conoce?
—He oído hablar de él. Trabaja para una agencia de publicidad estadounidense en Frankfurt. Así consta en su documentación. Según nuestras fuentes, regresa a casa para ver a su familia: una madre y cuatro hermanos para ser exactos. No tenemos

una razón oficial para sospechar de sus acciones o de su presencia en este dirigible.

Leonhard hace un gran esfuerzo para no abalanzarse sobre esa información. Gertrud puede ver cómo se tensa, encajando las piezas en su cerebro.

—¿Pero? —pregunta.

—Lo estamos vigilando.

Leonhard ríe.

—Vigilan a todo el mundo.

Lehmann no lo niega. Mira a Gertrud, le ofrece una sonrisa condescendiente, y se vuelve de nuevo hacia Leonhard. De modo que así están las cosas. Lehmann no hablará abiertamente en presencia de Gertrud. Bien. No es una imprudente. Su marido puede hacer solo el trabajo. Lleva sacando información a fuentes desde antes de que ella naciera.

Gertrud bosteza, se despereza y descansa una mano en el brazo de Leonhard.

—Si no te importa, creo que me uniré a las señoras en la sala de lectura. Me gustaría terminar mi libro.

Leonhard no se deja engañar por sus ojos de corderito. Una sonrisa tiembla en la comisura de su boca. Le guiña un ojo a Lehmann

—Le ruego que disculpe a mi esposa.

Los dos hombres se levantan y Lehmann tiende a Gertrud su Maybach 12.

—Buenas noches, frau Adelt. No olvide su bebida.

Gertrud se marcha de la sala de fumadores con un contoneo exagerado, pero en cuanto sale al pasillo inclina la copa y se bebé el Maybach 12 en dos tragos. Luego se limpia la boca con el dorso de la mano y blasfema.

Werner observa a los últimos miembros de la tripulación terminar su cena y amontonar los platos en el centro de la mesa. Saca su reloj de bolsillo. Frunce el ceño. Se lo acerca a la oreja para asegurarse de que funciona. Efectivamente, dentro suena el firme *tic-tic-tic*. El reloj marca la hora correcta. Solo son las ocho, pero todos los tripulantes han terminado ya de cenar. Normalmente se entretienen, apuran hasta el último segundo antes de retomar sus obligaciones. Esta noche, sin embargo, el comedor se ha vaciado pronto. Recoge los platos y los lleva a la cocina. El fregadero es suyo durante quince minutos —la rutina de Xaver solo permite una interrupción breve— de modo que se apura con la delicada vajilla. Regresa al comedor de la tripulación para guardar los platos y limpiar las mesas. Barre. Comprueba que no haya migas ni pegotes en las sillas y los bancos y da por terminado el trabajo. Se detiene a hacer un cálculo rápido. Dispone de media hora libre. Un lujo poco frecuente.

El año pasado el *Hindenburg* tenía en la cafetería un pequeño piano de cola Blüthner. Lo habían fabricado a medida para ceñirse a los requisitos de vuelo —solo pesaba ciento ochenta kilos— y en lugar de la carcasa de madera estándar estaba forrado de pellejo de cerdo amarillo. Durante sus descansos, Werner se acercaba a la cafetería para escuchar a los pasajeros tocar ragtime al piano. Le gustaba la estrepitosa música y que la gente cantara al son de la misma. Echa de menos el piano. Si hubiese dependido de él, lo habría conservado. Pero los altos mandos decidieron que era preferible destinar los ciento ochenta kilos a llevar más mercancía. El transporte aéreo daba beneficios; los pianos, no. De modo que no hay música en este vuelo, y Werner cree que como resultado de ello el ambiente está demasiado apagado. Se dirige de todas maneras a la cafetería. A saber lo que estarán haciendo los pasajeros, y existe una gran posibilidad de que encuentre alguna distracción. Una partida de cartas. O puede que alguien contando anécdotas. Hay algunos americanos a bordo, y siempre parecen tener las historias más sorprendentes. Y un curioso sentido del humor.

Esta noche, cuando finalmente se acueste, se preguntará si Irene Doehner se encontraba en la escalera porque estaba esperándolo a él, pero ahora solo piensa que se alegra de verla. Que la escalera es su lugar preferido del dirigible porque tiene la costumbre de toparse con ella allí. Está sentada en un escalón intermedio con un bordado de punto de cruz hecho un embrollo en la falda. Parece frustrada. Y luego encantada cuando lo ve. Irene se levanta y Werner advierte que no hay torpeza en el gesto. Simplemente está de pie en el lugar donde hace un momento estaba sentada.

Sonríe con timidez y ella le devuelve la sonrisa.
Inclina educadamente la cabeza.
—Disculpe, *Fräulein*.
Intenta sortearla, pero ella lo detiene.
—Un momento.

Werner no esperaba un beso. Se habría contentando con las sonrisas y unas cuantas miradas coquetas. Si fuese un muchacho audaz, habría buscado la manera de que su mano rozara la de ella una vez durante el vuelo. De modo que cuando Irene acerca sus labios suaves y menudos y los hunde en la comisura de su boca, Werner casi se cae de espaldas y rueda escaleras abajo. El beso apenas dura un segundo o dos, pero para él el tiempo se detiene y cada trocito de la sensación inunda su mente. Lo graba todo como si estuviera tomando apuntes para un examen. La forma en que el pelo de Irene le acaricia la oreja. Su agradable olor a jabón, con un ligerísimo toque de sosa. La tibieza de su boca. El zumbido agitado de su propia sangre a la altura de las orejas. Lo han besado. Es una sorpresa y un milagro.

Irene tiene una paleta ligeramente torcida. Werner lo ve

cuando se aparta y su sonrisa se amplía. Ella está encantada con su cara de asombro.

—Gracias —dice—, por la flor. La guardé. La tengo entre las páginas de un libro.

Werner está petrificado. Ha perdido la capacidad de habla. «Di algo, *Dummkopf*», piensa.

—Le traeré otra mañana —consigue decir tras un angustioso silencio.

No está seguro de si la voz le ha salido quebrada o chillona, o incluso si lo ha dicho en alto hasta que Irene ríe.

—La esperaré con impaciencia.

El pobre muchacho no sabe qué hacer a continuación. ¿Debería quedarse y darle conversación? ¿Debería devolverle el beso? ¿Debería ponerse a dar saltos de alegría como si hubiese metido el gol de la victoria en un partido de *Fußball*? Ha pasado mucho tiempo hablando de chicas con su hermano. Incluso ha mantenido algunas conversaciones con su padre. Pero nadie se ha parado a explicarle qué hay que hacer después de un momento como este. Y cuando se da cuenta de que está mirando a Irene con cara de bobo hace lo único que se le ocurre en ese momento: reír también —de una manera aguda y alegre que recuerda demasiado a una risita infantil para su gusto— antes de correr escaleras arriba.

Werner sube los peldaños de dos en dos y alcanza el rellano con un gran salto. «Los vatios en mi cara deben de ser cegadores», piensa. También él está medio cegado, porque tarda un par de segundos en percatarse de que Gertrud Adelt lo está observando. Lo ha presenciado todo.

LA PERIODISTA

Parece que al grumete lo haya alcanzado un rayo. Pero en cuanto la ve, su expresión de placer es sustituida por el pánico.

Werner se queda inmóvil en lo alto de la escalera, con la boca abierta. Gertrud solo tarda un segundo en comprender que puede sacar provecho de la situación. Sostiene un dedo en alto —silencio— hasta que la espalda de Irene se aleja. No es justo, pero ¿de qué le sirve su habilidad para intimidar si no la ejercita de vez en cuando? Y no puede decirse que el muchacho vaya a sufrir un daño permanente por lo que ella se dispone a hacer. Solo pasmo. Además, a la hora de tratar con adolescentes varones, es mejor mantenerlos en vilo.

—¿Es que quieres crearle problemas a esa muchacha? —pregunta.

Werner se encoge y Gertrud ha de ocultar su remordimiento tras una expresión de impasibilidad.

—No.

—¿A qué estás jugando entonces?

—¡A nada! Yo... ella me besó.

—Has estado coqueteando con ella. Le regalaste una flor.

El sistema circulatorio de un muchacho adolescente es superior al de cualquier otro ser humano. Solo eso puede explicar el color rabioso que se apodera de sus mejillas. Los adultos, sencillamente, no pueden ponerse tan rojos. Gertrud teme que el muchacho rompa a llorar o se desmaye, así que como acto de clemencia le pone una mano tranquilizadora en el hombro. Le da una palmadita suave.

—Se lo ruego, no...

—No voy a contar nada...

—¡Oh, gracias!

—No voy a contar nada —repite ella, más despacio esta vez— si me haces un pequeño favor.

El muchacho tendrá solo catorce años, pero es listo y cauto, y frunce el entrecejo con desconfianza.

—¿Qué clase de favor?

—La clase de favor en que haces lo que te pido sin hacer preguntas.

—Yo no...

—De lo contrario —prosigue Gertrud— iré a buscar al padre de Irene Doehner, que ahora mismo está en el paseo, y le contaré que su hija se dedica a besar a grumetes en los pasillos. Que guarda en sus libros las flores que le regalan. Que los chicos jóvenes no son de fiar y que debería vigilar mejor a su hija si no quiere que se aprovechen de ella. ¿Qué crees que pensará de eso un hombre como Hermann Doehner?

Werner es rápido y astuto, y sabe improvisar.

—O sea, que quiere sacarme de un problema para meterme en otro.

—Si quisiera buscarte problemas no me molestaría en intentar negociar. Si eres tan inteligente como pareces, podrás cumplir tu cometido sin correr ningún riesgo.

—¿Y si no es así?

Gertrud lo medita.

—Entonces los dos nos encontraremos en un apuro. ¿Te parece justo?

—Todo depende del cometido, supongo.

LA CAMARERA

Cuando Emilie fue contratada por la Deutsche Zeppelin-Reederei en 1936, la compañía difundió un comunicado de prensa y varias fotografías, una de las cuales la mostraba enjabonando a una niña en una bañera infantil. A simple vista parece que Emilie y la pequeña estén realmente a bordo del *Hindenburg* y que se trate de una foto espontánea de su vida laboral. Después de todo, Alemania estaba fascinada con la primera camarera del mundo a bordo de un dirigible. Además, su empleo en esta aeronave representa un hito para las mujeres. Emilie piensa en esa foto en algún momento de cada vuelo. No porque haya conseguido algo que no ha logrado ninguna otra mujer, sino porque le encantaría que hubiese una bañera en el *Hindenburg*. La foto era un montaje, obviamente. En el dirigible hay solo una ducha, y no es el lugar más cómodo para lavar a un niño. Pero los muchachos Doehner han pasado de desprender un olor fuerte a apestar directamente y su madre les ha ordenado que se duchen. Se ha traído a Emilie para que la ayude. Una vez que están dentro del cuartito, con los niños chillando y salpicándose debajo del chorro, Emilie cae en la cuenta de que la intención de Matilde también era crear un espacio donde poder hablar sin ser oídas.

—Tendrá preguntas, imagino.

Matilde cruza los brazos sobre el pecho —cómo lo consigue con esos senos tan grandes es un misterio para Emilie— y la mira expectante.

—Yo no lo llamaría preguntas.

—¿Dudas?

—Miedos. —Emilie recoge el pantalón de Walter del suelo y lo dobla con cuidado. Lo deja sobre el banco y hace lo propio con el de Werner—. ¿Cómo se enteró de mi situación?

La mujer se encoge de hombros.

—No tuve que indagar mucho, me temo. Anoche escuchamos una conversación durante la cena. En la mesa de al lado estaban hablando en inglés. Hermann lo habla mejor que yo, pero son gajes del oficio. Viajamos mucho y hablamos varios idiomas, aunque sospecho que no tantos como usted.

Emilie se concentra de nuevo en la ropa sucia. Pliega cada prenda con parsimonia. No quiere parecer demasiado impaciente.

—¿Quiénes conversaban en inglés?

—El capitán Lehmann y ese extraño americano.

—¿Qué dijeron de mí?

—Lehmann no mucho, en realidad. Pero el americano quería hacer un intercambio.

—¿De qué?

—De nombres. El nombre de alguien que viaja en el dirigible a cambio del nombre de un miembro de la tripulación que planea quedarse en Estados Unidos.

—¿Y ese americano le dio mi nombre?

—Sí.

Emilie piensa en la placa identificativa.

—¿El capitán Lehmann le dio un nombre a su vez?

—No. El americano anotó algo en una servilleta, y cuando el capitán lo leyó dijo que se lo daría más tarde.

Emilie intenta controlar el nerviosismo en su voz.

—¿Algo más?

—No, pero fue suficiente. Cuando volvimos al camarote, Hermann propuso que le ofreciéramos el puesto. Nosotros necesitamos una institutriz y usted quiere abandonar Alemania, o por lo menos no ha negado que sea ese su deseo.

—¿Le ofrecería empleo a una mujer que apenas conoce?

—No. —Matilde descarta esa idea con un gesto de la mano—. Robaríamos a los nazis la primera camarera del mundo que trabaja en un dirigible. Una mujer que habla varios idiomas. ¿Cuántos exactamente?

—Con fluidez, siete, y me defiendo en otros tres.

—¡Diez idiomas! Asombroso. Es un don excepcional. Verá, mi marido y yo la queremos no solo para que nos ayude con nuestros hijos, sino para que los instruya. Nosotros le enseñamos el mundo y usted ayuda a Irene, Werner y Walter a aprender a moverse por él. Creo que es un trato justo.

—No es tan fácil. El capitán Lehmann sabe que tenía planeado abandonar Alemania. Me ha amonestado y ha confiscado mis documentos. —Mira a Matilde—. No me permitirán desembarcar del dirigible cuando aterricemos.

—¿Es eso lo que le preocupa?

—¿Le parece poco? Estaré bajo arresto.

Matilde otorga a esas palabras la misma importancia que si estuvieran hablando de burlar un toque de queda.

—Eso no será un problema. —Asoma la cabeza por la cortina y entrega a cada uno de sus hijos una manopla y una pastilla de jabón—. Lavaos todas vuestras partes. Especialmente las que no podéis ver. Tenéis cinco minutos.

—Son unos chicos estupendos y me encantaría cuidar de ellos, pero me temo que no comparto su optimismo con respecto a mi situación.

—¿Qué otra alternativa tiene?

—Regresar a Alemania y seguir trabajando con la Zeppelin-Reederei. —Emilie no menciona a Max, tampoco su proposición de matrimonio. Eso es demasiado privado y no quiere compartirlo con Matilde Doehner. Todavía no.

Matilde piensa en ello y cambia de táctica.

—¿Sabe cómo se gana la vida mi marido?

—No.

Matilde ríe.

—Yo tampoco, si le soy franca. No del todo, por lo menos. Pero lo que sí puedo decirle es que es el director general de Beick, Félix y Compañía, una farmacéutica con sede en Ciudad de México. Coquetean con algunos medicamentos, pero se dedican, sobre todo, a las vacunas. Según su visado, Hermann viajó a Alemania para crear una filial en Hamburgo. Mi visado y el de mis hijos atestiguan que le acompañábamos como familiares a su cargo.

Emilie entorna la mirada.

—¿Me está diciendo que no es el caso?

—Es una verdad a medias. Uno de los químicos de Hermann desapareció hace unos meses. El viaje fue una excusa para buscarlo.

Hay una docena de preguntas que Emilie podría hacer en este momento, pero tiene la impresión de que Matilde está más interesada en terminar su historia, así que aguarda en silencio a que continúe.

—Este químico es un buen amigo nuestro. Un hombre amable. Prácticamente un genio, si quiere que le diga la verdad. Generoso. Encantador. —Matilde saca dos toallas de la bolsa de lona que tiene a los pies—. Se llama David Rothstein. Es judío. Y critica abiertamente a Adolf Hitler.

—Oh. —Emilie comprende al fin adónde quiere llegar frau Doehner.

—Esa es la Alemania a la que usted volvería. Un lugar donde las mentes brillantes son perseguidas simplemente por pertenecer a una raza impopular.

Emilie ignora si Matilde sospecha o no de sus orígenes. Pero, cuando menos, posee una percepción asombrosa de la situación política en Alemania.

—Su oferta es tentadora. No me malinterprete, por favor. Simplemente no creo que pueda funcionar.

Una vez más, Matilde se muestra tranquila.

—¿Alguna vez ha estado en público con niños, fräulein? ¿Ha desembarcado con ellos de un transatlántico o un dirigible?

Emilie niega con la cabeza.

—¿Alguna vez ha llevado de compras a tres chiquillos o ha caminado por la calle tirando de ellos? ¿Entrado en un banco, en un colmado o en un parque con una prole de pequeños gamberros?

Es una pregunta interesante, pero Emilie no ve qué relación puede tener y se pregunta si Matilde está intentando frotar sal donde cree percibir una herida abierta.

—No.

—Debería probarlo, es un experimento fascinante. —Coge las toallas del banco y las sacude—. Por muy adorable o despampanante que sea una mujer, cuando está en público con niños se vuelve invisible. En una ocasión vi a Luise Rainer en una parada de autobús de Düsseldorf —era su ciudad natal, ella la hizo famosa— al lado de dos niños gemelos. Ni siquiera eran suyos. Ella iba vestida como una estrella de cine. Trece hombres subieron a ese autobús y siete bajaron, y ni uno solo se fijó en ella. ¿Por qué? Porque tenía dos niños sentados a sus pies. Así son las cosas para todas las mujeres que tienen hijos. A mí me jubilaron en cuanto nació Irene. Los niños son el camuflaje perfecto.

—¿Me está ofreciendo a sus hijos como camuflaje?

—Mañana, cuando tomemos tierra, la actividad será frenética. Llegaremos con retraso. Unos pasajeros tendrán prisa, otros estarán nerviosos. La tripulación estará muy ocupada. Habrá un gran gentío aguardando nuestra llegada. Usted llevará puesto uno de mis vestidos...

—Soy mucho más alta que usted.

—Entonces llevará su falda y una de mis blusas. Y mi sombrero. Saldrá del brazo de mi marido...

—También soy más alta que él...

—Entonces camine encorvada...

—Pero...

—Tendrá a mis hijos a su lado y nadie la verá. Se lo garantizo.

—¿Y usted?

—Yo esperaré en el camarote y saldré poco después. Me mezclaré con la gente y me encontraré con usted en el coche que estará esperándonos en el aeródromo. Y desapareceremos. Vendrá a Nueva York con nosotros. Cuba. México. Cuando quiera darse cuenta, Alemania será un recuerdo lejano.

Emilie desea eso. Lo desea de verdad. Y, sin embargo, el corazón se le encoge ante la idea. Aparta de su mente la cara de Max.

—Seguro que alguien me ve. Cuando traigan el equipaje, o puede que antes. No funcionará.

Matilde abre la cortina de la ducha. Cierra el agua, envuelve a cada hijo con una toalla y olisquea sus cabecitas rubias para asegurarse de que han seguido sus instrucciones. Matilde no argumenta con Emilie mientras intenta secarlos. Pero los chiquillos tienen cosquillas y se revuelven, y finalmente se da por vencida. Walter y Werner lanzan gotas de agua de sus cabellos y ríen mientras intentan vestirse con el cuerpo empapado. Matilde los mira de arriba abajo con detenimiento antes de echarlos del cuarto de la ducha con una palmadita en el trasero.

—No me subestime, fräulein —concluye—. No sería la primera persona a la que saco furtivamente de un país. Se me da muy, pero que muy bien. Pregunte a David Rothstein.

EL AMERICANO

Es cerca de medianoche y en el comedor de la tripulación solo hay cinco almas agotadas. Cuatro de ellas acaban de terminar su turno y la quinta está quebrantando las normas con su presencia. Pero el americano nunca ha sido dado a respetar las reglas. Tampoco es la clase de hombre que ignoraría una timba de póquer una vez que sabe de su existencia. Ellos no pretendían que se quedara —lo supo por la expresión de sus caras cuando lo vieron entrar hace veinte minutos— pero les ha dado una buena razón para dejar a un lado el reglamento. El solitario de Margaret Mather. Lo arrojó sobre la mesa y dejó que rebotara hasta detenerse. El diamante parecía una pequeña fortuna en medio de ese montón de marcos desgastados. El jefe de camareros retiró una silla y le invitó a quedarse.

—Hay más en el lugar del que proviene.

—Me gustaría saber dónde adquirió semejante baratija. Lamentaré profundamente mi invitación si dice que la ganó al póquer.

Era un intento poco entusiasta de resultar amenazador. Pero Kubis estaba casado y el americano podía ver que ya tenía planes para el anillo.

—Fue parte de mi acuerdo de divorcio. Había pensado venderlo junto con otras joyas cuando llegara a Nueva York, pues es evidente que ya no me hacen falta. Pero no me importaría probar suerte con ellas esta noche. —El americano levantó la vista y cruzó una mirada con cada uno de los hombres allí reunidos—. Siempre y cuando no les importe. También tengo efectivo, si lo prefieren.

Ni un solo jugador puso objeciones. Juntaron las sillas. Encogieron los codos. Farfullaron bienvenidas. Le repartieron cartas.

Ahora estudia sus cinco naipes —una mierda cada uno de ellos— pero mantiene el rostro impertérrito.

—Paso —masculla, y echa un marco al bote.

El resto lleva cerca de una hora jugando. Ya han calentado motores, ya se han hecho una idea de cómo funcionan los demás. Tendrá que apresurarse en darles alcance. No le resultará difícil. El póquer es un juego idóneo para sus particulares habilidades.

De sus cuatro contrincantes, Heinrich Kubis es el más fácil de leer. Intenta mantener la expresión neutra, pero está tan concentrado en enmascarar el rostro que se olvida del resto del cuerpo. Echa el torso hacia delante cuando tiene una buena mano, pero si es mala se inclina hacia la izquierda, contra el brazo de la silla. No para de moverse, de buscar una posición cómoda.

Xaver Maier quiere fumar. Estaría mucho más cómodo jugando en un rincón discreto de un bar de mala muerte, donde podría fumar, beber y dominar la partida, que en este dirigible lleno de normas. Así que está nervioso. Frunce la boca y golpetea las cartas contra la mesa, pero solo cuando cree que puede ganar. Si sospecha que va a perder, apoya las cartas en el regazo y espera.

August Deustchle es el rival más fuerte para el americano. Sabe jugar. No le inquieta la idea de perder dinero y tiene la certeza de que lo recuperará. Es el que eleva la apuesta en cada mano, obligando a los demás a sobrepasar el límite en el que se encuentran cómodos. No se tira muchos faroles, pero le gusta desafiar a quien los hace.

Y, por último, está Ludwig Knorr. Ese hombre le pone nervioso. Ludwig es un hombre grande, y las cartas parecen diminutas en sus manos anchas y llenas de cicatrices, como si estuviera jugando con una baraja para niños. Tiene la inquietante costumbre de no mirar nunca a los ojos, ni siquiera cuando responde a una pregunta directa. Es evasivo. Reservado. Oculta sus cartas y sus emociones. Por fortuna, no destaca como jugador de póquer, de lo contrario sería muy peligroso.

A lo largo de los últimos veinte años el americano ha aprendido que las personas no pueden mantener más de un secreto. Y mientras estos hombres protegen sus cartas, toda su energía y sus pensamientos están concentrados en ese propósito. Quieren ganar el bote que hay en la mesa. Hasta el último de ellos ha pensado ya en qué se lo gastará. La deuda que saldará. La chica a la que seducirá. Razón por la cual ninguno presta excesiva atención a la conversación que se desarrolla en la mesa, las preguntas que se hacen o las respuestas que se dan.

Gertrud Adelt le dijo que la placa identificativa pertenecía a Ludwig Knorr, mientras que el capitán Lehmann le explicó que era de Heinrich Kubis. Uno de esos dos hombres estaba en el zepelín que arrojó las bombas sobre Coventry en 1918, y solo hay una manera de averiguar quién de ellos fue.

—¿Cuánto tiempo llevan volando? —pregunta el americano.

Kubis es el primero en responder.

—Desde 1912. Serví en el dirigible *Schwaben*. El primer camarero aéreo de la historia.

El jefe de cocina gruñe.

—Nunca pierde la oportunidad de recordárnoslo. Cierra el pico de una vez. Ya nos hemos enterado de que has hecho historia, de que eres especial.

—¿Y usted? —continúa el americano. Deja una carta sobre la mesa. Coge otra.

Xaver Maier se encoge de hombros.

—Cuatro años. Empecé en el *Graf Zeppelin*.
—Novato —resopla Ludwig Knorr.
—Viejo —replica Kubis.
—Lo bastante para ser tu padre.
—Mi padre es más guapo.

La partida transcurre en ese tono. Intercambiando cartas e insultos. Añadiendo dinero al bote. Contando sus experiencias con los zepelines.

—Yo solo llevo un año y medio —dice August Deutsche.

Xaver ríe.

—Un bebé.
—Soy mayor que tú.
—Tú aún mamas de la teta de tu madre.
—Prefiero las tetas de la tuya.

Eso hace que el americano piense en su hermano y en lo mucho que su madre se lamenta de que los niños varones son como los perros y cuando están en manada hacen cosas que nunca harían en solitario. La edad no tiene nada que ver con eso. Sobre todo porque los niños nunca terminan de madurar. Solo envejecen. La camaradería masculina se presta a los insultos. Nunca se ve a hombres que se caigan mal e intercambien pullas sin derramamiento de sangre. Los amigos, en cambio, puede ser extremadamente crueles y acabar queriéndose más que antes. Es una relación de humor, risas y rivalidad. Los insultos se convierten en expresiones afectivas. Eso es lo que más añora el americano del ejército.

—Yo soy el más veterano —dice sin más Ludwig Knorr.

Otro gruñido. Xaver lanza una moneda al bote.

—Como siempre.
—Hice mi primer vuelo en 1906. Pero era un globo aerostático. Llevo en los zepelines desde 1912.
—Me temo que me ganan todos —dice el americano—. Yo me estrené hace seis meses con el *Graf Zeppelin*. Este dirigible me gusta más, pero, puestos a elegir, preferiría viajar por tierra.

Ludwig trata de ocultar su desdén.

—¿Le dan miedo las alturas?

—Solo al caer. —Ordena sus cartas. Está listo para igualar la apuesta—. Simplemente prefiero estar en el suelo si se produce un desastre. Es más fácil plegarse y rodar.

Knorr entorna los párpados.

—¿Sirvió en el ejército?

—Una temporada, 1918 en su mayor parte. Francia. ¿Usted?

—Casi toda mi vida. Toda la Gran Guerra.

Ludwig Knorr no levanta la vista. Es un terreno delicado. Dos hombres que han luchado en bandos contrarios del mismo conflicto sentados a la misma mesa. El jefe de aparejadores se retrae un poco más. Pierde la expresión jocosa. Se transforma de nuevo en soldado delante de los ojos del americano.

Mira a Heinrich Kubis, pero la pregunta es para toda la mesa:

—¿Alguien más?

—No —dice Kubis.

Maier y Deutschle niegan con la cabeza. El americano lo ve con el rabillo del ojo.

—Bien —dice extendiendo sus cartas sobre la mesa. Cuatro iguales. Dieces y el as de picas—. Gano.

Se dispone a recoger sus ganancias cuando Ludwig muestra sus cartas con una sonrisa fría. Escalera de color. Corazones. El americano observa cómo el anillo de Margaret Mather desaparece en el bolsillo de la chaqueta del jefe de aparejadores.

Ha encontrado su blanco —Ludwig Knorr—, pero, curiosamente, no siente una gran satisfacción. Lehmann le ha mentido. Está claro que el capitán no confía en él, y hace bien. Pero ¿por qué poner en peligro a un hombre para proteger a otro? El americano tiene que concentrarse, avivar su intuición. Estudia a los dos sujetos y la respuesta enseguida se le hace evidente. Heinrich Kubis es inocuo. Arrogante, sí, pero no representa una amenaza, y casi siempre está rodeado de gente. Y Lehmann lo sabe. Ludwig Knorr, en cambio, es un tipo de hombre muy diferente. Lehmann corrió un riesgo deliberado con la esperanza de distraerlo. No importa. Mañana matará a Ludwig Knorr. Y luego destruirá el *Hindenburg*.

EL GRUMETE

Werner Franz está de cuclillas frente a la puerta batiente que comunica la cocina con el comedor de la tripulación. Es más de medianoche y el americano lleva tanto tiempo ahí dentro que está empezando a sentir calambres en las piernas. He aquí su cometido: espiar al americano. Frau Adelt quiere saber con quién habla y qué dice. Quiere saber dónde se sienta. La periodista fue muy clara sobre esos detalles, pero cuando él le preguntó a qué venía tanto interés, ella replicó que no era asunto suyo.

El chico no sabe nada de póquer, aunque le han contado que no es tan diferente del ajedrez en cuanto que también requiere una cara seria y una buena dosis de estrategia. Pero su padre siempre le dice que el ajedrez es un juego para hombres inteligentes y que él está educando a Werner para que sea un hombre inteligente, no uno que dependa del azar. De modo que así es como pasan el rato cuando Werner está en casa. Sentados a la mesa de la cocina, junto a la escalera de incendios, charlando sobre las ventajas de la defensa Siciliana frente a la defensa Alekhine. El gambito de Reina. La apertura Inglesa. El ataque Stonewall. Ensayan los movimientos con las piezas en la mano y la mirada en el tablero, el nombre de cada jugada y el de cada pieza como un recordatorio de tácticas militares arcanas. Werner se pregunta si los hombres del comedor tienen nombres para sus jugadas. ¿Es un farol a secas o un farol ciego? ¿Una escalera o una escalera de mano? ¿Hay espacio para la creatividad en un juego de azar o el jugador depende únicamente de su suerte y su habilidad para despistar?

Los jugadores están hablando ahora de vuelos, del tiempo que han trabajado en el *Hindenburg*, de su servicio en el ejército. Este tema en concreto parece interesar especialmente al americano. Muestra una gran curiosidad por Ludwig Knorr y la época que sobrevoló Inglaterra durante la Gran Guerra.

El americano todavía no ha ganado una sola partida. ¿O es una mano? Werner no está seguro. Sea como sea, han repartido las cartas varias veces y el americano se ha quedado corto en todas ellas. Sin embargo, el grumete sospecha que eso está a punto de cambiar porque ha perdido algo valioso en la última mano, y ahora arroja algo pesado y metálico en medio de la mesa que hace que las monedas se dispersen en todas direcciones. Los demás jugadores sueltan una exclamación ahogada. Uno de ellos silba.

—Les dije que tenía más —se jacta el americano.

—¿Tan seguro está? —Parece la voz de Heinrich Kubis.

—Mi esposa tenía un cuello grueso. Nunca le quedó bien.

Un collar, entonces. El americano está apostando joyas. Con razón le dejaron entrar en la partida. Werner intentó entrar en una ocasión, pero solo podía apostar los cinco marcos que había ganado de propina el día previo y los hombres lo echaron del comedor. Sospecha que no le dejan jugar porque toda la tripulación sabe que trabaja para ayudar a su familia y nadie quiere ser responsable del perjuicio que supondría para su hermano y sus padres que perdiera. La mayoría de ellos son hombres duros y toscos, pero también honestos. Y muchos tienen esposa e hijos. Saben lo que es no llegar a fin de mes y lo amargo que resulta cuando la causa es la propia estupidez.

Los jugadores apuestan, suben, se retiran. Dos jugadores abandonan disgustados la timba. Al final, el americano gana. Las cartas golpean la mesa. Alguien maldice. El americano se lleva el collar y todo lo demás. Werner se esfuerza por recordar esos detalles a fin de poder transmitírselos a Gertrud Adelt.

Echan más dinero al bote. Vuelven a repartir cartas. Los

hombres intercambian anécdotas de la guerra. Y el americano gana de nuevo. Werner deja de prestar atención a la partida. Está fascinado. Los hombres raras veces hablan de batallas y burdeles cuando él anda cerca, de modo que no repara en el momento en que el americano anuncia su retirada. Oye las pisadas, pero no tiene tiempo de escabullirse. Antes de que pueda ponerse en pie, el impulso de la puerta lo tumba. No gime ni grita cuando su coxis golpea violentamente contra el suelo, por lo que su presencia no es detectada por los tripulantes que siguen en el comedor. Están inclinados sobre la mesa, estudiando una nueva mano de cartas, tratando de recuperar lo que han perdido. Cuando la puerta se cierra, el americano se cierne sobre la figura agazapada con una mirada asesina.

CUARTO DÍA

JUEVES, 6 DE MAYO DE 1937 – 5.35 H,
HORA DEL ESTE DE ESTADOS UNIDOS

COSTA ESTE DE ESTADOS UNIDOS, CERCA
DE PORTLAND, MAINE

TRECE HORAS Y CINCUENTA MINUTOS
PARA LA EXPLOSIÓN

En contra de lo que pensaba la mayoría de la gente, yo consideraba el zepelín un arma de guerra deficiente. Creía que esa enorme cámara de combustible y gas explosivo era fácil de destruir.

WINSTON CHURCHILL,
Primer Lord del Almirantazgo

LA PERIODISTA

—¿Crees que te creyó? —pregunta Gertrud.

El camarote está en penumbra —apenas una insinuación de luz entra por las ventanas orientadas al oeste— y envuelta por la quietud que precede al alba. La voz de Gertrud es casi una intrusión, pero sabe que Leonhard está despierto, que lleva despierto por lo menos una hora, porque está dibujando pequeños círculos alrededor de los nudos de su columna. Lenta, metódicamente. Desde el coxis hasta la base del cráneo, no se salta ni una vértebra.

Tendida sobre el pecho de su marido, puede sentir su respuesta: un no con la cabeza.

—No, *Liebchen*, no lo creo.

Gertrud no necesita explicar su pregunta. Él sabe perfectamente a qué se refiere. Y está furioso consigo mismo por haber caído en una trampa tan bien preparada. Naturalmente que ellos dos solos no habrían podido averiguar el nombre del propietario de la placa identificativa. Y la explicación despreocupada de Leonhard sobre la capacidad deductiva de los periodistas no convenció al capitán Lehmann anoche en el bar. El capitán sabe que Leonhard le ha mentido, y eso los deja en una situación de desventaja. Hablaron durante más de una hora y cuando Lehman lo presionó, Leonhard se vio obligado a contarle sus sospechas con respecto al americano y su interés por Ludwig Knorr. Por fortuna, no mencionó la participación de Emilie en su descubrimiento.

Gertrud se hunde un poco más en el brazo desnudo y caliente de su marido.

—Gracias por protegerla.

—Nunca se desvelan las fuentes, ¿no? —murmura él contra su pelo.

—Es una amiga —asegura ella, y a renglón seguido se corrige—. Al menos por mi parte.

—Pensaba que tú no hacías amigas.

—El fin del mundo.

Leonhard ríe y rueda sobre ella hasta inmovilizarla contra el colchón con el peso de su cuerpo.

—¿Qué voy a hacer contigo?

—Llevarme a casa.

Es lo más parecido a una súplica que Gertrud está dispuesta a ofrecer, y Leonhard se encoge al oír el tono de desesperación en su voz.

—Lo estoy intentando.

—A mí me parece que vamos en la dirección contraria.

—Hay que pasar por esto, *Liebchen*. ¿Quieres volver junto a Egon? Para eso hay que pasar primero por Lakehurst, Nueva York y la maldita gira de promoción. Si nos saltamos un solo paso, no tendremos un hijo junto al que volver.

Leonhard nunca ha hablado con tanta crudeza, aunque ella hace tiempo que sabe que lo que dice es cierto.

—¿Eso fue lo que te dijo Goebbels?

—Eso y más.

A Gertrud se le corta la respiración.

—Lo siento mucho. Yo soy la culpable de esta situación.

—No, simplemente te utilizaron como excusa. Soy yo el que ha colaborado en la creación de un libro sobre la aviación alemana y la reciente toma de poder de los nazis. Soy yo quien se ha convertido en una figura pública ahora que el libro se editará en todo el mundo. Soy yo el que ha hecho de nosotros un blanco fácil.

—Pero yo no ayudé a mejorar las cosas.

—No, pero las hiciste mucho más interesantes.

Leonhard descansa la cabeza en la curva del cuello de Gertrud, como si estuviera protegiéndola de un agresor.

—Lo siento, *Liebchen*.

El ambiente es pesado, excesivo para Gertrud. Hace cosquillas a Leonhard en las costillas hasta que él la maldice y se aparta.

—No puedes evitarlo. Siempre has provocado polémica con tus palabras. Me llevaría una decepción si dejaras de hacerlo.

—¿Es eso lo que quieres, entonces? ¿Provocación? —Leonhard desliza una mano por la cadera desnuda de Gertrud, la baja por el muslo.

—Tentador —dice ella—, pero ahora mismo preferiría dormir.

—Entonces, ven a casa.

Leonhard la rodea con un brazo y la atrae hacia su pecho mientras le susurra su frase favorita. La primera vez que hicieron el amor, él le dijo que tenerla en sus brazos era como estar en casa. Así que ahora, cada vez que Leonhard la quiere cerca, le pide que venga a casa. Y ella regresa de buen grado al calor de su ancho pecho. Gertrud está sumergiéndose en un agradable sopor cuando la asalta una pregunta.

—¿Qué hacemos con el americano? Lehmann ha tenido en cuenta tus palabras, pero está esquivando el asunto. Los dos lo sabemos.

Leonhard guarda silencio. Sube la manta hacia los hombros desnudos de ambos.

—Primero descansamos. Luego dejamos que pase el tiempo y nos apeamos de este condenado dirigible cuando aterrice mañana. Con suerte no tendremos que ocuparnos del americano. Hemos sembrado la duda en Lehmann. Ahora le corresponde a él actuar.

—¿Y el grumete?

—¿Qué pasa con él?

—Anoche no volvió.

El sopor se apodera de la voz de Leonhard.

—Búscalo por la mañana. Que te cuente qué ha averiguado.

Gertrud se sumerge en ese vacío dichoso conocido como sueño. Y mientras desciende piensa en Werner. En que tiene que encontrarlo. Piensa en la peculiar absurdidad del varón adolescente. Piensa en chicos. En chicos y hermanos. Algo sobre hermanos. ¿Uno, o cuatro, o algo por el estilo? Una contradicción que ha oído. Y al instante la idea la abandona y su mente frenética queda suspendida en una paz temporal.

EL TERCER OFICIAL

Max baja a la cabina de mando exactamente veinticinco minutos antes de su turno. Es algo inusual en él, y Christian Nielsen lo mira con recelo, encogiendo los rabillos de sus ojos cansados.

—No podía dormir —explica cuando entra en la sala de navegación. Se detiene frente a la ventana con las manos hundidas en los bolsillos y contempla el paisaje durante cinco minutos antes de caer en la cuenta de algo obvio—. Eso no es New Jersey.

—Maine —responde Nielsen.

—Tendríamos que estar sobrevolando New Jersey. —Mira el reloj que hay sobre la mesa de navegación—. Deberíamos aterrizar esta mañana.

—Más viento de proa. Pruss llamó por radio a Lakehurst para comunicarles que llegaremos más o menos a las cuatro de la tarde. Ahora que estamos sobre el continente puede que con un poco de suerte recuperemos algo de tiempo, aunque no será mucho.

El comandante Pruss está en el timón, contemplando la luz plomiza del amanecer por las ventanas frontales de la cabina de mando. La persistente nubosidad que los ha acompañado durante todo el vuelo también está presente aquí, pero su aspecto es más siniestro. No hace comentarios sobre el retraso ni saluda a Max. Mantiene las manos sobre el timón, fulminando la bruma con la mirada, retando al tiempo a empeorar. No pueden permitirse más demoras.

Llevan lidiando con vientos de proa desde la primera noche, pero este es un retraso mayor aún del que Max esperaba. Creía que iban cinco o seis horas por detrás de la hora de llegada prevista, pero no —vuelve a mirar el reloj para corroborar sus cálculos mentales—, son diez.

—¿Cómo ha ocurrido? —pregunta a Nielsen.

—La corriente en chorro arreció al este de Nueva Escocia. Había una zona de bajas presiones frente a la costa y cuando entramos en ella perdimos mucha velocidad.

Es increíble lo que puede suceder mientras un hombre duerme. Max daba vueltas en su cama a menos de veinte metros de allí justo cuando el dirigible prácticamente se detuvo sin que él se enterara. Solo ha dormido dos horas, tres como mucho. Pero ahora tiene un plan, y eso es más de lo que tenía ayer.

No responde a Nielsen. Teme que su voz deje entrever su alivio. Le preocupaba no disponer de tiempo para hacer lo que necesita hacer, pero este retraso providencial le ha regalado un tiempo que no esperaba. Puede que no todo esté perdido, después de todo.

Nielsen está a punto de terminar su turno y se diría que ya tiene la mente puesta en el desayuno. Max no puede evitar cierto regocijo al comprender que Xaver Maier se verá obligado a preparar hoy unas cuantas comidas inesperadas. Decide pasarse por la cocina más tarde para regodearse.

Cuando, unos minutos más tarde, Werner anuncia la llegada del café, es Max quien sube a recoger la bandeja. Si el grumete se sorprende de verlo tan pronto en la cabina de mando, no lo menciona. Pero tampoco mira a Max a los ojos. Algo le pasa.

—¿Qué ocurre? —le pregunta.

Werner menea la cabeza.

—Nada.

Max baja la voz hasta casi un susurro.

—Dímelo mirándome a los ojos.

Werner tiene la mirada clara, y no parece que esté herido. Lleva el uniforme limpio y planchado. La raya del pelo recta. Pero no hay luz en sus ojos.

—Estoy bien —asegura, pero sostiene la mirada curiosa de Max con reticencia.

—No te creo.

Werner titubea. Suspira.

—Anoche no estaba en su camarote cuando regresé. Usted me ordenó que regresara. Esperé todo lo que pude.

La voz del muchacho suena herida y acusadora, y Max siente una punzada de remordimiento.

—Lo siento...

Werner se aleja de la escotilla unos centímetros.

—Tengo que contarle algo —susurra, pero cuando Max se inclina hacia delante, intrigado, el muchacho señala con el mentón al comandante Pruss—. Ahora no.

EL AMERICANO

—¡Desayuno para las perras! —Joseph Späh coloca un plato delante de las narices del americano.

—¿Disculpe?

—Vamos, no me sea mojigato. Es una manera totalmente

correcta de referirse a los perros hembra. Perros que, debo añadir, están esperando su comida.

—Ulla es hembra, Owens, no; por lo tanto, su empleo del plural es incorrecto.

—¿Owens?

—Había que ponerle un nombre.

—Pero no un nombre estúpido.

El americano lo mira con desdén, así que Späh pone cara de súplica y adopta un terrible acento inglés.

—Mi buen amigo, ¿me concedería el honor de acompañarme a dar de comer a los canes?

Es muy probable que Werner Franz ya haya dado de comer a Owens, pero el americano decide guardarse esa información.

—¿Por qué no? —accede al fin—. Tampoco tengo nada mejor que hacer.

A estas alturas ya se ha convertido en un ritual. El americano sigue a Späh por la puerta de seguridad y la pasarela de la quilla. El pequeño acróbata contempla nostálgico la estructura cruciforme cuando pasan por debajo. Le explica que con algo de práctica podría crear un verdadero espectáculo con esa estructura. Están hablando de las virtudes de dicha exhibición cuando un hombre se acerca a ellos por la pasarela que conduce a la góndola del primer motor.

—¿Qué están haciendo aquí?

La voz es fuerte, profunda, autoritaria. Es la voz de Ludwig Knorr.

—Lo mismo que llevo haciendo dos veces al día desde que este dirigible salió de Frankfurt. —Späh hace una reverencia—. Dar de comer a mi perra.

—Los pasajeros no pueden estar en esta sección del dirigible.

Knorr mira al americano y recibe un encogimiento de hombros como respuesta.

—Dígaselo a todos los tripulantes que me han visto cruzar esta pasarela durante los últimos tres días —replica el acróbata.

Si Späh ha sido interceptado durante sus visitas solitarias a la bodega, no se lo ha mencionado al americano. Lo más probable es que sea un farol.

Knorr no parece convencido.

—Nombres.

—Joseph Späh. —El hombrecillo mira al americano—. Este no sé cómo se llama. Nadie lo sabe. Pero en un apuro responde a Gilipollas.

—Sus nombres no, los de...

—Entiendo. Quiere decir los nombres de los perros. Ulla y Owens. Este último es el nombre más estúpido que he oído en mi vida para un perro. Pero no puede esperarse mucho más de Gilipollas.

—Escuche, *Arschmade*, me refería a los nombres de los tripulantes. Quiero los nombres de los hombres que les permitieron entrar aquí.

—No se lo pregunté. Y en cualquier caso tampoco me acordaría. Son ustedes tantos. Y se parecen mucho con sus aburridos uniformes grises.

El americano reprime una carcajada. Späh es rápido y ocurrente. Posee un ingenio agudo y el ritmo ágil de un hombre acostumbrado a interrumpir con preguntas. Está disfrutando enormemente con este juego. Sin embargo, el parloteo irrita al jefe de aparejadores, que levanta una mano para hacer callar al hombrecillo.

—Los acompañaré a la bodega. —Knorr los fulmina con la mirada—. Y luego los devolveré a la zona de pasajeros.

Knorr encabeza la marcha con actitud de mártir y observa a la pareja dar de comer a los perros y recoger sus inmundicias desde la distancia, molesto y decidido a que se le note. En realidad, el americano no tenía intención de participar en este ritual y lo encuentra sumamente desagradable. Los perros no son criaturas pulcras. La manera en que comen y la manera en que defecan y se limpian le repugnan, sobre todo Owens, con los pequeños terrones de mierda pegados al culo. Pero es muy consciente de la mirada curiosa de Ludwig Knorr y hace lo que se espera de él.

Están terminando cuando Werner Franz entra en la bodega con una bolsa de papel llena de sobras. Mira uno a uno a los hombres, a Späh y a Knorr primero, pero cuando ve al americano no puede ocultar su pánico. El americano menea la cabeza casi imperceptiblemente. «Ni una palabra», le ordena con la mirada.

—¿Qué haces aquí? —le pregunta Knorr.

El grumete señala con una mano trémula la jaula de mimbre.

—He venido a dar de comer al perro.

Al ver a Werner, Owens empieza a dar brincos y a empujar los estrechos barrotes con el hocico, suplicando atención. «Criatura estúpida y patética, qué fácil es comprar tu cariño», piensa el americano. Cuando Werner acerca la mano, el perro la lame con devoción.

Knorr observa esa muestra de afecto unos instantes.

—¿Por qué?

Es una pregunta que proviene directamente de un superior, y el americano no puede reprochar al muchacho que responda la verdad.

—Me pagan por hacerlo.

Knorr baja el tono. Intrigado.

—¿Quién?

A Werner no le tiembla la voz cuando contesta. Ha elegido su camino y no piensa desviarse.

—Él.

La curiosidad de Knorr se vuelve ahora hacia el americano.

—Por lo visto tiene usted la costumbre de estar donde no debe.

La timba de póquer. La bodega. La curiosidad de Knorr se torna de inmediato en desconfianza.

—Es un vuelo largo y me aburro con facilidad.

—¿Ese perro es suyo? —pregunta el jefe de aparejadores.

El americano hace una pausa, la justa para elegir la mentira. Pero cuando habla, lo hace de manera clara y firme.

—Sí.

Knorr no lo cree, eso es evidente. Sin embargo, no discute mientras Werner y Späh los observan con patente asombro.

—Es muy feo —dice, y se vuelve hacia el grumete—. Termina lo que estás haciendo y acompaña luego a estos hombres a la zona de pasajeros. No deben entrar aquí mientras el dirigible se encuentre en el aire. ¿Queda claro?

—Sí.

Knorr gira sobre sus talones y regresa a la panza de la aeronave. El americano ve alejarse su espalda hasta que la puerta de la bodega se cierra. Se permite la breve fantasía de hundir un cuchillo entre esos omóplatos.

—¿Qué ha sido eso? —pregunta Späh.

—Eso —responde el americano— es una complicación.

EL TERCER OFICIAL

13.55 h - Cinco horas y treinta minutos para la explosión

Max juguetea con el llavero que pende de su cinturón. Intenta tomar una decisión. Reunir valor. Buscar una excusa creíble en el caso de que lo descubran. Y si es sincero consigo mismo, ese es el resultado más probable, porque el comandante Pruss se encuentra a solo tres metros de él, frente al timón, discutiendo sobre el retraso con el coronel Erdmann en un tono de voz no del todo bajo. No han llegado todavía a los aspavientos, pero ambos están disgustados. Si Max va a llevar a cabo su plan, debe hacerlo ahora.

El idiota que decidió que «Al hombre osado, la fortuna le da la mano» está claro que no tenía pulso. Max nota cómo la sangre le aporrea los oídos cuando su mano se cierra sobre la llave de la caja fuerte de los oficiales. Siente su peso frío en la piel como una acusación, una violación flagrante del protocolo.

Se inclina sobre la mesa de navegación con los antebrazos apoyados en la lustrosa madera, como si estuviera estudiando algo. Al final es fácil. Deja caer el brazo derecho. Introduce la llave en la cerradura y la gira. La puerta de la caja se abre unos centímetros sin el menor chirrido y Max solo tiene que inclinarse un poco más para agarrar el sobre marrón que Pruss se llevó de la cabina de Emilie. No hurga para asegurarse de que ha cogido el sobre correcto porque el resto de la caja está vacía. Sus dedos apenas titubean cuando sacan el paquete y lo esconden debajo del diario de vuelo. Echar la llave resulta más difícil ahora que tiene la mano sudada. Contiene el aliento mientras lucha por conseguir que las clavijas encajen. Está poniendo demasiado empeño. Está forzando la llave. Aplicando excesiva presión. La suelta y retrocede. Flexiona los dedos. Cuando se atreve a echar un vistazo al puente, ve que Helmut Lau ha sustituido al comandante Pruss en el timón y que Erdmann mira por las ventanas frontales como si estuviera instando al dirigible a reducir distancias.

—¿Ocurre algo?

Pruss está en el hueco de la puerta que separa el puente de la sala de navegación, observando a Max con la mirada afilada.

Ocurre todo. Absolutamente todo. Max sostiene la mirada del comandante, pero con el rabillo del ojo puede ver la llave sobresaliendo de la cerradura. Se le antoja obvia como un cadáver en medio de una habitación vacía. Una flecha parpadeante señalando su culpabilidad. Y una esquina del sobre de Emilie asoma por debajo del diario de vuelo encuadernado en cuero negro. Llama la atención como lo haría un charco de sangre sobre la mesa.

«¿He contestado?», piensa Max. No está seguro.

—No —responde.

—¿Por qué se sujeta la muñeca?

Es cierto. Maldita sea. Su mano izquierda envuelve con fuerza la muñeca derecha mientras sigue flexionando los dedos intencionadamente.

De nuevo tarda demasiado en contestar. Responde con una sola palabra, la única explicación que se le ocurre bajo la mirada intimidante de Pruss.

—Tendinitis.

Ignora si Pruss lo cree o no.

—Si la mano le está dando problemas, vaya a la cocina y póngase hielo cuando termine su turno. No dispondrá de tiempo para que se la vea un médico cuando tomemos tierra. Tendremos que emprender el vuelo de vuelta lo antes posible. —Pruss detiene la mirada en el cuello de su camisa y Max sospecha que tiene una aureola de sudor, porque el comandante añade—: Tampoco habrá tiempo para llevar la ropa a la lavandería.

En el caso de que tuviera realmente una tendinitis, duda mucho que Xaver Maier le cediera uno solo de sus preciados cubitos de hielo. Pero eso no se lo dice a Pruss. Solo asiente.

—Lo haré —responde, y baja la mano para demostrar que ya la tiene mejor.

Pruss desvía brevemente la mirada cuando otro tripulante baja por la escalerilla para reemplazar al tercer oficial. Max aprovecha ese momento para agacharse y tirar discretamente de la llave. Luego hinca una rodilla en el suelo y se mete la llave en el zapato. Deshace el lazo de unos cordones ya flojos y vuelve a hacerlo. Cuando se incorpora, Pruss ya está de regreso en el puente.

Max nunca contó el dinero de Emilie, pero debe de ser una suma considerable porque el sobre es voluminoso y no le resulta fácil encajárselo entre la camisa y la cinturilla del pantalón. Tira bien de la americana hacia abajo para ocultarlo, pero tiene la sensación de que todo el mundo repara en el bulto evidente que le ha salido en la espalda. Saluda a los oficiales que llegan para el segundo turno y confía en que no puedan leer la culpa en su rostro. Emprende el ascenso por la escalerilla que sube a la sala de radio esperando alguna señal de que ha sido descubierto. Un grito. Una orden. Alguien bramando su nombre alto y claro, como el disparo de una escopeta. Pero la señal no llega, Max sube los travesaños con la mayor calma posible y sale al pasillo.

Va directo a su camarote y esconde el sobre de Emilie en el fondo de su armario, debajo del petate. Aterrizarán en apenas unas horas y dispone de poco tiempo para terminar esta misión. Pero primero tiene que encontrar a Werner.

EL GRUMETE

15.00 h - Cuatro horas y veinticinco minutos para la explosión

Werner Franz está en el comedor de oficiales, preparando la merienda, cuando la silueta de la ciudad de Nueva York aparece a lo lejos. El cambio de paisaje es tan brusco que se sobresalta. Llevan horas sobrevolando prados, bosques y pueblos perezosos que se funden con la campiña. Carreteras sinuosas, a menudo de gravilla, que se retuercen como serpientes hasta desembocar en pinares o playas de arena.

La Gran Manzana. Es un apodo curioso, pero le gusta cómo suena cuando lo pronuncia en inglés. *The Big Apple.* Una combinación de letras fuertes y sílabas suaves. Aunque a juzgar por lo que alcanza a vislumbrar desde la ventana del comedor de oficiales, no podría haber un solo manzano en todo Nueva York. No con sus cintas de asfalto y sus torres de acero. Es la cosa más grande y deslumbrante que Werner ha visto en su vida. Parece no tener fin, y desde esa altura da la impresión de que la civilización es la boca de una gran bestia dispuesta a engullirlo todo.

Se aproximan por la costa y luego suben por el río Hudson en dirección al puerto. Llevan tres días sobrevolando el Atlántico, pero este mar es diferente, no menos formidable y rebosante de vida, pero formado enteramente por rascacielos hasta donde alcanza la vista. El horizonte está cubierto de edificios que se elevan hasta alturas imposibles y lanzan guiños cuando el sol se refleja en sus ventanales fijos. Es como si Nueva York estuviera expulsando los nubarrones especialmente para el *Hindenburg*, haciendo lo que mejor se le da: ofrecer un gran espectáculo. Werner puede divisar los trenes elevados traqueteando sobre las vías y, debajo, los tranvías guiados por carriles rectos y cables eléctricos. Autobuses. Coches. Taxis de un amarillo deslumbrante incluso desde esa altura. Y por todas partes gente moviéndose en manadas como por telepatía. Le parecen hormigas saliendo de sus colinas para conquistar una miga descarriada. De tanto en tanto divisa un tren que emerge a la superficie desde su agujero debajo del suelo como una lombriz abriendo un túnel hacia la luz.

En sus vuelos anteriores el *Hindenburg* sobrevolaba a baja altura el centro de la ciudad y se aseguraba de que los pasajeros pudieran contemplar sus lugares más emblemáticos. Pero nunca se ha entretenido tanto como hoy. Si es para compensar a los viajeros por el fastidioso retraso o por el exorbitante precio del pasaje, Werner lo ignora. Sea como sea, el dirigible realiza un giro y dibuja sobre la ciudad un círculo amplio y perezoso. Se acerca tanto el Empire State Building que el muchacho puede saludar con la mano a los turistas del mirador. Si hubiese alguien más en el comedor de oficiales no se arriesgaría a recibir una reprimenda, pero está solo y se siente audaz, así que descorre el cristal de la ventana y apoya el torso en el alféizar. Se inclina y saluda como un loco a las figuritas que lo observan encantadas mientras unas cuantas hacen fotos al dirigible.

El grumete se pregunta si saldrá en esas fotos. Si llegarán a la prensa. Si las verá algún día. No tiene mucho tiempo para contemplar esa posibilidad porque oye voces en el pasillo y se apresura a cerrar el vidrio.

Max entra en el comedor con Christian Nielsen y Kurt Bauer. Se unen a él en la ventana. Werner agradece la compañía. Se alegra de que incluso aviadores experimentados se sientan atraídos por las vistas. Le hace sentir menos infantil.

El *Hindenburg* realiza otro viraje y se desliza hasta la punta misma de Manhattan, donde, erguida sobre su pedestal rodeado de agua, se alza la Estatua de la Libertad.

—Parece de porcelana, ¿no le parece? —le comenta a Max.

—Nunca me había fijado, pero tienes razón. Para serte franco, es su color verde lo que siempre me ha desconcertado. Antes de verla por primera vez, la imaginaba blanca como el mármol.

Este no es el país de Werner, y tampoco un punto de referencia, pero de todas maneras hay algo inspirador en esa estatua. Una suerte de desafío que atrae a su mente adolescente. Werner se pregunta si podría arrancarla y llevársela a casa de recuerdo. ¿Se extendería la libertad por su patria natal si lo hiciera? ¿Tendría el peculiar sello americano? ¿Sería tan ruidosa, vulgar y desvergonzada? ¿Patrullaría la Gestapo las calles de Frankfurt y temblarían sus ciudadanos detrás de las puertas si la Estatua de la Libertad estuviera instalada frente a las costas de su país? Qué tentador alargar el brazo y coger esa mano tendida. Qué tentador averiguarlo.

Christian Nielsen no parece impresionado con la dama.

—Los franceses son unos sentimentales. Qué obsequio tan estúpido.

—Lo dice porque su exmujer es francesa —señala Max a Werner. Se está aguantando la risa—. Lo dejó por un hombre más sentimental.

El *Hindenburg* vira de nuevo, sube por el río East y deja la ciudad atrás. Werner levanta la vista y advierte que Max Zabel lo observa con una expresión extraña.

—¿Qué?

—Se ve muy diferente desde el aire. La mayoría de la gente jamás podrá verla como tú acabas de hacerlo. La estatua resulta asombrosa desde aquí arriba, pero puede que no te gustara tanto si estuvieras abajo, entre el gentío, el bullicio y la suciedad.

—Puede —reconoce Werner—, pero me gustaría tener la oportunidad de averiguarlo por mí mismo. Algún día.

Nielsen y Bauer se cansan de mirar y se marchan. Bullen de energía impaciente, deseosos de hacer algo durante estas últimas horas a bordo del dirigible.

Mientras Werner los ve partir, Max levanta un dedo. Espera, dice ese dedo, y una vez solos se sienta en el banco y hace señas al muchacho para que lo imite.

—Perdona por lo de anoche.

—¿Qué pasó?

—Estaba hablando con Kubis.

—¿De qué?

—Del perro.

A Werner le sorprende la confesión. Las amenazas de Kubis lo asaltan de nuevo.

—No te preocupes —continúa Max—, no le conté que viste la lista de pasajeros. Solo quería meterle un poco los dedos para averiguar qué sabe. Le dije que la tripulación ha estado quejándose de los perros. Del barullo y el olor. Le pregunté si sabía de quiénes eran. Kubis estaba seguro de que uno pertenece al acróbata, pero no sabía nada del otro perro.

—¿Por qué se lo preguntó?

—Quería despertar su curiosidad. Consultará la lista de pasajeros y cuando vea mi nombre sabrá que alguien la ha manipulado. Y entonces acudirá a mí. Es su puesto de trabajo el que está en juego, no el mío. Y conociendo a Kubis, sé que lo primero que hará es cubrirse las espaldas.

—¿Por qué cree que usted aparece como el dueño del perro?
—No lo sé, pero pienso averiguarlo.

Max golpetea la superficie de la mesa con las uñas de dos dedos. Suenan como unas castañuelas. Lo hace durante un rato, pero no comparte sus pensamientos con Werner.

El grumete sabe que los adultos tienen sus secretos. Y en este dirigible abundan. La periodista dio con él antes del almuerzo y lo interrogó sobre la partida de póquer de anoche. Werner le contó todo lo que recordaba acerca del americano y las preguntas que hizo. Le explicó que fue descubierto y ella se mostró contrita por el peligro que le había hecho correr. Werner no entiende qué busca esa mujer, pero sabe que todo está relacionado. Sencillamente, ignora cómo. No posee una visión global de la situación.

El silencio se alarga tanto que Werner finalmente dice:

—No la encontré.

La pistola. El muchacho no la menciona. Max no necesita que lo haga. Se da por entendido.

—¿Registraste algún camarote?

—No. Balla me reclamó la llave poco después de marcharme de su habitación.

Werner se dispone a disculparse, pero Max levanta la mano.

—No te preocupes, hice mal en pedirte que la buscaras.

—De todos modos, anoche averigüé algo. —El oficial espera a que continúe y Werner dedica un minuto a repasar el orden de los acontecimientos—. Esa mujer, la periodista, me obligó a ir a la cocina a espiar...

—¿Te obligó? —le interrumpe Max.

—Me hizo chantaje. —Werner se encoge de hombros, como si fuera evidente.

—¿Cómo? —pregunta Max estrujando el canto de la mesa hasta tener los nudillos blancos—. ¿Tenía algo con lo que chantajearte?

Es la segunda vez en dos días que Werner se descubre metido en un asunto de chantaje y sabe que a Max se le está acabando la paciencia. Se encoge varios centímetros y resiste el impulso de taparse las orejas. Teme un manotazo de Max en cualquier momento.

—Irene Doehner me besó anoche; ella lo vio y me dijo que se lo contaría a su padre si no hacía lo que me pedía.

Las palabras salen como un torrente desbocado. Werner no se detiene a respirar hasta que ha volcado toda la confesión delante de Max.

El oficial levanta una ceja, incrédulo.

—¿Irene te besó?

Werner cruza los brazos y se reclina contra el banco.

—Sí. ¿Tan increíble le parece?

Max ríe.

—Sí.

No está enfadado, entonces, solo sorprendido.

—Para tu información —añade Max—, yo habría hecho lo mismo en tu lugar. Pero tengo curiosidad por saber qué quería esa periodista que espiaras.

—La timba de póquer en el comedor de la tripulación.

—¿Por qué?

—El americano se sumó anoche a la partida a pesar de que no está permitido. Le dejaron jugar porque tenía dinero y joyas caras. La periodista me pidió que prestara atención a todo lo que ese hombre decía y hacía. Quería todos los detalles.

—¿Y se los diste?

—Sí.

Max suelta un gruñido y se hunde en su asiento.

—Caray, Werner, nunca he conocido a un muchacho que se meta en tantos problemas.

—No se preocupe —responde, y ahora es él quien esboza una sonrisa maliciosa—. El americano no descubrió qué hacía allí.

—Oh.

—Cada noche, después de limpiar los zapatos, voy a la cocina a buscar a Kubis. Le conté que nunca me dejaban jugar pero que me gustaba escuchar. Me dejó ir.

—¿Así, sin más?

—Bueno, me acompañó hasta mi camarote, sin duda quería asegurarse de que no me fuera de la lengua. Pero después de eso me dejó en paz.

Max se inclina ahora sobre la mesa, intrigado.

—¿Qué averiguaste exactamente?

El muchacho se dispone a hablarle del americano y la timba, de las conversaciones, las apuestas y su evidente interés por Ludwig Knorr, cuando el comandante Pruss entra en el comedor.

—Café —le pide a Werner—. Con leche, sin azúcar.

El grumete se levanta de un salto para obedecer la orden y Pruss ocupa su lugar en la mesa. Deja la gorra sobre la madera lacada y dice:

—Tenemos un problema.

Werner cree ver el miedo en el rostro de Max, pero solo dura una fracción de segundo.

—¿Qué ocurre? —pregunta Max.

Pruss hace crujir los nudillos de la mano derecha.

—Vamos a aterrizar mucho más tarde de lo previsto.

LA CAMARERA

15.45 h - Tres horas y cuarenta minutos para la explosión

Los chicos Doehner están en el suelo de la cafetería persiguiendo a gatas su camión motorizado. Margaret Mather ha vaciado su monedero en la mesa y ha repartido las monedas entre los dos. Los Doehner están utilizando esa inesperada fuente de ingresos para apostar si el camión avanzará en línea recta y si habrá que volver a darle cuerda antes de que alcance la pared del fondo. El pequeño Werner, siempre optimista, ha apostado a favor de las dos cosas y se diría que está a punto de perder dos marcos. El coche da bandazos, renquea, y se desvía hacia la pata de una mesa. Emilie oye rechinar el pequeño engranaje y tres chispas brillantes saltan de los guardabarros y se disipan. Los chicos están encantados. Aúllan y caen al suelo muertos de risa. Margaret Mather, por su parte, está sentada con las manos cruzadas sobre la falda, representando el papel de benefactora dadivosa.

Matilde Doehner observa a sus hijos con resignación.

—Los hombres apuestan por todo —dice—, incluso los diminutos. Carreras de caballos. Carreras de coches. Competiciones. Política. La longitud de su meada. Por eso este mundo se está desmoronando, por los hombres y sus estúpidas apuestas.

Walter gana cuando el camión se detiene con una sacudida. Proponen un nuevo reto, aumentan la apuesta —ahora hay tres marcos en juego— y Walter vuelve a dar cuerda al camión. Esta vez las chispas saltan en cuanto arranca.

—¡Para eso! ¡Dámelo!

Heinrich Kubis se acerca a los chicos con grandes zancadas y todas las miradas se vuelven hacia él. Walter y Werner se quedan petrificados. Reconocen una voz autoritaria cuando la oyen. Matilde se endereza en su silla mientras mira alternativamente a sus hijos y al jefe de camareros. No está segura de si han hecho algo malo y por tanto hay que castigarlos o si están siendo amenazados y por tanto hay que protegerlos.

Kubis coge el camión del suelo y detiene el motor. Lo agita delante de los niños y se vuelve furioso hacia Emilie.

—¡Chispas! ¿Cómo es posible que les deje jugar con algo que produce chispas? ¿Ha olvidado dónde estamos? —Le pone el camión de hojalata delante de la cara.

Emilie estaba tan distraída meditando sobre su situación, sobre la proposición de Max y la oferta de Matilde, que en ningún momento se ha parado a pensar lo que esas chispas podrían representar en un dirigible sustentado por hidrógeno.

—Tiene razón, es culpa mía —reconoce—. No estaba prestando atención.

Matilde siente que necesita defender a Emilie. No se levanta. No pide disculpas. De hecho, no habla. Simplemente alarga la mano con la palma hacia arriba y una pregunta en la mirada. ¿Piensa Kubis devolverle el camión? La decisión es suya y Matilde pretende que la tome delante de todo el mundo. Sabe que la gente está mirando.

Kubis se tensa, enfadado. Oculta el camión detrás de su espalda. Levanta el mentón.

—Se lo devolveré cuando hayamos aterrizado. Ni un segundo antes. Es demasiado peligroso.

Matilde lo ve partir con una expresión de triunfo en los labios. Una vez que los ocupantes de la cafetería vuelven a sus asuntos, se inclina hacia Emilie y susurra:

—¿Volamos en un dirigible nazi pero nuestra mayor amenaza proviene de un juguete?

—Depende de la definición de amenaza —responde Emilie.

Harta del juego, Margaret Mather se acerca al ventanal y se detiene al lado de Irene. La muchacha luce un vestido azul plisado con el escote redondeado. Es muy bonito. Realza el azul lavanda de sus ojos y acentúa las ligeras curvas de su cuerpo delgado. Aparenta más de catorce años con ese vestido. Emilie sospecha que la chica lo ha elegido para que el grumete se fije en ella, aunque no necesita esmerarse mucho. Él prácticamente no puede apartar los ojos de ella. De los tres chicos Doehner, Emilie sospecha que Irene será la más difícil de controlar.

La muchacha le cae bien. Ve una gran parte de su antiguo ser en esa cara bonita y traviesa. No puede evitar encontrarla bastante entretenida, y le atrae la idea de verla crecer, madurar y convertirse en una mujer.

—¿Ve eso? —Margaret da unos golpecitos en el cristal con

una uña perfectamente pulida y señala algo. Habla en alemán por deferencia a Irene.

—Sí —dice la chica—. ¿Qué es?

—La Universidad de Princeton.

—Parece muy bonita.

—¡Lo es! Debería verla desde el suelo, con su hiedra, su mampostería y sus jardines.

—¿Usted estudió ahí?

Margaret ríe.

—¿Yo? No. Olvida que las señoritas no tienen permitido estudiar en Princeton.

—¿Ninguna? —pregunta Irene.

—Ninguna.

A Emilie le divierte la cara de consternación de la joven. Irene imita las maneras refinadas de Margaret.

—Pero...

—¿Qué?

—Usted es rica.

La deducción es simple. Cándida. Comprensible. Y Emilie ve a Matilde menear la cabeza con el rabillo del ojo. Irene es bastante inteligente, pero es obvio que ha recibido una educación insuficiente.

—Hay cosas que el dinero no puede comprar, jovencita. Un padre progresista es una de ellas. —Margaret posa una mano amable en el hombro de Irene—. Tener un padre así es un privilegio que debe valorar.

—¿Cómo es que sabe tanto de Princeton si no estudió allí?

—Mi hermano es profesor de arte y arquitectura en esa universidad.

—¿En serio?

—Sí. He venido a pasar el verano con él.

Emilie repara en el cambio que experimenta el semblante de Irene. Ve caer la determinación sobre él como una cortina sobre una ventana.

—Yo iré a la universidad —declara, y se vuelve hacia su madre—. ¿Puedo ir, mamá?

El tono de Matilde es jocoso. Pero también hay orgullo.

—Es un poco pronto para decidirlo, ¿no crees?

Irene devuelve su mirada azul y apremiante a Margaret.

—¿Qué he de hacer para entrar en la universidad?

La heredera americana reprime una sonrisa.

—Aprender inglés sería un buen comienzo. De hecho, aprender todos los idiomas que pueda. Estudiar. Observar. Aprender a comunicarse de manera inteligente, tanto oralmente como por escrito.

Matilde clava en Emilie una mirada que dice: «¿Lo ve? Los sueños de mi hija dependen de usted».

Emilie suspira. Irene señala cosas de abajo y le pregunta a Margaret sus nombres en inglés. Repite las palabras despacio, resuelta ya a aprender este idioma nuevo y extraño. Parece posible, piensa Emilie, esta existencia que le ha sido ofrecida. Atractiva, incluso. Su vida no estaría amenazada, y su corazón prácticamente tampoco. ¿Por qué no debería irse? ¿Por qué no construir una vida lejos de los fantasmas y los dictadores? Emilie observa a Irene Doehner hacer sus primeros esfuerzos obstinados por aprender un idioma nuevo y aparta la imagen de Max de su cabeza.

Emilie mira a Matilde y asiente.

—Está bien.

EL TERCER OFICIAL

16.00 h - Tres horas y veinticinco minutos para la explosión

La luz de las cuatro de la tarde es diferente a la de cualquier otro momento del día. Max siente que eso es cierto incluso ahora, con el sol eclipsado por oscuras nubes de tormenta. Obviamente, preferiría un cielo azul cobalto inundado de una luz dorada. Este interminable gris sobre gris no contribuye a levantarle el ánimo, y, sin embargo, tiene que reconocer que el cielo está extrañamente bello. Pero es una belleza salvaje, y lo inquieta. Las nubes están pesadas, oscuras y revueltas, con ese retumbar quedo que amenaza tempestad.

La tripulación está nerviosa. Quieren que el dirigible toque tierra de una vez. Los pasajeros también están nerviosos. Quieren bajarse del *Hindenburg* y largarse. Pero ciento ochenta metros son muchos para descenderlos sin riesgos cuando el tiempo es inestable. El turno de Max terminó hace dos horas, pero ha vuelto a la cabina de mando para ayudar en el aterrizaje.

Puede ver el debate en el semblante del comandante Pruss. Su mirada no está puesta ni en el cielo ni en la tierra, sino en ese punto del horizonte donde uno y otra se encuentran. Todos confían en que el camino esté despejado más adelante y que por algún milagro puedan aterrizar, pero la situación no pinta bien. Pruss se inclina sobre el timón, tenso. Tiene la mandíbula apretada, los ojos muy abiertos, sin parpadear.

El dirigible sobrevuela la zona forestal de Pine Barrens en New Jersey, tachonada de encinillos achaparrados, e inicia su aproximación a Lakehurst. La enorme silueta del Hangar 1 empequeñece todo lo que hay a su alrededor. Max advierte que la tripulación de aterrizaje no está reunida en la pista. Mala señal. Hay espectadores y un puñado de periodistas —puede ver el destello diminuto de los *flashes*— pero las enormes puertas del hangar están cerradas. En la sala de radio, el telégrafo envía una sucesión de crepitaciones ásperas. No espera la orden. Sube a recoger el mensaje y entonces comprende por qué la tripulación de tierra no se ha congregado.

Se lo tiende al comandante Pruss, que lo lee en voz alta.

—Ráfagas de viento de veinticinco nudos.

Max nota la ligera resistencia del dirigible conforme la tripulación trata de impedir que escore hacia babor. Todavía no llueve. Y aunque el cielo anuncia relámpagos, aún no han aparecido. Pero Pruss no será capaz de llevar el dirigible a tierra. Ahora no, en cualquier caso. No con este viento.

Los hombros del comandante caen, apenas un par de centímetros, y su cuerpo suelta la tensión de la determinación. Un suspiro. Una maldición entre dientes.

—Rumbo sureste —ordena al fin—, hacia la costa. Esperaremos a que la tormenta amaine.

EL AMERICANO

16.15 h - Tres horas y diez minutos para la explosión

—¿Adónde nos dirigimos? ¿Por qué no aterrizamos? —El escaso pelo de Moritz Feibusch descansa en lo alto de su cabeza formando un remolino que recuerda a un estropajo de níquel.

Es una camaradería extraña la que el americano ha forjado con los dos empresarios judíos. Lo buscan cada vez que los pasajeros se congregan en pequeños grupos. Lo acompañan en las comidas. Hablan con él como lo harían con un amigo. El americano no está acostumbrado a ser del agrado de alguien. Le incomoda.

—No podemos aterrizar en medio de una tormenta —les explica—. ¿Qué le ocurre a su pelo? —pregunta a continuación.

Feibusch se pasa la mano por el enredado casquete. Ríe.

—Tengo la mala costumbre de tirarme del pelo cuando estoy nervioso.

—Llevas diez minutos retorciéndotelo como una colegiala. Es alarmante —añade William Leuchtenberg.

El americano se aleja dejando a los dos hombres con sus mofas inocentes. No había contado con este retraso. No contaba con los vientos de proa sobre el Atlántico Norte o con la falta de cooperación del *Hindenburg*. Meses atrás, cuando estaba en su oficina de Frankfurt leyendo el telegrama y considerando, realmente considerando, esta oportunidad y lo que significaría para su vida y su carrera, para la posibilidad de vengarse, en ningún momento se le ocurrió que el dirigible pudiera llegar con doce horas de retraso, que no hubiera prácticamente tiempo entre el aterrizaje y el siguiente despegue. Ha matado a un hombre inocente —a un compatriota— únicamente para tener la oportunidad de matar a Ludwig Knorr. Así que la idea de abandonar su misión se le antoja inconcebible. Un desperdicio. Siempre podría despachar a Knorr y no cumplir las órdenes principales, pero eso dejaría al gobierno nazi en poder del dirigible más grande y moderno de la historia. Les daría el dominio aéreo a nivel mundial. Puede que él sea un hombre insignificante empecinado en su venganza personal, pero también es un fanático. Cree en esta causa. De modo que por el momento no puede hacer nada salvo mantenerse ocupado. Tiene que pensar. Debe examinar todas las opciones y encontrar una —ha de haberla— que le permita llevar a cabo lo que ha venido a hacer.

El americano deambula nervioso por las zonas de los pasajeros. Crea un patrón sin pretenderlo. La sala de fumadores y luego el bar. Habla con los pasajeros y después con Schulze. Pide un gin-tonic, pero apenas lo prueba. Se marcha con la copa en la mano y la deja llena en sus dos tercios sobre la primera superficie plana que encuentra. Luego viene el comedor y el paseo. Camina entre las mesas entablando conversaciones, provocando discusiones. Aborda la tarea como un carbonatador, inyectando aire y sustento a los diálogos. Pero una vez que la charla se anima, se apresura a abandonarla. Pasa a la cafetería. La sala de lectura. El mirador. Ha dejado estas zonas para lo último. Le parecen tediosas. Son las áreas donde se reúnen los niños y las mujeres enfrascadas en bordados y novelas románticas. Pero no puede permitirse entretenerse demasiado en ningún lugar, de modo que vuelve al punto de partida, asegurándose esta vez de evitar a Feibusch y Leuchtenberg. No quiere hacer amigos. Los amigos complican las cosas.

Por el momento se mantendrá ocupado. Permanecerá atento. Y cuando llegue el momento, actuará.

EL TERCER OFICIAL

18 h - Una hora y veinticinco minutos para la explosión

Max se acomoda en su banco favorito del comedor de la tripulación mientras el *Hindenburg* sobrevuela Asbury Park, en New Jersey. Puede ver la pasarela justo debajo y las siluetas menudas de los enamorados que pasean de la mano en esta cálida tarde de mayo. Algunos levantan la cabeza y saludan. Otros silban. Un niño pequeño da saltos eufórico y Max vislumbra un perrito girando en círculos y ladrándoles como un loco. Por un momento se siente cautivado por la pintoresca escena y agradecido de formar parte de ella. Se reclina de nuevo en el banco, nota el bulto incómodo del sobre y recuerda lo que debe hacer. Ha cogido los documentos de su camarote y siente su peso como un ancla amarrada a la cintura.

Primero, no obstante, la cena.

En las últimas setenta y dos horas Max ha gozado de tan pocas oportunidades de sentirse superior a Xaver Maier que deja salir el lado menos grato de su personalidad y sonríe encantado cuando el jefe de cocina abre la puerta y planta una bandeja de emparedados en la mesa.

—Ni una palabra —advierte Maier.

Max no necesita decir nada. Agarra un emparedado de rosbif y muerde una esquina. El pan es de hoy, la carne está perfectamente condimentada y la salsa cremosa de rábanos es perfecta. Resulta difícil odiar a un hombre que cocina tan bien, pero él pone todo su empeño. Le costará olvidar la imagen de Maier besando a Emilie.

Al final no puede aguantarse más.

—¿Crees que la chica que te está esperando se acordará de tu nombre? —pregunta mientras el jefe de cocina mira anhelante por la ventana—. Si es que sabe cómo te llamas, claro.

Maier es célebre por sacar el máximo partido a sus breves estancias en New Jersey y por la sonrisa lasciva que exhibe cuando regresa al trabajo. Pero este retraso no le permitirá llegar a la cita que ha estado esperando con tanta impaciencia. Max experimenta una satisfacción nada desdeñable. Maier lo fulmina como un niño enrabietado y regresa a la cocina resoplando. Envía a uno de sus ayudantes con las fuentes de fruta y queso en su lugar. Se diría que está hasta las narices del oficial.

Max se aparta de la ventana cuando Werner irrumpe en el comedor. Llega dos minutos tarde. Tiene las mejillas coloradas y los ojos brillantes cuando empieza a sacar platos y cubiertos de la alacena para servir a la tripulación. Sirve un plato a Max sin preguntarle sus preferencias y se lo pone delante evitando mirarlo a los ojos. El oficial se dispone a preguntarle el motivo de su rubor cuando la puerta del comedor se abre y entra un puñado de aparejadores. Max no quiere violentar a Werner. Ludwig Knorr le alborota el pelo y el grumete se marcha para ocuparse de ellos.

Le parece que Werner está eufórico. Es por la chica, entonces. Se han besado de nuevo o han hecho algo igualmente estúpido. Solo confía en que lo que sea que esté haciendo no llegue a oídos de los padres de ella ni de los oficiales. No sería bueno para Werner que lo pillaran fraternizando con la hija de un pasajero adinerado. Se dice que debe regañar al muchacho más tarde.

Se ajusta el sobre en la cinturilla antes de apartar el plato. Hace señas a Werner para que se acerque.

—¿Has visto a Emilie? —le pregunta—. Necesito hablar con ella.

—Subió hace un rato a la cubierta A. Lo más probable es que esté limpiando los camarotes para el viaje de vuelta.

—Gracias.

Mira el reloj que hay sobre la puerta. Son las seis y media. No le queda mucho tiempo.

Encuentra a Emilie en la cubierta A, saliendo del camarote de un pasajero. La camarera cierra la puerta portando un fardo en los brazos. Parece una funda de almohada llena de sábanas sucias. Se sobresalta cuando lo ve. Él busca en su semblante algún indicio de placer, esperanza o alivio. Pero su expresión es cauta, así que deberá hacerlo sin su ayuda.

—Tengo algo para ti —anuncia.

Emilie ladea la cabeza, un tanto sorprendida, pero no dice nada.

—Considéralo una disculpa por todo lo sucedido, y la única manera que tengo de demostrarte que te quiero. —Max hace una pausa—. Por favor, no dejes que esa palabra te asuste. *Scheiße*. Es evidente que te he asustado. En fin, lo hecho, hecho está. Es la verdad. Te quiero. Y espero que esto lo demuestre.

Max se lleva la mano a la espalda y extrae el sobre, ahora arrugado, de la cinturilla de su pantalón. Puede ver su propia letra y el mensaje que le escribió hace un par de días. «Debiste contármelo antes.» Todavía lo piensa. Cree que el hecho de conocer los planes de Emilie lo habría cambiado todo. Pero ahora le toca a ella tomar la decisión. Le tiende el sobre como si fuera una ofrenda.

A Emilie le tiembla la voz.

—¿Dónde lo has encontrado?

—No lo he encontrado, lo he robado. De la caja fuerte de los oficiales que hay en la cabina de mando, mientras tenía al comandante Pruss a tres metros de mí. Si eso no te demuestra que soy un idiota incorregible, nada lo hará.

Max avanza un paso y como ella no retrocede, avanza otro paso. Y otro. Ahora está a solo treinta centímetros de Emilie. Levanta despacio la mano hasta el fardo que ella tiene en los brazos. Max no desvía la mirada de sus ojos cuando abre la funda de la almohada y hunde el sobre en lo que sea que Emilie guarda dentro.

Se acerca a su oído.

—Puedes irte si quieres —susurra—, no te detendré. La decisión es tuya y así debe ser. Pero si decides quedarte, aquí estaré, Emilie. Aquí estaré para entregarme a ti, para protegerte. —Tiene una ocurrencia y ríe—. Puede que tengas que esperar a que salga de la cárcel si se descubre que he robado esos papeles, pero en lo que a mí respecta, eso no cambia nada.

—Gracias. —Emilie aprieta el fardo contra su pecho y Max ve que pestañea para intentar someter un torrente inesperado de lágrimas—. No me lo merezco.

—Te mereces mucho más.

Ella niega con la cabeza, pero Max le pone una mano en la mejilla para frenar el movimiento. Le acaricia el rostro con el pulgar y clava la mirada en el ocre de sus ojos al tiempo que se inclina para el beso que ha estado imaginando durante las últimas dos horas.

—Te quiero. —Es un susurro contra los labios de Emilie—. No lo olvides, pase lo que pase.

Max la besa en mitad del pasillo, el fardo atrapado entre sus cuerpos. Le da igual quién pueda verlos. Si esta ha de ser la última vez que bese a Emilie Imhof, quiere asegurarse de que sea un beso digno de recordar. Puede notar la mano que sujeta el fardo apretada contra su pecho, y confía en que Emilie pueda sentir los latidos frenéticos, esperanzados, de su corazón. Tarda un instante, pero finalmente la otra mano sube por su brazo, por su hombro, y se desliza por su cuello. Cuando Emilie mueve los dedos para jugar con el lóbulo de su oreja, él se permite un pequeño gemido de placer. Max la retiene con un brazo alrededor de su cintura y una mano en la nuca. Se empapa de ella. La devora con su beso y ella se entrega sin reservas.

Está a punto de perder el sentido cuando oye que alguien lo llama a su espalda.

—Max.

Lo ignora.

—¡Max!

Finalmente se aparta lo justo para girar la cabeza hacia su izquierda y ver la cara estupefacta y ruborizada de Werner Franz.

—¿Qué? —Su voz ronca destila pasión.

—Nos han dado permiso para aterrizar. Le necesitan en la cabina de mando.

Max atrae a Emilie hacia sí. Entierra el rostro en el cabello de detrás de su oreja y se permite el lujo de suplicar. Solo por esta vez.

—Quédate conmigo —susurra.

LA CAMARERA

18.45 h - Cuarenta minutos para la explosión

Le debe una respuesta a Max.

Es en lo único en lo que puede pensar mientras él se aleja con las manos en los bolsillos. El beso todavía caliente en sus labios. La súplica resonando en su oído. Emilie se lleva tres dedos a los labios. Una plegaria. Una disculpa.

Puede imaginar dos versiones diferentes de su futuro. Una es segura y apasionante, repleta de aventuras, lujo prestado y una soledad que la familia Doehner, por encantadora que sea, no puede llenar. La otra incluye a Max. Max y un millón de preguntas sin respuesta. Pero también incluye amor y pasión. Compañía. Peligro. Ambas opciones son imposibles. Y, aun así, debe elegir.

El *Hindenburg* aterrizará en menos de una hora y los pasajeros se dispersarán. La siguiente salida está programada para esta noche y los miembros de la tripulación no tendrán tiempo de abandonar el aparato. No habrá escapadas a Nueva York ni devaneos en Lakehurst. No habrá tiempo para cabezadas o descansos. No podrá dejar que su subconsciente deshaga este enredo. Emilie tendrá que tomar una decisión y asumir las consecuencias.

Mira su reloj. Diez minutos. Es todo el tiempo de que dispone para hacerlo. Mejor poner manos a la obra antes de que cambie de parecer.

Baja a su camarote en la cubierta B y deja sobre la cama la funda de almohada con la ropa de Matilde y los documentos recién recuperados. Una estilográfica. Un sobre. Una hoja de papel. Coloca esos objetos sobre el escritorio. Emilie Imhof, camarera, viuda, mujer desconsolada, empuña la pluma y empieza a escribir, la muñeca izquierda doblada en un ángulo extraño, los dedos tensos en el primer trazo de tinta.

Max.

Su nombre y dos palabras más —«lo siento»— antes de que la mano le empiece a temblar. Suelta la pluma y flexiona los dedos. Hace acopio de valor. Y continúa. Dos párrafos cortos. Su respuesta. Sus razones. Su corazón abierto sobre la hoja blanca, oscuro y evidente como la propia tinta. Tendrá que bastar. No tiene tiempo ni fuerzas para añadir nada más.

Dobla la carta en tres y la mete en el sobre. Cierra el sobre y escribe el nombre de Max en el anverso. A continuación sale en busca de Kurt Schönherr.

Kurt, como Max, ha sido convocado en la cabina de mando para el aterrizaje y Emilie da con él justo cuando se dispone a entrar en la sala de radio.

—¡Kurt!

—Fräulein. —Kurt la saluda con una inclinación de cabeza. Sonríe. El hombre maduro siempre ha sido amable con ella. Siempre respetuoso—. ¿En qué puedo ayudarla?

—Necesito que me haga un favor.

Kurt gira la muñeca. Mira su reloj.

—Por favor —suplica antes de que pueda protestar—. No se lo pediría si no fuera importante.

—¿Qué necesita?

—¿Todavía tiene las llaves del cuarto del correo?

Un asentimiento vacilante.

—Sí.

Emilie saca la carta del bolsillo. Se la tiende.

—¿Le importaría guardarla en la caja de seguridad? Es para Max. Por favor.

—Puedo entregársela en mano. Está en la cabina de mando. —Kurt sostiene la carta con dos dedos, como sostendría un cigarrillo o un naipe.

Emilie esboza una sonrisa triste, encantadora.

—Me pidió que se la enviara por correo.

Kurt la escruta con sus ojos sagaces y penetrantes.

—En ese caso, no podemos decepcionarlo.

Demasiado tarde para eso. Emilie no lo dice, pero él puede ver la tristeza en sus ojos.

—Muy bien —accede Kurt, y Emilie lo observa cruzar el pasillo y entrar en el cuarto del correo.

EL AMERICANO

18.55 h - Treinta minutos para la explosión

Los camareros se pasean con bandejas de emparedados, queso y fruta fresca mientras los pasajeros, congregados frente a los ventanales, ven aparecer Lakehurst de nuevo en la distancia. Primero divisan el mástil de anclaje, con su forma negra y triangular elevándose sobre la pista como una grúa, y a renglón seguido la silueta abovedada del Hangar 1. Los tripulantes de tierra aguardan en los márgenes del círculo de aterrizaje para agarrar los cabos.

El americano tiene hambre, pero no come. Le gusta la sensación de vacío en el estómago, esa ansia mezquina, humana. La saborea. Se concentra en ella. Se niega la capacidad de atenderla mientras sus pensamientos, dispersos hasta ahora, finalmente empiezan a ordenarse y se centran en un único punto de acción. Ha llegado la hora de matar a Ludwig Knorr.

Habría preferido su plan original. Habría preferido esperar en el hueco oscuro bajo la litera de su camarote, esperar a que el dirigible se vaciara y yacer tranquilo durante las largas horas del día. Habría preferido encontrar al jefe de aparejadores en la panza de la aeronave y despacharlo sin hacer ruido. Esconder el cuerpo y arrojar luego una chispa a esta gigantesca cámara combustible. Habría preferido que las cosas hubieran sucedido de ese modo. Habría disfrutado sobremanera viendo cómo el fuego reducía el dirigible a cenizas.

Pero el zepelín lleva mucho retraso y no pernoctará en este aeródromo de New Jersey. No pasará largas horas vacío sobre la pista. El americano no goza del lujo del tiempo. Tiene que adaptarse. Deja a los demás pasajeros en los ventanales, baja la escalera y cruza el pasillo de la quilla hasta su camarote. No se detiene a mirar por la ventana. Va directo a su cama y saca el petate verde del lugar donde lo ha mantenido escondido los últimos tres días y medio.

Coge la pistola y comprueba el tambor. Cinco balas. Solo necesitará una. La Luger de un oficial del *Hindenburg*. Eso es lo que pidió. Sospecha que no fue fácil llevar a cabo la entrega. Únicamente le dijeron que, debido a las amenazas de bomba, la Gestapo iba a registrar el dirigible antes del despegue como parte de las medidas de seguridad, y que habían pagado a uno de sus hombres para que localizara una pistola y la dejara en su cabina. El americano no sabe nada de motivaciones o pagos. Todos los hombres tienen secretos que no quieren desvelar.

Todos tienen puntos vulnerables. Y le trae sin cuidado cómo persuadieron o sobornaron sus empleadores a ese joven oficial de la Gestapo para que aceptara. Proporcionó la pistola y ahora está en su poder. Se la introduce en la cinturilla del pantalón. Se alisa la americana. Abre la puerta.

El capitán Lehmann está de pie frente a él, acompañado de un oficial tan joven y bien afeitado que el americano sospecha que aún no ha dejado atrás la pubertad.

—Herr Douglas. —Una inclinación de cabeza que es todo menos cortés.

—Capitán.

—¿Podemos hablar?

Ha de hacer un soberano esfuerzo de autodominio para no pegarle un tiro al capitán o a su acompañante. No puede permitirse esta demora.

—¿Le importa que lo dejemos para más tarde? Me gustaría ver el aterrizaje.

Lehmann sonríe.

—Me temo que tendrá que verlo desde su camarote. Tiene ventana, después de todo. Un lujo del que gozan muy pocos pasajeros.

Una ira rabiosa empieza a calentarle la sangre. Flexiona los dedos. Se insta a conservar la calma.

—No le entiendo.

—Un miembro de la tripulación asegura haberlo visto merodeando en zonas del dirigible que están vedadas a los pasajeros. Tendremos que investigar tales acusaciones, y hasta que el asunto se aclare deberá permanecer en su camarote.

—¿Me está poniendo bajo... arresto?

Lehmann pasea la mirada por la pequeña habitación y tras comprobar que no hay nada fuera de lugar, contesta:

—«Arresto» es una palabra un poco fuerte.

—Es la que se utiliza cuando se detiene a un hombre contra su voluntad.

—Vaya, veo que está familiarizado con el proceso. Entonces no le supondrá un problema. He ordenado al capitán Ziegler que haga guardia frente a su cuarto hasta mi regreso.

Ziegler descansa el pulpejo de la mano en la pistola que lleva en la cintura. Es la primera vez que ve a un oficial armado desde que el dirigible abandonara Frankfurt. El joven intenta adoptar una actitud intimidante, pero el americano no capta la amenaza.

—¿Me disparará si intento salir?

Lehmann se encoge de hombros, dejando esa posibilidad en sus manos.

—Preferiría que el capitán no tuviera que llegar a eso.

El americano hace una pausa, cambia de táctica.

—Me gustaría conocer el nombre del hombre que me ha acusado de tal conducta.

—Yo diría que ya conoce su nombre. Ha mostrado un gran interés por él durante todo el vuelo. Y eso es algo de lo que también tengo intención de hablar con usted. A mi regreso.

EL GRUMETE

19.03 h - Veintidós minutos para la explosión

La base aérea de la marina de Lakehurst, en New Jersey, está rodeada de campos baldíos y salpicada de matorrales, parches de hierba y puntitos de vivos colores que Werner imagina que son flores silvestres. Y allí, en un camino de tierra, dos niños pedalean sobre sus bicicletas debajo del dirigible. El bombeo frenético de sus piernas resulta cómico desde allí arriba. Pero los niños saludan, gritan e intentan desesperadamente seguir al *Hindenburg* mientras este dibuja un círculo sobre el gigantesco aeródromo. Como buena parte de la población de Lakehurst, los chiquillos han venido a presenciar el aterrizaje.

Los muchachos desaparecen al poco de su vista y Werner regresa a su trabajo, deseoso de dejar limpio el comedor de la tripulación para poder subir a la cubierta A y contemplar el aterrizaje con los pasajeros. Se sonroja, aun cuando está solo y nadie puede verlo, al imaginar la emoción en la cara de Irene Doehner cuando el dirigible tome tierra. Sabe que es una bobería y que nunca volverá a ver a la muchacha, pero quiere ser testigo de su asombro. Es así como desea recordar a la primera chica a la que besó.

EL TERCER OFICIAL

19.10 h - Quince minutos para la explosión

Pruss entrega el despacho telegráfico a Max. Lee: MEJORA CONSIDERABLE DE CONDICIONES. RECOMENDADO ATERRIZAJE CUANTO ANTES.

—Dé la señal de aterrizar —ordena Pruss, y unos segundos después Max se estremece cuando el bramido discordante de la sirena perfora el aire. Se le contraen los ojos por el ruido.

Le extraña la ausencia del coronel Erdmann. Creía que el hombre estaría tan impaciente por apearse del dirigible que no querría perderse el ritual. Pero no hay rastro de él. Imagina que hablarán del paquete más tarde.

La tormenta ha amainado y ahora atraviesan una llovizna de poca importancia. El cielo ya no está tan oscuro y el viento ha disminuido. Max cree que esta vez conseguirán llevar el dirigible a tierra.

—Desciendan —ordena Pruss, y la tripulación inicia el proceso de abrir las válvulas de gas para disminuir la altitud.

El viento todavía es más fuerte de lo deseable, de manera que Pruss les hace rodear la pista en dirección norte y luego oeste en una sucesión de giros cerrados. Max nota la tensión del dirigible cuando el suelo bajo sus pies tiembla como respuesta. Pruss tiene prisa por aprovechar esta breve oportunidad, por lo que realizan otro viraje brusco hacia la izquierda a toda máquina. El oficial puede oír recular a los motores —un zumbido lento y chirriante seguido de un barboteo rápido— cuando el *Hindenburg* vibra y reduce la velocidad. Rodean la pista una vez más y el mástil de anclaje se alza junto a ellos.

—¡Aproximación final! —brama Pruss. No hay necesidad de gritar, pero es su costumbre y ya están todos habituados.

—La popa tiene un exceso de mil kilos, comandante —informa Bauer.

Los ojos de Bauer, a diferencia de los de los demás oficiales, no están clavados en la pista, sino en un instrumento que tiene delante, donde una aguja cabecea hacia la derecha.

—Vacíe los lastres de popa —responde Pruss.

Bauer tira de la palanca, espera unos segundos en los que el instrumento registra un cambio insignificante y vuelve a tirar. Retiene la palanca cinco segundos mientras el agua de los lastres de la popa del dirigible cae en cascada a tierra. Niega con la cabeza. Mira a Pruss.

—La popa sigue inclinada.

Pruss echa fuego por los ojos.

—Descargue otros quinientos kilos.

La multitud de espectadores congregada en el aeródromo se encuentra a la izquierda del dirigible y en la dirección del viento. Max ve que las figuras oscuras y diminutas se quedan petrificadas cuando el agua las empapa.

Bauer menea la cabeza.

—Lo siento, comandante, seguimos descompensados.

—Llame a la cocina. Envíe a seis miembros de la tripulación a la proa para hacer contrapeso.

EL AMERICANO

19.15 h - Diez minutos para la explosión

La señal de aterrizaje emite un sonido estridente. El americano lleva un minuto, tal vez dos, contemplando la puerta cerrada de su camarote, analizando la situación. Podría matar al vigilante. No le resultaría difícil. Pero existe una gran probabilidad de que alguien lo vea. Y él es un hombre solo frente a una tripulación de más de sesenta personas. Si a eso suma los pasajeros varones —las mujeres no le preocupan—, el resultado es de noventa contra uno. Demasiados incluso para él.

Mierda.

Por un momento está convencido de que ha fracasado. Es una sensación tan nueva que no es capaz de poner nombre a la emoción que la acompaña. ¿Decepción? No, no es lo bastante fuerte. ¿Ira? No, tampoco. Opta por desconsuelo, porque esa emoción, ese sentimiento, esa agresión a sus sentidos, es la misma que sintió el día en que su hermano murió en aquel hospital de Coventry.

Su hermano. No piensa desperdiciar esta oportunidad de vengar a su hermano.

Apunta hacia la puerta del camarote con el revólver, más o menos donde calcula que se halla el riñón derecho del vigilante, cuando de pronto tiene otra idea.

El cuchillo de la carne.

Presiona el tabique de espuma con la mano para sopesar esta nueva posibilidad.

Podría funcionar.

Cierra la puerta del camarote con llave.

El dirigible ya está descendiendo y no hay tiempo para la duda, así que pone manos a la obra. Saca el cuchillo de su escondrijo debajo del colchón y se escurre bajo la cama con el estómago pegado al suelo y los brazos estirados. Clava la punta del cuchillo en el tabique y la empuja con un golpe seco. La hoja atraviesa limpiamente la espuma hasta el mango. Sierra una línea recta y profunda en la pared que comparte con Heinrich Kubis. El tabique, una vez perforado, se corta con facilidad. Arranca un trozo de tela, lo deja a un lado y sigue rebanando la pared.

En menos de un minuto ha abierto un recuadro de casi setenta centímetros de ancho, todo lo que puede extraer entre las barras de duraluminio que enmarcan los tabiques. Tendrá que conformarse con eso. Corta ahora el lado correspondiente al camarote del camarero, más deprisa esta vez, más motivado. El roce del cuchillo contra la pared retumba en sus oídos, pero Ziegler no emite ningún grito de alarma ni intenta entrar.

No pierde un segundo. Atraviesa el boquete, sale por debajo de la cama de Heinrich Kubis y se levanta de un salto. Se guarda el cuchillo en el bolsillo y se sacude las partículas de poliestireno. Respira hondo. Sale al diminuto vestíbulo. Abre la puerta. Echa un vistazo al pasillo.

El oficial destinado a vigilar su habitación refunfuña en alemán, oculto tras la esquina. Patea el suelo con impaciencia, molesto por tener que hacer de niñera.

El americano lo deja donde está. En tres segundos ha alcanzado la escalera y doblado la esquina. Se cruza con un pasajero en el pasillo, pero no se detiene a saludar. La puerta de seguridad se encuentra a quince metros de él. Aprieta el paso.

Doce metros.

Nueve metros.

Cinco.

Tres.

Empuja la puerta con el hombro e irrumpe en el vientre gigante del *Hindenburg*.

No hay rugido de motores, solo las voces huecas y distantes de tripulantes gritando órdenes, orquestando la danza íntima de lastres de agua y válvulas de gas y alerones. Ve hombres en sus puestos, repartidos por la estructura, y corre hacia las dependencias de la tripulación situadas junto a la bodega. Sus pisadas retumban en la pasarela de la quilla. El sonido, fuerte y estruendoso, provoca gritos en la pasarela axial de arriba, pero el americano no levanta la vista para ver quién está mirando. No se detiene. Sigue corriendo con determinación.

Encuentra a Ludwig Knorr en el tramo de la pasarela entre las dependencias de la tripulación y la bodega, mirando hacia arriba. Tiene los brazos en jarras y el cuello tan flexionado que puede ver cómo se le estiran los tendones. Knorr observa la cámara de hidrógeno situada directamente sobre sus cabezas con tanta atención que no repara en la presencia del americano. Pronto comprende por qué. La cámara tiene un agujero —puede que del tamaño de un melón— y la fuga de hidrógeno hace ondear el material a su alrededor. Se oye un sonido sibilante, como el de un globo que pierde aire. Una de las vigas de duraluminio que sostiene la cámara de gas se ha partido y una varilla de metal la ha perforado.

Ludwing Knorr está temblando.

El americano saca la pistola de la cinturilla de su pantalón y apunta al jefe de aparejadores. Únicamente cuando levanta el percutor Knorr se vuelve hacia él. Lleva veinte años imaginando este momento. Planeándolo. Soñándolo. Pero ha subestimado la satisfacción que experimentaría cuando Knorr parpadeara al percatarse de la situación.

El pánico se apodera de la voz del aparejador.

—¿Qué está haciendo, herr Douglas?

—Ojalá la gente dejara de llamarme así. Ese no es mi nombre. —Le encanta la cara de desconcierto de Knorr—. Edward Douglas está muerto, lo ha estado desde la mañana que salimos de Frankfurt. Me apropié de su documentación, de su billete, y de su lugar en este vuelo. Nunca encontrarán su cuerpo. Quienes me contrataron se han asegurado de eso.

Knorr no habla, se limita a mirarlo horrorizado.

—No me hizo gracia matarlo, si eso le hace sentir mejor. Era un buen hombre. Me gustaba trabajar con él.

El americano ha estado más de un año cobrando un salario de la empresa McCann Erickson, pero no es para ella para la que trabaja. No exactamente. Sin embargo, no se molesta en explicárselo a Ludwig Knorr.

El aparejador vuelve a mirar la pistola. Habla despacio.

—¿Por qué hace esto?

—Por venganza.

—Yo no le he hecho nada.

—No esperaba que lo recordara. Han pasado dieciocho años. Usted apenas era un muchacho, como mi hermano. Y estábamos en guerra. Hay gente que hasta calificaría sus acciones de heroicas. —El americano sujeta el arma con más fuerza—. No, no esperaba que lo recordara. Pero yo sí que lo recuerdo. Y me basta con eso.

El hidrógeno no tiene olor. No tiene color ni sabor. Y el americano no puede notar que entra en sus pulmones e inunda las pequeñas bolsas y membranas cada vez que su pecho sube y baja. El gas lo rodea como una niebla invisible y mortal. No le importa.

Ludwig Knorr levanta las manos en señal de rendición. Sus ojos viajan entre el americano y el orificio de la cámara de hidrógeno.

—Por favor, no dispare —suplica—. Nos matará a todos.

—Me pregunto si pensó en la muerte cuando lanzó las bombas sobre aquel hospital de Coventry. ¿Le importó que hubiera hombres moribundos dentro? ¿Que los que sobrevivieron al bombardeo pasaran días pudriéndose bajo los escombros?

Puede verlo en la cara de Knorr. Pánico. Desesperación. Perplejidad. El muy desgraciado no recuerda ese vuelo sobre Inglaterra. Lo más probable es que nunca volviera a pensar en él. Para el americano eso es imperdonable. Él ha matado a muchos hombres en su vida, pero siempre los miraba en el momento de quitarles la vida y nunca los olvidaba. Nunca. Ni al primero, hace décadas, ni a Edward Douglas, hace tres días. Vive con el recuerdo de cada rostro aterrorizado. Su miedo y su desconcierto es el peso con el que debe cargar.

—Si mata a un hombre, debería acordarse.

—¿Me está escuchando? —Knorr señala la cámara de hidrógeno. Ya no es un soldado. Solo es un hombre. Y está trastornado por el miedo. Grita—. ¡Si dispara matará a todas las personas a bordo de este dirigible!

—Si no hay más remedio.

El americano no es consciente de lo comprometido que está hasta que las palabras abandonan su boca. Subió a este dirigible por dos razones: para vengar la muerte de su hermano y para destruir el *Hindenburg*. La Alemania nazi no puede liderar el mundo en aviación. No si él puede impedirlo. ¿El dirigible más grande, más lujoso y más moderno está engalanado con esvásticas y financiado por Adolf Hitler? Eso es intolerable.

Sí, habría preferido su plan inicial. Habría preferido quemar el dirigible una vez que estuviera amarrado en Lakehurst. Pero el aterrizaje se ha retrasado doce horas y ahora no tiene elección. Los daños colaterales serán mayores de lo previsto, pero no totales. Existe la posibilidad de que algunos sobrevivan. Pero él no. No. Para él esto termina hoy. Termina en este momento.

Aprieta el gatillo.

Lo último que ve es el fogonazo. Una llamarada larga —pura, limpia, blanca y abrasadora— que sale del extremo de la pistola e inflama el aire. La combustión es casi bella. Y lo deslumbra. Respira una vez —una única bocanada de asombro— y sus pulmones se llenan de fuego líquido.

No nota nada más. No oye nada más. No ve nada más. El americano es simplemente engullido.

La bala sale del cañón. Es un trozo de plomo fundido, llameante, un cometa atravesando este pequeño universo lleno de gas, su cola más grande y destructiva conforme avanza. La bola de fuego crece y se eleva furiosa, atravesando las cámaras de hidrógeno e inflamándolo todo a su paso.

Fuera, un miembro de la tripulación de tierra ve el destello de una llama lamer el espinazo plateado del dirigible. Un resplandor azul fosforescente conocido como el fuego de San Telmo. Es el último rastro visible de la bala cuando desgarra el cuerpo del *Hindenburg*, ralentiza su ascenso y finalmente se detiene. La bala cae sin ser vista. Aterriza en la hierba sin que nadie repare en ella. Nunca la encontrarán.

Porque ahora todas las miradas horrorizadas se han vuelto hacia el gran dirigible en llamas.

EL TERCER OFICIAL

Max Zabel suspira aliviado, consciente de que la parte más difícil del aterrizaje ha terminado, y acto seguido siente un temblor casi imperceptible. Es diferente de las sacudidas y tirones que acompañan al aterrizaje. La convulsión que experimenta el suelo bajo sus pies no es normal. Algo va mal, muy mal.

Levanta la vista preguntándose si alguien más lo debe haber notado. Las expresiones de sus compañeros le indican que, efectivamente, ellos también han sentido la trepidación. Hay una pausa. Un temblor. Luego una vibración única, interminable, que Max percibe primero en las plantas de los pies y luego en todo el cuerpo. La cabina de mando se zarandea con el temblor. Se agita. Runrunea. Los cristales vibran dentro de sus marcos. Se escucha un zumbido fantasmagórico, circular, que a los pocos segundos se transforma en algo más aterrador. Un hormigueo le recorre las palmas de las manos cuando las apoya en la repisa de la ventana. Y entonces oye aquello que no sabe que ha estado esperando: una explosión sorda.

LA PERIODISTA

El suelo está tan cerca que Gertrud casi puede tocarlo. Veinte metros más abajo y de un verde deslumbrante por las lluvias de mayo. Leonhard le aprieta la mano con gesto tranquilizador cuando se inclinan sobre los ventanales de la cafetería.

—Ya casi estamos —susurra, y Gertrud suelta una larga exhalación. Su ansia de tocar tierra es muy profunda, casi temeraria.

La tripulación de tierra corre hacia la pista para agarrar los cabos de amarre y Gertrud nota un leve tirón cuando el dirigible se tensa. Siguen bajando, más deprisa ahora. Se vuelve hacia su marido con alivio y gratitud. Experimenta un instante de desconcierto cuando él, en lugar de devolverle la sonrisa, se endereza y la aleja de la ventana.

Está a punto de preguntarle qué ocurre, pero un silencio extraño se adueña del dirigible, como si la nave estuviera conteniendo la respiración. Puede notar el pánico trepando por el cuerpo de su marido. Lo ve escrito en sus ojos, y cuando él le coge la mano con más fuerza, siente el pánico en su propia piel.

Es solo un instante, no más, el que permanecen petrificados, pero es suficiente.

Detrás de ellos se oye un estallido sordo, no más fuerte que el que emite una botella de cerveza al abrirse o una bolsa de papel al ser explotada. El ruido proviene de la parte de atrás, de las entrañas del aparato.

Y, a continuación, el caos.

LA CAMARERA

Emilie deja sobre la cama la ropa que le ha prestado Matilde Doehner. No puede ponérselas. No puede irse con la familia a México. No puede dejar a Max. En su fuero interno siempre lo ha sabido. Pero la asusta volver a amar a un hombre. Entregar su corazón y la vulnerabilidad que eso requiere de ella le resulta mucho más difícil esta segunda vez. Fue fácil cuando era joven e inocente, cuando aún no conocía el sufrimiento. Ahora sabe lo que es padecer una pérdida. Sabe qué significa que te arranquen el corazón. Que te disloquen.

Y esta vez elige, consciente de que puede volver a ocurrir. Emilie elige a Max. ¿Qué es la fe si no eso? Matilde se llevará una decepción. Pero es mujer. Lo entenderá.

Ahora que ha tomado la decisión, Emilie se siente en paz. Se dirige a la puerta y algo se mueve. Ve su propia vibración, pero no tiene miedo. Ella no está temblando. Este estremecimiento no es interno, sino externo. Todo tiembla. Las paredes. El suelo. Su cuerpo. Lo percibe en el aire y en los talones. Trepa por su cuerpo.

Algo la levanta del suelo. La lanza hacia atrás. La catapulta contra el duro canto de la cama. Oye su cabeza golpearlo con un crujido tan fuerte que le retumban los dientes. Nota un dolor punzante en el cráneo, a lo largo del nacimiento del pelo. Un dolor lacerante, y poco a poco se hunde en un pozo oscuro. Después el silencio. La nada.

EL GRUMETE

Werner guarda el último plato en la alacena que hay encima del banco y retrocede con una sonrisa triunfal. Pero ese sentimiento se esfuma antes de que haya dado un paso en dirección a la puerta. Werner Franz vuelve a ser un niño en cuanto oye la explosión. Le asusta lo que confía que sea —en el único instante que le queda de esperanza— un trueno.

Y entonces el aire que lo rodea se astilla. No es solo el suelo, o las paredes, o alguna sacudida dentro de la estructura como la que hubo ayer por la mañana en la pasarela. Parece como si el *Hindenburg* se desgarrara por las costuras. Las puertas de las alacenas se abren de golpe y los platos que Werner acaba de lavar, secar y guardar con tanto mimo resbalan y caen al suelo, donde se rompen en mil diabólicos pedazos. Permanece mudo y petrificado mientras el suelo sigue inclinándose detrás de él. Para Werner, la explosión suena como un cristal haciéndose añicos. Y así sonará el tiempo que le dure el recuerdo.

Es arrancado de su estupor cuando el *Hindenburg* se inclina de nuevo hacia la popa y Werner cae de costado. Es consciente de la vajilla rota que resbala por el suelo hacia él, de las explosiones atronadoras que llegan ahora de todas direcciones. Y de los gritos —unos lejanos, otros en la estancia contigua—, pero en lo único que puede pensar es en la puerta. En ningún momento se le ocurre que podría saltar por la ventana. Solo piensa en salir por la puerta. De modo que gatea y se arrastra por el linóleo agarrándose a las patas de las mesas. Una vez que consigue levantarse sale disparado, corre por el pasillo hasta la puerta de seguridad e irrumpe en la panza del dirigible. En la pasarela no hay nadie, y en el tiempo que tarda en parpadear entiende por qué. Una colosal bola de fuego rueda rauda hacia él, devorándolo todo a su paso.

LA PERIODISTA

El suelo se aparta de sus pies. Primero Leonhard y después Gertrud son arrojados contra la pared del fondo. La periodista oye gritar a una mujer en algún camarote del otro lado, un impacto fuerte y luego silencio. El aire sale entrecortado de los pulmones de Leonhard y su caja torácica se mueve con un sonido sibilante. Su brazo sujeta a Gertrud contra la pared mientras sillas, platos y pasajeros ruedan hacia ellos. Puede sentir a su marido forcejeando a su lado, intentando cubrirla con su cuerpo. Intentando protegerla.

—Leonhard —jadea, y señala con la cabeza la ventana, donde inmensas nubes de fuego han cubierto el cielo—. El dirigible está ardiendo.

EL TERCER OFICIAL

Al principio Max no ve el fuego. Repara en su resplandor iluminando la pista, en las nubes y los ojos de los hombres a su lado que miran por la ventana. Pero solo tarda otra inspiración en verlo también en el aire que lo rodea. En todas partes. El cielo brilla con él. Y entonces estalla el caos. Max sabe que los demás oficiales están gritando, maldiciendo, bramando órdenes, pero él no puede hacer nada salvo permanecer frente a la ventana, sobrecogido.

El cielo es oro líquido.

El cielo es muerte.

Podría haberse quedado ahí, contemplando su propia destrucción, pero la popa cae de repente y lo impulsa hacia atrás. Alarga los brazos para agarrarse a la pared del fondo de la sala de navegación mientras el morro del dirigible se eleva, hasta que queda aplastado contra ella y sostenido por sus manos, como si estuviera tendido en el suelo.

Confusión.

Un hombre pasa rodando por su lado lanzando alaridos y se estampa contra la pared trasera de la cabina de mando. ¿Bauer? No está seguro. El contenido de la mesa de navegación resbala y sale volando hacia su cara. Max ladea la cabeza justo a tiempo para evitar que el pesado diario de vuelo le parta la nariz. Lápices, plumas e instrumentos llueven a su alrededor y la proa del dirigible sigue subiendo.

Hasta ese momento solo ha oído los gritos de pánico de sus compañeros, pero ahora el fuego gana fuerza, ruge y se convierte en una bestia hambrienta que ahoga todos los demás sonidos. Le cuesta respirar. Las voraces llamas le arrebatan el aire, lo succionan.

Algo se rompe. Algo metálico y quebradizo. La proa cae y el dirigible se nivela durante un instante. El espinazo del *Hindenburg* se ha partido en dos.

Oye al comandante Pruss bramar por encima del fragor. Una única palabra.

—¡Salten!

Y Max se apresura a obedecer.

LA PERIODISTA

Hay un hombre a su lado, pero Gertrud no puede verle la cara. Está rezando con fervor en alemán mientras el dirigible se convulsiona. La gente grita. El coronel Erdmann se suelta de la repisa de la ventana y resbala por el suelo. Algo cruza el aire volando. ¿Una taza de café? Huele a humo y se oye un ruido extraño, como un desgarramiento. Un niño chilla; los dos chicos Doehner están cogidos a la pata de una mesa con las piernecitas colgando mientras su hermana se esfuerza por sujetarlos. La mente de Gertrud registra cada una de esas cosas, pero no es hasta que ve la cara de absoluto terror de Matilde Doehner que un pensamiento la asalta. Ese miedo maternal despierta algo profundo e instintivo en su interior y le atraviesa el alma en forma de plegaria. «Te lo ruego, Dios —piensa—, haz que esto acabe pronto.»

EL GRUMETE

Werner se aleja despavorido del fuego que recorre las cámaras de hidrógeno sobre su cabeza. Rugiendo. Devorando. Aniquilando. No nota tanto el calor como la incineración del aire mismo. Tiene la boca seca por las salvajes bocanadas que está engullendo en su esfuerzo por escapar.

Algo se rompe. Hay un crujido metálico ensordecedor y el casco del dirigible se estrella contra la pista. Werner se tambalea. Cae al suelo de cuatro patas. Se inclina hacia delante sobre el pecho, y resbala hacia las llamas. Nada puede hacer salvo agarrarse a una de las cuerdas que flanquean la pasarela para ralentizar su descenso al infierno.

EL TERCER OFICIAL

Max intenta trepar a la mesa de navegación, pero no puede controlar la dirección de su cuerpo porque la habitación tiembla y se inclina a su alrededor. Es una piedrecilla dentro de una lata, zarandeada según los caprichos de un niño belicoso. Finalmente se arrodilla frente a la ventana y descorre el cristal con los dedos entumecidos por el pánico. Seis metros lo separan del suelo, puede que cuatro; no puede calcular con precisión la distancia porque el fuego, el humo y los gritos lo aturden.

Se dispone a saltar con los pies por delante para controlar la caída, pero la cola del dirigible golpea el suelo y la cabina de mando sufre un bandazo. Max sale despedido por la ventana con una violenta voltereta, golpea el alféizar con el pie y se le abren los brazos. Intenta gritar, pero para eso necesita aire y tiene los pulmones inundados de humo; solo puede ver la masa de hierba tomada por las llamas y la tripulación de tierra huyendo. No hay nadie ahí para sujetarlo. Nada para amortiguar su caída. Max se precipita de cabeza hacia el abismo.

EL GRUMETE

Werner Franz se prepara para ser engullido por el fuego. Nota su calor, tan cerca que le chamusca el pelo. Huele la tela quemándose y el acero fundiéndose. Tiene las uñas calientes. Cierra los ojos. Quiere comportarse como un hombre, pero no puede encontrar el coraje para presenciar su propia muerte.

Sin embargo, lo que lo inunda no es fuego. Es agua. Y está fría. Le corta la respiración. El grumete jadea y escupe, y cuando levanta la cabeza ve un torrente de agua precipitándose desde el lastre que hay sobre la pasarela. La sacudida del dirigible al golpear el suelo ha aflojado los amarres del lastre y su contenido cae en cascada sobre el chico y la pasarela.

El inesperado rescate y el gélido frío sacan a Werner de su aturdimiento. Mira desesperado a su alrededor en busca de una vía de escape. Solo tiene una opción: salir por la escotilla de abastecimiento que hay a su derecha. No confía en que sus piernas temblorosas puedan transportarlo, así que recorre los dos metros a rastras y golpea el cerrojo con el tacón de la bota.

LA PERIODISTA

Hay fuego en la cafetería. Lame las paredes. Araña el suelo con su lengua. Las llamas se desparraman como si fueran líquidas y Gertrud nota su calor en los ojos conforme avanzan hacia ellos. Sequedad. Ardor. Un temblor que recorre el dirigible, inclina el suelo hacia delante y lo pone casi recto de nuevo. Esta amenaza es cuanto Leonhard necesita para recuperar la serenidad.

—¡Por las ventanas! —No es un alarido o un grito, es una orden bramada con tanta potencia que todas las personas de la cafetería lo miran, parpadean y empiezan a gatear hacia la hilera de ventanales.

Leonhard tira de Gertrud y en cuatro zancadas están frente

al cristal. Lo descorre. Ella nota que se agacha a su lado con un brazo ya debajo de sus rodillas. Pretende arrojarla por la ventana. Pero Gertrud ve a Matilde Doehner empujar sola a sus hijos hacia los cristales mientras intenta agarrar a su hija con una mano. Irene está paralizada, llamando a su padre una y otra vez hasta que sus enajenados chillidos se oyen por encima del estallido de metales y la rotura de vidrios. Es el sonido de un corazón roto, y la expresión en el rostro de Matilde basta para destruir a Gertrud.

Se suelta de los brazos de Leonhard.

—Tenemos que ayudarlos.

Han de abandonar el dirigible. Gertrud puede ver esas palabras escritas en el rostro de Leonhard. Esta podría ser su única oportunidad. Las ventanas están abarrotadas de gente esperando para saltar, empujándose unos a otros. El humo forma remolinos abrasadores en el suelo y ya no puede verse los zapatos. Los tobillos. Las pantorrillas.

No son sus hijos, pero son niños, no menos inocentes que Egon, y no puede dejarlos a merced del fuego más de lo que podría dejar a su propio hijo.

—Despeja la ventana —le pide a Leonhard, y regresa junto a Matilde Doehner.

EL TERCER OFICIAL

Max golpea el suelo con los pies, no sabe si por un milagro o por pura determinación, pero el impacto lo impulsa hacia delante y aterriza sobre las manos y las rodillas antes de estampar la barbilla. Está aturdido. Oye un pitido dentro de su cabeza. Tiene sangre en la boca y hierba en la nariz. Se ha mordido la lengua y el interior de la mejilla. Nota el sabor del hierro y del miedo. Con los brazos atrapados bajo el cuerpo y las rótulas aullando de dolor, solo alcanza a volver la cabeza unos centímetros para ver desmoronarse la masa llameante del dirigible alrededor de él. Encima de él.

Se lanza hacia delante. Rueda. Se pone de rodillas y finalmente de pie pese al hecho de que cuarenta puntos de su cuerpo protestan por el inesperado movimiento.

Corre. Y mientras corre nota que a su espalda la parte central del dirigible golpea el suelo. Una lluvia de chispas desciende sobre su pelo, su chaqueta, las puntas de sus zapatos. Una chispa le abre un agujero negro y profundo en el dorso de la mano. Lo nota. Lo ignora. Corre.

El dirigible hace entonces lo imposible. Rebota y se eleva tres o cuatro metros del suelo por el impacto del tren de aterrizaje contra el suelo. Es lo único que ha impedido que la estructura se le viniera encima. Esa vuelta de más que dio para fijar el tren de aterrizaje. Su minuciosidad le ha dado la oportunidad de salir de debajo del dirigible en llamas.

El pie de Max golpea tierra fresca y el dirigible desciende por segunda vez. Estalla en pedazos de ocre y fuego.

EL GRUMETE

Werner patea la escotilla de abastecimiento con el agua cayéndole en los ojos mientras todo a su alrededor es arrasado por las llamas. La puerta tiene un metro y medio de ancho y otro tanto de largo. Le da miedo tocar el cerrojo y quemarse la mano, así que sigue dándole patadas hasta que cede. La puerta se eleva diez centímetros y Werner acaba de abrirla con el pie.

Avanza sobre su estómago para mirar por el hueco de la escotilla y descubre que el suelo se eleva hacia él con rapidez. Tres metros. Respira hondo, se coloca de cuclillas en el borde de la trampilla. Dos metros.

Salta.

Golpea el suelo al mismo tiempo que el dirigible, y no duda

de que va a aplastarlo. Hay una explosión de chispas. El crujido nauseabundo de metales. El sonido de una estructura desplomándose sobre sí misma.

Pero el dirigible rebota milagrosamente hacia arriba tras impactar con el tren de aterrizaje de proa y Werner descubre un camino que se abre por debajo.

Corre.

LA PERIODISTA

Walter Doehner pesa más de lo que parece. Grita y busca a su madre, así que Gertrud lo arrastra hacia la ventana empleando todo el peso de su cuerpo. El muchacho se revuelve presa del pánico, agita las piernas y los brazos. Matilde los sigue de cerca con el pequeño Werner bajo el brazo, como si fuera un saco de patatas.

—Gracias —dice a Gertrud jadeando—. No puedo con los dos.

Entonces Matilde llama a gritos a Irene, le suplica que la siga, pero la chica retrocede, se aleja de las ventanas buscando a su padre, gritando su nombre.

El fuego lo envuelve todo. Lo toca todo. Gertrud mira a Walter y ve que una línea de fuego avanza por su mejilla en dirección al pelo. El chico está ardiendo. La camisa. Las puntas de los zapatos. Un mechón de pelo. Una lágrima le cae por la punta de la nariz y la llama que le come el rostro la evapora.

Gertrud pierde entonces la cabeza. Lanza el niño a su marido, que lo agarra por el cuello de la camisa como si fuera un gato. Un animal salvaje. Lo sostiene sobre el hueco de la ventana y simplemente lo suelta. Walter Doehner desaparece y sus gritos se desvanecen conforme cae.

Werner no se lo pone tan fácil. El muchacho está asustado y se aferra a su madre. Cuando Leonhard lo levanta del suelo como si fuera un inválido y lo lanza por la ventana, el niño se agarra al marco como una estrella de mar.

Hay tristeza y ternura en la voz grave de Leonhard cuando mira al chiquillo y dice:

—Lo siento.

Le coloca una mano grande y fuerte en cada lado de la cintura y empuja hacia abajo. Como una varilla en un agujero, el cuerpo del muchacho se arquea. Y desaparece también.

—¡Irene! —grita Matilde, pero no hay rastro de su hija.

En la cafetería solo quedan ellos tres y apenas pueden hablar, respirar o gritar a causa del humo que se arremolina a su alrededor. El dobladillo del vestido de Gertrud está ardiendo e intenta sofocar las llamas a manotazos. Una parte de ella advierte que la piel de la palma de su mano derecha le empieza a escocer.

—¡Irene!

Gertrud se pregunta cómo Matilde puede hacerlo, cómo consigue correr hasta la ventana sin Irene. Cómo elige a sus hijos en lugar de a su hija. Pero lo hace. En un abrir y cerrar de ojos Matilde está sentada en la repisa de la ventana con los pies colgando. Con un grito herido que nada tiene que ver con el fuego, el dolor o las quemaduras, salta al vacío.

Leonhard coge a Gertrud. No está dispuesto a esperar más. Pero en ese momento el dirigible golpea la pista y el bandazo los separa. Caen de rodillas al suelo. Las sillas resbalan, ruedan, se amontonan hasta formar un nudo gigante entre ellos. Leonhard alarga el brazo hacia ella. Grita su nombre con tanto miedo en la voz que a Gertrud se le encoge el corazón.

Él está más cerca de la ventana que ella. Podría saltar. Debería saltar.

Gertrud alarga un brazo.

—No me abandones, por favor.

LA CAMARERA

Emilie abre los ojos. Parpadea. No ve nada salvo rojo, no huele nada salvo humo. Algo húmedo y tibio resbala por su frente y se cuela en sus ojos, y cae en la cuenta de que le sangra la cabeza. Se pasa el dorso de la mano por la cara. Se limpia la sangre de los ojos.

Oye un gemido hondo y comprende que ha salido de ella. Rueda sobre un costado. Tose. Hay tanto humo en la habitación y hace tanto calor que no es capaz de poner orden a los pensamientos frenéticos que se agolpan en su cabeza. Intenta recordar dónde está y qué está ocurriendo. El camarote de Matilde Doehner. Algo va mal. Algo ha sucedido. Está herida y necesita salir de esta habitación, pero no puede recordar por qué ni cómo. Y entonces...

Oh.

Una explosión.

Se incorpora sobre las manos y las rodillas. Gatea.

LA PERIODISTA

—Jamás te abandonaría —dice Leonhard.

Aparta las sillas. Gertrud lo oye vagamente por encima del fragor del fuego y un momento después el brazo de su marido la rodea por la cintura como un cable de acero y juntos se precipitan hacia la ventana. Él no la suelta cuando se suben a la repisa y tampoco cuando se detienen un instante en el borde con las piernas colgando. Únicamente cuando se zambullen en el humo y el vacío nota Gertrud que el brazo de su marido se relaja en su cintura, y solo porque no quiere caer encima de ella.

Es una caída de apenas tres metros, pero Gertrud no tiene forma de prepararse para la colisión porque el humo le nubla la vista. Golpea el suelo con las piernas ligeramente flexionadas y cae hacia delante, incapaz de ralentizar la inercia. El impacto le corta la respiración. Se queda ahí tendida, aturdida, su mejilla aplastada contra una tierra inesperadamente húmeda y fresca. Aparecen los pies de Leonhard y nota su mano en la cintura, aupándola. Pero sigue sin poder respirar. Nota un hormigueo en los labios y los ojos le arden. Tiene un arañazo en la mejilla y la sensación de que su mano derecha empuña un rescoldo candente. Desconcertada, se mira la palma y ve unas ampollas rabiosamente coloradas en la piel que utilizó para espantar el fuego de su vestido.

Un hilo de aire limpio penetra en sus pulmones e inspira con avidez. Leonhard tira de ella sin miramientos. Es casi brutal en su desesperación por salir de debajo del dirigible incendiado. Atraviesan a la carrera la pista de obstáculos formada por vigas desprendidas, muebles en llamas, un cadáver carbonizado —Gertrud desvía la mirada— y objetos tan deformados por el fuego y la colisión que no puede identificarlos.

Corren.

Pero no lo bastante rápido.

Las chispas le caen en los hombros y el pelo. Levanta la vista y ve un infierno cernirse sobre ellos.

EL TERCER OFICIAL

Max corre hacia la popa. Hacia la popa. Hacia la popa. Rodea el purgatorio en llamas en dirección a las cubiertas de los pasajeros. Emilie. Es en lo único que puede pensar. Tiene su nombre grabado a fuego en la mente. Tiene que encontrar a Emilie. Tiene que encontrarla. La encontrará.

La base del dirigible descansa en el suelo, peligrosamente inclinada, pero eso no le impide arremeter con el hombro contra el primer cristal que encuentra. Espera que se haga añicos, que explote o le corte el brazo, pero no hace nada de eso. El cristal que comunica con el paseo junto al comedor simplemente se desmorona y Max se descubre contemplando los rostros de dos hombres y dos mujeres. Rostros petrificados. Casi inexpresivos. Ninguno de esos rostros es el de Emilie, pero alarga los brazos de todos modos, saca a esas personas del aparato, las empuja hacia delante. Lejos.

Y en ese momento oye los gritos, gritos que el miedo hace que alcancen el más agudo de los tonos. Los gritos son suyos. La está llamando.

—¡Emilie!

LA CAMARERA

Emilie oye a Max gritar su nombre. Oye el miedo y la desesperación, y la voz de Max se convierte en su brújula. Su verdadero norte. Se da la vuelta para buscarla.

No puede levantarse.

No puede ver.

No puede respirar.

Pero puede oírlo. Lo oye gritar su nombre, y eso le basta. Se arrastra por el asfixiante remolino de humo negro.

Max.

Max.

Max.

No sabe si pronuncia su nombre en alto. Si es un susurro o un grito. Pero sigue llamándolo. Desde el corazón, cuando menos.

Manos, rodillas, una delante de la otra. Emilie avanza hacia él.

—Max.

EL GRUMETE

Werner está vivo. Está mojado y aterido y tiembla tanto que cae al suelo como un saco de huesos descoordinados. Pero está vivo. Aprieta los ojos y espera a que llegue el dolor. Porque es inevitable.

Un minuto. Nota el calor del dirigible incendiado rodando por la pista.

Tres minutos. Es entonces cuando los gritos empiezan realmente a molestarlo. Gritos que salen del dirigible. Puede oír el pánico y el dolor de hombres atrapados en las llamas. Pero peores son los gritos que llegan de todos los rincones del aeródromo. Los espectadores no pueden hacer nada salvo observar horrorizados cómo el fuego engulle a sus amigos y seres queridos dentro del *Hindenburg*. Están viendo gente morir. Una tragedia que los acompañará toda la vida.

Cinco minutos.

Solo nota un arañazo en la palma de la mano con la que frenó la caída. No es profundo, pero le escuece. Y este dolor —aunque insignificante— es lo que lo conecta con la realidad. Es lo que lo convence de que no está muerto.

LA PERIODISTA

Leonhard la empuja. Un empellón despiadado en la espalda que la lanza hacia delante con un gruñido y una maldición. Da un traspié y cae al suelo con tanta violencia que se le nubla la vista. Lo último que ve antes de que el *Hindenburg* se desplome y explote en una nube de chispas es a Leonhard tendido a su lado hecho un embrollo de codos y piernas torcidos en ángulos imposibles.

A tres metros de ellos hay una viga que brilla con un rojo tan vivo que Gertrud teme que se derrita y se desparrame hacia ellos. Leonhard alarga un brazo. Le coge la mano y se la estrecha con ternura, pero el dolor la atraviesa y se suelta.

—Estás herida —dice él, ahora de rodillas, inspeccionando la palma en carne viva.

—No es nada.

—Sí lo es, *Liebchen*.

Un lamento agudo comienza en algún lugar cerca de ellos cuando se levantan. Hay una figura de pie en medio de las llamas, al otro lado de la estructura, agitando frenéticamente los brazos. Suplicando. «Un hombre —piensa Gertrud— luchando por encontrar una salida de este infierno.» Los gritos la paralizan. La aterrorizan. La petrifican. Sin embargo, dentro de Leonhard algo se despierta y, como una polilla atraída por el fuego, se lanza hacia delante con una urgencia endiablada hacia la autodestrucción.

Ahora le toca a Gertrud salvar a su marido. Le llama, una, dos veces. Le implora que se detenga, pero la figura en llamas empuja a Leonhard a seguir. Gertrud le agarra el brazo, le clava las uñas en la carne y echa todo el peso del cuerpo hacia atrás, hasta casi sentarse en el suelo, antes de conseguir frenar su impulso.

—No. —La orden es clara e inapelable. No piensa soltarlo.

Leonhard se detiene y la mira, sorprendido. Se deja arrastrar con renuencia en tanto los gritos siguen resonando en una docena de lugares dentro del dirigible. Hombres. Mujeres. Gertrud decide no pensar en Irene Doehner mientras se alejan.

EL TERCER OFICIAL

Max no puede ver a nadie más dentro del dirigible. Las llamas lo han engullido todo. Retrocede a trompicones. Su talón tropieza con una planta de raíces profundas y extendidas.

—Maldita-sea-hostia-joder-puta-mierda. —Es una plegaria. Es una letanía. Es el grito de un corazón que ha caído en el infierno y está suplicando a Dios, no que lo libere, sino la oportunidad de liberar a otras personas.

—¿Dónde está Emilie?

—¿Dónde está?

—¿Dónde está?

Lo repite una y otra vez mientras se aleja de nuevo, en dirección a la cabina de mando. Ni siquiera se había molestado en comprobar si quedaba alguien ahí dentro. Simplemente echó a correr en busca de Emilie.

Llamas rabiosas iluminan la cabina de mando y cuando Max se pone de puntillas para mirar en su interior, la encuentra vacía. A la proa, entonces, y luego al otro lado. Esa es su intención. Hay doce hombres en la proa del dirigible. «No —piensa—, había doce hombres.» Es imposible que hayan sobrevivido. El morro del dirigible está completamente calcinado. Los equipos de rescate sacan del casco ennegrecido a un hombre, un cuerpo que todavía arde. Puede oler la carne chamuscada. El pelo quemado. Puede oír los últimos gemidos balbuceantes de un hombre que no está muriendo lo bastante deprisa.

Max Zabel vomita sobre sus zapatos.

Aspira el hedor y sigue avanzando. Rodea la feroz masa hasta el lado de estribor. Las llamas oprimen las ventanas. Vislumbra la silueta de una mano apretada contra el cristal. La mano se cierra y resbala.

Avanza hacia ella, pero alguien —un ser sin nombre y sin rostro, quizá dos personas, porque tiene ambos brazos inmovilizados— se lo lleva a rastras. Se lo lleva mientras él da patadas, grita, maldice y aúlla la única palabra coherente que conoce en esos momentos.

—¡Emilie!

EL GRUMETE

Werner está de pie. No sabe cómo ha conseguido levantarse ni cómo ha tomado la decisión de hacerlo, pero se ha alejado del desastre y está contemplando las llamas mientras la bilis trepa por su garganta. No quiere seguir presenciando la escena, pero no es capaz de desviar la mirada.

—¿Qué haces?

La voz es severa y familiar. Cuando una mano grande y pesada le atenaza el hombro sabe a quién pertenece: Heinrich Kubis.

Werner vuelve su rostro sucio y aturdido hacia el jefe de camareros. El hombre nunca ha sido dado a apiadarse de la gente, pero esta vez lo hace. El miedo lo ha ablandado.

—¿Qué haces ahí parado? —grita—. ¡Corre!

Lo empuja para que se mueva, pero el muchacho, exhausto y confundido, echa a andar en la dirección errónea. Se adentra tambaleante en el manto bajo de humo, hacia las llamas.

—¡Sal de la pista, idiota, o morirás! —Le están hablando en inglés, y en medio de la conmoción Werner solo entiende la mitad.

Su inglés es limitado y en esas circunstancias no se le ocurre nada que responder al soldado que ha emergido del humo. No en medio del calor, el fragor y ese hombre intentando alejarlo del dirigible.

Así que finalmente hinca los talones en el suelo, señala el fuego y luego se señala a sí mismo.

—*Ich bin der cabin-boy vom* Hindenburg! —Lo repite, más fuerte esta vez—: *Ich bin der cabin-boy vom* Hindenburg!

El soldado contempla estupefacto el destrozado uniforme y lo suelta. Luego coge a Werner por el hombro y llama a sus compañeros.

—¡Eh! ¡Es el grumete!

Jóvenes soldados estadounidenses rodean a Werner, le dan

palmadas, lo abrazan, le estrechan la mano. Le hacen preguntas que el muchacho no es capaz de responder. Lo felicitan por haber salido con vida del accidente, como si su supervivencia hubiese dependido de él y no de la providencia y la estúpida suerte.

El primer soldado es el único que se percata de que Werner está empapado y tiritando. Se quita la chaqueta y se la pone al muchacho. Las mangas le cuelgan quince centímetros y los faldones le llegan a medio muslo, pero el calor es una bendición. Werner nota que sus músculos se relajan, los dientes dejan de castañetearle. Werner Franz observa junto a esos desconocidos cómo el *Hindenburg* es consumido por el fuego.

Al cabo de unos minutos divisa un rostro familiar. Wilhelm Balla. Cojea ligeramente, pero por lo demás parece ileso. Werner nunca se ha alegrado tanto de ver la cara agria del camarero, especialmente cuando Balla le pasa un brazo protector por los hombros y lo aleja del incendio.

—Vamos, hijo —dice—, aquí ya no podemos hacer nada.

Lo último que Werner Franz ve mientras abandona la pista es la figura prístina de Xaver Maier cerca de los restos del dirigible, su chaqueta tan impoluta que parece recién sacada de la tintorería. No tiene una sola mancha. Solo le falta el gorro de cocinero. Maier no parece sorprendido, asustado o triste. Parece perdido, como si por primera vez en su vida no supiese qué hacer.

Lo ve introducir dos dedos en el bolsillo superior de su chaqueta y sacar un cigarrillo del paquete que siempre guarda en él. Xaver acerca la punta del cigarrillo a una pila de rescoldos, se lleva la boquilla a los labios e inhala. Recuperado el control, el jefe de cocina se aleja con paso tranquilo.

LA PERIODISTA

Gertrud siente el calor del fuego solo en la palma de su mano, pero lo huele en todas partes: en el humo y en las volutas de pelo chamuscado que flotan hasta su nariz. Huele los cadáveres. Huele la orina y el vómito sobre las figuras tambaleantes que Leonhard y ella dejan atrás en la pista. Gertrud huele la desesperación.

Un hombre tocado con un panamá —tan limpio e impecable en comparación con todo lo que lo rodea— parece brotar del suelo que tienen justo delante.

—¡Por aquí! —grita, y agarra a Leonhard por la manga.

Este desconocido extraño, inmaculado, los conduce hasta una limusina que aguarda en el borde de la pista. El coche estaba destinado a trasladar a los pasajeros desde la zona de aterrizaje hasta el hangar, pero ahora está siendo utilizado como ambulancia.

El hombre abre la portezuela y les hace señas para que entren, pero una voz trastornada, desesperada, grita desde el interior.

—¡Aquí ya no cabe nadie más! ¡Váyanse! —Es femenina. Alemana. Demente.

Gertrud se atreve a echar un vistazo y ve a Matilde Doehner agazapada en el vehículo por lo demás vacío con un hijo cubierto de graves quemaduras debajo de cada brazo. Es una leona salvaje y feroz protegiendo a sus pequeños.

EL TERCER OFICIAL

El Hangar 1, la estructura más próxima al siniestro, ha sido convertido en un improvisado hospital. Fue una decisión espontánea del rescatador, quienquiera que sea, que sacó el primer cuerpo malherido del dirigible. Una cuestión práctica. Menos metros que arrastrar, desplazar, acarrear a los heridos.

«No —piensa Max mientras se dirige renqueando al hangar—, no todos los de ahí dentro están heridos.» Esa palabra implica supervivencia. Y él sabe que algunas de las personas que ha visto cruzar en camilla las enormes puertas ya no existen en este lado de la eternidad.

No sabe cuánto tiempo estuvo sentado en la pista. Solo sabe que estaba húmeda, ya fuera por la lluvia o por los lastres de agua, y que no podía moverse, pensar o funcionar. Simplemente permaneció encorvado, con la cabeza caída hacia un lado, mientras el dirigible ardía.

Nadie tendría que haber sobrevivido. Sin embargo, aquí están, deambulando como ovejas descarriadas después de una tormenta. Pasajeros. Miembros de la tripulación. Tripulantes de tierra. Periodistas. Espectadores. Todos juntos en el aeródromo. Todos desorientados. Todos horrorizados. Y vehículos que corren de un lado a otro. No solo jeeps militares, también coches civiles trasladando supervivientes. ¿Cómo es posible localizar a alguien en medio de semejante caos?

Nunca ha tenido que pensar en poner un pie delante del otro. Nunca ha tenido que dar a su cuerpo instrucciones concretas, sencillas. Pero ahora tiene que hacerlo. Y le parece que tarda un siglo en llegar al hangar y cruzar sus puertas.

Alguien solicita ayuda a gritos y le echa una manta sobre los hombros. Le hace preguntas absurdas en inglés. ¿A quién le importa qué año es, cómo se llama o quién es el presidente?

—¿Dónde está Emilie? —dice con la voz ronca antes de sufrir un ataque de tos.

El desconocido curioso y parlanchín le planta una taza de agua en las manos. Le insta a beber. Y Max bebe, admirando las propiedades milagrosas del agua. Su frescor. Su humedad. Su capacidad para saciar.

Al desconocido le lleva solo un minuto determinar que el peor daño que ha sufrido el oficial es una conmoción. Lo conduce hasta un catre que se desploma en cuanto Max se tumba.

Lo levantan bruscamente, como si la culpa fuera de él y no de un montaje deficiente. Max se aleja mientras el hombre intenta recomponer el catre de manera que pueda soportar su peso.

El hangar es inmenso, casi dos veces el tamaño del *Hindenburg*, y está lleno de catres, sacos de dormir y gente gritando y deambulando por su enorme panza. Hay personas tendidas por todas partes. Otras forman corros y charlan en voz baja. Los médicos piden ayuda. Las enfermeras corren de una víctima a otra, sustituyendo la ayuda por el trajín porque nada puede hacerse por la mayoría de ellas.

Max elige una hilera de catres —no importa cuál— y la recorre de principio a fin. Se detiene. Mira. Busca en los rostros destrozados. Y en cada cabecera hace la misma pregunta:

—¿Emilie?

LA PERIODISTA

Es un hangar. Eso sí que lo sabe. Y lo han convertido en una enfermería. Hay gente tumbada en catres y en el suelo. Gente corriendo de un lado a otro y gritando instrucciones. Un puñado de chicas jóvenes y lozanas con uniformes blancos de enfermera observan el panorama horrorizadas.

Alguien ha encontrado una silla para Gertrud. Está sentada en silencio, viendo morir al coronel Erdmann a sus pies. Leonhard se ha marchado a pedir ayuda para su mano, pero Gertrud lo ha perdido de vista. A tres metros de ella, un sacerdote da la extremaunción a un miembro de la tripulación. El religioso ha recorrido toda la hilera, atendiendo primero a las personas que más cerca están de la muerte.

—Me aprietan los zapatos —murmura Erdmann.

Tiene zonas de la piel chamuscadas, una parte de la ropa quemada y la otra fundida con la carne.

—Me aprietan los zapatos —repite, y Gertrud cae en la

cuenta de que le está hablando a ella. El único ojo que le funciona está fijo en ella, y no puede negarle su ayuda, del mismo modo que no pudo dejar atrás a los chicos Doehner.

Aparta la silla y se arrodilla en el suelo. El cemento está duro y frío y le resulta extrañamente relajante. Desata las botas del coronel con cuidado y se las quita. Le saca también los calcetines y coloca las manos sobre sus pies para reconfortarlo. Es la única parte del cuerpo que no está cubierta de quemaduras mortales. El coronel se estremece ligeramente con la caricia, pero no protesta.

—Dorothea. —La palabra es apenas un susurro.

El sacerdote se arrodilla al lado de Gertrud.

—Es usted una mujer bondadosa.

Cuando Erdmann lo ve empieza a hablar muy deprisa y Gertrud repara en que ha saltado a un dialecto extraño que el cura estadounidense no conoce. Pero su titubeo apenas dura un instante. No habla mientras el coronel vuelca su última confesión, simplemente inclina el torso y escucha con compasión. Susurra palabras de consuelo en los oídos moribundos.

«Solo Dios lo entiende ahora», piensa Gertrud.

Al rato las palabras cesan y el coronel yace inmóvil. El sacerdote se incorpora con el rostro cansado y busca en la hilera de pacientes el siguiente que ha de morir. Pone rumbo a él, y deja a Gertrud sola con el cuerpo de un hombre al que apenas conoce.

EL GRUMETE

El aeródromo está salpicado de hangares de formas y tamaños diferentes, todos ellos empequeñecidos por el Hangar 1. Es un garaje endiosado, lo bastante amplio como para albergar el zepelín más grande del mundo en caso de tormenta, pero no es ahí adonde Wilhelm Balla conduce a Werner.

—Es preferible que no entres ahí —le dice, alejándolo—. Es el lugar donde trasladan los cuerpos.

Se lleva al chico a una estructura rectangular de techos bajos que, piensa Werner, parece un barracón. Wilhelm explica al señor mayor que los recibe, en inglés, quién es Werner y por qué está empapado. En cuanto el desconocido da muestras de que lo entiende, Balla deja al grumete a su cargo y se marcha. El camarero de rostro inexpresivo no le dedica una sola mirada o palabra de despedida, pero Werner comprende ahora, después de todo este tiempo y de lo que ha sucedido, que es porque, una vez despiertas, Balla no es capaz de controlar sus emociones. La solución para él es, sencillamente, no sucumbir a ellas.

—Ven conmigo —le pide el hombre mayor.

Demasiado cansado para contradecirlo, Werner lo sigue por el hangar, cruzan un pasillo y entran en una pequeña vivienda donde hay una mujer mayor sentada a una mesa con la expresión apesadumbrada. El hombre lo deja al cuidado de la mujer, hablando tan deprisa que Werner no entiende la mayor parte de las palabras, y se marcha también, para ayudar allí donde lo necesiten.

La mujer saca un fardo de ropa de un armario y lo deja delicadamente sobre sus brazos, pero Werner a duras penas puede sostenerlo. Los brazos le pesan como si tuvieran plomo. Ella lo lleva entonces por el edificio hasta una habitación estrecha y alargada llena de literas. Una vez solo, Werner se pone la ropa seca y se desploma en la cama que tiene más cerca. Se cubre con la pesada manta de lana y rueda sobre un costado. Y se pierde en el sueño, el dolor y el trauma antes de haber cerrado del todo los ojos.

LA PERIODISTA

La piel de la palma derecha de Gertrud se ha levantado, dejando al descubierto una carne roja y supurante. No puede cerrar la mano. No puede concentrarse en nada que no sea el fuego abrasador que sigue encendido en su palma. Es como si todo su cuerpo se hubiera replegado en ese punto concreto. No siente nada más.

Tiene los dedos abiertos sobre el regazo, la mirada todavía clavada en ellos, cuando llega un médico joven.

—¿Está herida de gravedad? —pregunta.

—No. —Gertrud levanta la mano un par de centímetros y se la muestra—. Solo tengo esto.

El hombre es muy delicado para su gran corpulencia. Coloca la mano de Gertrud en su palma y se la acerca al rostro.

—Es una quemadura severa, pero está limpia. Puedo vendarla y darle morfina para el dolor, pero el tiempo tendrá que hacer el resto.

Del maletín que tiene a sus pies saca una jeringa del tamaño de un hinchador de bicicleta y Gertrud recula.

—No se preocupe, no le dolerá una vez que el medicamento llegue a la sangre.

—No quiero morfina. He perdido a mi marido y no podrá encontrarme si me quedo aquí dormida. —El hombre la obsequia con una mirada tal de compasión que Gertrud pone los ojos en blanco—. Santo Dios. Leonhard está vivo, solo ha ido a dar una vuelta.

—Por supuesto. —El médico le da unas palmaditas en el hombro y procede a limpiarle la mano.

Gertrud estira el cuello para buscar a Leonhard. Lo de perderse es una mala costumbre de su marido. En más de una ocasión lo ha acusado de ser medio aborigen por esa tendencia suya a hacer largas caminatas, como los indígenas australianos. A veces desaparece durante horas. Otras no más de unos minutos. Leonhard insiste en que es su manera de encontrar tiempo para pensar, para resolver un problema. Pero problemas o no, a Gertrud está empezando a afectarla su ausencia.

Cuando el médico termina de limpiarle la mano y vendarla

con una gasa, Gertrud le da las gracias y se va. Aunque le lleva su tiempo, finalmente encuentra a Leonhard en una habitación pequeña, situada al fondo del hangar, con el capitán Lehmann. El capitán está sentado en una mesa —«como un niño», piensa ella— palpándose las quemaduras con una gasa. Cada tres o cuatro segundos sumerge la gasa en una lata de ácido pícrico y aprieta los dientes antes de aplicársela en la piel. El medicamento es astringente y a Gertrud ya solo su olor le quema las fosas nasales. No entiende cómo Lehmann es capaz de extenderlo en unas heridas tan terribles. Leonhard observa el espantoso ritual con estoicismo. No habla al capitán, tampoco lo toca, pero Gertrud sabe que su presencia es reconfortante.

Al cabo de unos minutos, Lehmann tiene las heridas del pecho y los muslos cubiertas del graso bálsamo amarillo y dirige a Leonhard una mirada de súplica, de disculpa.

«Está buscando la absolución», piensa Gertrud.

Leonhard baja la cabeza hasta que su mejilla roza la del capitán. Es lo más parecido a un abrazo tranquilizador que es capaz de ofrecer a su amigo.

—¿Qué ocurrió? —le pregunta.

Lehmann posee el semblante inexpresivo de un hombre rendido a la conmoción. Se encoge de hombros y hasta ese pequeño gesto le duele. Crispa el rostro y resopla entre los dientes. Gertrud puede ver que está buscando una respuesta, algo, cualquier cosa que tenga sentido.

—*Blitzschlag* —dice al fin, y un ataque de tos lo dobla en dos. Suena líquida y descarnada. Gertrud se estremece al oírla.

Blitzschlag.

Un rayo.

Los hombros de Leonhard empiezan a temblar y Gertrud se aleja de la puerta. Su marido no es un hombre que llore fácilmente y se pondría furioso si supiese que ella ha presenciado este momento de intimidad entre amigos. Solo hay una cosa que puede hacer para ayudar, así que parte en busca del médico.

Lo encuentra al otro lado del hangar, tapando un cuerpo con lo que parece una manta de lana. La mano que escapa por debajo es decididamente delicada y femenina. El médico la esconde bajo la manta y mira a Gertrud con esa expresión desapegada que solo se ve en las personas que han presenciado una catástrofe y son requeridas luego para hacerse cargo de la carnicería.

—¿Ha encontrado a su marido?
—Sí. ¿Todavía le queda morfina?
—Sí. ¿Le duele la mano?

Gertrud traga saliva. Se aclara la garganta.

—Sí, pero no es para mí.

Conduce al joven médico hasta el capitán y desde la puerta observa a Lehmann recibir la espantosa aguja con gratitud.

EL TERCER OFICIAL

Han transcurrido varias horas desde la explosión. Ha anochecido. Partes del dirigible todavía arden en la pista a pesar de que la tripulación de tierra ha hecho lo posible por sofocar el fuego con mangueras. Está inundada de luces. Los jeeps corren de un lado a otro con personal militar que se reúne, se dispersa y obedece órdenes. Max ha recorrido el interior del hangar cuatro veces, pero no está seguro de haberse detenido en todas las camas. La gente no para de moverse. Va de aquí para allá. Deambula. Hasta los pacientes se levantan y caminan. Se sientan. Pasan de una manta en el suelo a un catre arrimado a la pared, y Max es incapaz de recordar con quién ha hablado y con quién no.

Sabe que su método de búsqueda es poco eficiente, pero no se le ocurre otro. Habría seguido con él hasta el amanecer si no hubiese notado la mano firme de Xaver Maier en su brazo.

Max mira asombrado al jefe de cocina.

—Estás vivo.

Xaver sonríe con tristeza.

—Es difícil deshacerse de mí.

—¿Qué quieres?

Maier tira de la manga de su chaqueta.

—Tienes que venir conmigo.

—No puedo. He de encontrar a Emilie.

—Eso es lo que estoy intentando decirte. La hemos encontrado.

Se da la vuelta antes de que Max pueda buscar pistas en su rostro. No sabe si los ojos de Maier reflejan alivio, tristeza o lástima. No sabe nada. Simplemente lo sigue por el Hangar 1 y salen juntos a la noche.

LA PERIODISTA

Gertrud Adelt se vuelve en su asiento para echar una última mirada al *Hindenburg*. Hace rato que se hizo de noche, pero la pista está iluminada como un circo macabro. Reflectores alumbran los restos del dirigible y todavía hay partes que arden con virulencia. El fuego ha devorado por completo la cubierta de tela, dejando al descubierto el espeluznante esqueleto. Los hombres buscan entre los restos mientras las potentes luces proyectan sus sombras sobre la pista. Parecen aves carroñeras picoteando una res muerta.

El conductor mira a Gertrud por el espejo retrovisor. No se molesta en ocultar su preocupación.

—¿Adónde los llevo?

Leonhard está tumbado en el asiento de atrás con la cabeza en el regazo de su mujer, que descansa la mano en su frente. Respira mal desde la explosión, pero hace una hora los silbidos empeoraron y poco después comenzó la tos. Un gorgoteo lento, torturante, brota ahora del pecho de Leonhard.

—Al hospital —indica Gertrud—. Deprisa.

El coche atraviesa el aeródromo y el cordón policial dando tumbos sobre los surcos y baches que siembran el camino. Gertrud mantiene la cabeza de Leonhard sujeta con delicadeza contra su regazo. Escucha su respiración superficial. Al cabo de unos minutos llegan a la carretera que conduce a Toms River y Lakehurst queda reducido a un resplandor extraño y desvaído a sus espaldas.

EL GRUMETE

El sol lleva horas levantado cuando Werner se despierta al fin. No se ha movido en toda la noche, no ha modificado un ápice su posición fetal, y tiene el brazo derecho dormido y tieso. Las ropas ajenas que lo cubren están limpias y secas —tarda unos segundos en recordar de dónde las ha sacado— pero puede oler el humo en su pelo y su piel.

El recuerdo de lo sucedido lo asalta. Hunde el rostro en las manos y hace varias respiraciones profundas y trémulas entre sus dedos abiertos.

Cuando vuelve a levantar la cabeza se percata de que el barracón está vacío. Todas las camas están hechas salvo la suya, las mantas perfectamente estiradas y remetidas bajo el colchón. Aquí dentro reina el silencio y el aire es templado, pero puede oír gritos apagados y el murmullo de maquinaria pesada. No quiere dejar la cama hecha un revoltijo y alisa las mantas lo mejor que puede.

Sale al exterior y el sol lo deslumbra. El aeródromo ofrece un aspecto muy diferente a la luz del día. Las nubes han desaparecido, el cielo está despejado y los restos de la catástrofe se extienden ante sus ojos, inevitables. Werner no entiende por qué el dirigible parece más grande ahora que está abrasado y roto en medio de la pista. Pero lo parece ahí tendido junto al mástil de anclaje.

Lleva un rato contemplando el *Hindenburg* cuando una mano se posa en su hombro. Wilhelm Balla le tiende un periódico y dice:

—Envía un telegrama a tus padres para decirles que no estás muerto.

El dirigible aparece en primera plana consumido por las llamas. El titular brama: «Hindenburg arde en Lakehurst: 21 muertos, 12 desaparecidos, 64 supervivientes». Las ocho columnas están dedicadas a la tragedia y una de ellas muestra los nombres de los fallecidos que se conocen hasta el momento. El último nombre dice: Werner Franz, grumete.

Resulta extraño que te declaren muerto cuando sigues teniendo un corazón que late.

—¿Dónde? —pregunta Werner, pero la voz se le quiebra y tiene que aclararse la garganta—. ¿Dónde puedo enviar un telegrama?

—En la oficina del Hangar 1.

El muchacho tarda en reaccionar. Está mirando el periódico que todavía sostiene en las manos: unas manos, advierte, que no tiemblan.

—¿Por qué creen que estoy muerto?

—Probablemente porque anoche no lograron dar contigo. —Balla señala con el brazo la caótica escena.

Werner se siente avergonzado. No era su intención preocupar a nadie, y menos aún a sus padres.

—Estaba durmiendo.

La confesión se le antoja infantil.

Algo cruza por el rostro normalmente impasible de Balla. Una emoción descarriada, fugitiva. Compasión. Se le ablanda la mirada y coloca una mano reconfortante en la cabeza del muchacho.

—Mejor así.

Rígido. Frío. Exento de toda emoción, pensamiento y lógica. Ese es el estado de Max mientras está sentado junto al cuerpo inmóvil de Emilie. La han tendido recta en la camilla, con los brazos a los lados, la cabeza ligeramente ladeada hacia la izquierda. Cubierta con una manta gruesa. Max no ha visto lo que hay debajo. Le han dicho que es mejor que no lo vea. Y, sin embargo, ha permanecido ahí sentado toda la noche, con los ojos clavados en el pecho de Emilie, instándolo a subir y bajar bajo la mortaja.

No lo ha hecho.

No lo hará.

En algún lugar recóndito de su mente lo sabe, pero se resiste a reconocerlo.

Porque él mismo apenas puede respirar.

Max Zabel no se mueve de su lado. No puede moverse.

Marca el paso del tiempo por el sol a sus pies. El dibujo rectangular de la ventana que tiene detrás, sobre su cabeza, se ha desplazado un metro cuando alguien deja la caja de seguridad junto al catre. Más tarde recordará que fue el anterior jefe de correos, Kurt Schönherr, porque también le pone una llave en la mano. Le da un apretón en el hombro y se marcha. No hay palabras que puedan reparar esto, y el timonel es lo bastante inteligente para no intentarlo. Max contempla la caja de seguridad, chamuscada pero intacta, y la llave que descansa en su mano. La parte de su mente que controla el pensamiento, la razón y la voluntad despierta y ahuyenta el instinto que le ha permitido sobrevivir las últimas nueve horas. Levanta la vista. Ve a gente yendo y viniendo. El olor a humo y a catástrofe todavía flota en el aire, pero huele a algo más: a primavera. Las puertas del hangar están abiertas y una brisa meridional trae soplos de hierba recién cortada y pino caliente. Max se vuelve hacia la luz e inspira hondo y despacio por la nariz.

Emilie fue declarada muerta anoche, pero solo hace una hora que la han identificado. Max, naturalmente, había mantenido la esperanza de estar velando a la mujer equivocada. De que hubiera un error. De que Emilie se encontrara en otra zona del aeródromo, dormida o inconsciente. Pero al final fue Xaver Maier quien le arrebató la última brizna de esperanza y la aplastó contra el suelo. Max ni siquiera sabía que Emilie tenía empastes en los dientes. Pero el jefe de cocina sí, y el médico forense confirmó el tamaño y el lugar que Maier le facilitó. Y entretanto Max continuaba sentado junto a Emilie, con la mirada en su figura pétrea, suplicando un milagro que no iba a producirse.

Hasta el momento Maier ha sido el único lo bastante valiente para hacerse cargo de su dolor, y ese pequeño gesto le permite perdonar al jefe de cocina.

—Lo siento mucho —murmuró cuando el médico forense volvió a cubrir el cuerpo de Emilie con la manta.

Solo dijo eso, y sin embargo no hizo falta más. Max asintió y el jefe de cocina se alejó dando largas caladas a su condenado pitillo, dejándolo solo para que pudiera despedirse.

Es la caja de seguridad lo que finalmente desvía su atención del cuerpo. El abrasado recipiente de metal y su contenido le proporcionan algo que hacer, algo en lo que concentrarse además del pozo negro de su dolor.

Alarga una mano trémula y envuelve la mejilla de Emilie a través de la manta. Ella permanece quieta bajo su caricia. Se ha ido. Max se levanta despacio de la silla y su cuerpo protesta cuando las articulaciones y los músculos se estiran más allá del punto de confort.

—Te quiero —susurra, y ahoga un sollozo cuando ella no responde.

Se agacha para levantar la caja de seguridad y tuerce el gesto al notar una punzada en la espalda. Se coloca la caja bajo el brazo. Una pausa, breve y anhelante, junto al catre donde yace

Emilie antes de volverse hacia el hangar y salir renqueando al sol.

La escena que lo recibe en la pista es sorprendente. Organizada. Controlada. Las imágenes de muerte y destrucción de anoche han sido reemplazadas por orden y disciplina. El dirigible sigue ahí, desde luego, pero el humo, el fuego y los gritos han desaparecido. Y también los espectadores; el cordón policial se halla ahora a un kilómetro y medio, en la margen del aeródromo. Miembros de la tripulación y soldados hurgan cual carroñeros entre los restos buscando pistas, recuerdos. Pero no supervivientes. Esa esperanza hace tiempo que se agotó.

Max detiene por la manga a un oficial de marina que pasa por su lado. Tiene que ordenar su mente oxidada para buscar las palabras en inglés. Finalmente, aparecen.

—Una habitación tranquila.

El joven oficial está atareado y se muestra impaciente.

—¿Por qué?

Max levanta la caja de seguridad.

—El correo. Tengo trabajo que hacer.

—De acuerdo. Por aquí.

Lo conduce hasta uno de los hangares pequeños donde anoche se congregaron los supervivientes. Ahora está casi vacío. Los pasajeros ilesos han huido y solo un puñado de tripulantes del *Hindenburg* deambula por él.

—¡Max! —Como siempre, la voz de Werner es alegre, su expresión, vivaz.

—Necesito un cuarto para clasificar el correo. —Max se aclara la garganta—. Y algo de beber.

—¿Ha comido?

No sabe qué aspecto tiene, pero debe de ser alarmante. Werner pasea una mirada atónita por su uniforme. El muchacho es demasiado educado para hacer comentarios.

—Sígame. Hay una oficina al fondo, donde tienen el telégrafo.

Werner lo lleva hasta el cuartucho sin ventanas y lo ayuda a subir la caja de seguridad a la mesa.

—¿Quiere darse una ducha primero? ¿Cambiarse de ropa?

—No, eso puede esperar. Necesito hacer esto ahora.

Tiene que hacerlo ahora. En estos momentos es su sostén.

La puerta se cierra con un chasquido suave y Max se sienta frente a la mesa, bajo la bombilla que cuelga del techo. Abre la mano y examina la llave.

La caja se abre con facilidad y saca el paquete por cuya custodia le pagó el coronel Erdmann. Está dirigido a su esposa Dorothea y la manera en que está escrito el nombre —las letras delicadas e inclinadas— hablan de una adoración que le estremece.

No tiene intención de abrir el paquete, pero siente curiosidad. Lo sacude suavemente, se acerca el envoltorio marrón a la oreja. Dentro suena el carillón de una caja de música, unas notas sueltas liberadas por el movimiento. Erdmann podría haber entregado este obsequio a su mujer en Frankfurt, cuando la hizo llamar. Pero no, el hombre esperó. Y Max cree que lo hizo a propósito. Su esposa debía recibir este regalo en el caso de que él muriera. Es una despedida. Deja el paquete sobre la mesa con cuidado, incapaz de explorar sus emociones.

El de Erdmann es el único paquete de la caja. El resto son cartas y postales. Las saca y las coloca en dos montones para contarlas. Debería haber trescientas cincuenta y ocho, pero eso es algo que no podrá confirmar durante al menos una hora. Porque lleva contada la mitad del primer montón cuando encuentra la carta.

No tiene sello. Tampoco dirección, ni del remitente ni de ningún otro tipo. Solo un nombre escrito apresuradamente con tinta negra

Max.

Su nombre. Y reconoce la caligrafía clara de Emilie.

Las letras bailan ante sus ojos y por mucho que parpadee no

consigue enderezarlas. Deja el sobre encima de la mesa y lo cubre con una mano trémula.

Max Zabel apoya la cabeza en la mesa y llora.

EL GRUMETE

Werner se resiste a alejarse de los restos acordonados del dirigible pese a las severas órdenes del soldado. El joven no puede ser mucho mayor que él, pero tiene el miedo metido en el cuerpo y no permitirá que el grumete se acerque. Apostados a intervalos regulares, soldados estadounidenses custodian lo que queda del *Hindenburg*. Anoche no actuaron con la suficiente rapidez y los espectadores se marcharon con fragmentos del dirigible y varios objetos. Ahora ignoran si se perdieron pistas importantes. El comandante Pruss culpa a las autoridades de Lakehurst. Las autoridades lo culpan a él. La tensión recorre ambos bandos y ya han empezado las acusaciones y los rumores.

En teoría, Werner podría continuar a lo largo de la línea y probar suerte con el siguiente soldado, pero no ve la necesidad. El comandante de la base le ha dado permiso para buscar el reloj de bolsillo de su abuelo y eso piensa hacer.

—Me llamo Werner Franz...

—Me trae sin cuidado cómo te llamas —espeta el soldado, pero titubea al reparar en el fuerte acento alemán.

—Y soy el grumete de este dirigible. —Werner elige palabras que conoce bien. Palabras sencillas, claras. Las dice en un tono elevado. Con aplomo—. Rosendahl me ha dado permiso.

No aparta la mirada del soldado y no delata ninguna emoción. El soldado duda, pero el grumete se queda donde está con las manos cruzadas delante, esperando. Regresará al hangar y obtendrá el permiso por escrito si es necesario.

—¡Déjale pasar, Frank! —grita alguien siete metros más allá—. Es el muchacho del que te hablé anoche.

Werner se vuelve y ve al soldado que tuvo la amabilidad de cederle su chaqueta. Lo saluda con la mano y pasa por debajo de la cuerda antes de que alguien más tenga la oportunidad de poner objeciones.

El dirigible ha dejado su marca en la pista, una extensión de tierra calcinada de la longitud y el ancho exactos del *Hindenburg*. Werner se detiene en el margen, sin saber muy bien cómo entrar. No es hasta que vislumbra a Max abriéndose paso entre los restos de la popa del aparato que encuentra el coraje para adentrarse.

Se dirige primero al lugar donde estaba el comedor de oficiales. Aunque solo quedan cenizas y metal abrasado, lo encuentra por intuición, girando donde habrían estado los pasillos e imaginándose los escalones que descendían a la cubierta B. Werner sabe que es imposible que el reloj de bolsillo esté aquí, pero no cree que vaya a disponer de otra oportunidad para buscarlo. Además, quiere encontrar algún recuerdo si puede. Quizá un fragmento de la delicada vajilla donde servía las comidas de los oficiales. Quiere una prueba —algo tangible— de que estuvo en el *Hindenburg* y sobrevivió. Ver su nombre en la lista lo ha hecho temer su cualidad de mortal, pero también enorgullecerse de los servicios prestados.

No queda nada del comedor de oficiales. Ni un plato, ni una mesa, nada salvo trocitos de metales rotos y cristales derretidos. Así pues, prosigue hacia las dependencias de la tripulación y el camarote que compartía con Wilhelm Balla. Tiene el descorazonador presentimiento de que ha perdido el reloj para siempre. ¿Qué les dirá a su padre y a su abuelo? Ellos le regalaron el reloj a él, no a Günter. Debería haberlo cuidado mejor.

Sigue reprendiéndose cuando cruza lo que queda de la puerta de su camarote. Las paredes forradas de tela, la moqueta, las camas, todo ha quedado reducido a cenizas. Pero divisa parte de lo que fuera el armario. Lo golpea con el pie y el mueble se desmorona un poco más, dejando al descubierto la esquina de una bolsa de arpillera. La esperanza tiembla en su pecho. Se agacha para rebuscar en la bolsa. Solo quedan jirones de ropa chamuscada y el talón de un zapato. O eso cree hasta que sus dedos tocan los eslabones inconfundibles de una cadena.

Levanta el reloj de bolsillo de su abuelo con la punta de un dedo mugriento. Se sienta incrédulo sobre el montículo de cenizas. Si hubiese tenido que apostar, habría dicho que el reloj era irrecuperable. Pero aquí está, en la palma de su mano, su supervivencia tan inimaginable como la del propio Werner.

Se guarda el reloj en el bolsillo y se sacude el polvo del pantalón. No sabe muy bien qué hacer con su persona ahora que no tiene tareas que realizar. Los oficiales y los miembros de la tripulación que han sobrevivido están en la enfermería o reunidos con el comandante de la base para tratar de aclarar qué ocurrió, cómo es posible que ocurriera y qué van a hacer al respecto. No hay lugar para Werner, así que se aleja de los restos del dirigible y se pone a dar vueltas sin rumbo fijo.

Ha visto las pequeñas matas de flores, pero no es hasta que la punta de su bota tropieza con una por tercera vez y da un traspié que se detiene a mirarlas. Los pétalos son pequeños pero alegres y huelen a primavera.

Werner Franz sí que tiene algo que hacer después de todo.

Arranca un puñado desordenado de brotes blancos y regresa corriendo a la oficina donde dejó el periódico. Repasa la lista de nombres más detenidamente ahora que ha salido de su conmoción. Encuentra el que está buscando y lo lee tres veces, solo para asegurarse. Pronuncia las letras despacio, empleando los trucos que le enseñó su madre.

No es una tarea agradable, pero está decidido a cumplir su promesa. Encuentra a Irene Doehner tendida junto a su padre, con los brazos cruzados sobre el pecho y el cuerpo cubierto por una manta. Los nombres aparecen escritos en cartulinas a los pies de sus catres. En la habitación hay cerca de tres docenas de cuerpos y el de Irene es el más pequeño. Werner no ve a la madre ni a los hermanos, ni en los catres ni en ninguna otra parte, y se pregunta dónde pueden estar. Se lo pregunta, pero no parte en su busca para darles el pésame porque está aquí únicamente por Irene.

—Te dije que hoy te traería flores —susurra sobre la silueta esbelta e inmóvil de la muchacha. Las deja sobre su pecho y se frota los ojos. Las lágrimas se cuelan entre sus dedos. Resbalan por sus mejillas. Por el mentón. Werner se queda junto al cuerpo de Irene Doehner y llora hasta tener la garganta seca y la nariz roja.

EL TERCER OFICIAL

Hace veinticuatro horas Max estaba besando a Emilie por última vez y ahora está dentro del esqueleto carbonizado del *Hindenburg*. El panorama es perturbador. Este dirigible es el lugar en el que ha vivido casi todos los días de los últimos dos años, y ahora no es más que un espectro. Los huesos siguen ahí, pero la carne ha desaparecido. Tiene la forma rota, retorcida, combada por el calor y la colisión. Y, sin embargo, sabe dónde se encuentra con exactitud. La pasarela axial suele estar a una altura de doce metros y cuelga directamente sobre la pasarela de la quilla. Ahora ambas yacen paralelas en el suelo y Max se detiene entre ellas con las manos en los bolsillos del uniforme prestado de un suboficial de la marina estadounidense. Es cuanto han podido conseguirle en tan breve plazo, y a juzgar por las miradas inquietas que ha recibido durante las últimas tres horas, se diría que están deseando que las ropas de Max sean lavadas y devueltas.

El fuego empezó aquí, en algún punto cercano a la cámara de hidrógeno número cuatro. Eso es lo que los testigos de tierra contaron a Pruss. Ahora que Lakehurst es un hormiguero de periodistas, cámaras y mirones, se pedirá a la tripulación que dé respuestas. Corre el rumor, aunque a Max le cuesta creer que sea cierto, de que la explosión fue grabada y emitida por radio y que el accidente al completo se filmó para un noticiero. Dicen que este desastre ha hecho historia.

Las preguntas llegan de todas direcciones. ¿Por qué? ¿Cómo? Nadie lo sabe. Todavía no. Pero aquí está él, hurgando entre los restos junto con los demás miembros de la tripulación que pueden sostenerse en pie sin muletas, para tratar de dar a sus oficiales una respuesta a tales preguntas.

Los dirigibles se estrellan a veces, y las tormentas han destrozado más de uno, pero Max jamás ha oído hablar de un dirigible que explotara sin motivo. Durante una batalla, sí. Pero el *Hindenburg* no estaba ardiendo y no se hallaba bajo presión; puede que la tensión provocada por la cuasicolisión con Terranova y una vez más durante el aterrizaje desgarrara una de las cámaras de gas, pero habría hecho falta una chispa para inflamar el hidrógeno. La explosión no pudo provocarla un rayo. Es un fenómeno frecuente. Y el dirigible se construyó a prueba de tormentas eléctricas. No se le ocurre una hipótesis convincente de por qué explotó. Así que decide buscarla.

Examina los restos en busca de pistas durante una hora, unas veces concentrado en el esqueleto retorcido, otras revolviendo las cenizas. Las jaulas de mimbre donde estaban los perros se han desintegrado, pero encuentra un trocito de cuero chamuscado que corresponde a un collar y una placa fundida con el nombre de ULLA. Hay también huesos carbonizados, pero no puede soportar mirarlos y se aleja.

Al principio no repara en el objeto. Parece un simple trozo de metal ennegrecido atrapado entre las vigas retorcidas de la parte de atrás del dirigible. Pero algo se agita en su mente y se vuelve para mirarlo de nuevo. Se agacha un poco más. Lo empuja con la puntera del zapato y el objeto resbala por las vigas y se detiene a diez centímetros de su pie.

Es una pistola. Una Luger. Reconoce la forma porque él tiene una. O la tenía hasta que alguien se la llevó de su camarote. No necesita mirar el número de serie grabado en el costado para saber que es la suya. Con desapegada calma, abre la recámara y cuenta las balas. Falta una. Un único disparo. Max ha visto fogonazos desde toda clase de distancias. No es una simple chispa, es una flecha de fuego lo bastante grande para incendiar un dirigible que transporta doscientos mil metros cúbicos de hidrógeno.

Max Zabel contempla el arma que descansa en su mano con la expresión estúpida, horrorizada, de un hombre que está llegando lentamente a una terrible conclusión. La pistola que le entregaron provocó la caída del *Hindenburg*.

COMISIÓN INVESTIGADORA DEL
DEPARTAMENTO DE COMERCIO
DE ESTADOS UNIDOS
AUDIENCIA SOBRE EL ACCIDENTE
DEL HINDENBURG

19 de mayo de 1937

Base Aérea de la Marina, Hangar Central, Lakeburst, New Jersey

Aunque el sabotaje pudo ser la causa de los fenómenos observados en el incendio que destruyó el *Hindenburg*, en mi opinión todavía no existen pruebas convincentes de un complot, ya sea de inspiración comunista o nazi. El único hecho indiscutible del desastre es que el *Hindenburg* ardió porque iba cargado de hidrógeno.

DOUGLAS H. ROBINSON,
Giants in the Sky: a History of the Rigid Airship
(«Gigantes en el cielo: historia del dirigible rígido»)

Max ha elegido ya su mentira, pero al final poco importa. La comisión investigadora no está interesada en la gente que viajaba en el *Hindenburg*, en sus riñas y sus planes, en sus pasiones y sus falsedades. Le interesan las válvulas de gas, los cables tensores y la oscilación de los cabos. Los detalles técnicos. Quieren saber si los giros cerrados que realizó el dirigible en su segunda aproximación a Lakehurst provocaron daños estructurales que perforaron las cámaras de gas. Quieren saber si todas las personas a bordo siguieron el protocolo. El comité de expertos reunido para investigar el desastre está concentrado en los aspectos prácticos. Pasan mucho tiempo hablando de rayos y electricidad estática. Dedican una hora a hablar sobre velocidades del viento. Y otros veinte minutos sobre cabos de anclaje.

Max Zabel está sentado en su silla de madera ante una sala llena de gente y explica minuciosamente cómo bajó el tren de aterrizaje delantero. Cuenta que los vientos de proa provocaron un retraso de doce horas sobre un vuelo de tres días y medio, y que la tormenta frustró el primer intento de aterrizaje.

Nadie le pregunta sobre tensiones entre los pasajeros o secretos guardados. Nadie indaga sobre su relación con Emilie o la confiscación de sus documentos de viaje. Nadie le pide que explique la desaparición de su pistola o por qué su nombre aparece en la lista de pasajeros como el dueño del segundo perro. Y tampoco él se ofrece a facilitar dicha información.

Los expertos en aviación alemanes y estadounidenses reunidos en Lakehurst están aquí para autoexculparse. Se preocupan por cosas que no importan. Cada uno de ellos está decidido a absolver a su país. El único gran éxito de la comisión investigadora es que están de acuerdo en una cosa: no saben por qué el dirigible se incendió, solo que lo hizo, y que sus enormes depósitos de hidrógeno son los culpables.

Se menciona el sabotaje, por supuesto. Ha de mencionarse. Pero no hay pruebas. Y aunque no estén ante un tribunal, la comisión exige de todos modos un testigo. Un arma. Un móvil. Y no disponen de nada de eso, así que la posibilidad de un acto malintencionado se desestima antes de considerarla seriamente. Los resultados de la estentórea investigación no son concluyentes. Y esa respuesta es más que suficiente para ambos países.

EL GRUMETE

22 de mayo de 1937, a bordo del transatlántico Europa. *6.05 h*

Werner Franz ha olvidado que hoy cumple quince años. Se lo recuerda la cartulina que sostiene Xaver Maier cuando entra en el elegante comedor del transatlántico. Se detiene en el hueco de la puerta cuando un pequeño grupo de camareros y cocineros supervivientes prorrumpe en gritos y silbidos. La mayoría se agolpa cerca del jefe de cocina, pero un puñado merodea junto a la puerta, esperando a que entre para darle palmadas en la espalda. Xaver se aparta de la mesita redonda para desvelar una tarta de cumpleaños y se encoge de hombros al ver la cara de sorpresa de Werner.

—Me han dejado utilizar la cocina.
—¿La has hecho tú? —pregunta Werner.

Hay algo travieso en la sonrisita de Xaver. Intenta ocultarlo dando una calada a su cigarrillo.

—La ocasión lo merece.

Aunque viajan a bordo del *Europa* como pasajeros, Werner no puede sacudirse el hábito de madrugar y presentarse en su puesto. Sus compañeros se burlan de él todos los días, pero él no puede evitarlo. Ya no sabe qué hacer con su persona. No sabe cómo permitir que otros le sirvan la comida y le hagan la cama. Tampoco le gusta el lánguido vaivén del barco. Le produce náuseas. Está inquieto y no se encuentra bien. Así que se aferra al consuelo de la rutina. Pero esta es la primera vez que los miembros de la tripulación se unen a él en el comedor tan temprano. Werner se ha acostumbrado a desayunar solo. Se da cuenta de que agradece tanto la compañía que tiene que crispar el rostro para que no se le salten las lágrimas. La presencia de sus amigos y este regalo resultan tan abrumadores que solo es capaz de esbozar una sonrisa de placer e inclinar levemente la cabeza antes de mirarse los zapatos. Es demasiado.

Se está preguntando cómo puede controlar la emoción que siente cuando de pronto un torrente gélido desciende por su camisa y se cuela en sus pantalones, seguido del sonido de una explosión de agua. Abre la boca de golpe, cierra con fuerza los ojos, levanta los brazos. Se atraganta con el agua helada cuando intenta gritar. Esta sigue cayendo, y puede oír risas y vítores. Intenta hablar, pero rompe a toser. Está delante de sus compañeros, completamente empapado. Agita su pelo ensopado y salpica de agua la lujosa moqueta.

Está petrificado, chorreando de la cabeza a los pies, mirando atónito a Xaver Maier, que de tanto como se ríe tiene que agarrarse a la mesa.

—Pareces un gato ahogado.

Werner escupe agua en su mano.

—¿Por qué lo has hecho?

—Fue idea mía. —El muchacho se vuelve despacio hacia la voz tranquila de Heinrich Kubis. El jefe de camareros tiene un cubo vacío en una mano y una toalla en la otra—. Felicidades, herr Franz, acaba de cruzar la línea.

El bautismo de un marinero puede adoptar muchas formas, mucho más crueles en su mayoría que la que Werner acaba de experimentar, pero todas tienen algo en común: inician al marinero novel cuando cruza el ecuador por primera vez. Es la señal de que es capaz de soportar una travesía larga, de que es aceptado por sus compañeros. Werner ha escuchado incontables historias, mas nunca pensó que le tocaría pasar por el ritual.

—Pero no hemos cruzado el ecuador —protesta.

Es la primera vez que ve sonreír al jefe de camareros. De ser otras las circunstancias, probablemente habría confundido su sonrisa con una mueca de dolor.

—Puede —reconoce Kubis—, pero hoy llegaremos a Bremershaven y este viaje habrá tocado a su fin. Te has comportado como un hombre y mereces un reconocimiento. —Mira a Werner a los ojos y cuando vuelve a hablar, su voz suena totalmente sincera—: Has superado el período de prueba. ¿Te gustaría un puesto fijo en la Zeppelin-Reederei?

El muchacho lo mira desconcertado.

—Pero ya no hay dirigible.

Kubis no parece preocupado.

—Encontrarán un lugar para ti.

—¿Me está diciendo que sigo teniendo trabajo?

—Y no un trabajo cualquiera. —Kubis saca un telegrama de su bolsillo y se lo tiende—. El capitán Hans von Schiller en persona te ha invitado a incorporarte al *Graf Zeppelin* como camarero.

La esperanza, ese pequeño aleteo, late contra sus costillas. Werner ha estado llorando la pérdida de su trabajo tanto como la de sus amigos. No sabía lo mucho que le gustaba volar hasta que puso los pies en la cubierta húmeda y tambaleante del *Europa*. Cada día a bordo del transatlántico ha sido una pequeña muerte para él.

Coge el telegrama y lo lee para sí. Despacio. Detenidamente. Si le cuesta entender alguna palabra, no da muestras de ello. Permanece quieto un instante, asimilando la invitación. Werner ya no es un grumete. Es camarero.

Heinrich Kubis coge la mano de Werner y le da un apretón fuerte y firme. De hombre a hombre.

—Aguardan tu respuesta esta misma mañana. Pero primero come un trozo de tarta.

EL TERCER OFICIAL

24 de julio de 1937, cementerio de Hauptfriedhof, Frankfurt. 19.25 h

No es este un lugar donde la gente se quede mucho rato. El cementerio contiene tantas sombras y dolor que Max se encuentra solo, como todas las tardes que ha venido a visitar la tumba de Emilie. Es un lugar que, si te detienes a escuchar con atención, habla de pérdidas. Y si deambulas bajo las amplias ramas o caminas entre las lápidas gastadas, acabas por caer poco a poco en un trance místico. Eso asusta a la mayoría de la gente, por eso se marchan presurosos una vez que han depositado sus flores y sus lágrimas sobre la tumba. Pero Max sabe que, si resistes el impulso de huir, encontrarás algo maravilloso aquí. Encontrarás paz. Y últimamente anhela la paz más que la compañía.

Está sentado junto a Emilie con el hombro apoyado en el suave granito de la lápida, viendo el sol ponerse sobre un bosquecillo de piceas que el calor del verano ha vuelto grisáceas y aromáticas. Conforme anochece, la luz adquiere una cualidad espectral, un brillo dorado que corta la respiración. Que impone, incluso. La belleza de este lugar silencioso y reverente levanta el caparazón de entumecimiento que le ha envuelto desde el desastre. Le duele el cuerpo de tanto anhelar las caricias fantasmas de Emilie, la manera en que le tiraba del lóbulo de la oreja con el pulgar y el índice cuando se besaban. Su mano fresca en la nuca. Su risa. Cualquier cosa. Todo. Echa de menos todo de ella. De modo que participa en este ritual doloroso, visceral. Es una crueldad que se inflige a sí mismo, como arrancarse la costra de una herida, una costra que desgaja constantemente para mantener a Emilie cerca.

Su recuerdo regresa, revolotea junto a él mientras se dispone a leer nuevamente la carta. Max casi puede verla deslizándose por este lugar verdeante, la bella mujer que podría haber sido su esposa, ahora solo un fantasma y un recuerdo. Casi puede oír su risa, sentir el calor de su mano. Esa visión de Emilie se evapora con la misma rapidez con que llegó y es sustituida de inmediato por un mar de emociones. Primero aparece el dolor —tan grande, tan intenso—, pero cierra los ojos y deja que lo impregne. Pronto se transforma en otras cosas. Tristeza. Alegría. Soledad. Rabia. Esperanza. Pesar. Culpa. Amor. Esta es la más difícil de soportar, y Max se dobla bajo su peso. Recibe las emociones de una en una, y cuando la ola amaina, dirige de nuevo la vista al cielo. Respira.

Tardó semanas en comprender que había pedido a Emilie lo imposible. Quería que soltara el recuerdo de su marido. Que aceptara que estaba muerto. Que lo dejara atrás. Fue una estupidez esperar eso. Ahora lo sabe. Su muerte es prueba de ello. No se puede dejar atrás esa clase de pérdida.

Fue la carta de Emilie, sin embargo, la que puso en marcha la tarea de recomponerlo. Max está hecho trizas. Puede que para siempre. Pero al fin tiene la respuesta que quería, y eso es suficiente por hoy. Mañana. Toda una vida, quizá. Ha memorizado las palabras, pero las lee cada tarde a las 19.25. Es el momento en que se inició el incendio y perdió a Emilie. Despliega la carta y da la espalda al sol de poniente para que le ilumine el papel.

Max:

Siento mucho no tener el valor de decirte esto en persona. Pero te imagino sentado en una de esas sillas de respaldo recto que tanto te gustan, con las gafas sobre la punta de la nariz (sí, sé perfectamente que no utilizas gafas, pero es una fantasía mía, así que no te queda más remedio que sufrirla), mirando cartas y ordenándolas en montones. Te imagino apartando esta. Si te soy sincera, confío en que por un momento se te corte la respiración o se te acelere el corazón. Y sé que he tardado mucho en llegar a esta conclusión, mas debes perdonarme. Mi corazón no está completo. Me lo partieron y lo recompusieron de mala manera. Pero lo cierto es que quiero que te inclines un poco hacia delante cuando veas tu nombre escrito con mi letra. Quiero eso. Y solo ahora me doy cuenta de que también lo necesito. De que te necesito.

Así que mi respuesta es sí. Así de sencillo. Sí, puedes tener mi corazón, todo lo que queda de él, en cualquier caso. Hay una parte de mí que siempre pertenecerá a Hans. No puedo cambiar eso. Pero es una parte de mí que existió hace mucho tiempo y que ahora vive en una sombra lejana. Todo lo que hoy soy es tuyo. Mi corazón no es un gran premio. Estoy asustada, soy egoísta y hace años que dejé atrás la juventud. Pero estaré esperándote en nuestro vuelo de regreso. Por favor, ven a mi encuentro en cualquier momento del día o de la noche que no estés guiándonos hacia casa con tus manos fuertes y seguras. Entretanto, lleva esto. No es la llave de mi corazón —ya estamos mayores para sentimentalismos— pero es una manera de decirte que sé que puedo confiártela.

Sí, seré tu esposa, si todavía me aceptas.

EMILIE

La primera vez que Max leyó la carta no tuvo el valor de sacar la cadena del sobre. Pero ahora la lleva puesta, oculta bajo el uniforme. Emilie le dio todo lo que era capaz de darle. Más de lo que él merecía. Tiene su carta y su llave. Y ahora será él quien alimente los recuerdos y llore su pérdida. La llevará en su corazón como ella llevaba a su marido. Será una herida bella, dolorosa, que nunca cicatrizará del todo.

LA PERIODISTA

10 de agosto de 1937, Frankfurt, Alemania. 9.15 h

Gertrud entra en la cocina de su casa. La luz de la mañana la inunda y las ventanas están abiertas. Una abeja revolotea en la mosquitera. Puede oír a los vecinos hablar del racionamiento y del estado de las carreteras. Leonhard todavía está fuera, bajando el equipaje del coche. Los saluda y ellos le devuelven el saludo, pero parece mayor desde el desastre. Hay una aspereza en su voz que antes no tenía. Este viaje lo ha envejecido, y por primera vez desde que se casaron parece veinte años mayor que ella.

La madre de Gertrud está sentada a la mesa de la cocina, bebiendo una taza de té y concentrada en el diario matutino y los llamativos titulares. Ahí, en blanco y negro, hay una foto del *Hindenburg* en todo su horrible y llameante esplendor. Gertrud palidece al verla. Han pasado meses y todavía no es capaz de mirar las fotos o leer los artículos.

Se queda un momento ahí de pie, esperando que el absurdo pánico amaine. Escucha. Espera. No habla hasta que tiene la certeza de que puede hacerlo sin que le tiemble la voz.

—Madre. —En sus oídos suena como una chiquilla.

—¡Habéis llegado!

—¿Dónde está?

Su madre se levanta de la mesa y va a su encuentro. La envuelve en un abrazo cálido y reconfortante y le habla despacio al oído.

—Tengo que contarte algo.

Gertrud se agarra a la encimera y su madre se da cuenta de su torpeza.

—Egon está bien —se apresura a aclarar—. Está perfectamente. Podrás ir a verlo enseguida, pero primero hay algo que debes saber.

—¿Qué? —Leonhard se detiene en la puerta de la cocina con una maleta debajo de cada brazo.

Su suegra se lleva un dedo a los labios y señala con la cabeza la casa de los vecinos. Están callados ahora. Escuchando, quizá.

—La Gestapo —dice la madre de Gertrud con los labios.

Leonhard deja las maletas en el suelo con cuidado. Las aparta con el pie.

—¿Qué pasa con ellos?

—El accidente lleva meses apareciendo en las noticias. Y están preocupados.

Se inclinan los unos hacia los otros como las patas de un taburete, sus murmullos no son más fuertes que los zumbidos de las abejas en la mosquitera.

—¿Por qué? —pregunta Gertrud.

—Han venido aquí varias veces. Al Ministerio de Propaganda le inquieta que hayas estado contando una versión de los hechos que ellos desaprueben.

—¡Llevamos meses en América!

—Precisamente por eso. No podían controlar lo que decías ni con quién hablabas. Debéis saber que están vigilando. Escuchando. Vinieron aquí en tres ocasiones durante vuestra ausencia haciendo las mismas preguntas de maneras diferentes. —Zarandea a Gertrud por los hombros—. No tenéis amigos, ¿lo entendéis? Ni uno solo. Me tenéis a mí y os tenéis el uno al otro. Eso es todo.

—Es suficiente. —Leonhard posa una mano en la espalda de Gertrud. Le da un beso tierno en la sien—. Ve a verlo, *Liebchen*.

Han pasado meses desde la última vez que recorrió las habitaciones de esta casa, pero sus pies la llevan alrededor de la esquina y pasillo abajo hasta la puerta abierta del cuarto de Egon. Lo oye antes de verlo. Lo oye reír y hablar solo.

Su corazón le late con fuerza dentro del pecho. Se detiene a medio metro de la puerta y se queda escuchando. Se empapa de ese sonido maravilloso. Y, finalmente, entra.

Las ventanas de la habitación de Egon se extienden desde el suelo hasta el techo y él está de pie delante de uno de los cristales, de espaldas a ella, mirando una mariposa posada sobre un arbusto. Está fascinado. Encantado. Su hijo solo lleva puesto un pañal de tela. La luz se refleja en su pelo. Está más rizado que antes de que se marcharan. Más largo. Es suave y meloso, como el caramelo, y Gertrud está deseando enroscar uno de esos rizos perezosos en su dedo.

Leonhard descansa el mentón en su hombro. Contemplan juntos a su hijo y luego él susurra en su oído:

—Ve. No tengas miedo.

—¿Y si se ha olvidado de mí?

—No digas tonterías, *Liebchen*. Ningún hombre podría olvidarse de ti.

Las lágrimas asoman a sus ojos y Gertrud tiene que tragar saliva. Respirar. Serenarse. Se arrodilla en el hueco de la puerta.

—Egon.

El pequeño da un brinco y se vuelve. Durante un segundo su rostro inexpresivo confirma los temores de Gertrud. Egon tiene miedo. Va a echarse a llorar. Pero no, solo está sobresaltado. El labio pequeño y rosado le tiembla un instante y luego su rostro se transforma en dicha. Una dicha pura y maravillosa. Le han salido cuatro dientes. Tiene los hoyuelos más profundos, los ojos más azules, y ya camina.

Egon Adelt sonríe con descarado placer, levanta los brazos y da tres pasos triunfales hacia su madre antes de caer al suelo y ponerse a gatear como un loco. La conoce. Va hacia ella. Y Gertrud lo levanta, abrumada por la emoción. Aspira su olor a limpio. El talco y el dulzor de su piel. Ríe y llora mientras Leonhard los envuelve a ambos en un abrazo.

Están en casa.

Nota de la autora

Dijeron que fue un vuelo tranquilo. Esa expresión se repite innumerables veces en los cientos de páginas con testimonios de testigos oculares recopiladas por la comisión investigadora del Departamento de Comercio. Leonhard Adelt, periodista alemán, escribiría más tarde: «Nuestro viaje a bordo del *Hindenburg* en mayo fue el vuelo más tranquilo que he tenido en un dirigible». En noviembre de 1937, la heredera Margaret Mather redactó un artículo para *Harper's* donde describía el viaje de una forma tan trivial que a una le sorprende que los pasajeros no se pasaran el vuelo durmiendo.

Un vuelo tranquilo.

Pero existe un problema: no les creo. Noventa y siete personas volaron en un hotel de lujo flotante durante tres días sobre el océano Atlántico. Tal vez los acontecimientos que tuvieron lugar a bordo no fueran explosivos —no hasta el final, por lo menos— pero dudo mucho que fueran «tranquilos». He tomado suficientes vuelos transatlánticos para saber que no se puede mantener a tanta gente en un espacio tan reducido, durante el tiempo que sea, y que no haya tensiones bullendo bajo la superficie. Pero si se pretende poner en entredicho acontecimientos históricos, más vale tener una buena teoría que ofrecer como alternativa. Esta novela es mi intento de proporcionar una teoría. Es el resultado de mi idilio temporal con ese espectacular momento de la historia. Confío en que sean indulgentes conmigo. Y confío en que disfruten del viaje.

Conozco desde hace tiempo las fotos emblemáticas de la destrucción del *Hindenburg* y la célebre exclamación de Herb Morrison «¡Oh, la humanidad!». Pero hasta que empecé a documentarme para este libro no conocía el nombre de una sola de las personas que viajaban en el dirigible. Treinta y seis personas perdieron la vida cuando el *Hindenburg* explotó sobre Lakehurst, New Jersey, y quería saber quiénes eran.

Cuando escribí *El viaje de los sueños* estaba decidida a utilizar a la gente real que se hallaba en ese último vuelo aciago. Estaba decidida a no cambiar su sino, aunque eso me rompiera el corazón (lo que sucedió en multitud de ocasiones durante el mes que estuve escribiendo sobre el desastre propiamente dicho). Si sobrevivieron en la vida real, sobrevivieron en esta novela. Si fallecieron en la vida real, fallecieron en esta novela.

No obstante, dado que estaba escribiendo sobre gente real, necesitaba ayuda. Estamos hablando de hombres y mujeres que vivieron y murieron hace casi ochenta años. La mayoría no eran famosos. No se habían escrito biografías sobre ellos, ni artículos. En líneas generales, la historia los recuerda únicamente por alguna que otra anécdota o nota a pie de página. Razón por la cual la web de Patrick Rusell, *www.facesofthehindenburg.blogspot.com*, fue un regalo del cielo. El señor Rusell ha dedicado años a recopilar información biográfica sobre cada pasajero y miembro de la tripulación de ese último vuelo. Cada artículo está plagado de detalles fascinantes. Entre otras muchas cosas, me enteré de que el pase de prensa de Gertrud Adelt había sido revocado por los nazis hacía poco, que el abuelo de Werner Franz regaló a su nieto un reloj de bolsillo, que Max Zabel había asumido recientemente el cargo de jefe de correos, que el americano trabajaba en el mismo edificio donde había el

Ministerio de Propaganda de Hitler y que Emilie Imhof fue la única mujer que trabajó en un zepelín. Para mí, estos pormenores en apariencia insignificantes se convirtieron —una vez estudiados, tamizados y reorganizados— en la columna vertebral de esta historia. Al sumarlos, pequeños detalles reales adquirieron peso e importancia.

Confieso que antes de escribir esta novela no sabía nada sobre zepelines. ¿Y por qué debería? El reinado de los dirigibles terminó el 6 de mayo de 1937 en ese campo de New Jersey. Fue el primer desastre de esas proporciones que se filmó. Y aunque no fue radiado en directo, como se ha dicho a menudo, esa noche se emitió en diferido. Y después de eso se incluyó reiteradamente en todos los noticieros de todos los cines de buena parte del planeta. Hoy día los zepelines son cosa de la fantasía y el *steampunk*. No obstante, en su tiempo fueron un prodigio de la ingeniería sumamente eficiente. Y para recrear esos tres días y medio en el aire necesitaba convertirme en seudoexperta en construcción de dirigibles. La web de Dan Grossman, *www.airships.net*, y el libro de Rick Archbold *Hindenburg: An Illustrated History* me proporcionaron cuanto necesitaba saber sobre la ingeniería y el funcionamiento del *Hindenburg*. Me afané por retratar fielmente el dirigible —sus puntos fuertes, sus puntos débiles, sus peculiaridades— y consultaba tales fuentes a diario mientras trabajaba en *El viaje de los sueños*. Sin embargo, mi principal interés ha recaído, y siempre recaerá, en las personas a bordo. Por consiguiente, los errores relativos al dirigible en sí —como se diseñó y cómo funcionaba— son enteramente míos. Pido disculpas de antemano a los estudiantes de historia de los dirigibles que encuentren errores en mi versión ficticia del *Hindenburg*.

Algunos de los acontecimientos, conversaciones, comidas y rivalidades descritos en este libro sucedieron de verdad. Pero el resto, que yo sepa, no. Después de llevar cabo la labor de documentación y comprometerme a escribir sobre las personas que viajaban en el dirigible, me llegó el momento de redactar mi propio relato. Mi versión de los hechos. Lo que creía que «podría haber sucedido» y no necesariamente lo que sucedió. Porque ninguno de nosotros sabrá nunca qué sucedió realmente en el *Hindenburg* o por qué explotó. Y, créanme, la gente lleva casi ochenta años intentando encontrar una respuesta. Las teorías abundan —procuré hacerle un guiño a cada una de ellas— pero es difícil dar con información. Fue precisamente ese enigma lo que despertó mi interés por el suceso. El hecho de que no sepamos qué ocurrió. El hecho de que nunca lo sabremos. Construí esta historia dentro de esos espacios vacíos, desconocidos.

Mi trabajo era encontrar una explicación verosímil para la chispa. El *Hindenburg* ardió en treinta y cuatro segundos. La mitad de un minuto. Si uno se para a pensarlo, es alucinante. Y lo único que sabemos con seguridad es que ardió tan deprisa por una combinación de hidrógeno y termita, una mezcla de limaduras de aluminio y óxido de otro metal que se utiliza para soldar piezas de acero (mil gracias a *Mythbusters* y sus incontables experimentos para ofrecer una respuesta a esa longeva incógnita). Pero nadie ha sido capaz de decir a ciencia cierta qué inflamó el hidrógeno. Sé que existe una miríada de causas técnicas, mecánicas y meteorológicas posibles para esa chispa. No obstante, cuando me llegó el turno de contar esta historia, preferí que el catalizador fuera humano.

Dicho esto, gran parte de lo que aquí sucede es pura ficción. Cogí todos los diferentes detalles conocidos, desde los perros que viajaban en el dirigible hasta la entrega con paracaídas sobre Colonia, y los entrelacé de una manera que tuviera sentido para mí. No poseo una información especial. Simplemente quería encontrar una buena historia y contarla luego de una modo que retratara vívidamente a esas personas y su viaje. Al hacer eso soy plenamente consciente de que he escrito sobre gente que existió de verdad. He supuesto cosas sobre ellas. He puesto palabras en sus labios. Les he hecho hacer cosas —nobles unas veces, despreciables otras— que seguramente nunca hicieron en la vida real. Ese fue el riesgo que asumí, un riesgo, cuando menos, aleccionador. Sé por experiencia que los seres queridos de personas reales pueden leer un relato novelado de un suceso y verse en la obligación de ponerse en contacto con el escritor o la escritora. Así pues, hice lo posible por ser honesta y honorable en estas páginas.

En algunos casos extraje los diálogos y las expresiones directamente de entrevistas y testimonios escritos de supervivientes del *Hindenburg*. Un ejemplo es el incidente con Joseph Späh y su llegada a la pista del aeródromo, tanto el alboroto que causó como el examen, por parte del soldado, de la muñeca de su hija. Leonhard Adelt dijo que el dirigible era «un objeto gris dentro de una niebla gris sobre un mar invisible». Me tomé la libertad de utilizar sus palabras en una escena con Emilie Imhof. El episodio del cuasiaccidente frente a la costa de Terranova ocurrió de verdad durante un vuelo a Lakehurst en 1936. El desencuentro de Gertrud con el oficial de aduanas en Frankfurt le sucedió en realidad a Margaret Mather. La dramática huida de Werner Franz del dirigible, por increíble que parezca, se produjo exactamente como se relata aquí y ha sido descrita en muchos lugares a lo largo de los años. En definitiva, quería que los pensamientos, las palabras y las experiencias de los pasajeros impregnaran esta novela. Va sobre ellos, después de todo, y retratar este vuelo tal como ellos lo veían era importante para mí. Una vez más, mis principales fuentes de información —especialmente *Hindenburg: An Illustrated History* y *www.facesofthehindenburg.blogspot.com*— me ayudaron enormemente en mi búsqueda de detalles concretos sobre sus experiencias, huidas y trágicas muertes.

Vale la pena insistir en que este libro es ficción. Pero es mi ficción, y estoy tremendamente orgullosa de esta historia. Espero que lleguen a amar este libro tanto como yo. Y espero que recuerden a esos hombres y mujeres. Porque merecen ser recordados.

Agradecimientos

> «Gracias» es la mejor oración que se puede decir.
>
> ALICE WALKER

Gracias. Una palabra sencilla, en realidad, pero tan difícil de acertar con ella, sobre todo para alguien que se gana la vida comerciando con las palabras. Intentaré hacerlo lo mejor posible, y les ruego que sean indulgentes conmigo mientras elogio a la gente que ayudó a hacer de este libro una realidad.

No hay mejor agente literaria que Elisabeth Weed. Es brillante. Amable. Paciente. Divertida. Y nunca me hace sentir estúpida cuando la llamo con preguntas estúpidas. He trabajado con ella durante casi cuatro años y no puedo imaginarme navegando por las agitadas aguas del mundo editorial sin ella. Ha sido una amiga, un chaleco salvavidas y una fuente de aliento constante. Su ayudante, Dana Murphy, es encantadora y eficaz y se la robaría sin pensármelo dos veces. Jenny Meyer se encarga de los derechos de traducción en el extranjero y sospecho que en sus ratos libres ejerce de superheroína. Gracias.

Mi increíble editora, Melissa Danaczko, es una bendición. A veces pienso que tenemos el mismo cerebro, porque no hay otra manera de explicar la forma en que nos capta a mí, a mis historias y a mi proceso de escritura cauto y caprichoso. Sabe cuándo darme carta blanca y cuándo refrenarme. Nunca he conocido a una persona que empuñe un bolígrafo rojo con tanta sabiduría y precisión. Hablo con total franqueza cuando digo que este libro no existiría sin ella. Si no fuera por su reencauzamiento, me habría decantado por otra idea y *El viaje de los sueños* nunca habría existido. Gracias.

Blake Leyers es mi primera lectora, además de editora. Y le pido disculpas por ello, porque ve mis historias cuando guardan un mayor parecido con pilas humeantes de estiércol que con libros en ciernes. Así y todo, nunca duda en decirme lo que he hecho bien y en ayudarme a ver lo que he hecho mal. Ella fue para esta novela lo que una valla de contención para un vehículo escorado. Estoy profundamente agradecida de que impidiera que me precipitara al vacío. Gracias.

Marybeth Whalen es la clase de amiga que toda mujer debería tener. Llegó a mi vida hace siete años y la mejoró con su ingenio, su lealtad y su obstinado apoyo. Me invitó a unirme a un descabellado experimento llamado *She Reads* y no creo que ninguna de las dos volvamos a ser las mismas, o queramos serlo. Ella se alegra conmigo. Me escucha sin rechistar. Y me envía mensajes diez veces al día con cosas que me hacen reír o llorar. Algunos de ellos no puedo repetirlos en público. Gracias.

Conocer a JT Ellison y Paige Crutcher está entre las mejores cosas que me han sucedido al haber vuelto a Nashville. No esperaba hacer nuevas amigas. Sin embargo, ellas dos irrumpieron en mi mundo con su risa, su queso y sus palabrotas, y mi vida es más rica gracias a eso. Estoy muy agradecida por nuestros almuerzos y sesiones de yoga y análisis de tramas. No podría hacer esto sin vosotras. Gracias.

Los magos de la industria editorial de Doubleday nunca dejan de asombrarme. Estoy inmensamente agradecida a Super Todd Doughty (el mejor publicista que he conocido y con el que he trabajado), Judy Jacoby (excepcional especialista en marketing), Margo Shickmanter (ayudante editorial), John Fontana (diseñador de portadas), Bill Thomas (editor y todo un campeón), Nora Reichard (editora de producción), Maggie Carr (correctora de estilo) y Benjamin Hamilton (corrector del alemán). El equipo de ventas de Random House (en especial Cathy Calvert, Ann Kigman, Stacie Carlini, Emily Bates, Lynn Kovach, Beth Koehler, Beth Meister, James Kimball, Janet Cook, Ruth Liebmann, David Weller y Jason Gooble) me tratan con más amabilidad de la que merezco. Gracias.

Gracias también a Abby Belbeck, Rocko Beezlenut, Dian Belbeck, Jannell Barefoot, Tayler Storrs, Michael Easley, Kaylee Storrs, Emily Allison, Kristee Mays, River Jordan, Joy Jordan-Lake, DeeAnn Blackburn, Shelby Rawson, el equipo del blog *She Reads* y las extraordinarias mujeres que instruyen a mis hijos para que yo pueda escribir durante seis horas al día. Por vuestra amistad, vuestra ayuda, vuestras dotes de mando, vuestro amor, vuestros consejos, vuestra franqueza, vuestra diligencia, vuestro aliento, vuestra presencia en mi vida, gracias.

Mi marido, Ashley, me conoce y me quiere desde hace dieciséis años. Es el milagro tejano de ojos azules y hoyuelos que contemplo cada día. Y si no experimento otro milagro en lo que me queda de vida, me doy por satisfecha. Por escucharme cuando preferiría el silencio, por hacerme café cuando no consigo despertarme, por preparar almuerzos y hacer de chófer en el primer turno, por ser mi mejor amigo, mi amante, mi puerto seguro, gracias.

Los Juerguistas (London, Parker, Marshall y Riggs) son la parte de mi corazón que se pasea fuera de mi cuerpo. Verlos crecer, madurar, aprender y asumir riesgos es el mayor de los privilegios. Por ese honor, gracias.

En una ocasión oí decir que ser cristiana simplemente significa ser una mendiga que enseña a otros mendigos dónde encontrar pan. Es la mayor verdad que conozco. Soy una mendiga. Y a Aquel que nos da el pan le digo: gracias.

Y, por último, queridos lectores, por darnos una oportunidad a mí y a mi novela, gracias.

Glosario

Alte Füchse gehen schwer in die Falle: el zorro viejo huele la trampa
Arschloch: cabrón, gilipollas
Arschmade: lameculos
Bitte treten Sie ein: entre, por favor
Blitzschlag: rayo
Danke schön: muchas gracias
Drecksau: cerdo
Du siehst schlimm aus: tienes un aspecto horrible
Dummkopf: estúpido, tonto
erotisch: erótico
Fräulein: señorita
Führer: jefe, líder
Für'n Arsch: no vale la pena, es de mala calidad.
Geliebter: querido
Guten Abend: buenas noches
Guten Morgen: buenos días
Herren: caballeros
Hoden: testículos
Hure: puta
Ich bin der cabin-boy vom **Hindenburg:** soy el grumete del Hindenburg

kleiner Bube: pequeño listillo
kleiner Scheißer: pequeño cabrón
Kopf: cabeza
Liebchen: cariño (para mujer)
Mein Gott: Dios mío
mein Herr: Señor
Mutter: madre
nein: no
Ruhe, bitte!: silencio, por favor
Scheiße: mierda
Schiff hoc!: ¡arriba!
Schwanz: rabo
Schwachkopf: imbécil
Schwein: cerdo
verdammt: maldito
Zeppelin marsch: zepelín, ¡adelante!